Tapetenwechsel

Die junge Kripobeamtin Anne-kin Halvorsen steht vor dem schwierigsten Fall ihrer Laufbahn: Im Haus des Malers Henry Aar in Trondheim liegt die Leiche von Tone Saxe, einer Galeristin, aufgespießt von einer Eisenstange. Der Künstler lag zur Tatzeit sturzbetrunken im Bett und kann sich an nichts mehr erinnern. War es Mord aus Eifersucht, weil Tone sich immer wieder in Henry Aars neue Liebesbeziehungen einmischte?

Doch für Anne-kin Halvorsen stellt sich noch eine ganz andere Frage: Warum war der ältere Herr so entsetzt, als er bei einer Vernissage Henry Aars Gemälde ›Sub Rosa‹ sah? Und welches Geheimnis hat Frau Stina unter vierundzwanzig Tapetenschichten begraben?

Kim Småge, 1945 in Trondheim geboren, arbeitete als Lehrerin und Journalistin. Sie war weltweit die erste Frau als Ausbilderin für Sporttauchen und Unterwasserjagd und lebt heute als freie Schriftstellerin in Trondheim. Ihre Bücher wurden in zahlreiche Sprachen übersetzt. Bei Scherz sind folgende Titel lieferbar: ›Die Containerfrau‹ (Bd. 51819), ›Die weißen Handschuhe‹ (Bd. 51923), ›Nachttauchen‹ (Bd. 51891) und der Band ›Mittsommer‹ (Bd. 51987).

Unsere Adresse im Internet: www.fischerverlage.de

Kim Småge

Tapetenwechsel

Aus dem Norwegischen von Gabriele Haefs

Scherz

Erschienen im Scherz Taschenbuch,
einem Verlag der S. Fischer Verlag GmbH,
Frankfurt am Main, Oktober 2004

Lizenzausgabe mit freundlicher Genehmigung
des Argument Verlages, Hamburg
Die norwegische Originalausgabe erschien
unter dem Titel ›Sub Rosa‹ im Verlag
Aschehoug, Oslo

Druck und Bindung: Ebner & Spiegel, Ulm
Printed in Germany
ISBN 3-502-51922-6

In meiner Phantasie war der Winter 1993 der kälteste seit Menschengedenken. Trondheim und überhaupt ganz Norwegen erlebten den reinsten Weltuntergangswinter.

Kim Småge

»Hatschi!« Sie niest so kräftig, daß die Holzspäne nur so durch die Gegend fliegen. Und sich mit den Staubwolken verbinden, die ohnehin schon in der Luft hängen. Ihre Augen triefen, sie hätte eine Brille aufsetzen sollen, ihre Kontaktlinsen schwimmen in einer Suppe aus Tränen und altem Holzstaub. Aus zerfressenem Holz, Kleister und Tapetenfetzen. Aus Sägemehl. Sie niest noch einmal. Mundbinde und Schutzbrille, *das* wäre jetzt das Richtige. Aber dafür ist es zu spät, sie will heute abend schließlich noch mit dem Job fertig werden. Sie reißt einen langen Tapetenstreifen von der Wand. Läßt ihn hinter sich fallen und macht sich an den nächsten. Arbeitet zielbewußt. Und findet die Arbeit trotz aller Mühen gar nicht so schlecht.

»Was zum Henker! Tone, was um Himmelswillen machst du da?« Hinter ihr brüllt jemand los, sie hat ihn gar nicht kommen hören, hat nur gehört, wie die Tapete sich von der Wand löste und mit leichtem Schwappen hinter ihrem Rücken auf dem Boden landete. Sie hat nur auf die Staubwolke geachtet, die an den alten Wänden emportanzte. Der Mann in der Staubwolke packt sie, packt ihre Schultern und zerrt sie und einen abgerissenen Tapetenfetzen mitten ins Zimmer.

»Au!« Sie läßt den Tapetenfetzen fallen, dreht sich um, reibt sich die Schulter. Er achtet nicht auf ihren Schmerzensschrei, er hebt den Tapetenfetzen hoch, sieht ihn sich an, mustert ihn. Hält ihn vorsichtig gegen das Licht und betrachtet ihn wie eine liebe Erinnerung in einem Fotoalbum. Er läßt ihr Zeit. Zeit, sich zu fassen. Und zurückzuschlagen.

»Sonst wirst du doch nie mehr fertig, Henry. Seit einem Monat, *einem Monat*, machst du dich schon an dieser verdammten Wand zu schaffen. Und das ist erst eine von vieren. Und es gibt noch fünf, nein, sechs weitere Zimmer, das macht...« Sie rechnet an den Fingern nach.

»Wie konntest du!« sagt er nur, geht in die Hocke und fängt an, Tapetenreste zu sortieren. Türmt sie zu Stapeln auf, deren System nur er selber durchschaut. Seinem Rücken ist anzusehen, daß er verletzt ist. Abweisend und verletzt. Sie blickt zur Ecke an der

Außenwand, drei Stapel aus abgerissenen Tapeten, sie verdecken das Fenster mit den kleinen Sprossen fast ganz, ein Fenster mit breiter, einladender Fensterbank, mit dünner Glasscheibe, eine Fensterbank, auf der sie gern eine Kerze sähe, eine Topfblume – und auch Bücher, ehe Winter und Frühling vergangen sind. Aber bei diesem Tempo...

Der Mann auf dem Fußboden weiß *eins* genau: Mit dieser Frau wird er sein Leben nicht teilen; wenn er sein Leben mit einer Frau teilt, wozu er eigentlich Lust hat, dann jedenfalls nicht mit dieser. Mit irgendeiner anderen, aber nicht mit ihr. Es war ein Mißverständnis, ein Fehlgriff, plötzliche Faszination und überstürzte Verliebtheit. Überstürzte Zukunftsplanung. Ein berauschter Monat, dann ging ihm auf, daß sie sich in sein Leben einmischt.

»Du hast mehr als genug«, sagt sie und nickt zu den Tapetenstapeln hinüber. »Mehr als genug für deine Bilder. Ich habe eine Galerie, kein großes Museum«, fügt sie hinzu, »ich habe sechzig Quadratmeter. Und die Bilder dürfen sich nicht gegenseitig ersticken.«

»Ich scheiße auf deine Galerie«, ruft er. »Ich scheiße auf die sechzig Quadratmeter, ich scheiß' drauf, ob die Bilder sich ersticken, ich scheiße auf dich! Und wenn du diese Wände und diese Tapeten auch nur noch einmal anrührst, *bringe ich dich um!*«

Zwei Sekunden staubiger, verdutzter Stille. Die Tapetenstapel sinken ein wenig in sich zusammen, und ein altes Haus würde gern in Ruhe und Frieden verrotten dürfen. Ohne Hilfe einstürzen. Ganz undramatisch in die Knie sinken. Aber das Haus bebt nicht ärger in seinen Fugen als bisher, Tapetenschichten und Holzwände, die zugigen Fenster und die abgenutzten Türschwellen haben schon schwerere Stürme überstanden.

»Duu...« Tone Saxe, Galeristin und bis vorhin liiert mit Henry Aar, Kunstmaler und Hausbesitzer, bohrt ihm Nagel und Zeigefinger der rechten Hand zwischen die Schulterblätter. »Duu«, sagt sie noch einmal, »ich gehe in die Kneipe nebenan, um meine Wunden zu lecken, mit einem Halben die Sägespäne runterzuspülen und zu begreifen, wieso du plötzlich nicht mehr arbeiten kannst.

Und daß du auf die Ausstellung scheißt, das kannst du gleich vergessen. Den Rest übrigens auch.«

Sie schnappt sich ihren Mantel und knallt mit einer Tür, die noch nie richtig geschlossen hat.

War das schon alles, fragt sich das Haus, die Balken entspannen sich, und die Fußbodenleisten rutschen wieder an Ort und Stelle.

Aber die Bodenbretter jammern weiter unter dem Gewicht des Mannes, der hin und her läuft, hin und her. Und die Fenster mit den kleinen Sprossen müssen die Rolle des Gänseblümchens spielen. »Ich liebe sie, ich liebe sie nicht, ich liebe sie, ich liebe sie nicht, ich liebe sie, ich liebe sie nicht.«

Dann setzt er sich auf den Boden und sieht die Tapetenfetzen durch.

* * *

Auf dem Platz werden Flugblätter verteilt. Erwachsene Frauen aus der Generation der Mütter, Töchter und eine Handvoll Männer überreichen den Vorübergehenden A4-Bögen – oder drücken sie ihnen in die Hand, je nachdem. » Freispruch für Frau Larsen«, steht auf den Flugblättern. »Verurteilt die, die Frauen und Kinder zerstören! Frau Larsen darf nicht verurteilt werden!«

Der Rauhreif hängt schwer über der Fußgängerzone, und die Leute behalten beim Lesen ihre Handschuhe und Fäustlinge an. Vom Fluß her weht ein schneidender Wind. Die Polizeibeamtin Anne-kin Halvorsen zieht ihre Fäustlinge aus, das Flugblatt wärmt, das Engagement der blaugefrorenen Menschen wärmt, und sie selber war damals der Meinung, die Witwe Larsen verdiene den Kulturpreis der Stadt Trondheim für aktive Bekämpfung der Abfall- und Gülle-Industrie. Ihre Kollegen konnten das verstehen – prinzipiell, aber sie solle diese Ansicht doch bitte nicht zu jeder passenden und unpassenden Gelegenheit von sich geben. Sagten die Kollegen. Anne-kin Halvorsen nimmt das Flugblatt und liest, liest darin dieselbe Wut und Empörung, die sie im Mai empfunden hat, als der Fall ans Licht kam. Als er so einigermaßen aufgeklärt wurde. Aber Wut und Empörung bringen vor Gericht nicht weiter, Gefühle haben keine Paragraphen, gerechter Zorn und Ärger haben nichts mit juristischer Gerechtigkeit zu tun. Jedenfalls dann nicht, wenn von Mord die Rede ist, von vorsätzlichem Mord, wie die Staatsanwaltschaft behauptet.

Anne-kin Halvorsen steckt das Flugblatt in die Tasche und ist zum soundsovielten Mal froh darüber, daß die Presse sie im Mai nicht zur Heldin ausgerufen hat. *Polizeischulabsolventin klärt Mord auf.* Mit Bild und Familiengeschichte und überhaupt. Ihr schaudert, und sie geht weiter über die eisigkalte Trondhjemsgate.

* * *

Wovon mochte diese Frau geträumt haben? Wie sah ihr Leben aus, wie verliefen ihre Tage, Werktage, Sonntage? Trank ihr Mann, trank sie selber? Stand sie morgens mit der beruhigenden Gewißheit auf, daß am Donnerstag die Lohntüte für Brot auf dem Tisch sorgen würde, oder mußte sie von der Hand in den Mund leben? War sie hübsch? Charmant? Erschöpft? Hing sie aus dem Fenster und schimpfte ihre Kinder aus, so daß die ganze Nachbarschaft zuhören konnte? War sie fromm und las ihr Neues Testament in Fetzen? War sie eine fürsorgliche Frau, voller Umsicht für andere? Er wußte es nicht. Und das eine brauchte das andere ja auch nicht auszuschließen. Die Frau konnte alle möglichen Eigenschaften gehabt haben. Auf jeden Fall hatte sie die Farbe Grün gemocht, helle, frische Grüntöne. Grüne Blätter, verschlungene, frisch entsprungene grüne Phantasieblätter. Mit hellgelben Stengeln in Rankenmuster. Vor blaßgelbem Hintergrund. Sicher war sie eine Frühlingsfrau gewesen, hatte Bäume voller Knospen und Huflattich und durch verdreckte Schneereste lugenden Löwenzahn geliebt.

Der Kunstmaler Henry Aar hält zwischen beiden Händen einen

Tapetenfetzen, beugt sich darüber, weicht wieder zurück, mustert ihn ausgiebigst. Doch, hier findet er sie – die Frühlingsfrau. Die, die Fenster putzt, noch ehe der Eismatsch verschwunden ist, um die ersten flüchtigen Sonnenstrahlen ungefiltert hereinzulassen. Die, die auf der Fensterbank Striche zieht, um zu messen, wieviel weiter die Frühlingssonne mit jedem Tag ins Zimmer vordringt. Ob die jetzt wohl auch bald kommt? Februar? März? Er steht auf, geht zum Fenster, schaut hinaus. Im Osten herrscht Hochdruck, klarer blauer Himmel, klirrende Kälte. Er kratzt den Eiskranz von den schlichten kleinen Fensterscheiben – die Paneelöfen kommen nicht gegen das Eis an. Die Eisblumen machen seine Fingerspitzen feucht, werden zu einem winzig kleinen Frühlingsbach. Es muß ein Aquarell werden, ein helles, leichtes Aquarell, mit einer Frau, deren Haare mit den Tapetenrosen verschmelzen. Einer Frau, die sich an ihre Wohnzimmerwände einen Frühlingswald geklebt hat. Vielleicht hat sie auch die hölzernen Küchenwände grün angestrichen. Er hat nun schon die vierte Tapetenschicht freigekratzt. Er wickelt das Tapetenstück in Plastikfolie ein, zieht seinen Mantel aus und geht mit einem goldgrünen Bild im Kopf zu seinem Atelier im Bakke Gård.

»Tapetenbilder?« hatte Tone gefragt. »Eine Art Collage, meinst du? Mit Frauengestalten, die von der Farbe aus dem Tapetenmuster herausgezogen werden? Mm, klingt spannend, Henry. Wann werden wir genug für eine Ausstellung haben, was meinst du?« Er hatte keine Antwort gegeben, woher hätte er das schließlich wissen sollen? Zuerst mußte er in die Tapeten hineingehen, mußte in ihnen suchen, dann mußte er die Frauen herauslocken. Und dann mußte er ihnen Ausdruck geben. Die verzweifelte lilaschwarze Tapete hatte viel Zeit gefordert. Diese Frau verlangte eine graphische Technik, die Entsetzen, Angst, Irrsinn in harten, dichten Strichen zum Ausdruck brachte, ein Netz von Falten in ihrem Gesicht, bei dem er schon fast selber gemütskrank geworden war. Das Gesicht, das aus dem schwarzlila brodelnden Weltuntergangshintergrund herauswuchs, hatte ihn zeitweise nachts um den Schlaf gebracht. Er hatte es getroffen. Es war ein gutes Bild.

Frauen, er fand nur Frauen in den Tapetenmustern, Schicht um Schicht Frauengestalten, Frauenschicksale. Die Wände *waren* Frauen. Einige wenige alte, vergilbte Zeitungsreste hatte er auch noch gefunden, hatte dieses altertümliche Isoliermaterial zur späteren Untersuchung beiseite gelegt, wie auch den brüchigen, handbeschriebenen Briefbogen. Einen vergilbten Briefbogen mit verblaßter Tintenschrift.

Jetzt wollte er ein Frühlingsbild machen, ein Bild, so erfüllt von Träumen und Sehnsucht und Hoffnung und Licht, daß der Wintertag verdutzt draußen vor den Fenstern stehenblieb.

Ein Kollege kommt herein, Tomas von den Lofoten, einer, der seine Siebensachen genommen und Meer und Himmel und Weite verlassen hatte – und das Licht natürlich auch, Leute. Der seine Tasche und Leinwände, Tuben und Pinsel eingepackt hatte, als die künstlerischen Zugvögel aus dem Süden seine Küstengegend besetzten. Und nun malte er in Trondheim enge Gassen und Seitenstraßen. Das behauptete er jedenfalls, es war nicht leicht, auf seinen Bildern Pflastersteine oder Hausfassaden zu entdecken.

»Ich male das Licht«, sagte er immer. Dabei konnte wohl eher von fehlendem Licht die Rede sein. Seine Bilder waren stockfinster, pechschwarz und bohrend. Jetzt war auch Tomas ziemlich schwarz, er schien die Hände als Pinsel und sein Hemd als Leinwand benutzt zu haben.

»Du meine Güte«, sagt er, wirft einen Blick auf die Frühlingsfrauenleinwand und hält sich schützend die Hände vor die Augen. »Du große Güte«, sagt er dann. »Was für eine Osterbotschaft versuchst du denn zu vermitteln? Lieferst du zu deinen Bildern Sonnenbrillen mit?«

Henry Aar grinst. »Nicht alle haben so schwarze Seelen wie du«, antwortet er.

Der andere überhört diese Bemerkung und sagt: »So was hängen sich doch nur Verliebte oder optimistische Trottel an die Wand.«

Henry Aar gibt keine Antwort.

»Hör mal.« Tomas tritt dicht an das Bild heran. »Ich war auch einen Monat lang in Tone verschossen, genau einen Monat hat das gedauert. Und jetzt ist über ein Monat vergangen. Du mußt langsam wieder Vernunft annehmen, Mann!«

Ja, denkt Henry Aar, es ist vorbei. Bei mir ist es vorbei. Ich will, daß es vorbei ist. Aber du malst die Rückseite des Mondes, seit es bei dir angeblich vorbei ist.

»Wir, ich...« sagt er dann.

»Nein, ich kann deinen Strahlenglanz nicht mehr ertragen«, fällt der andere ihm ins Wort. »Ich arbeite an einer Ausstellung: *Bilder in einer dunklen Zeit*. Meinst du nicht, daß Trondheim vor Begeisterung außer sich sein wird?« Mit trockenem Lachen geht er rückwärts zur Tür. Die alten Bodenbretter knacken, als er sich in seine Unterwelt zurückzieht.

* * *

Einzelne Städte hätten niemals den Menschen in die Hände fallen dürfen statt in aller Ruhe frei zu wachsen. Wildwachsende Städte sind auf der Seite der Menschen, sie richten sich nach Wind und Wetter, legen Häuser und Straßen, Gassen und Durchgänge in einem ausgeklügelten Muster an, das schneidende Windstöße vom Fluß und eiskalten Nordwind vom Fjord aufhält. Auf dem Reißbrett entstandene Städte sind Ischiasstädte, überschaubar, ordentlich und klirrend kalt. Als die Polizeibeamtin Anne-kin Halvorsen das Trondheimer Gerichtsgebäude verläßt, wirft sie der feuchte Eiswind vom Fjord fast um. Der Wind strömt von Ravnkloa zum Dom herauf und trifft nicht auf das geringste Hindernis. Anne-kin überquert den Marktplatz und wird vom Eishauch des Nidelv getroffen. Breite, im Schachbrettmuster angelegte Straßen, nirgendwo ist hier Schutz zu finden. Sie beschließt, durch Bakklandet zu gehen, diesen alten Stadtteil, der sich der Sanierung versperrt. Der Fluß scheint zu rauchen. Die Brücke ist vereist, und Rauhreif tanzt über den schönen Holzbögen.

Schlittschuheis. Eisbuckel. Sie klammert sich ans Geländer und flucht, weil nicht gestreut worden ist. Soll sie nach Hause gehen? Nach links abbiegen, zu ihrer Wohnung mit der schönen Aussicht in Øvre Møllenberg? Sich in einem gemütlichen Sessel verkriechen und die Anlage voll aufdrehen? Den Prozeß durch bis zur Schmerzgrenze hochgejagte Dezibel verdrängen? Oder soll sie in der Kneipe vorbeischauen? Mit anderen verfrorenen Seelen Bier und lockeres Geplauder teilen? Sie hat die Einladung ihrer Kollegen zu einer geselligen Runde abgelehnt, sie sehnt sich nicht nach einer geselligen Runde. Sie möchte herumlaufen und frieren, bis ihr die Finger wehtun, möchte auf dem Eis ausrutschen und es eine Zeitlang unbehaglich haben. Die Polizeibeamtin Anne-kin Halvorsen biegt nach rechts ab.

Nach einer Dreiviertelstunde steht sie vor der Wohnungstür ihrer Eltern, Kristian macht auf, der vierzehn Jahre alte Nachkömmling.

»Hallo, Bulle.« Er lächelt breit, sie ist in der Achtung ihres Bruders gestiegen. Ein steifgefrorener Zeigefinger bohrt sich wie ein Pistolenlauf zwischen seine Rippen.

»Sind Mutter und Vater zu Hause?«

Er nickt. »Gerade nach Hause gekommen. Der Alte ist auf dem Glatteis ausgerutscht, jetzt sitzt er im Wohnzimmer und läßt sich verwöhnen.«

Sie zwinkert ihm zu und geht zu den Eltern. Bei ihr werden erfrorene Wangen oder Zehen diagnostiziert, und sie landet selber auf dem Sofa, unter einer Decke, mit einer Tasse Instant-Kakao zwischen den Händen. Ist wieder ein kleines Mädchen.

Zwei Gesichter lugen durch den Türspalt, Kristians Kumpels. Neugierige Augen mustern sie, wollen sich davon überzeugen, daß hier wirklich eine Polizistin auf dem Sofa sitzt, eine, die Diebe und Spitzbuben fängt und auf zwei Rädern durch Trondheims Straßen rutscht. Nach einem »Hallo« und zweimal Nicken verschwinden sie wieder in Kristians Zimmer. Sie hat wohl ihre Erwartungen nicht erfüllt, sie trägt keine Uniform, hat keinen Gummiknüppel, keinen Revolver, keinen Dienstausweis, nicht einmal einen schnöden Europieper. Und sie sieht auch nicht gefährlich aus, sondern nur wie eine ganz normale große Schwester. Dunkelblonde Haare, und vom vielen heißen Kakao ein gerötetes, schwitzendes Gesicht. Sie machen sich wieder über ihre Comics her.

»Wieviel hat sie bekommen?« Diese Frage kommt von der Mutter. Sie stellt sie mit abgewandtem Gesicht und leiser Stimme. Die alte Frau Larsen war zwar nie ihre Lieblingsnachbarin, aber immerhin hatten sie viele Jahre im selben Haus gewohnt – siebenundzwanzig, um es genau zu sagen. Sie hatten abwechselnd Treppenhaus und Flur geputzt und ein Standardrepertoire an Fragen und Antworten ausgetauscht.

»Drei Jahre minus neun Monate ohne zugige Fenster und Klo auf dem Hinterhof und allzu viele Treppenstufen«, antwortet Anne-kin. »Ein außergewöhnlich mildes Urteil, werden morgen die Zeitungen schreiben.«

»Daß eine alte, gebrechliche Person aus Lamoen als Anti-Porno-Aktivistin herhalten muß, ist ein *Witz*«, erklärt die Mutter, ohne einen Kommentar zum Strafmaß abzugeben. »Als wir noch dort gewohnt haben, habe ich nie ein Wort über ihre prächtige Moral gehört. Sie war wütend auf diesen Burschen, so sehe ich den Fall. Und dann hat sie in dieser Fuselflasche diesen unseligen Schlagring gefunden und –«

»Und hat ihn aus Versehen gleich umgebracht, statt ihm nur ein bißchen Nasenbluten zu verpassen«, sagt Anne-kin ironisch.

»Genau«, ihre Mutter nickt. »So ist das sicher passiert.«

»Du hättest als Gutachterin berufen werden sollen«, lautet die Antwort.

Mutter und Tochter tauschen wütende Blicke. Und das nicht zum ersten Mal. Jetzt soll es genug sein für diese Runde. Aber da ist noch die Frage des letzten Wortes. Das ergreift dann der Vater.

»Ihr Pulverfässer«, sagt er. »Warum geht ihr nicht mal raus in die Kälte und kühlt euch ein bißchen ab? Laßt einem Verletzten doch ein bißchen Frieden.« Er reibt sich demonstrativ die Hüfte.

Die Frauen sehen sich an. »Nehmen wir ihn beim Wort«, steht im Blick der Mutter. »Ja«, stimmt die Tochter zu.

»Gibt's etwas Gutes im Kino?« Die Mutter nimmt die Tageszeitung und schlägt die Kinospalte auf. »Die kenne ich alle nicht«, murmelt sie. »Keine Ahnung, wovon die handeln. Sieh mal nach, ob du etwas findest, Anne-kin, etwas Lustiges, eine Komödie, ich kann traurige, schwermütige Filme nicht ertragen.«

Nein, davon gibt es mehr als genug im Fernsehen, denkt Anne-kin. Auch diese Diskussion ist ihr nicht ganz neu.

»Hier«, sagt sie. »Freigegeben ab zehn Jahren, der ist bestimmt nicht so schlimm.«

Der Vater sieht ein bißchen überrascht aus, als sie ihn der Gesellschaft der schmutzigen Tassen überlassen, er hatte seinen Vorschlag wohl nicht so wörtlich gemeint. Aber er spielt mit und ermahnt sie, auf dem Eis ja ganz vorsichtig zu gehen.

* * *

»Auf *Sub Rosa*, und noch einmal vielen Dank unserem Künstler, Henry Aar, dem wir diese Ausstellung spannender, warmer, unkonventioneller Frauenportraits verdanken.« Tone Saxe hebt das langstielige, elegante Kristallglas und trinkt den geladenen Gästen zu. Lächelt. Nach rechts und nach links. Innerlich ist sie außer sich vor Zorn. Wütend. Fühlt sich bloßgestellt.

»Prost!« hört sie von allen Seiten. Ja, Prost. Prost. Teure Sektgläser werden erhoben, zwei oder drei werden an diesem Abend zerbrochen auf dem Boden liegen – das sagt die Erfahrung. Sechzig Quadratmeter und viel zu viele Menschen. Das muß doch Scherben geben!

Es gehört dazu, sagen zu können: »Ach, bitte, das macht doch nichts, wirklich nichts, ich hoffe doch, an dieser Ausstellung so viel zu verdienen, daß ich bis zur nächsten Vernissage neue kaufen kann!« Lachen. Das ist eines ihrer Markenzeichen: Kristall statt Plastik- oder Pappbechern, das ist einer der kleinen Tricks, mit denen Bilder verkauft werden. Bilder verkaufen sich nicht von selber, was immer der Künstler sich auch einbilden mag, die Menschen stehen nicht Schlange, um ihm seine Produkte aus den Händen zu reißen. Wenn man nicht gerade ein Weidemann oder Widerberg ist. Und das ist Henry Aar nicht. Noch nicht. Aber er könnte einer werden. Ihre Witterung sagt ihr, daß er das schaffen kann, daß er sogar schon auf dem Weg ist, eine sichere Investition zu werden, ein Sammelobjekt. Zwei Bilder, zwei der teuersten, sind schon mit einem roten Punkt versehen. Und das noch während der Vernissage. In zwei Stunden öffnet sie für das Publikum. Presse- und Medienecho waren überzeugend, haben zweifellos Neugier und Interesse hervorgerufen. Und hoffentlich auch große Kauflust. Sie sind auf dem richtigen Weg. Die Galeristin Tone Saxe hebt ihr Glas und trinkt dem Kunstmaler Henry Aar quer durchs Lokal zu. Ein eiskalter Gruß.

Tomas drängt sich zu ihr durch, hat sein Glas hoch erhoben. Er trinkt etwas Alkoholfreies, nimmt sie an. Im Gesicht trägt er eine idiotische Sonnenbrille. Blues Brother. Exhibitionismus oder Verlegenheit, sie weiß es nicht – bei Tomas weiß sie nie. Die Ausstellung, die sie ihm zu Zeiten ihrer Liebschaft versprochen hat, war pures Gerede. Wirklich nur Gerede. Damals hatte sie noch keinen einzigen Pinselstrich gesehen. Die Bilder finde er in ihren Augen, sagte er – Farben, Formen, Verzauberung. Also hatte sie ihm ihre Augen geliehen, hatte einen Monat lang seinen Blick erwidert, während er von den Bildern erzählte, die darin lagen. Aber der Mensch hatte keine Skizzen gemacht und erst recht nichts auf die Leinwand gebannt. Jedenfalls hatte er ihr nichts gezeigt. Wenn sie fragte, schüttelte er nur den Kopf. »Du mußt warten«, sagte er dann, »warten, bis ich fertig bin, auf das Ganze warten.« Nach einem Monat hatte sie das satt, hatte anderes zu tun. Sie dreht sich lächelnd zu ihm um.

»Hallo, Tone.«

»Hallo, Tomas.«

Pause. Er macht sich an seiner Sonnenbrille zu schaffen.

»Gute Ausstellung«, sagt er. Sie nickt.

»Und du«, fragt sie leichthin. »Arbeitest du auch an etwas?«

Auf dieses Stichwort hat er offenbar gewartet, er ist plötzlich intensiv, voll da, tritt dichter an sie heran, ganz, ganz dicht.

»Das wird gut«, sagt er leise. »Es *ist* gut. Mir fehlen nur noch ein oder zwei Bilder, als Abschluß ... vielleicht auch nur eins, dann ist die Ausstellung fertig. Aber du mußt sie *en bloc* verkaufen. Wenn nicht – dann verkaufst du nichts.« Er holt tief Luft. Kippt seinen »Sekt«. Sektlimonade.

Tone Saxe holt nicht Luft – sie stößt Luft auf. Und zählt bis zehn.

»Tomas«, sagt sie und legt ihm die Hand auf den Ärmel. »Tomas, ich kann mich nicht daran erinnern, daß wir eine Abmachung haben, und wenn ich mich irren sollte, dann entscheiden trotz allem deine Bilder, ob ich in eine Ausstellung investiere. Und um das entscheiden zu können, muß ich sie *sehen*, ist das klar? Auf deine letzte Forderung kann ich ohnehin unter keinen Umständen eingehen. *En bloc* verkaufen! Herrgott, Mann, das hier ist doch kein Kinderkaufladen!«

Klirr! Das war das erste Glas. Einfach aus der Hand eines zurechtgewiesenen Künstlers gerutscht. Die Kristallscherben schwimmen in schäumender Flüssigkeit.

Tomas von den Lofoten in seinem zu schwarzen und zu altmodischen Anzug starrt sie an.

»Wir hatten eine Abmachung«, sagt er leise. »Du brichst dein Wort, Tone.« Dann dreht er ihr den Rücken zu und marschiert aus der Galerie.

»Das kann wirklich jedem passieren«, sagt sie mit leichtem Lachen zu den Umstehenden. »Ich habe Kehrblech und Handfeger griffbereit. Ihr dürft nur nicht reintreten.« Tone Saxe erfüllt lächelnd ihre Pflichten.

Ich kann das hier, denkt sie, es fällt manchmal schwer, aber ich kann das. Ich entscheide selber, wann ich einen Skandal haben will. Und deshalb, deshalb lächle ich dem Maler Henry Aar, der jetzt auf mich zugeeilt kommt, und seinem Anhang zu. Wo um alles in der Welt hat er sich bloß von dieser Möchtegernkünstlerin aufgabeln lassen, weiß er denn nicht, daß diese Keramikdame ihre Partner nach dem Zeitungsprinzip wechselt? Gestern ein Bild in der Zeitung, morgen Arm in Arm im Restaurant. Die wird niemals wegen ihrer Kunst in die Presse kommen – denn diese Kunst besteht nur aus schlecht gekneteten Tonklumpen. Aber mit den Männern von anderen abziehen – dieses Gewerbe beherrscht sie. Tone Saxe ist so sauer, gekränkt und eifersüchtig, daß sie einen Mord begehen könnte. Ruhe hatte sie ihm gebracht, Ruhe, um in Frieden zu arbeiten, hatte ihn allein gelassen, damit er fertig werden konnte. Hatte respektiert, daß ein Künstler während der Arbeit Einsamkeit braucht. Hatte seine Wutausbrüche für Nervenprobleme gehalten, hatte bis zur Ausstellung warten wollen, um ihre Beziehung über die geschäftliche Ebene hinauszuheben. Hatte ihm am Telefon zugehört, und ein kleines Wort von ihr hatte ausgereicht. Ausgereicht, um ihn zehn Minuten später vor ihrer Tür stehen zu lassen. »Geh zu deinen Bildern zurück«, hatte sie gesagt, »laß dich nicht länger von mir stören, Henry, wir reden später weiter.« Und was hatte dieser verdammte Trottel gemacht? War losgezogen und hatte sich von einer unbegabten Tonkneterin aufreißen lassen! Die noch dazu jetzt eine Schaut-nur-wie-verliebt-wir-sind-Nummer abzieht. Verdammte Dilettantin! Tone schäumt innerlich. Umklammert ihr Glas.

»Hallo, Tone.« Henry lächelt sie vorsichtig an, in seinem Bart hängen Sekttropfen. »Sieht ja schon gut aus«, sagt er dann.

Tone nickt. »Ja, unbedingt«, sagt sie leichthin. »Und die Presse hat auch gute Arbeit geleistet.« Sie erzählt, welche Kunstkritiker schon dagewesen sind. Henry Aar strahlt. Der Tonklumpen preßt sich an ihn, will auch vom Strahlenglanz profitieren.

»Kennt ihr euch?«

Die beiden Frauen sehen einander an. Eine Sekunde lang vollzieht sich ein uraltes Abschätzungsritual. Dann lächelt die eine, streckt die Hand aus: »Karin Kraas, Keramikerin«, sagt sie.

Tone Saxe berührt ihre Fingerspitzen. »Tut mir leid, ich kann mich leider nicht erinnern, je etwas von dir gesehen zu haben«, sagt sie. »Aber vielleicht hast du noch nicht ausgestellt?«

Henry Aar schaut in eine andere Richtung.

»Doch, doch, ich hatte zusammen mit einer Kollegin eine Verkaufsausstellung.« Sie nennt den Namen der Kollegin und der Galerie.

»Wie dumm von mir.« Tone Saxe schlägt sich leicht an die Stirn. »Die habe ich natürlich gesehen. Deine Schüsseln waren etwas Neues, mit spannender Farbgebung. Aber du mußt schon entschuldigen – die Masken deiner Kollegin waren doch seltsam blaß und unbegabt. So was machen bedächtige Rentnerinnen in Volkshochschulkursen.«

Die Umstehenden stöhnen auf, halten den Atem an.

»Die Masken waren von mir«, hören sie Karin Kraas sagen, wobei sie ihre Stimme weder hebt noch senkt. Aber diese Stimme ist messerscharf.

»Das tut mir wirklich leid«, ist die kurze Antwort, die ihr zuteil wird.

Jemand tippt Henry auf die Schulter, der Architekt Herman, leicht beschwipst und in geselliger Stimmung. Er hat nichts gehört, ihn interessiert nur die Ausstellung.

»Mir gefällt diese Symbiose«, ruft er, »ich verdiene mein Geld, indem ich Wände aufbaue, und du deins, indem du sie niederreißt.«

»Henry hat doch keine Wände niedergerissen«, sagt die, die an Henrys Arm hängt. »Er hat sich nur durch die Tapetenschichten gearbeitet.«

»Sicher, sicher«, brummt Herman, es paßt ihm eindeutig nicht, daß jemand seinen schönen Spruch kritisiert. »Aber du bist wirklich verdammt kryptisch, Aar«, sagt er dann. »Jedenfalls habe ich als doch relativ gebildeter Mann«, er legt eine winzige Kunstpause ein, »Probleme damit, zu verstehen, was in aller Welt *Sub Rosa* bedeutet. Könnte der Herr Künstler uns gewöhnliche Sterbliche vielleicht einweihen?« Er schaut sich um, auf Inkassojagd nach bewundernden Blicken.

»Es bedeutet *unter der Rose*«, sagt Tone Saxe, »das, was sich unter der Rose befindet, hinter der Rose. In diesem Fall hinter der scheußlichen Rosentapete, die im Wohnzimmer hing, als Henry das Haus gekauft hat.«

»Was soll ich schon sagen«, Henry Aar breitet die Arme aus, »was soll ich schon sagen, wenn Frauen für mich das Wort führen?« Er macht eine leichte Verbeugung und dreht sich um. Die Männerdiebin hängt an seinem Arm. »Eigentlich bedeutet es *im Vertrauen*«, murmelt er. »Aber das ist nicht so leicht zu begreifen.«

Tone Saxe macht kehrt und geht in die entgegengesetzte Richtung.

* * *

Die Komödie hatte nicht gehalten, was sie versprochen hatte. Sie erinnerte an drittklassige Fernsehfilme mit eingespieltem Gelächter aus der Konserve. Mutter und Tochter Halvorsen stehen frierend vor dem Kino in der Prinsensgate und fühlen sich betrogen. Und sie frieren. Derzeit frieren einfach alle in Trondheim. Der Winter hat die Bevölkerung wirklich im Nacken gepackt.

»Hat dir der Film gefallen?« fragt die ältere Frau Halvorsen.

»Scheißfilm!« erklärt ihre Tochter. »Vielleicht brauchen wir etwas Warmes im Bauch.«

Die Mutter nickt. »Gehen wir ins Café«, schlägt sie vor. »Vater kommt sicher allein zurecht.«

»Vater«. Warum müssen Eheleute sich immer gegenseitig als »Vater« und »Mutter« bezeichnen? Der Vater heißt Kjell, die Mutter Anne, warum können sie sich nicht so nennen?

»Komm«, sagt Anne-kin, die nach beiden heißt. »Komm, Anne, wir gehen ins Café.«

Die Mutter zwinkert, nickt. Und zusammen stapfen sie durch die eiskalte Prinsensgate und suchen ein Café. Sie betrachten Schaufenster, betrachten die Dekorationen, das liegt ihnen im Blut – nach dem Kino Schaufenster zu betrachten. Egal, wieviel Grad unter

Null das Thermometer zeigt. Wohlbefinden und Gemeinschaftsgefühl aus dem Kinosaal halten dadurch länger vor – werden für Mutter und Tochter durch diese Schaufensterexpeditionen abgerundet. Das ist zum Ritual geworden. Im Laufe der Jahre haben wir sicher Dutzende von Filmen gesehen, überlegt Anne-kin. Schöne Filme, witzige Filme, spannende Filme, selten nur traurige Filme. Oder doch, auch gern mal einen traurigen, aber der muß gut ausgehen. Und das ist bei den meisten Filmen ja der Fall. Sie gehen gut aus. Und deshalb interessiert die Mutter sich nicht besonders für Dokumentarfilme. »Ich weiß, wie es in der Wirklichkeit enden kann«, sagt sie, »deshalb habe ich keine Lust, es mir im Kino anzusehen und dafür zu bezahlen.« Eine Art Wirklichkeitsflucht? Und warum nicht. Gegenüber dem Fernsehen bezog die Mutter dagegen eine fast schon feindselige Haltung, und sie hatte glattweg abgelehnt, als Vater und Sohn von einer Satellitenschüssel gesprochen hatten. »Kommt nicht in Frage«, hatte sie gesagt. »Diese Art von Invasion will ich nicht in meinem Wohnzimmer.« Und dabei blieb es. Der Vater hatte das Thema immerhin angesprochen, wenn der Sohn auch fand, er habe sich zu leicht geschlagen gegeben.

»Warum in aller Welt willst du zur Polizei?« hatte die Mutter Anne-kin gefragt, als die einen Platz an der Polizeischule bekam. »Hast du nicht genug Dreck und Elend gesehen?«

»Vielleicht gerade deshalb«, hatte die Tochter geantwortet. Und die Mutter hatte sie lange angesehen, hatte die erwachsene Frau, die vor ihr stand und die ihr doch auch ähnlich sah, eingehend gemustert. Größer und schlanker war Anne-kin zwar, aber sie glich absolut der Frau, die auf dem Hochzeitsbild der Eltern das Brautkleid trug.

»Und jetzt willst du also die Welt retten? Aufräumen?«

Anne-kin hatte keine Antwort gegeben.

»Ja, ja«, war der abschließende Kommentar gewesen. »Wenn du dir unbedingt einbilden mußt, eine Berufung zu haben, dann bin ich ja froh, daß du nicht zur Mission gehen willst.«

Die Mutter war Atheistin, nur wegen der Rituale noch in der

Kirche, glaubte aber keine einzige Silbe, die einem Pastorenmund entsprang. Feierlichkeiten wie Taufe und Beisetzung jedoch wollte sie haben. Übrigens verlor die Mutter immer wieder den Kampf um ihre Glaubwürdigkeit als Atheistin, wenn sie in diese Diskussion gerieten. Sie ärgerte sich über die Forderung, glauben zu sollen, ohne zu wissen. »Ich glaube, was ich sehe«, sagte sie immer wieder. »Richtig und falsch ist etwas, das ich *sehe*.«

Eine alte Diskussion, die sie zwei, drei Mal pro Jahr führten. Das letzte Mal war jetzt schon eine Weile her, sie hatten sich in letzter Zeit nicht so oft gesehen. Die Ermittlungen im Fall Rolf Engen waren in jeder Hinsicht zeitraubend gewesen. Anne-kin war in den Sessel gefallen, wenn sie nach Hause kam, hatte zu den Kopfhörern gegriffen und Musik ihre Gehirnzellen überfluten lassen.

»Komm, wir gehen hier rein.« Anne-kin zupft ihre Mutter am Ärmel, versucht, sie in das beleuchtete Lokal mit den großen Farbtafeln an den Wänden zu ziehen.

»Hier? Ist das denn ein Café?« Die Mutter schaut mißtrauisch durchs Fenster. »Das hier ist ... Galerie Saxe«, liest sie dann an der Tür.

»Ja«, sagt ihre Tochter. »Diese Ausstellung hat so gute Kritiken bekommen, unkonventionelle und warme Frauenportraits sollen das sein.«

Die Mutter macht ein skeptisches Gesicht. »Ich möchte Kaffee«, sagt sie.

»Ja, sicher, aber komm trotzdem mit«, sagt Anne-kin. »Ich kann nach der ganzen eiskalten Pornographie im Gericht ein paar warme Frauenbilder nur zu gut brauchen.«

»Ach«, antwortet die Mutter nur und läßt sich in die Galerie führen.

Auch bei Frau Halvorsen zu Hause hängen Bilder. Fotos der Kinder und Enkel. Hochzeitsbilder und eine kleine Ahnengalerie. Gestickte Bilder in Kreuzstichmuster, Bilder auf Stramin. Ein Kupferstich, eine Kupferschale. Ein paar Reproduktionen mit deutlichen fotografischen Motiven. Keine Originale, seien es Ölgemälde oder Aquarelle. Und die Tapeten, die es dort gibt, befinden sich an den Wänden, bedecken die Wände von Wohnzimmer, Schlafzimmer und Küche vom Fußboden bis zur Decke, erfüllen ganz einfach ihren Daseinszweck. Sind Tapeten.

Anne-kin Halvorsen sieht nicht, daß ihre Mutter einen raschen Blick auf die Wände wirft, daß sie ihren Mantelkragen etwas enger zusammenzieht, daß sie fröstelt, als sei es hier drinnen kälter als draußen. Dann entdeckt die Mutter eine Ecke mit Tisch und Stuhl und Kaffeekanne. Dort läßt sie sich nieder, blickt die Galerieassistentin fragend an, wird durch ein lächelndes Nicken belohnt und nimmt sich Kaffee aus der Thermoskanne. Und über einer Tasse dampfend heißen Kaffees sieht sie ihre Tochter aufmerksam von Bild zu Bild wandern. Fünf Menschen machen dieselbe Wanderung, zwei junge Mädchen in schwarzen Strumpfhosen und dicken Wanderstiefeln, schwarzen Miniröcken und weiten Pullovern unter weiten Jacken. Aber Mützen haben sie nicht, diese Närrinnen, denkt Frau Halvorsen.

Dann sind da noch zwei Männer, einer ist sicher Student, der andere ein älterer Herr. Er ist elegant in seinem grauen Mantel, aber seine roten Ohrläppchen verraten, daß auch er nicht gescheit genug ist, sich etwas Wärmendes über die Ohren zu ziehen. Sie sieht auf einem Tisch einen Hut liegen. Die Frau des eleganten Mannes dagegen ist gut eingepackt, Pelz vom Scheitel bis zur Sohle. Frau Halvorsen schenkt sich noch mehr heißen Kaffee ein, nimmt sich einen Keks und konzentriert sich auf ihr Getränk. Soll Anne-kin doch ruhig wandern. Sie selber weiß schon, was die Bilder erzählen wollen, braucht nicht weiterzugehen.

Warme Frauenportraits, denkt Anne-kin Halvorsen, diese Bilder sollen *warm* sein? Aus zusammengekniffenen Augen starrt sie ein Bild an. Nr. 45. Etwas so wenig Warmes wie dieses scheußliche lilaschwarze Ding habe ich jedenfalls noch nie gesehen. Das Tapetenmuster sieht aus wie Krämpfe, wie Todeskrämpfe. Und Himmel, dazu dieses Frauengesicht, ein gebrochener, hoffnungsloser Schrei.

Ein Bersten. Ein Faustschlag in den Magen. Sie wendet sich dem nächsten Bild zu. Nr. 44. Ein riesiger Gegensatz. Das Bild ist grau, verwischt, resigniert. Und das Frauenprofil mit dem ungepflegten Haarknoten im Nacken ist leer – leer und apathisch. Diese Frau hat keine Gesichtszüge, nur ein verwischtes, verschwommenes Profil. Anne-kin Halvorsen sieht, daß beide Bilder verkauft sind, überlegt, daß sich sicher nur Menschen auf der Sonnenseite des Lebens etwas dermaßen Depressives an die Wand hängen. Sie würde nervös und schwermütig werden, wenn sie sich das jeden Tag ansehen müßte.

Nr. 43, 42, 41 und 40 sehen merkwürdig gleich aus. Eine hoffnungslose, graue Resignation prägt Tapetenmuster und Gesichter. Fast anonym sind sie. Keins ist verkauft. Sie geht weiter. Und dann finden die Bilder wieder zu einer Art Leben, das Grau verschwindet, die Apathie verschwindet. Gesichter und Muster sind mehr als nur Umrisse, sie erfüllen sich wieder mit gelebtem Leben. Braune Striche und Linien gehen über in Gesichtszüge, in denen viel Bitterkeit liegt. Aber die Augen zeigen ein seltsam energisches Funkeln. Dann zuckt Anne-kin plötzlich zurück, starrt mit offenem Mund eine daneben hängende schwülstige Goldbrokattapete an. Die vulgären Goldklunker gehen über in schwere, versoffene Augenlider mit hingekleckster Nuttenschminke. Warme Frauenportraits, fragt sie sich wieder. Es ist zum Heulen. Zum Sich-Fürchten. Anne-kin eilt weiter.

Schließlich steht sie vor Bild Nr. 1. Merkt, daß sie auf dieser »Reise« durch Frauengesichter vor Tapetenhintergrund die Luft angehalten hat. Atmet aus. Und holt Luft. Und starrt eine fast schon überirdische Frau mit Strahlenglanz in den Augen an, deren Gesichtszüge nur von Optimismus erfüllt sind. Die Frau ist zart und hell, die Tapete grüngolden und mit verwobenen, verspielten Ranken gemustert. Eine Frühlingsfrau in hellgrüner Frühlingslandschaft, mit frischgeborenen Gedanken und frischgeknospter Hoffnung. Anne-kin Halvorsen seufzt. Diese Frühlingsfrau ist so hoffnungslos optimistisch, daß der Tag, an dem ihr das Leben eins auf die Finger geben wird, uns schon jetzt beängstigt. Das Bild hat noch keinen roten Punkt, die Leute in Trondheim lassen sich nicht mitten im schwärzesten Eisjanuar dazu verleiten, perlenden Sonnenschein hinter Glas zu kaufen. Anne-kin schaut nach, was das Bild kostet, und seufzt noch einmal. Vergiß es, Alte, das ist nichts für dich. Aber schön ist es, Sanostol für die Seele.

Sie dreht sich um und geht auf eine Querwand zu, an der nur ein Bild hängt. Es ist anders als die anderen. Eine ältere Frau steht davor, ein in Pelz gehüllter Rücken. Auf dem Kopf ein Pelzhut, in den Händen Lederhandschuhe. Die eine Hand wird vor den Mund gehalten, an die Lippen. Du frierst, denkt Anne-kin, kauf dir Wollfäustlinge, die sind wärmer. Sie sieht, wie die Frau einen Arm ausstreckt und ihren Mann packt. Einen Moment lang stehen sie beide vor dem Bild, dann geht die Frau im Pelz rasch zur nächsten Wand weiter. Wieder sieht Anne-kin vor sich einen Rücken, einen grauen Mantelrücken. Über dem Kragen befinden sich die rötesten Ohrläppchen, die sie je gesehen hat, die müssen durchgefroren gewesen sein und tauen jetzt sicher auf.

Sie geht näher an das Bild heran. Der Mann tritt nicht beiseite. Sie wartet. Er atmet schnell, er scheint sogar außer Atem zu sein. Sie wartet höflich, wartet darauf, daß dieser graue Rücken genug gesehen hat und Platz für sie macht. Das passiert nicht. Der Mann tritt näher an das Bild heran, näher, ganz dicht. Bleibt lange stehen. Dann tritt er plötzlich einen Schritt zurück, stößt sie dabei fast um, murmelt eine Entschuldigung und geht zu der Dame im Pelz, die vermutlich seine Frau ist.

»Gefällt dir irgendeins von den Bildern?« hört Anne-kin ihn fragen.

»Ja, das da. Die Wand zwischen dem Sofa und den Portieren, dafür ist dieses Bild wie geschaffen.« Die Pelzfrau mustert Bild Nr. 40, eins von den grauen, verschwommenen. »Ich muß es mir erst näher ansehen, sieh du dich nur weiter um«, sie winkt ihn weg.

Anne-kin Halvorsen sieht sich das Bild vor ihr an. Ja. Ja, das ist wirklich anders. Es ist kein Frauenportrait, weder warm noch kalt, es gehört irgendwie nicht zur restlichen Ausstellung. Sie liest den Titel, sieht den Namen des Malers, denselben wie auf den anderen

Bildern. »Henry Aar, 1993«, steht dort. Titel: »Sub Rosa«. Das Bild ist schwarz-weiß. Und der Schatten, der aus einem Hintergrund von alten, vergilbten Papieren und Zeitungsresten herauswächst, ist ein Mann. Und eine verkrüppelte Rose, ein Stengel voll spitzer Dornen, rahmt das Ganze ein. Das Bild ist nicht verkauft, es zeigt keinen roten Punkt, nur einen kleinen Aufkleber unten in der rechten Ecke mit der Aufschrift »Priv.B.«

Witziger Künstler, überlegt sie, findet in Tapetenrosen Frauen und in Zeitungen Männer. Sie dreht sich um und sucht mit den Augen ihre Mutter, muß grinsen, als sie sieht, wie die in einer Ecke heißen Kaffee schlürft. Restlos unbeeindruckt von der Kunst sitzt ihre Mutter dort und benimmt sich wie im Café, scheißt doch glatt auf die von der Kritik bejubelte Ausstellung. Anne-kin geht zu ihr und melkt sich ebenfalls eine Tasse aus der Thermoskanne. Die Mutter zwinkert ihr zu und bietet ihr einen trockenen Keks an. Sagt: »Du hast am falschen Ende angefangen, mein Kind.«

»Am falschen Ende?«

»Ja, zuerst kommt das Hellgrüne und dann erst das Schwarze.«

Ach was, die Mutter war also für die Kunst doch nicht so tot und blind, wie sie gedacht hatte. Sie hatte immerhin die Reihenfolge durchschaut.

»Ja, da hast du wohl recht«, antwortet Anne-kin nur und schlürft nun ihrerseits heißen Kaffee.

»Nein, leider ist das unverkäuflich. Es befindet sich im Privatbesitz des Künstlers.« Leise Stimmen dringen an ihr Ohr. Die Galerieassistentin schüttelt den Kopf und wiederholt noch einmal ihr »leider nein«.

»Ja, das dort können Sie haben.« Der ältere Herr und die Galerieassistentin betrachten ein Bild an der gegenüberliegenden Wand. Eines von den grauen, anonymen. Nr. 40.

Der Mann im grauen Mantel sagt irgend etwas, er spricht zu leise, Anne-kin kann nichts verstehen.

»Ja, natürlich«, antwortet die Galerieassistentin. »Natürlich kann ich mich beim Künstler erkundigen, ob er das andere nicht doch verkaufen würde. Hinterlassen Sie einfach Ihren Namen und Ihre

Telefonnummer, dann melde ich mich bei Ihnen.« Sie schlägt das umfangreiche Verkaufsverzeichnis auf dem Tisch auf und trägt einen weiteren Verkauf ein.

»Ist es dir so recht, meine Liebe?«

Die Pelzträgerin hat sich von dem Bild losgerissen, das zwischen Sofa und Portieren gehört. »Hast du es gekauft?«

Der Mann nickt. »Ja, ich habe es gekauft, meine Liebe.«

»Die Ausstellung läuft bis zum ...« Die Galerieassistentin nennt ein Datum, fragt, ob das Bild gebracht oder abgeholt werden soll. Und wie die Bezahlung geregelt werden kann. Anne-kin kann die Antwort nicht verstehen, sieht nur, daß der Mann die Visitenkarte der Galeristin bekommt und sich leicht verbeugt, dann verschwinden die Rücken eines grauen Mantels und eines Pelzes durch die Tür.

In der Tür dreht der Mann sich noch einmal um und sieht zu, wie der rote Punkt an seinem Bild angebracht wird. Dann nickt er, nimmt seine Frau am Arm und geht.

»Ja, ja«, sagt Anne-kin, streckt die Beine aus und blickt zu ihrer Mutter hinüber. »Jetzt ist er um 7500 Kronen ärmer.«

»Dafür?« Die Mutter sieht richtig bestürzt aus.

Anne-kin nickt.

»Himmel, alte Tapeten hinter Glas und Rahmen werden für 7500 Kronen verkauft!« Die Mutter schlägt die Hand vor den Mund und kichert. »Wir hätten die Tapete aus Nr. 13 mitnehmen sollen«, flüstert sie. »Die hätten wir einrahmen und damit Millionen verdienen können.«

Anne-kin kann nicht mehr ernst bleiben, sie zieht die Mutter von Stuhl und Kaffeetasse fort und bringt sie beide auf der Straße in Sicherheit.

Dort krümmt sie sich erst einmal vor Lachen.

»So witzig war die Ausstellung nun auch wieder nicht«, meint die Mutter.

»Nein, aber *du* bist witzig«, lautet die Antwort.

Die Mutter verzieht ein wenig den Mund, ihr Blick zeigt etwas Verwirrtes, leicht Verletztes. »Lach nicht über mich«, sagt sie leise.

»Auch wenn ich den Kaffee lieber mag als die Bilder, brauchst du nicht über mich zu lachen.«

Aber ihre Tochter, die Polizeibeamtin Anne-kin Halvorsen, hat ihre Antennen nicht ausgefahren, sieht nicht das Verwirrte, Verletzte in den Augen ihrer Mutter, hört nicht, daß ihre Mutter im Grunde sagt, daß Schulbesuch und Ausbildung und ein »feiner« Beruf nicht alles im Leben sind. Daß sie keinen Grund hat, eine alte Mutter zu verachten, bloß weil die nicht begreift, daß jemand sich mit alten Tapeten und Zeitungsausschnitten befaßt oder gar 7500 Kronen dafür bezahlt. Anne-kin Halvorsen lacht nur grob, packt die Mutter an den Schultern und zieht sie an sich.

»Ich würde doch nie über dich lachen, Mams«, sagt sie und hat zum Glück keine Ahnung, daß sie damit das einzig Richtige getan hat.

Sie trennen sich in der Dronningensgate. Dort nimmt die Mutter den Bus nach Haus, während Anne-kin zähneklappernd die windige Stadtlandschaft durchquert. Die Bakke-Brücke ist zur Schlittschuhbahn geworden, der Rauhreif vom Fluß überzieht die Straße mit Eiseskälte, die Überquerung der Brücke ist das pure Hasardspiel. Anne-kin klammert sich ans Geländer, beschließt, sich gleich am nächsten Morgen Eisnägel zu kaufen, diese kluge Erfindung, die durchaus nicht alten Damen mit Angst vor Oberschenkelhalsbruch vorbehalten sein dürfte. Wenn sie fällt, sie mit ihren einssechsundsiebzig über dem Meeresspiegel, dann kann dabei auch *ihr* Oberschenkelhals zu Bruch gehen. Sie klammert sich ans Geländer und verflucht die Gemeinde, die mal wieder am Streusalz spart. Die Strecke zur Wohnung mit der schönen Aussicht in Øvre Mølleberg ist leichter – dort streuen die Hausbesitzer Asche. Und davon gibt es jetzt genug – alle heizen wie der Teufel mit ihren Holzöfen ein. Kaum sind Espen und Birken gefällt, da landen sie auch schon in Öfen und Kaminen. Gut getrocknetes Holz wird zur Mangelware. Die vier Säcke, die sie in der letzten Woche bekommen hat, fauchen und zischen übellaunig in ihrem Kamin.

Der Briefkasten ist voll. Reklame. Alles zum Sonderpreis. Sie wirft den ganzen Kram in den Mülleimer und fischt in letzter Minute einen Hochglanzkatalog eines Versandhauses für Lautsprecher, Verstärker, Plattenspieler, Videos, Fernseher, Verbindungsbrücken und CD-Geräte heraus. Den stopft sie in ihre Tasche und schließt ihre Wohnungstür auf. Denkt darüber nach, daß *sie* – Anne-kin Halvorsen, aufgewachsen mit einem schlichten Monoradio im Wohnzimmer, ohne Plattenspieler oder Tonbandgerät oder Kassettenrecorder – zum Hi-Fi-Freak geworden ist. Im Treppenhaus riecht es nach spannenden Gewürzen, Carlos, der Argentinier aus der Wohnung unter ihrer, kocht sein Abendessen. Auch Anne-kin hat Hunger, Hunger auf Musik. Ihre Anlage ist gediegen, vor allem im Vergleich zu dem alten Monoradio. Sie streift ihre Schuhe ab, läßt sich in den Musiksessel fallen, schaltet ein und legt auf. Läßt die Musik strömen, hämmern. Nickt ihrer letzten Anschaffung zustimmend zu – einem jener Verstärker, die Kennern Tränen in die Augen und Ehrfurcht in die Stimme treibt. Sie hat gerne Wasser statt Wein getrunken, um sich den leisten zu können, gibt offen zu, daß sie zu den Gläubigen gehörte, die schon Schlange standen, als die Video-Tempel in der Fjordgate eröffnet wurden. Sie war so ungefähr die einzige Frau in dieser Schlange gewesen.

»Brauchst du wirklich so hohe Lautsprecher?« hatte ihre Mutter bei einem Besuch gefragt. »Solche, die im Bücherregal stehen können, sind doch viel schöner.«

»Saugeil!« hatte dagegen ihr Bruder gerufen und plötzlich vier Hände und zwanzig Finger besessen, die auf alle Knöpfe gleichzeitig drücken konnten. Sie läßt die Musik strömen, streift die Kopfhörer ab und läßt den Verstärker zu seinem Recht kommen. Joan Armatrading – o Himmel, wie diese Frau ihre Angst zum Ausdruck bringt! Die schleichende Angst, wenn eine über die Straße geht, nach einem Fest, oder nach dem Kino, wenn eine nach Hause schlendert und plötzlich Schritte hört. Hinter sich. Auf der anderen Straßenseite. Schritte, die ihr folgen, die sich verlangsamen, wenn sie langsamer geht, die sich beschleunigen, wenn sie schneller geht. Wenn sie sich dann sagt, *die Straße gehört allen* – und wenn sie gleichzeitig das verdammt miese Gefühl in den Schultern hat, daß *etwas nicht so ist, wie es sein sollte.* Daß die Schritte hinter ihr nicht irgendeinem einsamen Nachtwanderer gehören, der sich nach Hause sehnt, der hinter ihr hertrottet, weil er nach Haus und in die Falle will. Daß sie eigentlich losschreien und Leute herbeilocken müßte. Was sie aber nicht tut. Denn *die Straße ist für alle da* – auch für einsame männliche Nachtwanderer. Und sie sagt zu sich: Gute Frau, du bist überspannt, du hast zuviel Horrorgeschichten gelesen, die Welt ist nicht so, du hast keinen Grund, dich zu ängstigen, du und alle anderen sind jetzt auf dem Heimweg und wollen ins Bett. Damit sie morgen aufstehen und zur Arbeit gehen können. Der Schrei, den du in dir aufsteigen spürst, ist Unfug, die nachtschwarzen Gedanken hast du aus Schundliteratur, aus Zeitungsschlagzeilen und Drecksporno und tausend Vergewaltigungsfällen. Du weißt es besser. Alle müssen ja wohl nach Hause gehen dürfen. Und Straße und Bürgersteig ebenso benutzen wie du. Was du in den Schultern, im Zwerchfell, im Bauch spürst, ist blanker Unsinn. Frauenunsinn. Genannt Intuition. Lächerlich!

Anne-kin Halvorsen würgt Joan Armatrading und die Stereoanlage ab. Drückt auf den Off-Knopf. Hebt den Telefonhörer von der Gabel, wählt eine Nummer und überzeugt sich davon, daß ihre Mutter mit heiler Haut zu Hause angekommen ist.

* * *

Nachtschicht bei der Kripo. Kommissariat Sundt.

Nachtschicht.

Das bedeutet eigentlich nur, daß sie nicht in aller Herrgottsfrühe aufstehen muß. Die Nachtschichten sind zumeist relativ ruhig. Trondheim ist trotz allem nicht Chicago. Mal ein Hausfriedensbruch, Handgreiflichkeiten in der Schlange am Taxistand, Schlägereien in den sogenannten »Problemzonen«. Wie der, in der sie aufgewachsen ist. Sie glaubt, diese Gegend zu kennen. Streitereien im Suff, die in Schlägereien ausarten. Zerbrochene Flaschen und heulende Frauen, strömendes Nasenblut und Nachbarn, die gegen die Wände hämmern und mit der Polizei drohen, Pöbeleien und Besoffene, die schließlich in einer Ecke einnicken, die in unseligem Rausch in sich zusammensinken und sich aus allem Elend wegschnarchen. Dazu braucht niemand die Polizei. Wenn die, die am nächsten Morgen aufwachten, auch nicht gerade Busenfreunde waren, so mochten sie sich doch jedenfalls nicht prügeln. Ihr Durst war schon schlimm genug, sie waren vollauf damit beschäftigt, in ihren und anderen zugänglichen Taschen genug Geld für ein Bier zu finden – ihre Morgenmedizin. Wenn sie nachts Nasenbluten gehabt hatten oder mit einem blühenden Veilchen dasaßen – na und? Sie schauten ja doch nicht in den Spiegel. Mochte das Veilchen blühen, bis es verwelkt war. Die Polizei war ein Fremdkörper – warum um alles in der Welt sollte die Polizei hier herumwühlen? Ihnen Angst machen? Sie provozieren? Die Polizeibeamtin Anne-kin Halvorsen nimmt einen Schluck aus ihrer Kaffeetasse – sie könnte dieser Philosophie des »das Leben seinen Lauf nehmen lassen« durchaus zustimmen. Jedenfalls, wenn niemand außer den Trinkkumpanen in Mitleidenschaft gezogen wird. In diesem Stadium ist keine Erziehung mehr möglich. Die Kollegen bezeichnen sie als eiskalte Zynikerin.

Sundt kommt hereingefegt. Er hat das Tempo weg, der Chef. Alter Orientierungsläufer mit Regalen voller Pokale, Orientierungskarten an den Wänden und einem einzigen Gesprächsthema in der Kantine: Orientierungslauf, dessen Freuden und Herausforderungen. Klein und mager und sehnig ist er, läuft vom Frühling bis zum Herbst im Wald herum und hält sich im Winter durch Skilaufen in Form. Winter wie dieser verderben ihm ganz einfach die Laune. Jetzt sieht er allerdings nicht besonders sauer aus, seine kleine, magere Gestalt glüht vor lauter Trainingsanstrengung. Sein dunkler, sorgfältig gekämmter Haarkranz steht zu Berge.

»Einsatz«, sagt er.

Die Nachtschicht springt auf. Kaffeetassen werden weggestellt, Papierstapel und Zeitungen beiseitegeschoben.

»Du kommst mit.« Er sieht Vang an. »Und du.« Er zeigt auf Anne-kin.

Unterwegs werden sie informiert, hysterischer Mann am Telefon, Uhrzeit 3.18, hysterisch und reichlich einen im Tee, jedenfalls alles andere als nüchtern. War gerade nach Hause gekommen und hatte im Treppenhaus eine Leiche gefunden.

»Hat er wirklich *Leiche* gesagt?« fragt Beamtin Halvorsen.

»Nein, er hat gesagt: Da lag sie und war tot, und das war einfach schrecklich, und ihr müßt sofort kommen, und ich war's nicht«, antwortet Sundt. »Und dann hätte er fast aufgelegt, ohne die Adresse zu nennen«, fügt er noch hinzu.

»Und die lautet?« fragt Anne-kin Halvorsen, die sieht, daß sie gerade die Bakke-Brücke überqueren und auf die Oststadt zuhalten. Aber nun biegt Sundt ab, macht bei der Bakke-Kreuzung eine scharfe Rechtswendung und verlangsamt im engen Straßennetz von Bakklandet sein Tempo. Sie fahren über weißvereiste Pflastersteine und halten vor einem niedrigen Holzhaus mit Fenstern mit kleinen Sprossen. Im Gegensatz zu den Nachbarhäusern sieht dieses nicht besonders gut erhalten aus. Nur ein schönes schmiedeeisernes Geländer an der Treppe erzählt vom Stolz vergangener Tage. Das Erdgeschoß ist dunkel, hinter den vorhanglosen Fenstern im ersten Stock brennt Licht.

Sie kommen nicht mehr dazu zu klingeln oder anzuklopfen, denn schon wird die Tür aufgerissen und ein verzweifelt weinender Mann steht vor ihnen.

Der Mann hat eine ziemliche Fahne. Und das Haus riecht nach Schimmel und Terpentin. Der Mann dreht sich auf dem Absatz um, schwankt durch einen dunklen Flur, öffnet eine Tür, und die anderen starren in grelles Licht. Die Lichtquelle ist eine kleine 75 Watt-Lampe, die an einem Nagel hängt. Und unter dem Nagel liegt eine Frau. Sie ist vollständig angezogen. Es ist hier eiskalt. Und die Frau ist vollständig angezogen. Langer brauner Wollmantel, braune Stiefel, weiße Mütze, langer weißer Schal. Ein Schal, der um ihren Hals und auf dem Boden liegt, ein von Blut besudelter Schal. Rostrotes geronnenes Blut, aufgesogen von einem weißen Wollschal.

Die Mütze ist ein Stück weit über die Augen gezogen, verdeckt den Blick, verdeckt die halbe Nase.

Aber den Mund verdeckt sie nicht.

Und der Mund ist ein Schrei.

Ein offener, grotesker Schrei.

Die Polizeibeamtin Anne-kin Halvorsen dreht sich um, glotzt Holztäfelung und Steinwände und abgeblätterte Farbe an und denkt nichts, sie glotzt einfach nur ins Leere. Wie betäubt. Der Mann mit der Fahne bricht zusammen, sinkt auf dem Boden in sich zusammen, schlägt sich die Hände vor den Kopf und schluchzt. Stößt zwischen den Schluchzern immer wieder zusammenhanglose Worte aus.

Kollege Sundt läßt ihn schluchzen. Eine Weile. Dann legt er dem Mann die Hand auf die Schulter, bittet ihn, sich aufzusetzen, bittet ihn um Mithilfe, bittet ihn, zu erzählen. Fragt, ob er ein Zimmer hat, das nicht so eiskalt ist wie dieses, ein Wohnzimmer oder eine Küche vielleicht? Der Mann nickt. Zeigt auf eine kleine, ausgetretene Treppe, die ins erste Stockwerk führt. Solides Holzgeländer, blankpoliert vom langen Gebrauch, er stolpert vorneweg, sie hinterher.

Anne-kin Halvorsen sieht, wie Kollege Sundt die Hintertür mit einem Eisenriegel verschließt, ehe er die Treppe hochsteigt. Sie läßt ihn vor, macht die Nachhut, folgt Sundts Hosenbeinen die enge, knackende Treppe hoch. Hört, wie eine Tür geschlossen wird, geht hinterher. Und steht plötzlich in scharfem, grellem Licht. Noch eine 75 Watt-Lampe. Die ebenfalls an einem Nagel hängt. Das Zimmer schaut auf die Straße, es ist einigermaßen warm. Zwei rostige Paneelöfen machen Überstunden, eine Heizsonne brummt träge mit 1000 Watt. Mit dieser Temperatur läßt es sich leben. Das Zimmer befindet sich in der Renovierungsphase. Und zwar ganz am Anfang dieser Phase. Stromkabel und Stecker sind entfernt worden, als Lichtquelle dient diese eine Lampe. Von den Wänden sind fast sämtliche Tapeten entfernt worden, die braunen Holzwände sind mit Nagellöchern übersät. Tapeten sind ordentlich zu zwei mehr als kniehohen Stapeln an der Wand aufgeschichtet worden, und der

Boden quillt von Tapetenfetzen nur so über. Gelbe, braune, lila, blaue, grüne Tapetenfetzen liegen wie Herbstlaub umher. Die seltsamsten Muster und Bruchstücke ergeben sich aus diesen hingeschleuderten Stücken – die Polizei muß durch Tapetenreste waten, um sich setzen zu können. Sundt besteht darauf, daß sie sich setzen.

»Setzen!« sagt er.

Und sie setzen sich, steigen über den Rasen aus Tapetenstücken, finden einen wackeligen Hocker, einen ebensolchen Klappstuhl, einen abgenutzten Holzstuhl, der bessere Zeiten erlebt hat, und setzen sich.

Was für ein Müllheini, denkt Anne-kin, was für ein Müll. Sie schaut sich um. Sieht zwischen den Tapetenstücken eine Damenhandtasche herumliegen. Eine teure, fesche Schultertasche aus Leder. Ihr schaudert. Sie versucht, durch Zwinkern das Bild der Frau, die ein Stockwerk tiefer liegt, aus ihren Gedanken zu verbannen, zwinkert und zwinkert. Die Frau unter der Lampe unter dem Nagel läßt sich nicht wegzwinkern. Sie liegt dort – und sie sitzen hier. Die Wirklichkeit besteht nicht mehr nur aus Sauftouren durch die beste, vorhersagbare Oststadt. Die Wirklichkeit ist hier. Der Mann, der sie hereingelassen hat, kann seine Bewegungen nur schlecht koordinieren, er stürzt zwischen die beiden Tapetenstapel, sucht nach einem Halt, findet keinen, und zwei Tapetenstapel verteilen sich im Gleitflug durch das Zimmer. Er flucht. Setzt sich auf.

Kollege Sundt hilft dem Mann, sich richtig zu setzen, Sundt will keinen weiteren Sturz, nicht noch mehr Finger, die Fingerabdrücke hinterlassen. Sundt denkt immer an Fingerabdrücke. Dann räuspert er sich, erhebt sich, geht in die Küche. Sie hören einen Wasserhahn. Er läßt Wasser einlaufen. Bringt ein Glas, reicht es dem Mann und sagt: »Trinken Sie.« Der Mann trinkt. Dann ist die Wartezeit zu Ende. Sundt bittet um Personalien. Teilt dem Mann gleichzeitig mit, daß er Anspruch auf einen Anwalt habe, bringt den ganzen vorgeschriebenen Spruch. Der andere schweigt. Dann sieht er sie an.

»Henry Aar«, sagt er dann. »Ich heiße Henry Aar. Ich bin Maler.

Wohne hier.« Er schneuzt sich in ein Stück Papier und wischt sich mit dem Handrücken die Augen.

Anne-kin Halvorsen reißt die Augen auf, starrt den Mann einen Moment lang an. Natürlich, natürlich ist er das, der Maler mit den Tapetenbildern. Sie nimmt rasch die Füße von einem kackgrünen Tapetenrest, sie hat plötzlich das Gefühl, auf Tausendkronenscheinen herumzutrampeln.

»Und das ist ... sie ist ...« Er fuchtelt mit den Händen in der Luft herum. »Das ist ... Tone!«

Das letzte kommt wie ein Stoß aus ihm heraus. Seine kräftigen Schultern sinken in sich zusammen, er ballt die Fäuste und fällt vornüber. Ist stumm, antwortet nicht mehr, sagt nichts. Weint auch nicht, atmet lautlos. So als sei er im Schlaf umgekippt. Die anderen tauschen Blicke. Kollege Sundt räuspert sich noch einmal, tritt einen Schritt vor. Der andere fährt auf, hämmert mit den Fäusten gegen die Wand und heult »Verdammt!«

Sundt fährt zurück. Starrt den Mann aufmerksam an.

O verdammte schwarze Pest! Warum konnte sie nicht die Finger von seinen Tapetenstapeln lassen, warum hatte sie nicht Respekt genug, seine Tapeten in Ruhe zu lassen! Warum mußte sie alles zwischen ihnen zerstören, seine Zukunft mit einer Frau ruinieren, die er mochte, liebte, wollte? Warum mußte sie den Traum zerstören? Henry Aar hämmert gegen die alten Holzwände, daß das Sägemehl nur so aufstiebt.

Die anderen tauschen Blicke, drei Polizisten auf Nachtschicht tauschen Blicke, rasche Blicke.

Mord aus Eifersucht? fragen die Blicke.

Dann schauen sie den Boden an, die Welt ist schrecklich. Schlimm. Mies. Verdammt mies. Anne-kin Halvorsen fängt Henry Aars Blick ein, er ist nicht besoffen genug, um nicht mehr klar sehen zu können – aus rotunterlaufenen, verweinten Augen fixiert er sie, bohrt seinen Blick in ihren.

»Wer ist sie?« Sie weiß, daß sie diese Frage nicht stellen darf, daß solche Fragen ins Verhör und auf die Wache gehören. Daß sie vorschriftsmäßig gestellt werden müssen. Das weiß sie. Sie fragt trotzdem, sie muß einfach fragen. Sie fragt: Von wem redest du hier? Wer ist diese Frau, der Tone die Zukunft mit dir ruiniert hat? Sie registriert, daß Sundt die Stirn runzelt, aber er fällt ihr nicht ins Wort.

Henry Aar blickt sie leer an, verständnislos. Kommt einen Schritt auf sie zu, bleibt stehen. Unbeholfen. Unglaublich unbeholfen. Er trägt kein Sakko – aber wenn er eins hätte, dann wäre das fünf Nummern zu groß, hinge ihm übers Handgelenk hinab. So sieht er aus. Geschrumpft. In einem viel zu großen Sakko.

Dann richtet er sich plötzlich auf. Füllt jede Masche seines Pullovers aus, sieht sie an, die Polizistin, die da sitzt und fragt: Wer. »Tone«, sagt er. »Das ist Tone.« Draußen hält ein Auto. Der Polizeiarzt.

»Geh du«, Sundt nickt Anne-kin zu. »Über die Haupttreppe«, fügt er hinzu.

Das Treppenhaus ist dunkel, nur beleuchtet von einer eingefrorenen Straßenlaterne draußen, die Eisschicht auf den Fenstern verwandelt das Treppenhaus in eine blauweiße Mondlandschaft. Anne-kin öffnet die Tür, läßt den Arzt herein und sieht gleichzeitig einen schwachen Lichtschimmer aus dem Haus gegenüber sickern. Aus einem Fenster, das mit einem dieser altmodischen, nach außen gerichteten Klatschspiegeln versehen ist. Das Nachbarhaus war ganz dunkel, als sie gekommen sind, nicht einmal das Licht über der Haustür brannte.

Jetzt ist dort hinter den Vorhängen jemand erwacht.

Sie holen ihre Geräte. Machen Fotos. Sichern Spuren. Sie beschließen, die Tote holen zu lassen. Der Krankenwagen trifft ein. Inzwischen ist der Maler Henry Aar schon längst auf die Wache gebracht worden, von zwei Uniformierten der Nachtstreife. Wenn der normale Arbeitstag anbricht, wird er dem Untersuchungsrichter vorgeführt werden. Inzwischen arbeiten Sundt und Vang und Halvorsen systematisch weiter. Unmittelbar, ehe die Stadt sich reckt und erwacht, ehe die ersten Autos über das vereiste Pflaster scheppern und die ersten Schuhsohlen das Eis zum Knirschen bringen, schickt Sundt den Kollegen Vang nach Hause.

»Du gehst jetzt schlafen«, sagt er. »Halvorsen und ich sichern hier weiter Spuren, bis wir abgelöst werden.« Er schaut auf die Uhr. »Das dauert nicht mehr lange. – Kennst du dich in dieser Gegend aus?« fragte er Anne-kin, als sie allein sind.

Anne-kin schüttelt den Kopf. Sie ist aus Lademoen, und wenn die Schotten zwischen Lademoen und Bakklandet auch nicht gerade wasserdicht sind, so gibt es doch Grenzen zwischen den beiden Stadtteilen. Sie weiß nicht, warum, beides sind doch Arbeiterviertel. Hatten in ihrer Jugend ungefähr denselben sozialen Status. Aber bei ihren Bandenkriegen galt der »Bakklandspöbel« immer als der Feind.

»Bandenkriege«, wiederholt Sundt. »Erzähl mir jetzt bloß nicht, daß brave Mädels sich an Bandenkriegen beteiligen.«

»Ich war kein braves Mädchen«, lautet die Antwort. »Mein Lieblingsvergnügen mit zehn, zwölf Jahren war, mit der Schleuder Steine zu werfen, durchs Pusterohr Erbsen zu blasen, scheißwichtige Jungs mit Steinen zu bewerfen und –«

»Aufhören!« Sundt hebt die Hand. »Nimm mir bloß nicht alle Illusionen über wohlerzogene kleine Mädchen aus früheren Zeiten.«

»Bei dir hört man ja sofort, daß du aus einem Sonntagsschulkaff kommst«, sagt Anne-kin.

»Du kennst also niemanden, der in dieser Gegend wohnt oder mal hier gewohnt hat?« Kommissar Sundt ist im Dienst und läßt sich nicht provozieren.

»Nein.« Anne-kin schüttelt den Kopf. »Aber meine Mutter hatte hier irgendwo mal ein Zimmer, als sie in die Stadt kam, um bei besseren Leuten den Dreck wegzuputzen und ihren Gören den Rotz abzuwischen.«

Kollege Sundt bedenkt sie mit einem schrägen Blick. »Da war sie sicher nicht die einzige«, sagt er.

»Aber nein«, stimmt Anne-kin zuckersüß zu. »Die Dörfer haben damals im Affenzahn Dienstbotinnen für die Stadt produziert.«

Er schüttelt nur den Kopf, hat keine Lust, sich mit ihr auf eine Nachkriegsdiskussion einzulassen.

* * *

Die Todesursache ist grotesk. Tone Saxe ist aufgespießt worden. Aufgespießt von einer Eisenstange, die in den dicken Schornstein zwischen Keller und Dachboden eingemauert ist. Die Stange ragt in einer Ecke heraus, normalerweise behindert sie das Kommen und Gehen im Flur nicht weiter. Vielleicht wurden früher Gegenstände daran aufgehängt. Tone muß gegen diese Stange geschleudert worden sein, sie wurde buchstäblich daraufgepreßt. Ihre Wunde sitzt fünf Zentimeter unter dem linken Schulterblatt. Vitale Organe sind zerfetzt worden, lebenswichtige Organe. Daß sie nicht auf der Stange steckte, als sie gefunden wurde, liegt daran, daß sich die Stange leicht nach unten senkt. Ihr Leib ist heruntergeglitten und an der Wand herabgerutscht. Er kam auf einem Haufen verrosteten Eisens zu liegen, braune Streifen an der Mauer deuten an, daß sie das Eisen vielleicht im Sturz mitgerissen hat.

Aller Wahrscheinlichkeit nach ist der Tod augenblicklich eingetreten. Die Polizeibeamtin Anne-kin Halvorsen schaudert, die weißen Blätter, der ärztliche Bericht, zittern zwischen ihren Händen. Sie ist noch nicht richtig abgehärtet, hofft übrigens auch nicht, es jemals zu werden. Daß ein Mord für sie Routine ist.

Die Todesursache ist bekannt, der Tod muß irgendwann zwischen 23.00 und 23.30 Uhr eingetreten sein. Henry Aar hat die Polizei um 3.18 Uhr verständigt.

Tone hat also lange genug hier gelegen, um zu erfrieren, falls sie doch nur bewußtlos war, überlegt Anne-kin Halvorsen. Wer immer sie hier zurückgelassen hat, muß begriffen haben, daß ein verletzter, bewußtloser Mensch in diesem zugigen Treppenhaus bald erfrieren muß. In einem Hintereingang, den nur dünne, verschlissene Bretter von der Polarnacht draußen trennen. Aber welcher Täter sieht schon nach, ob sein Opfer bewußtlos ist oder nicht!

Ansonsten weise die Tote keine Spuren von äußerlicher Gewaltanwendung auf, liest sie weiter. Nun gut.

Beamtin Halvorsen schiebt den Bericht beiseite, geht auf »Damen«, wäscht sich das Gesicht mit kaltem Wasser, fährt sich mit der Hand durch die Haare, kämmt sich mit lauwarmem Wasser den Pony, holt sich einen Becher Kaffee und kann gerade noch einen Schluck trinken, ehe Sundt hereinkommt. Er wirkt grau, sein sonst so frisches Gesicht sieht aus wie nach einer durchsumpften Nacht. Sundt hat die Nacht durchwacht.

Sie bereiten sich auf das Verhör von Henry Aar vor, gehen Bildmaterial, Beweisstücke vom Tatort und Arztbericht durch.

Sundt schaut auf die Uhr. »Jetzt muß er doch den ärgsten Rausch ausgeschlafen haben«, sagt er.

»Ja, jetzt ist er wahrscheinlich total verkatert«, meint Anne-kin. »Laß uns human sein und ihm ein Lightbier geben.«

Aber Henry Aar will kein Lightbier, er will Wasser. Ganz viel Wasser. Und einen Anwalt.

»Selbstverständlich«, lautet die Antwort. »Das ist unsere feste Routine.«

»Vergeßt eure eigenen Leute«, sagt Aar. »Ich will Nils Holthe.«

Meine Güte, denkt Beamtin Halvorsen, das heißt, daß er kein Alibi hat. Er hat letzte Nacht nicht geschlafen, sondern nachgedacht. Vorsichtig jetzt, ermahnt sie sich dann, es bringt überhaupt nichts, voreilige Schlüsse zu ziehen.

Rechtsanwalt Nils Holthe, Trondheims Antwort auf die Staranwälte der Hauptstadt, der kürzlich erst die Witwe Larsen verteidigt hat, wird informiert.

Er kommt auch sofort, und das Verhör kann beginnen.

»Ich habe für die Zeit zwischen neun und zwölf kein Alibi«, sagt Henry Aar, noch ehe irgendwer ein Wort geäußert hat.

»Falls nicht jemand gesehen hat, daß ich von zu Hause zum Bakke Gård, dann zur Lademoen-Schule und zurück zur Kneipe nebenan gegangen bin, habe ich kein Alibi für die Zeit zwischen 21.00 und 24.00 Uhr.«

Sein Anwalt bedeutet ihm zu schweigen. Hauptkommissar und Chefermittler Sundt übernimmt.

Nach stundenlangem Verhör weiß Anne-kin, warum Henry Aar ausgerechnet diesen Anwalt haben wollte – es sieht wirklich schlecht aus für ihn. Zuerst wirkte alles wie eine Soße aus Liebe und Eifersucht, mit Dreiecksbeziehung und verletztem Berufsstolz, zerstörten Hoffnungen und widerstrebenden Abhängigkeitsverhältnissen. Henry Aar ist wirr im Kopf, er beantwortet alle Fragen, nur nicht die, die ihm gestellt werden.

Das Verhör dauert sehr lange, bis endlich die trüben Umrisse klarer werden. Gegen 21.00 Uhr schloß Henry Aar seine Hintertür in Bakklandet ab und machte sich auf den Weg in sein Atelier im Künstlerhaus Bakke Gård. Unterwegs begegnete ihm kein bekanntes Gesicht. Im Bakke Gård stellte er fest, daß seine Kollegen ins Kino gegangen waren, vor dem Fernseher hockten oder sich sonst irgendwie amüsierten – jedenfalls war in den Nebenzimmern niemand mit kreativer Arbeit befaßt. Bakke Gård war stockdunkel. Um 22.00 Uhr ging er wieder, er hatte Radio gehört und schaltete den Apparat aus, als die Nachrichten anfingen, er mochte sich nicht das Elend der ganzen Welt anhören. Danach brauchte er etwa zehn Minuten bis zur Lademoen-Schule, und auch jetzt begegneten ihm keine Bekannten. Auf den Straßen war kaum jemand unterwegs, die Leute waren sicher zu Hause und heizten mit ihren Öfen ein, statt sich auf den Straßen einen abzufrieren.

Was er in der Lademoen-Schule wollte? Wußte die Polizei das denn nicht? Wurden hier keine Zeitungen gelesen? Wußten sie nicht, daß die gesamte Künstlergemeinschaft aus dem von der Gemeinde verpfuschten Bakke Gård in die von der Gemeinde geschlossene Grundschule von Lademoen übersiedelte?

Deshalb wollte er dorthin. Er hatte zwei Plastiktüten bei sich, voll Material. Was für Material? Dias. Sein Lichtbildarchiv. Du meine Güte, denkt Anne-kin Halvorsen, malst du deine Bilder nach Dias? Na, warum auch nicht? Sie sieht ein, daß sie wirklich keine Ahnung von den Methoden der Kunstmaler hat.

In der Schule war auch kein Schwein, die Kollegen saßen sicher beim Bier. Hatte er gedacht. Und je länger er daran dachte, desto größer wurde sein Durst. Bis zum Umzug würde er ja doch keine sinnvolle Arbeit leisten können. Und außerdem hatte er ja gerade eine Ausstellung laufen.

Das weiß ich, Anne-kin Halvorsen nickt. Und zu Hause auf deinem Wohnzimmerboden sind wir durch Rohmaterial für ein weiteres Dutzend Ausstellungen gewatet.

Und deshalb, erzählte er weiter, schaute er auf die Uhr und lief dann in Richtung Stadt und Stammkneipe los. War um zwölf dort, hatte also noch genug Zeit bis zur Sperrstunde. Und dort, dort traf er dann endlich Bekannte.

Ja, sicher, er mußte an seinem Haus vorbei, um zur Kneipe zu kommen. Nein, er war nicht ins Haus gegangen. Kollege Sundt verfolgt diese Frage nicht weiter.

Anne-kin Halvorsen notiert Namen und Adressen von Aars Bekannten, mit denen er in der Kneipe zusammengesessen hatte. Ein Maler Tomas Leth von den Lofoten, ein Musiker Arnold Hansen aus Trondheim, dessen Freundin, Sonja Soundso. Und Theater-Ria. Eigentlich Niederländerin. Wohnhaft in Trondheim. Sie waren bis Ladenschluß dort geblieben, dann waren sie zu Ria gegangen, um weiterzudiskutieren und noch mehr Bier zu trinken. Nur hatte die Frau kein Bier gehabt, und sie waren auf Rotwein umgestiegen. Selbstgemachten.

Polizeibeamtin Halvorsen betrachtet den Mann, der ihnen gegenübersitzt. Zuerst hat er viel geredet, wenn auch unzusammenhängend und in abgehackten Sätzen, nun ist er fast stumm. Stumm und mit einer seltsamen ironischen Distanz zu dem, was er hier erzählt. In seinem Mundwinkel scheint ein schiefes Grinsen zu hängen. Er ist ein schöner Mann, dieser Henry Aar, schön auf eine leicht rauhbeinige Weise. Glatte, rotblonde Haare, zu einem Pferdeschwanz gebunden, schwarzes Hemd, schwarzer Pullover, schwarze Jeans. Stiefel. Mehr als durchschnittlich groß. Und breitschultrig. Dieser Ausdruck paßt gut zu ihm, keine breiten Schultern, aber breitschultrig. Sein Gewicht scheint ihn fast ein wenig vornüber zu ziehen. Er ist grob gemeißelt. Nur seine Hände brechen mit diesem Eindruck. Sie sind klein und schmal. Elegant. Und sie verraten ihn, zeigen, daß er nicht so ironisch distanziert ist, wie sein sonstiges Auftreten vorgibt. Die Hände verraten, daß er um seine Selbstbeherrschung kämpfen muß. Die Mittelfinger zupfen ununterbrochen an der Nagelhaut der Daumen herum, reißen Hautstückchen ab. Puhlen weiter. Anne-kin sieht, daß er schon blutet. Er selber sieht das nicht.

Es ist schwer, seinen Blick zu fangen, er weicht immer wieder aus. Er hat sicher in den Spiegel geschaut, denkt sie, hat gesehen, daß Bier, Wein, Tränen und Schlafmangel ihm Augen gegeben haben, die er ihnen nicht zeigen will.

Sie blickt zu Sundt hinüber, der zwischen den Fragen eine kleine Pause macht und Papiere hin und her schiebt. Hin und her. Stapelt sie auf, dreht den Stapel auf Hochkant, klopft damit auf die Tischplatte, dreht ihn noch ein Stück, klopft noch einmal. Sorgt dafür, daß alle Blätter peinlich genau aufeinander liegen. Wiederholt diese Prozedur. Anwalt Nils Holthe hebt haarscharf eine Augenbraue.

Laß den Quatsch, Sundt, denkt Anne-kin, wir sind hier nicht in L.A. Über solche psychologischen Gauklereien solltest du erhaben sein. Das ist zu albern. Ich weiß ja, daß du einen Rochus gegen den Typen dir gegenüber hast, ich weiß, daß du ihn einen Hauch zu arrogant findest. Aber verdammt noch mal, Sundt, du bist hier der Profi! Zwei Minuten später ist Henry Aars Fassade geborsten, ist die dünne Haut aus Selbstsicherheit gerissen. Und vor ihnen sitzt ein Mann, der den Kopf in die Hände stützt. Er weint. Die Frage, die soeben gestellt worden ist, macht ihm alles unmöglich. Er kann nicht antworten. Kann nicht aufhören zu weinen. Kann gar nichts. Sie lassen ihm Zeit. Der Anwalt legt ihm den Arm um die Schultern, zieht ihn an sich, flüstert ihm etwas ins Ohr.

Der andere nickt.

Sundt läßt seine Papierstapel in Ruhe, und wenn er verlegen ist, dann zeigt er das jedenfalls nicht. Weiß wohl aus Erfahrung, daß jetzt der schlimmste Teil des Verhörs folgt. Für den Menschen, der verhört wird.

»In welcher Beziehung standen Sie zu Tone Saxe?« hat Sundt gefragt. Anne-kin Halvorsen ist ihm im Stillen dankbar dafür, daß er nicht von »der Ermordeten« oder »der Toten« spricht.

»Zu Tone?« sagt Aar schließlich. »Meine Beziehung zu Tone... Tone und ich...« und dann kommt er nicht mehr weiter. Sitzt wieder fest.

Die verdammte Wanduhr tickt und tickt, die Autos in der Kongensgate fahren hin und her, in der Ferne hallen immer wieder Schritte im Korridor. Beamtin Anne-kin Halvorsen steht auf, geht zum Waschbecken, dreht den Wasserhahn auf und füllt ein Glas mit Wasser. Ehe sie sich wieder setzen kann, hört sie: »Bitte! Ich habe sie nicht umgebracht. Ich habe sie an dem Abend gar nicht gesehen – bitte, sagen Sie nicht, ich hätte sie umgebracht!«

Blicke werden gewechselt.

»Nein«, sagt Sundt. »Wir behaupten ja gar nicht, Sie hätten sie umgebracht, wir fragen nur, in welcher Beziehung Sie zu Tone Saxe gestanden haben.«

Schweigen.

Sundt fügt hinzu: »Wir wissen, daß ihr die Galerie Saxe gehört... gehörte, daß sie am letzten Sonntag eine Ausstellung Ihrer Bilder eröffnet hat, daß die Bilder sich gut verkaufen, daß die Ausstellung vierzehn Tage laufen soll, daß –«

Himmel, denkt Anne-kin. Der alte Sundt hat wirklich seine Hausaufgaben gemacht. Macht er das, wenn er eigentlich schlafen sollte?

»Und daß Tone und ich ein Verhältnis hatten«, fällt Henry Aar ihm plötzlich ins Wort. Er setzt sich gerade, hebt den Kopf von den Händen und steht auf. »Hatten«, wiederholt er und läßt sich wieder auf den Stuhl fallen. »Wir *hatten* eine Beziehung, Tone und ich. *Vor* der Ausstellung – hatten wir eine Beziehung. Aber am Ende war das zu zeitraubend, sie hat sich zu sehr in meine Arbeit eingemischt. Wollte mich herumkommandieren. Deshalb habe ich Schluß gemacht.«

»Aber nur ein bißchen Schluß, oder, schließlich hatte sie noch immer Ihren Hausschlüssel?«

Da haben wir Sundt wieder, denkt Anne-kin, mit seinen Hausaufgaben. Wieso kann der Arsch seine Leute nicht rechtzeitig informieren?

»Ja«, sagt Henry Aar. »Ja, Tone hatte meinen Hausschlüssel. Es hat sich einfach nicht ergeben, daß ... ich meine, ich wollte nicht ... wir konnten doch noch darüber sprechen, nichts war endgültig entschieden.«

Pause. Alles schweigt.

»Es ist nicht so leicht, eine Frau wie Tone zu vergessen«, sagt Aar leise. »Ich habe es nicht geschafft.«

»Wissen Sie, was sie von Ihnen wollte? Waren Sie mit ihr verabredet? Hatte sie Sie angerufen?«

Henry Aar schüttelt den Kopf. »Ich wollte mich zusammenreißen, wenn die Ausstellung vorbei wäre, wenn ich genug Bilder verkauft hätte, um solvent zu sein, wollte sie dann anrufen und richtig schön zum Essen einladen. Wollte um Gutwetter bitten. Mit ihr reden und einen neuen Anfang machen. Bei besserer Finanzlage. Wenn ich Bilder verkauft hätte. Und die Kunstkritiker auf mich aufmerksam geworden wären.«

Das ewige Männersyndrom, denkt Anne-kin Halvorsen, wenn deine Freundin mehr verdient als du, bist du gleich physisch und psychisch impotent. Bringst es nicht. Auch nicht als angeblich fortschrittlicher, emanzipierter Künstler. Du bist wie alle anderen, Henry Aar.

»Sie haben also keine Vorstellung, warum Tone Saxe gestern in Ihr Haus gekommen ist, was sie von Ihnen wollte –«

»Nein!«

Sundt kann seinen Satz nicht beenden, denn Henry Aar springt auf, rennt zum Waschbecken, dreht den Wasserhahn auf und hält Kopf und Haare unter den Strahl. Läßt das Wasser fließen. Läßt eiskaltes Wasser Haare, Schädel und Schädelinhalt abkühlen. Schließlich packt er sich ein wenig Papier, schüttelt sich wie ein nasser Hund – und trocknet sich ab. Und geht wieder zu seinem Stuhl zurück. Läßt sich fallen und sieht aus wie ein Mensch, der reden und reden und reden und sich anvertrauen will.

Chefermittler Sundt beendet das Verhör. »Danke, das ist erst einmal alles«, sagt er. »Das Verhör ist beendet.«

Als sie hinausgehen, möchte Anne-kin Halvorsen wissen, *warum*.

»Warum was?« fragt Sundt mürrisch.

»Warum um Himmelswillen hast du das Verhör gerade jetzt beendet? In dem Moment, wo er bereit war, zwischen den Zeilen zu sprechen! Uns an sich heranzulassen!«

Sundt, ihr Chef, dreht sich zu ihr um, sieht sie abschätzend an, tritt zwei Schritte zurück, um nicht zu ihr aufschauen zu müssen. *Sie* mißt einssechsundsiebzig, *ihm* fehlen fünf Zentimeter. Ganz schön hart für den Großen Sundt – zu einer Frau aufschauen zu müssen!

»Mehr war nicht zu holen«, sagt er. »In dieser Runde ist nicht mehr zu holen.« Und dann macht er auf dem Absatz kehrt und verschwindet hinten im Flur. Kehrt mit raschen, geschmeidigen Schritten zu seinem Mordpuzzle zurück.

Beamtin Anne-kin Halvorsen klappt das Kinn runter. Nichts mehr zu holen! Kein Grund, das Verhör fortzusetzen! Sie glotzt hinter Sundts Rücken her. Begreift er etwas, das sie nicht begreift, oder ist er ein Idiot? Unsensibel und als Fahnder restlos ungeeignet? Hat er nicht gesehen, wollte er nicht sehen oder wollte er vorerst nicht sehen, wie Henry Aar sich verwandelt hatte? Henry Aar, der bis auf weiteres ihr einziger Verdächtiger ist! Ein Mann, der sich nach Kopfwäsche und kaltem Wasser hinsetzt und *erzählen* will! Sie schüttelt den Kopf. Begreift nicht, warum Sundt nicht *weitermachen* will. Einfach zulangen. Er ist ein Mann, der alles in kleinen Portionen haben will, denkt sie. Als sei das hier eine Orientierungsloipe. Von hier nach dort. Von dort nach da. Posten um Posten. Solche Leute machen sie einfach fertig!

Kollege Vang kommt auf sie zu, rotblond und unwiderstehlich, mit Fitness-Studio-Körper und einem der schwungvollst gezwirbelten Schnurrbärte der Truppe. Davon überzeugt, daß Frauen das

»Besondere« lieben und sich nichts aus dem Großen Dunklen auf dem weißen Pferd machen.

»Zehn Minuten Kaffeepause bis zur nächsten Runde«, sagt er. Sie gehen zusammen zur Kantine.

* * *

Sie finden Tomas Leth hinter vorgezogenen Vorhängen in einem nur spärlich beleuchteten Atelier.

»Ich male das Licht«, sagt er, sieht sie dabei nicht an und fragt auch nicht, wen er da vor sich hat. Sie stellen sich vor, zeigen ihre Dienstausweise.

»Polizei?« fragt er und betrachtet sie aus zusammengekniffenen Augen. »Was ist denn los?« Er wischt sich an einem Lappen die Hände ab, mustert seine rechte Hand, streckt sie aus und stellt sich vor. »Tomas Leth, zu Diensten«, sagt er mit knapper Verbeugung.

Ihre Augen haben sich an den halbdunklen Raum gewöhnt, sie läßt ihren Blick über Wände, Regale, Schränke und Tische gleiten. Tomas Leth muß ein Ordnungsmensch sein, sie sieht Pinsel in Gläsern, Tuben in Tubenhaltern, Papierstapel, sorgfältig an Tafeln befestigte Skizzen, alles kommt ihr so aufgeräumt und ordentlich vor. Sogar die zehn, zwölf Leinwände, die an drei Wänden lehnen, scheinen genau an ihrem Platz zu stehen. Sie sieht sich die Bilder an. Sie sind zu dunkel, das Zimmer ist zu dunkel, sie kann die Motive nicht erkennen, kann nicht sehen, was die Bilder darstellen sollen.

»Arbeiten Sie im Zwielicht?« fragt sie.

Tomas Leth dreht sich zu ihr um, lächelt. »Ja«, sagt er. »Wenn ich denke, dann denke ich in der Dämmerung. Aber wenn ich arbeite, male, dann brauche ich Licht. So.«

Plötzlich ist das Zimmer in Licht gebadet, er hat einen Schalter betätigt, und schon liegt das Zimmer nackt im Neonlicht da. Sie kneift die Augen zusammen, hat das Gefühl, der halbdunkle Zauber sei verschwunden, als das Licht kam, sieht gleichzeitig, daß das Zimmer jetzt noch ordentlicher aussieht als vorher, es hat überhaupt keine Ähnlichkeit mit ihrer Vorstellung vom Atelier eines Künstlers. Und dann landen ihre Blicke wieder bei den zehn, zwölf Bildern, die an den Wänden lehnen.

Musik, denkt sie, das hier ist Musik. Düstere, dunkle Musik. Blues. Trondheimblues. Seitenstraßen und Gänge, enge Gassen und Kellerluken, Tore mit Mülltonnen, Bretterzäune, wie die Bretterzäune meiner Kindheit – vollgekritzelt mit dem geheimnisvollen ABC des Sexuallebens, schiefe Hausfassaden, Schornsteine und Katzenpisse und fadenscheinige Spitzengardinen hinter kittlosen Fenstern. Wie all das, was es angeblich nicht mehr gibt. Das alles hat Tomas Leth wirklich gemalt, meine Güte. In schwarzweiß. Und grau. In einem seltsam gleitenden grauschwarzen Grau. Und er spricht mit nordnorwegischem Akzent – ist gar nicht aus Trondheim, kommt nicht aus Lademoen, Ila oder Singsaker. Er hat einen deutlichen nordnorwegischen Akzent. Und doch hat er ihre Jugend aufs Korn genommen, die Torwege, die dunklen Seitenstraßen, den Geruch der Armut, die dunklen Schatten, vor denen sie sich hüten sollte. Anne-kin Halvorsen starrt gierig die Bilder an, saugt sie in sich auf. Kommt sich vor wie ein kleines Mädchen. Kollege Sundt räuspert sich, und das bringt sie zurück, zurück ins Jahr 1993, in ein Zimmer, in dem sie sich befindet, weil sie Polizistin ist, Teil eines Teams, das den Mord an Tone Saxe aufklären soll.

»Ahem«, räuspert Sundt sich, dann räuspert er sich noch einmal, scheint ein wenig erkältet zu sein, der alte Sundt. »Wir möchten im Zusammenhang mit einem Mord mit Ihnen sprechen. Würden Sie wohl mit uns auf die Wache kommen und einige Fragen beantworten?«

Tomas Leth blickt sie an, fragt: »Was? Was soll das alles?« Er scheint überhaupt nichts zu begreifen. »Mord?« fragt er. »Was für ein Mord?«

Nachdem sie erklärt haben, worum es hier geht, erkennt Anne-kin, daß Henry Aar nicht der einzige ist, der Tone Saxe nicht vergessen konnte. Tomas Leths Verzweiflung wirkt so tief und echt, daß er ihr nur noch leidtun kann. Und nach der Verzweiflung kommt die Aggression, in Form einer dermaßen heißen Fluchsalve, wie sie nur ein Nordnorweger hinlegen kann. Er beruhigt sich erst wieder, als er mit der Faust die große, pechschwarze Leinwand vor sich durchstoßen hat. Er stößt seine Faust voll ins »Licht« und zerfetzt es in Längsrichtung. Starrt einen Moment verdutzt die zerrissene Leinwand an, dann seine Faust, dann die Leinwand, dann sagt er: »Das kann nicht sein. Tone ist nicht tot. Aber sicher, sicher komme ich mit, wenn ich etwas für Sie tun kann, dann komme ich natürlich mit.«

Er zieht sein schwarzgeflecktes Hemd aus, nimmt ein sauberes Hemd von einem Haken, streift sich einen Pullover über, ein Sakko, einen Mantel, steigt in dicke, solide kurze Stiefel. Altmodische und auf Glanz polierte Stiefel.

Im Auto versinkt er in seinen Gedanken, stellt keine Fragen, läßt sich auf die Wache führen und ist zum Verhör bereit. Hört sich seine Rechte und Pflichten an, schüttelt den Kopf und sagt: »Nun fangen Sie doch endlich an!«

Sie fangen an.

»Tomas Leth aus Kabelvåg auf den Lofoten, 34 Jahre alt, Maler. Ausgebildet an der Staatlichen Kunstakademie, danach in New York und Prag, einmal ein Bild bei der Herbstausstellung angenommen, dreimal abgewiesen, Ausstellungen ...« Er leiert Ortsnamen und Daten herunter. Liefert seinen gesamten Lebenslauf, ehe sie ihm auch nur eine einzige Frage danach gestellt haben. Er hat schon viel geleistet.

»Ja«, sagt er. »Ja, ich war am Dienstag, dem 11. Februar, um vierundzwanzig nullnull in der Kneipe und trank Bier, Lightbier, als Henry dort auftauchte. Ob Henry um Punkt zwölf hereingekommen ist, weiß ich nicht, ich war seit etwa elf Uhr da und bin bis zum Schluß geblieben.« Er blickt sie unsicher an.

Mit wem er denn zusammen war?

Mit einem Musiker, Arnold, einem Cellisten, mit Sonja, Arnolds Freundin, Bibliothekarin. Und mit Ria, kreative Frau, arbeitet am Theater, sie hat übrigens alle noch zu sich eingeladen. Und alle wollten mitkommen. Ria wohnt ja gleich nebenan, da brauchte niemand überredet zu werden.

Wann sie Ria denn wieder verlassen hätten? Er sieht ein wenig verlegen aus. Räuspert sich. Räuspert sich noch einmal. Die anderen wohl so gegen zwei oder drei. Er selber war noch geblieben. Hatte sich mit Ria unterhalten. Sie war auf Kaffee umgestiegen. Und er selber? Naja, er trank selten etwas Stärkeres als Lightbier. Und es tat so gut, mit jemandem zu sprechen. Mit einer kreativen Seele. Tomas Leth sieht sie an, als wolle er um Entschuldigung bitten. Das ist doch nicht nötig, denkt Anne-kin, wenn du bei Ria übernachtet hast, dann geht das die Polizei nun wirklich nichts an. Jedenfalls nicht in moralischer Hinsicht.

Wann er gegangen sei? Tja, naja, Ria hatte ihm Kaffee ans Bett gebracht – ans Sofa – ehe sie zur Arbeit mußte. Das war um halb zwölf. Am nächsten Tag, ja.

Tomas Leth von den Lofoten sieht aus, als sei er in flagranti erwischt worden.

Eine seltsame Chronologie hat dieses Verhör, denkt Anne-kin Halvorsen, dem Arztbericht zufolge ist der Mord vor zwölf passiert, weshalb will Sundt da unbedingt wissen, was Tomas Leth nach Mitternacht noch alles erlebt hat? Sie betrachtet ihren Kollegen, sie hatten im Fall Witwe Larsen einige heftige Zusammenstöße. Er ist ihr Vorgesetzter, gut und schön, aber seine Ansichten haben sie wirklich provoziert. Die Zeuginnen aus der Mietskaserne in der Oststadt hat er behandelt wie den letzten Dreck, die in Spitzen gekleidete Dame aus dem Villenviertel dagegen wollte er nicht »unnötig belästigen«. Das waren seine Worte, »unnötig belästigen«. Obwohl die Frau doch den Schlüssel zur Lösung hatte. Sie, Anne-kin Halvorsen, hatte sich damals ihrem Vorgesetzten widersetzt, hatte angefangen, auf eigene Faust herumzuschnüffeln, sich umzusehen. Und das hatte sich bezahlt gemacht. Sie weiß nicht, ob Sundt ihr das verziehen hat. Natürlich ist er zufrieden, weil der Fall aufgeklärt ist, aber sie weiß nicht, ob ihre »persönliche Initiative« schon vergeben ist.

Und doch hat sie das Gefühl, daß er hier planmäßig vorgeht, daß er weiß, warum er sich zuerst nach dem Besuch bei Ria erkundigt. Aber sie ärgert sich darüber, daß er ihr nichts gesagt, daß er sie nicht über seine Ansichten, seine Strategie informiert hat. Hat das Gefühl, daß das »Team«, wie er es nennt, nur aus ihm allein besteht.

Und dann kommt es: »Und in den Stunden, ehe Sie in die Kneipe gegangen sind, was haben Sie da gemacht? Versuchen Sie, sich so genau wie möglich zu erinnern, wo sie waren, wann, mit wem, was Sie gemacht haben. Also, Sie sagen, Sie sind um elf in die Kneipe gegangen, aber woher kamen Sie da?«

Der Künstler verstummt. Bewegt sich fast gar nicht. Nur sein Adamsapfel hebt und senkt sich, einmal, zweimal, kündet von Aktivität. Sein Blick ist unsicher. Traurig, schwermütig und unsicher. Er scheint sich mit irgend etwas entsetzlich abzumühen. Mit etwas, das sich immer wieder ein- und ausschaltet, ein und aus.

»Ich bin Tone gefolgt«, sagt er dann ganz leise.

Sie warten. Atmen nicht einmal.

»Ich bin Tone gefolgt«, sagt er noch einmal. Dann schweigt er. Kein Wort kommt mehr über seine Lippen. Er antwortet nicht auf Sundts Fragen, er scheint sie nicht zu hören, er schweigt einfach nur.

Sundt fragt, Tomas Leth schweigt.

Kollege Sundt sieht Anne-kin an, sein Blick sagt: »Deine Runde.«

Alles klar, Sundt, denkt Anne-kin, jetzt stimmen bei dir Karte und Gelände nicht mehr überein, das muß eine entsetzliche Niederlage sein. Außer dir noch andere einbeziehen zu müssen, dein »Team«, von dem du jeden Morgen bei der Besprechung redest. Und das du dann für den Rest des Tages vergißt.

»Sie sind also Tone Saxe gefolgt«, sagt sie. »Warum?« Sie dreht sich zu Tomas Leth um. Zu dem stummen Tomas Leth. Der hebt sein Gesicht langsam zu ihr hoch, sein Blick irrt noch umher. Dann begegnen sich ihre Augen.

»Weil, weil ... ich wollte so gern mit ihr sprechen ... richtig mit ihr sprechen, sie um Entschuldigung bitten ... fragen, warum ...«

Drei mögliche Fragen, drei neue Einfallswinkel: mit ihr sprechen, Entschuldigung, fragen. Welchen soll ich nehmen, überlegt sie. Sie nimmt keinen, sie fragt: »Von wo aus sind Sie ihr gefolgt?«

Er starrt seine Fäuste an, seine Fäuste, die ruhig auf seinen Knien liegen. »Von ihrer Wohnung aus.« Nennt die Adresse. Eine Straße auf der anderen Seite der Stadt, wo die Unterstadt in die Oberstadt übergeht.

»Und wohin ist sie gegangen?« Beamtin Halvorsen starrt nicht seine Fäuste an, sie mustert sein Gesicht.

»Durch die Stadt. Ich bin ihr durch die Stadt gefolgt. Durch die Elvegate, vorbei am Dom und dann ...«

»Über die Stadtbrücke nach Bakklandet«, sagt Beamtin Halvorsen.

Er schweigt.

»Nach Bakklandet«, wiederholt Anne-kin.

Tomas Leth nickt. »Ja, nach Bakklandet.«

»Wie war sie gekleidet?«

Der Mann vor ihr zögert keine Sekunde, er beschreibt Tones Kleidung: langer brauner Wollmantel, braune Stiefel, weiße Mütze und langer weißer Schal. Schultertasche aus braunem Leder. Beschreibt alles bis ins kleinste Detail. Sogar die weißen Fäustlinge, die sie in Tones Manteltaschen gefunden hatten, beschreibt er. Alles stimmt. So war sie gekleidet, als sie sie gefunden haben. Unter einer nackten Glühbirne in Henry Aars Hintereingang. Adresse Bakklandet.

»Und haben Sie mit ihr gesprochen?«

Tomas Leth schüttelt den Kopf. Er betrachtet immer noch seine Fäuste und sagt mit leiser, leiser Stimme: »Ich hoffte – o Gott, ich hoffte so sehr, daß sie zu mir wollte.«

»Aber das wollte sie nicht?«

»Nein.« Seine Stimme ist ganz dünn vor lauter zerbrochener Hoffnung. Dünn und tonlos.

»Aber wohin ist sie denn gegangen?« Anne-kin Halvorsen flüstert fast.

Kollege Sundt scheint das Atmen ganz eingestellt zu haben. Er sitzt wie ein Schattengeist am Ringrand.

»Sie ging ... sie ging ... zu Henry.«

»Hat er aufgemacht?« fragt sie rasch, ein wenig zu rasch und ein wenig zu scharf. Und verflucht sich im selben Moment. »Hat er ihr aufgemacht?« fragt sie noch einmal, in einem anderen Tonfall.

»Nein«, lautet die Antwort. Jetzt betrachtet er nicht mehr seine Fäuste, jetzt erwidert er ihren Blick. »Tone hat einen Schlüssel aus der Tasche gezogen und die Tür aufgeschlossen«, sagt er. »Einfach so, ohne vorher zu klopfen. Sie hatte noch immer seinen Schlüssel.« Der letzte Satz ist fast nicht zu hören. »Sie hatte noch immer seinen Schlüssel.« Seine Schultern sind gekrümmt, seine Gestalt ist vollständig in der Defensive. Vor Anne-kin sitzt ein verschmähter Verehrer.

»Wie spät war es? Wissen Sie, um welche Uhrzeit Tone Saxe Henry Aars Tür aufgeschlossen hat?« Sie mustert ihn, will sehen, ob er zögert.

»Das war kurz vor elf. Es war ja nicht mehr weit bis zur Kneipe. Und da war ich um elf.«

Der Rest des Verhörs von Tomas Leth zeigt in eine einzige Richtung. Der zeitliche Rahmen, den er angibt, ist zu eng, niemand kann mit Sicherheit sagen, ob er um 23.00 Uhr oder um 23.15 Uhr die Kneipe betreten hat. Fest steht nur, daß er um 23.30 Uhr dort war, als der Musiker Arnold, die Bibliothekarin Sonja und Theater-Ria dort einliefen. Der Wirt weiß noch, daß Leth eine Weile vor den anderen gekommen ist. Eine Weile, was ist das? Fünf Minuten? Zehn? Eine halbe Stunde? Der Wirt muß passen, er hatte keine Zeit, um auf die Uhr zu schauen. Und das Motiv Eifersucht gibt Tomas Leth als erster zu. Nicht das *Motiv*, aber die Eifersucht. Scharfe Krallen hatten in seinem Herzen gewütet, als Tone in Henrys Haus verschwunden war. Doch, das Verhör zeigt in eine einzige Richtung: Bald werden sie zwei Stück Künstler in U-Haft sitzen haben. Zwei mögliche Mörder. Kollegen und Rivalen.

Henry Aar und Tomas Leth. Letzterer sieht sie nur müde an, als Sundt erklärt, er werde am nächsten Morgen dem Untersuchungsrichter vorgeführt werden.

»Ich verstehe«, sagt er, streckt die Hand aus und will Anne-kins Hand drücken. Leicht verdutzt läßt sie ihn gewähren. »Sie machen nur Ihre Arbeit«, sagt er. »Sie können trotzdem ein guter Mensch sein.«

Beamtin Anne-kin Halvorsen bleibt stehen und blickt hinter Leth her. Seltsamer Mensch, demütig und überlegen zugleich. Alttestamentarisch. Sie kostet dieses Wort aus. Nein, das nicht, eher wie ein braves Kind im Körper eines Erwachsenen. Höflich und... ja, verdammte Pest, der Bursche hat verzweifelt gewirkt – ehrlich.

Nimm dich jetzt in acht, ermahnt sie sich, diese Sorte von weiblicher Intuition und Einsichten bringt dir bei den Jungs hier nur ein verächtliches Schulterzucken ein. Wie ihre Kolleginnen es mit der geschmähten weiblichen Intuition halten, weiß sie nicht. Sie hat das nicht mit ihnen diskutiert. Anne-Lise aus der Drogenabteilung wäre allerdings eine Diskussion durchaus wert, während Telma S. Hansen in der Hinsicht eine Totgeburt ist. Telma hebt nie ihre Stimme, verschmilzt fast mit den Wänden in ihrem Bestreben, den Knaben ja nicht auf die Zehen zu treten, ihnen zu Willen zu sein. Ja, ja, irgendwelche Qualitäten hat die Frau sicher auch, nur sind die so verdammt gut versteckt.

Aber sie selber weiß, was sie von weiblicher Intuition zu halten hat – die läßt sich eben nicht mit einem Schulterzucken abtun.

* * *

»Møre und Romsdal, Trøndelag, Nordland, Troms und Finnmark – durchgehend klares, kaltes Wetter.« Anne-kin schaltet den Wetterbericht im Radio aus, der Sprecher bestätigt nur, was sie auch durch das Fenster sehen kann. Stabiler Hochdruck im Osten, eiskalte sibirische Luft, die sich über den Norden verbreitet, die Schweden, Finnen und Norweger dazu bringt, sich nach einem Dasein als Bär zu sehnen. Eingegraben in einen warmen Bau. Sie schaut auf das Thermometer, das ist eingefroren, die Welt ist zur Tiefkühltruhe geworden. Her mit der im Himalaya getesteten Wäsche – oder war das auf dem Galdhøpiggen, ödes Blau mit Tempopfeilen, verführerische Spitzenteile müssen bis zur Schneeschmelze im Frühling warten. Und sie will ohnehin niemanden verführen, sie will Klinkenputzen gehen. Will Henry Aars Nachbarschaft aufsuchen und fragen, ob jemand einen *Schrei in der Nacht* gehört hat. Sie schneidet sich selber eine Grimasse – du wirst langsam zynisch, Alte. Na gut, ihr soll's recht sein, dann braucht sie wohl diese Distanz zu dem Beruf, den sie sich da ausgesucht hat. Schlichte Psychologie, die ihren nächtlichen Schlaf retten soll. Sie öffnet die Wohnungstür.

Ganz Møllenberg ist von Hundekacke bedeckt, gefrorene Häufchen liegen überall auf dem Bürgersteig herum. Sie kann keinen einzigen verdammten Hund entdecken. Woher kommt also der Dreck? Werfen die Hundehalter den aus den Fenstern? Weil es für Hund und Herrchen zu kalt zum Gassigehen ist? Aber die Kacke soll trotzdem dahin, wohin sie gehört? Auf den Bürgersteig. Fenster auf, raus mit dem Dreck. So muß es sein, so weit das Auge reicht, ist kein einziger Hund zu sehen. Anne-kin versetzt einer gutverdauten Mittagsmahlzeit einen Tritt, steigt über die nächste hinweg und geht Asylbakken hinunter.

Vor nicht allzu vielen Jahren sah der Stadtteil, den sie nun betritt, aus wie Belfast. Damals klammerte die Gemeinde sich noch an ihre Häuser. Wenn eine Fensterscheibe zerbrach, wurde das Fenster vernagelt, brach irgendwo etwas ab, dann brach es eben ab. Der gesamte Hausbestand war abgeschrieben. Aber die Leute sind unvorhersagbar. Und stur. Auch die von Trondheim. Der Verkehrsstrom, der zwischen den Häusern hindurchdonnerte und an den alten Fensterkreuzen Sprünge warf, wurde umgeleitet, die Auspuffgase verflogen, Hammerschläge, Zementmischmaschinen, Hobeln und Sägen wurden die Geräusche von Bakklandet. Die Schlechtbetuchten zogen weg, die Gutbetuchten zogen her. Die Gemeinde gab auf. Jetzt sah die Gegend langsam aus wie die Stadt Kardemomme, niedlich und klein und adrett und gepflegt. Bei diesen Sanierungsprozessen passierte irgend etwas, sie wußte nicht genau, was. Vielleicht, weil alle Einzelheiten so genau geplant waren? So perfekt ausgeführt? Sie glaubte nicht, daß die alten Bewohner von

Bakklandet, die ans Ostufer des Flusses gezogen waren, um den Gesetzen und Erlässen des Handelsortes zu entgehen, besonders viel auf perfekte Gestaltung geachtet hatten. Die hatten wohl eher praktisch gedacht.

Henry Aars Haus ist eins von denen, die der Sanierung entgangen sind. Die Wandbretter haben zwar noch nicht alle Farbe verloren, aber das Dach braucht Erste Hilfe. Schwere Schieferplatten haben eingedrückte Rücken, hier und da fehlt der Schiefer, und diese Stellen sind mit Blechplatten vernagelt. Gut, daß es nicht schneit, denkt sie, nur ein Meter Schnee, und er könnte auf dem Dachboden Ski laufen – und sich gleichzeitig die Sterne ansehen.

Anne-kin Halvorsen schellt bei den Nachbarn. Klares, unkompliziertes Klingeln, kein Ding-Dong, keine Kuckucksuhr oder sonst irgendein neumodischer Blödsinn. Einfach nur »klingeling«. Ein Mann von um die vierzig macht auf. Sie stellt sich vor, holt Atem und legt los.

Der Mann wohnt und arbeitet in diesem Haus. Sie wird in ein Arbeitszimmer geführt. Plakate an den Wänden, Broschüren und Ordner in den Regalen, auf dem Tisch ein PC, aus dem Drucker quellen die Ausdrucke. Der Mann arbeitet für eine Bürgerinitiative. Ist einer von den Achtundsechzigern, die bis heute durchgehalten haben.

Er scheint gut über den Mord informiert zu sein, hat wohl, wie die meisten anderen in Trondheim, die Zeitungen sorgfältig gelesen. In Trondheim geschieht nicht jeden Tag ein Mord, und schon gar nicht in der Nachbarschaft. Er sagt, er sei zutiefst erschüttert. Anne-kin Halvorsen nickt. Aber darüber hinaus hat der Mann wenig zu bieten. Er hat nichts gesehen und nichts gehört. Er hat immer wieder seine Erinnerung durchgesiebt, hat wirklich alles versucht. Aber in der Nacht zum zwanzigsten hat er bis gegen eins gearbeitet. Und wie sie sieht, liegt sein Arbeitszimmer ja zum Hinterhof. Von hier aus kann er nur die Katzen miauen hören. Und selbst die sind jetzt bei dieser Kälte still. Danach ist er ins Bett gegangen. Ist in seinem Schlafzimmer zwischen Wärmelaken und Thermodecke gekrochen. Und auch das Schlafzimmer liegt zum Hinterhof.

»Und oben?« Anne-kin zeigt zur Decke.

Der Mann schüttelt den Kopf. Oben wohnt seine Untermieterin, eine Stipendiatin, die gerade einen dreiwöchigen Kurs an der Frauenuniversität absolviert. Sie wird wohl in einer Woche zurück sein.

Er bietet Kaffee an. Anne-kin schüttelt den Kopf, lehnt ab, vielen Dank. Wenn hier in jedem Haus zwei Parteien wohnen, dann bedeutet das jeweils das Doppelte der hier verbrachten Zeit. Mit dem Kaffeeklatsch muß sie warten, bis sie das Gefühl hat, irgendwo mehr rausholen zu können.

»Lies das«, sagt er. »Das wird dich zum Nachdenken bringen.«

Spitze – das hat ihr gerade noch gefehlt – etwas, worüber sie nachdenken kann!

Im nächsten Haus setzen nach dem Klingeln Kindergeschrei und Hundegebell ein. Die Tür wird aufgerissen, und ein quicklebendiger kleiner Junge vertraut ihr im Affenzahn an: »Tove sagt ich darf heut nich spielen sie sagt das is zu kalt is das zu kalt?« Erwartungsvoll blickt er zu ihr hoch.

Die Frau, die Tove heißt, taucht hinter ihm auf. »Dusselchen«, sagt sie. »Das sage *ich* doch nicht, das war deine Mutter. Du frierst dir sonst die Nase ab, hat sie gesagt.«

»Es ist wirklich eiskalt«, sagt Anne-kin.

Der Kleine trottet zurück zum Hundegebell. Anne-kin sieht ein schwanzwedelndes Wesen, das sicher auch eine Runde Spielen in der Wohnung nicht ablehnt.

Die Tagesmutter Tove wohnt nicht hier, und die »Seeleute« kommen erst um halb fünf von der Arbeit. Anne-kin Halvorsen bedankt sich und geht.

Das nächste Haus ist tot, weder das erste noch das zweite Klingeln kann irgendeine Reaktion erwecken. Das gibt eine Spätschicht, überlegt sie und vergräbt die Hände in den Taschen. Merkt, daß sie Kaffeedurst hat. Das Haus gegenüber ist ein guter alter Jahrgang, erhalten durch Spachteln und Anstreichen und allerlei Ausbesserungsarbeiten. Diesem Haus fehlt nichts, es sieht einfach nur müde aus, hat ein langes Leben hinter sich. Gehört zur vorigen Generation.

Die alte Frau, die endlich doch öffnet, gehört auch zur vorigen Generation. Anne-kin sieht hinter einem Vorhang eine schwache Bewegung, hört knackende Dielenbretter, und dann steht sie da. Eine dünne, kleine Frau von Mitte siebzig. Pullover, Strickjacke, gehäkelter, hochgeschlossener Spitzenkragen. Dünne Beine, die in grauen Wollsocken in Filzpantoffeln enden.

Anne-kin stellt sich vor. Zeigt ihren Dienstausweis.

»Ach ja, Polizei«, sagt die andere, öffnet die Tür mit dem Namensschild »Ludvig Lian« sperrangelweit und winkt Anne-kin ins Haus. Sie betreten eine Diele, mit angestrichener Holztäfelung an Wänden und Decke, mit Linoleum auf dem Boden. Es ist eiskalt. Die Küche ist schon wärmer, eine wütende Heizsonne schluckt die Kilowatt nur so, die Fensterscheiben sind naß von geschmolzenem Eis. Dicke Flickenteppiche liegen auf dem Boden, eine eben erst benutzte Decke ist über einen Sessel ausgebreitet. Alte Heizsonne und Flickenteppiche, denkt Anne-kin, die pure Feuerfalle.

»Ich wage gar nicht, an die Stromrechnung zu denken«, sagt die Frau, die sich als Frau Lian vorgestellt hat. »Im Wohnzimmer darf es doch auch nicht zu kalt sein, sonst erfrieren meine Topfblumen. Und im Schlafzimmer auch nicht, sonst erfriere ich. Das wird sicher eine gewaltige Stromrechnung. Ja, ja, darüber mache ich mir Sorgen, wenn es so weit ist. Setzen Sie sich.« Sie klopft mit der Hand auf einen Stuhl auf der anderen Seite des Küchentisches. Stahlrohr und Resopal, Tablett mit aufgedrucktem Muster, gesprungene Kristallschale, die Tageszeitung.

Frau Lian sagt: »Entschuldigen Sie mich kurz«, und verschwindet durch eine Tür. Anne-kin hört Wasser rauschen, hört, daß sich dort jemand zu schaffen macht. Als Frau Lian in die Küche zurückkommt, hat sie sich die Haare gekämmt und ein wenig Rouge und Lippenstift aufgetragen. Jetzt kann sie Besuch empfangen.

»Also, so sieht heutzutage die Polizei aus«, sagt sie lächelnd. Dann nimmt sie sich zusammen und macht ein ernstes Gesicht. »Ich hatte euch schon früher erwartet«, sagt sie leicht vorwurfsvoll.

Anne-kin murmelt etwas, aber die andere achtet nicht darauf, sie redet einfach weiter.

»Das war bestimmt ein Mord aus Eifersucht. Davon bin ich überzeugt.« Sie braucht keine weitere Aufforderung zum Weiterreden als eine interessierte Miene. »Wenn sich zwei um dasselbe streiten, dann ... darin steckt eben Dynamit. Ja, ich bin ja wirklich nicht neugierig, das war ich noch nie, jeder kehre vor seiner Tür, das habe ich immer schon gesagt.« Sie sieht Anne-kin an, als erwarte sie eine Bestätigung. Und die wird ihr zuteil, in Form eines Nickens. »Aber ich sitze ja doch ziemlich oft hier am Küchentisch.« Sie schaut aus dem Fenster, ihr Profil ist mager und scharf. »Und dann sehe ich nunmal, wer hier kommt und wer geht.«

»Haben Sie gesehen, wer in der Nacht zum zwanzigsten gekommen und gegangen ist?« fragt Anne-kin.

»In der Nacht zum zwanzigsten? Ach, Sie meinen die Nacht, als ... ach, es ist entsetzlich, und dann auch noch in Stinas Haus!« Frau Lian schüttelt den Kopf.

Ich muß sie in ihrem eigenen Tempo erzählen lassen, überlegt Anne-kin, es hat keinen Sinn, sie zu bedrängen, manche verstummen dann ganz.

»Aber ich glaube nun mal, daß Eifersucht dahintersteckt«, wiederholt die alte Frau. Sie schaut aus dem Fenster, scheint doch nicht in ihrem eigenen Tempo erzählen zu wollen.

»Haben Sie Tone Saxe gekannt?« fragt Anne-kin, als das Schweigen zu lange anhält.

»Aber nein, gekannt, gekannt habe ich die alle nicht. Ich habe sie nur kommen und gehen sehen.«

»Und in der Nacht zum zwanzigsten haben Sie Tone Saxe kommen sehen?«

»Nicht doch, nachts schlafe ich. Meistens wenigstens. An diesem Abend habe ich nur gesehen, daß der Künstler gegen neun Uhr weggegangen ist.«

»Und in welche Richtung ist Henry Aar gegangen, wissen Sie das noch?«

»Einwärts. Er ist einwärts gegangen.«

»Einwärts« bedeutet dieselbe Richtung, die Henry Aar angegeben hat.

Frau Lian schüttelt den Kopf. »Ich gehe immer gegen zehn schlafen, manchmal auch früher.«

Und wachst mitten in der Nacht auf, denkt Anne-kin, sie erinnert sich an den schwachen Lichtschimmer aus einem der Fenster gegenüber. Einen Lichtschimmer, der bei ihrem Eintreffen noch nicht da war.

»Aber ich kann nicht immer schlafen«, fügt Frau Lian seufzend hinzu. »Und ich schlafe auch nicht tief.«

»Ja«, Anne-kin Halvorsen nickt, »wir haben Sie wohl geweckt, als wir in der Nacht hier vorgefahren sind.«

»Mich geweckt?« Frau Lian blickt sie verdutzt an. »Wirklich? Ja, das stimmt wohl. Stellen Sie sich vor, das hatte ich ganz vergessen.«

Das weiß sie nun immerhin – Frau Lian ist vergeßlich.

»Aber es war Eifersucht«, wiederholt die noch einmal. Und dann wird sie plötzlich aggressiv: »Sie hätten doch Vorhänge aufhängen können, wie anständige Leute. Aber nein, volle Beleuchtung, und keine Vorhänge. Es war eine Schande.«

Beamtin Halvorsen versucht, ein Lächeln zu unterdrücken. Knutschende Liebespaare sollten ihr Geknutsche hinter vorgezogene Gardinen verlegen.

»Dieser Rivale, hat der Henry Aar oft besucht?« Anne-kin Halvorsen möchte mehr über diese Eifersuchtstheorie wissen.

»*Der*? Das ist doch kein *er*. Großer Gott, ist der Künstler denn auch *so*?« Frau Lian blickt die Polizistin entsetzt an.

Die Polizei begreift, daß sie die Karten falsch gemischt hat – hier ist von einem ganz anderen Dreieck die Rede. »Nein, Entschuldigung, ich meine natürlich *sie*«, sagt Anne-kin rasch.

»Ja, die war jeden Tag hier. Ich habe nur darauf gewartet, daß die andere auftaucht.«

»Tone Saxe?« fragt Anne-kin.

Die Frau nickt.

»Können Sie die andere beschreiben?«

»Aber sicher. Ich habe hier ein Bild von ihr.«

Sie nimmt eine Zeitung aus der Aufklappbank, schlägt sie auf. Ein magerer Zeigefinger landet auf der Kulturseite, es geht um eine »spannende Keramikausstellung«. Zwei Frauen über der Töpferscheibe.

»Da! Das ist sie, rechts.« Frau Lian zeigt auf die Keramikerin Karin Kraas. »Es war eine Schande«, sagt sie noch einmal. »Wenn Stina gesehen hätte, was die zwei da trieben, dann ...« Pause.

»Stina, hat die vor Aar in dem Haus gewohnt?« Anne-kin fragt vor allem, um die andere zum Reden zu bringen, vielleicht fällt ihr ja noch etwas ein, was sie bisher vergessen hat.

»Ja, Stina hat dort nicht nur gewohnt, sie war in dem Haus geboren worden. Ihr Großvater, der alte Antonius Løhre, hat es gebaut. Er war Schmied, hatte seine Werkstatt unten am Fluß. Johannes, also, Stinas Vater, hat sie dann übernommen. Aber es lief nicht gut, es waren schlechte Zeiten, er mußte verkaufen. Aber immerhin hat er das Haus instandgehalten. Dieser Künstler dagegen, was macht der? Der reißt die Tapeten ab und *macht Bilder daraus!*«

Frau Lian schnaubt. Wenn er wenigstens zu Hammer und Säge griffe, das Haus instandsetzte. Anne-kin Halvorsen hört ein Stück Bakklandsgeschichte, die Geschichte eines Hauses. Vielleicht nicht von Bedeutung für ihren Fall, aber interessant. Sie beschließt, sich die Zeit zum Zuhören zu nehmen.

»... und alle dachten, sie würde ihn heiraten, ein fescher Mann war das, und *bemittelt*«, erzählt die Witwe gerade. »Hat ihr teure Geschenke gemacht, ja, der hat sie geradezu angebetet. Aber gleich nach dem Krieg, nein, das muß 48 oder 49 gewesen sein, hat sie ihm den Ring zurückgegeben. Einen breiten, dicken Verlobungsring. Wollte weder ihn noch den Ring.« Frau Lian vertieft sich in Erinnerungen.

Anne-kin versteht inzwischen die doppelten Flickenteppiche, die Filzpantoffeln und die doppeltgestrickten Wollsocken, Frau Lians Fußboden ist grausig kalt. Die Kälte scheint aus den Dielenbrettern heraufzusteigen, sogar sie mit ihren Stiefeln hat kalte Füße.

»Nein, jetzt rede ich wirklich zuviel.« Frau Lian beendet ihren

Wortschwall. »Kann ich Ihnen vielleicht eine Tasse Kaffee anbieten?«

»Da sage ich nicht nein«, antwortet die Polizei. »Lebt Ihre Freundin Stina noch?« fragt Anne-kin.

»Nein«, antwortet die andere kurz. Mit fast wütender Stimme.

Meine Güte, denkt Anne-kin. Du hast diese Dame zuerst erwähnt. Ich frage doch nur aus lauter Höflichkeit.

»Nein, sie ist dann endlich erlöst worden«, sagt Frau Lian nach einer Weile. Und ihre ganze Haltung signalisiert, daß sie nicht mehr darüber sprechen will. Anne-kin Halvorsen stellt keine weiteren Fragen. Frau Lian holt Tassen und Zucker und schenkt Kaffee ein. »Ich kann Ihnen leider sonst nichts anbieten«, sagt sie. »Ich muß wirklich bald wieder einkaufen gehen, wenn es nur nicht so kalt wäre, man erfriert ja auf dem Weg zum Laden.«

»Ich kann für Sie einkaufen«, bietet Anne-kin schnell an.

»Ach, wirklich? Macht Ihnen das denn nicht zuviel Arbeit?«

»Überhaupt nicht, schreiben Sie mir einfach einen Einkaufszettel. Ich trinke meinen Kaffee aus und gehe danach in den Laden.«

Die andere sieht dankbar aus, sie nimmt einen Kugelschreiber und schreibt die Einkaufsliste auf die Rückseite eines Briefumschlages. »Sie müssen bis zur Brücke gehen«, sagt sie, »da liegt der nächste Lebensmittelladen.«

Anne-kin nickt.

Der Schnee kreischt unter den Fußsohlen – kreisch, kreisch. Der Schnee scheint so sehr zu frieren, daß jede Bewegung wehtut. Die Leute laufen hin und her, pressen ihre Gesichter in Kragen und Schals, die meisten ziehen die Schultern auf Ohrenhöhe hoch. Die Aktionen gegen Pelzbekleidung haben offenbar nichts gebracht, Anne-kin sieht auf dieser Einkaufstour unglaublich viele Pelzvarianten. Junge Mädchen in Flohmarktpelzen, ältere Damen in unförmiger Pelzverpackung verschiedenster Art, starres Seehundfell um eine mutige Frau. Sie findet, daß die meisten nach Mottenkugeln riechen.

Anne-kin bleibt stehen und betrachtet Henry Aars Haus. Jetzt ist es nicht mehr irgendein Haus, in dem ein Mord geschehen ist. Dafür hat Frau Lian gesorgt. Jetzt hat das Haus eine Geschichte bekommen, Inhalt – Leben. Stinas Haus. Stinas Wohnzimmer. Jetzt ist das Wohnzimmer ausgeweidet worden, nach und nach verkauft, in Glas und Rahmen. Und der Ausweider sitzt in Untersuchungshaft. Grund: kein Alibi und eventuelle Entfernung von Beweisen. Wie auch sein Kollege. Zwei potentielle Verdächtige. Und nun ist noch eine aufgetaucht, Karin Kraas, Keramikerin. Die Presse wird begeistert sein. Doppelte Dreiecke bringen's doch wirklich.

Anne-kin überschreitet wieder Frau Lians Türschwelle. Die letzte Runde in diesem Haus, sie hat noch einige vor sich. Sagt nein, tausend Dank, als ihr neuer Kaffee angeboten wird, und bittet Frau Lian, sich zu melden, falls ihr noch etwas einfallen sollte. Die Frau nickt, verspricht, das zu tun. Bringt Anne-kin Halvorsen durch den eiskalten Flur zur Tür.

»In der Nacht ist hier übrigens jemand vorbeigerannt«, sagt sie plötzlich.

Anne-kin fährt herum. »Gerannt? Hier?« Sie starrt die Witwe an.

»Ich habe nur einen Schrei am Tor gehört, und als ich aus dem Fenster sah, rannte da hinten jemand vorbei.« Sie zeigt in Richtung Bakkebrücke. »Ach, es ist ja so kalt«, sagt sie dann und schiebt sich die Hände in die Achselhöhlen.

»Wir gehen wieder ins Haus«, sagt Anne-kin, sie will das schlummernde Gedächtnis von Frau Lian nun gänzlich zum Erwachen bringen. Für den Fall, daß es sich nicht um selektives Erzählen handelt, wenn Frau Lian nur das erzählt, was ihr selber wichtig erscheint. Und wenn sie den vorüberlaufenden Menschen nur so nebenbei erwähnt hat.

Und jetzt muß Anne-kin Halvorsen sich wirklich alle Mühe geben. Frau Lian findet Leute, die nachts durch Bakklandet rennen, nicht weiter bemerkenswert, zu dumm, daß sie das überhaupt erwähnt hat.

»Sie sind also vom Tor geweckt worden. Von welchem Tor?« Anne-kin versucht es mit einem neuen Einfallswinkel.

»Stinas Tor natürlich. Das Geräusch kenne ich ja wohl nach einem ganzen Leben. Das Tor, das Sie da sehen!« Sie zeigt auf ein windschiefes Tor rechts von der Haustür. Dahinter führt ein enger, gepflasterter Durchgang auf einen kleinen Hof, das weiß Anne-kin noch. Sie haben Tür und Tor versiegelt.

»Und wer da gerannt ist – war das ein Mann? Eine Frau? Alt? Jung?«

»Nein, das war sicher einer von diesen seltsamen Freunden des Künstlers«, ist die Antwort.

»Es war also ein Mann?«

Frau Lian nickt. »Und ein bißchen schwerfällig war er auch«, fügt sie hinzu.

»Jung oder alt?«

»Aaach, das weiß ich nicht, er hatte etwas Dunkles an, es sah jedenfalls dunkel aus. Eine Mütze, glaube ich. Vielleicht einen Mantel.« Plötzlich blickt sie Anne-kin an. »Ich habe nicht spioniert«, sagt sie. »Aber er hat mich nun mal geweckt.«

Anne-kin nickt beruhigend.

»Übrigens, gleich darauf ist ein Auto angesprungen.«

»Haben Sie das Auto gesehen?« fragt Anne-kin.

»Nein, aber gleich darauf ist auf jeden Fall eins angesprungen. Nachts fahren hier nicht viele Autos los. Die Straße ist gesperrt, wissen Sie.«

Am einen Ende, ja, denkt Anne-kin. Dann kommt die Tausendkronenfrage, sie merkt, daß ihr Puls plötzlich flattert. »Wann ungefähr ist das passiert?«

»Es ist überhaupt nicht ›ungefähr‹ passiert. Er hat das Tor um fünf nach elf zugeschlagen und mich damit geweckt. Um Punkt fünf nach elf. Das weiß ich, weil ich auf meine Armbanduhr geschaut habe, ich dachte, jetzt werde ich viele Stunden lang nicht wieder einschlafen können. Diese Freunde von dem Künstler sind wirklich nicht gerade rücksichtsvoll.«

Anne-kin nimmt ihre Uhr ab, geht zu Frau Lian hinüber, legt ihre Uhr neben Frau Lians, sieht, daß die Uhren zwei Minuten auseinander sind. Ihre geht zwei Minuten nach.

»Kann es Tomas Leth gewesen sein, den sie da gesehen haben?« fragt sie.

»Das kann jeder gewesen sein«, lautet die Antwort. »Jeder von diesen komischen Künstlern, mit denen er da befreundet ist – jeder von seinen *Freunden*, meine ich. Es war keine Frau«, sagt sie und scheint zu meinen, diese Episode sei nun wirklich komplett uninteressant.

Zum Abschied reicht sie Anne-kin die Hand. »Danke fürs Einkaufen«, sagt sie und trottet in ihre Küche zurück.

Die Polizeibeamtin überlegt im Gehen, daß sie sich mit alten Frauen nicht auskennt, denn wieso um alles in der Welt hat Frau Lian das, was vielleicht das Allerwichtigste ist, nur in einem Nebensatz erwähnt? Nämlich die vorüberrennenden Schritte, die sie zeitlich sogar genau einordnen konnte?

* * *

Im Januar 1993 erlebte die Trondheimer Polizei einen stetigen Zustrom von Bedürftigen. Die Flaschenliga drohte in Parks und Torwegen zu erfrieren. Sie hatten lange durchgehalten, hatten sich emsig mit »Frostschutzmitteln« verschiedenster Herkunft vollaufen lassen. Aber das Quecksilber sank, der Fusel machte alles nur noch schlimmer, und Verzweiflung kam auf. Ein Einbruch nach dem anderen wurde gemeldet. Die Polizei rückte aus und fand einen verhuschten »Einbrecher« vor einem eingeschlagenen Schaufenster. Dort stand er mit geronnenem Blut an eiskalten Fingerknöcheln und starrte hoffnungsvoll die grüne Minna an. Und hatte im Hinterkopf die Erinnerung an eine warme Zelle. Solche Ereignisse bildeten langsam ein richtiges Muster.

Bei der achten Einbruchsmeldung hatte es auf der Wache niemand eilig. Die Frau, die anrief, war auch nicht weiter hysterisch, sie wollte einfach nur einen Einbruch melden. Sie nannte Namen und Adresse und versprach, das Eintreffen der Polizei abzuwarten.

Der Tatort lag in der Nachbarschaft der übrigen eingeschlagenen Scheiben. Zwei Uniformierte fuhren los, sahen, daß der Fenstereinschläger das Warten sattbekommen hatte und fortgetrottet war. Zurück zum Park, zum Torweg oder hoffentlich zu einem Kumpel mit einem Zimmer.

Sie treffen eine junge Frau und fragen routinemäßig nach der eingeschlagenen Scheibe. Die blickt sie verständnislos an, sagt, sie habe nichts von einer eingeschlagenen Scheibe gesagt, eine eingeschlagene Scheibe gebe es hier nicht.

Keine eingeschlagene Scheibe? Die Jungs von der Polizei tauschen einen Blick – endlich mal wieder ein normaler Einbruch!

Eine eingeschlagene Tür vielleicht? Nein. Hintertür? Nein. Die Frau schüttelt den Kopf. Den Türen ist nichts passiert. An denen hat sich niemand vergriffen. Und sie sind abgeschlossen. Alle beide.

Der eine Uniformierte rappelt sich nun auf und fragt, was denn gestohlen worden sei.

»Ein Bild«, sagt die Frau. »Ein Gemälde ist gestohlen worden.«

Von der Wand da. Sie zeigt auf eine nackte Wand. Die Polizisten sehen sich um, glotzen die leere Wand an. Die anderen Wände sind mit Bildern behängt.

»Katalognummer 46, *Sub Rosa,* im Privatbesitz des Künstlers – unverkäuflich«, fügt sie hinzu.

Sie stehen in der Galerie Saxe. In einer Galerie, deren Besitzerin tot, ermordet und obduziert tief unten im Kellerlabyrinth des Kreiskrankenhauses liegt. Der, der das Bild gemalt hat – Katalognummer 46, »Privatbesitz« –, der Künstler, er lebt. Sitzt derzeit in einer Zelle bei der Trondheimer Polizei. Die Frau, die sich als Kunststudentin und Tone Saxes feste Galerieassistentin vorstellt, macht ihre Aussage.

Außer Tone Saxe und ihr selber hat niemand Schlüssel, sagt sie, einen Schüssel für den Galerieeingang und einen für die Hintertür. Die Tür zur Straße, die Publikumstür, ist mit einem soliden Schloß versehen, einem jener Schlösser, die mit der Bezeichnung »einbruchsicher« angeboten werden. Und dieses Schloß ist absolut unversehrt. Die Jungs von der Polizei sehen nach.

Das Schloß der Hintertür dagegen ist ein Witz. Der passende Schlüssel dafür wird in jedem Eisenwarenladen verkauft. Aber auch der »Witz« ist unversehrt, es gibt keine Spuren von Brecheisen oder anderweitiger unsanfter Behandlung.

Die Kunststudentin und Galerieassistentin teilt mit, das Tor zum Hinterhof sei immer verschlossen.

Sie sehen nach, das Tor ist abgeschlossen. Für Unbefugte kein Zutritt. Bis einer von ihnen sein gesamtes Körpergewicht einsetzt und es energisch zur Seite schiebt. Worauf das Tor aufspringt. Es quietscht anstandshalber ein wenig, dann springt es sperrangelweit auf.

Die Frau flucht. »Schiß!« sagt sie. Das Schimpfwort wirkt fremd zwischen ihren sorgfältig geschminkten Lippen. »Wie einfach ... ich wußte ja gar nicht ...«

Sie gehen wieder ins Haus, bitten sie, nachzusehen, ob außer dem Bild vielleicht noch etwas fehlt. Sie mustert die Wände, läßt ihren Blick über einen eleganten Schreibtisch aus Stahl und Glas gleiten, über Sitzgruppen mit Tisch und Kaffeekanne, über Kunstgegenstände in den Regalen, Topfblumen.

»Nein«, sagt sie. »Ich glaube nicht, daß sonst noch etwas fehlt. Und wir haben hier auch kein Bargeld. Außer in der Kaffeekasse – aber da ist nur Kleingeld drin. Höchstens hundert, hundertfünfzig Kronen.« Sie öffnet eine Schreibtischschublade, nimmt eine Plastiktasse heraus. Glotzt hinein. Hebt den Blick und sieht die anderen an. »Ganz leer«, sagt sie. »Sogar die Zehnörestücke fehlen. Herrgott, sind die Leute wirklich so verzweifelt?«

Die Jungs von der Polizei geben keine Antwort, sie bitten sie, die Schubladen durchzusehen, festzustellen, ob sonst wirklich nichts fehlt.

»Die anderen Schubladen enthalten nur Kataloge«, sagt sie, »und Briefpapier, Briefumschläge, Kosmetiktücher, Tampons, Zeitungsausschnitte.« Sie öffnet eine Schublade und zeigt ihnen den Inhalt. Es stimmt, darin liegen Kataloge, Briefpapier und eine Tamponschachtel.

Sie gehen ins Hinterzimmer. Alles vorhanden, Kristallgläser,

Aschenbecher, Kaffeemaschine und Spülbürste. Die Frau schüttelt den Kopf.

»Haben Sie Tone Saxe gut gekannt?«

Die Frage veranlaßt die Kunststudentin und Galerieassistentin, das Kristallgläserzählen einzustellen. »Gut genug, um sie zu betrauern«, ist die Antwort.

Als die Jungs auf die Wache zurückkehren, haben sie ein Stück schriftliche Meldung des Diebstahls eines Stücks Gemälde im Handschuhfach liegen. Außerdem wird der Diebstahl von 100 Kronen in bar gemeldet. Inklusive Zehnörestücke. Unterschrieben von Kunststudentin und Galerieassistentin Rita Soundso.

»Tolle Frau«, sagt der eine.

Der andere nickt. Tolle Frau.

»Aber sie fällt in Sundts Ressort«, sagt der erste.

»Ja, sie fällt in Anne-kins Ressort«, sagt der andere.

Sie tauschen einen Blick.

* * *

Anne-kin sitzt im *Gans*, an einem alten Holztisch in einer alten guten Stube. Einer guten Stube, aus der ein gemütliches Lokal geworden ist. Der Inhaber ist ein manischer Sammler, Wände, Fensterbänke und Decke sind mit Gegenständen aus einer anderen Zeit behängt und dekoriert.

Nicht überladen, es ist gerade richtig so. Ihre Zwiebelsuppe ist heiß, das Bier ist kalt. Alles so, wie es sein soll. Abgesehen von ihrem Gegenüber. Der ist wirklich nicht so, wie er sein soll, er ist das genaue Gegenteil. Sie kann nicht begreifen, daß sie ihn jemals attraktiv finden konnte. Er selber merkt nichts, will einwandfrei die Fäden aus ihrer Studienzeit in Oslo wieder aufnehmen: Einladen, essen, trinken, Zukunftsträume diskutieren, nach Hause gehen, Musik hören, küssen, ins Bett steigen. Aber der Herr Ausexaminierte Jurist läßt keine Zukunftsträume über seine Lippen strömen, während seine Zwiebelsuppe kalt und der Halbe schal werden. Sondern seine eigene Vortrefflichkeit. Sie erträgt es einfach nicht, einem Menschen zuzuhören, der sich darüber verbreitet, daß *er* und nur *er* allein auf der ganzen Welt die Irrwege der Justiz durchschaut. Und das alles heftigst ausmalt, er ist Staatsanwalt, Verteidiger und Richter in einer Person. Und die Jury noch dazu. Anne-kin konzentriert sich auf ihre Suppe, bricht Brot und ißt. Will früh nach Hause. Allein.

»Wünsche, wohl gespeist zu haben«, sagt sie, leert ihr Glas. Steht auf. »Und einen schönen Abend noch.«

Er springt auf. Blickt sie fragend an.

»Sitzenbleiben«, sagt sie. Es hört sich an, als spreche sie mit einem Hund.

»Stimmt irgend etwas nicht?« fragt er. »Darf ich dich nicht nach Hause bringen?«

»Nein«, lautet ihre Antwort. »Jetzt habe ich genug gegessen und genug geredet und möchte Feierabend machen. Mach's gut.« Sie reicht ihm die Hand.

Die übersieht er, er sagt: »Genug geredet? Wir haben noch viel zu diskutieren.« *Diskutieren.* Ehe sie antworten kann, hört sie: »Ich glaube, dein Beruf bringt dich innerlich nicht weiter, Anne-kin, ich finde, du bist so anders, so ...« Der Satz bleibt in der leeren Luft hängen.

»Mach's gut«, sagt sie noch einmal. »Und viel Glück beim Weitergebrachtwerden«, fügt sie hinzu. Sie dreht sich um und will gehen.

»Die Rechnung«, sagt er leise. »Du hast dein Essen nicht bezahlt.«

»Nein, das habe ich wirklich vergessen.« Sie lächelt ihm kurz zu. Und geht.

Kein Grund zur Aufregung, sagt sie zu sich, besonders gut haben wir uns nicht gekannt, wir sind nur bei zwei Gelegenheiten aufeinander zugeglitten. Sicher lagen dem Ganzen die sogenannten körperlichen Bedürfnisse zugrunde, die verdeckt haben, daß er ein stinklangweiliger, selbstgerechter Wichtigtuer ist. Egal, vorbei ist vorbei.

Und doch ärgert es sie, daß ihr sogenannter Männerinstinkt, auf den sich sich gern beruft, sie dermaßen im Stich gelassen hat. Doch genau das ist passiert. Punktum.

Sie hört ein knirschendes Geräusch, das sich nähert. Knirsch, knirsch. Knirsch, knirsch. Ein in einen Schal gewickelter Mensch kommt Stensbakken herunter, einen Hang, der so steil ist wie die Abfahrt auf Holmenkollen. Die Eisnägel durchbohren die Eisschicht, und der Mensch erreicht ungefährdet die Brücke. Als sie aneinander vorübergehen, wird Anne-kin ein Lächeln aus zwei alten, klugen Augen zuteil. Und ein paar kluge Worte noch dazu.

»Du darfst nicht ohne Eisnägel ausgehen, Kind.«

Sie erwidert das Lächeln. Wie wahr!

»Brubakken«, liest Anne-kin auf einem Straßenschild. Seltsam.

Brubakken? Ihre Mutter hat diesen Hang immer Stensbakken genannt, und das nie ohne ein Schaudern. Worauf eine Geschichte folgte. Auch die zum Schaudern. Die Mutter als junges Mädchen in der Stadt – Hausgehilfin. Wohnte in Pappenheim, oben am Stensbakken, stand um sechs Uhr früh auf, lief den Hang hinunter, über die Brücke, durch die Stadt, bis nach Ila, benutzte den Hintereingang für Dienstboten, machte Frühstück für die Herrschaft und für vier oder vielleicht waren's auch fünf Kinder, räumte Tische und Bänke ab, spülte Tassen, putzte Fußböden und Silberbesteck, wischte Staub und beendete ihren Arbeitstag erst, nachdem sie keuchend Stensbakken hochgeklettert war und ihre Zimmertür aufschloß. Dort fiel sie meist nur noch ins Bett, nachdem sie sich selber und ihr Zimmer und ihre Wäsche und ihre Schuhe gewaschen und instandgesetzt hatte. Aber das alles erwähnte die Mutter nur in einem Nebensatz, das *Schauderhafte* war Stensbakken um Viertel nach sechs an einem Wintermorgen. Es wurde nicht gestreut, Glatteis, so weit das Auge reichte. An einem Hang mit einer Steigung von 1:5. Die Mutter wußte nicht mehr, wie oft sie gefallen war, einfach glatt gestürzt, als wären ihr die Beine weggerissen worden. In jedem Winter waren ihre Oberschenkel und Hüften blaugelb gesprenkelt. Die pure schwedische Flagge. Das war die Geschichte von Stensbakken. Der Skiabfahrt von der Festung Kristiansten zum Fluß. Egal, ob der Hang heutzutage »Brubakken« heißt oder nicht.

Anne-kin geht geradeaus, sie hat nicht vor, ohne Eisnägel die »Abkürzung« Stensbakken zu erklimmen, sie macht den Umweg durch Bakklandet.

Henry Aars Haus liegt im Dunkeln. Nackte, dunkle Fensterscheiben. Reif auf den Fenstern des Erdgeschosses, weiße Eisblumen um kleine dunkle Felder im ersten Stock. Die Polizei hat die Paneelöfen im Wohnzimmer auf unterster Stufe weiterlaufen lassen. Das war Henry Aars Wunsch. Das Haus sieht erfroren aus. Erfroren und verlassen. Anne-kin bleibt stehen, betrachtet das Haus, läßt ihren Blick dann über die Nachbarhäuser wandern. Die sind bewohnt. Von außen verfroren, innen aber lebendig. Gelbes, warmes Licht sickert durch Vorhänge und Topfblumen, sie sieht die hölzernen Küchenmöbel, sieht Bücherregale, getrocknete Blumen in alten Krügen, sie hört gedämpfte Musik und Lachen. Die erfrorenen Häuser leben. Bei der Witwe Lian sickert schwaches Licht aus dem Schlafzimmer im ersten Stock. Das Erdgeschoß ist dunkel. Anne-kin schaut auf die Uhr, zehn ist längst vorbei. Frau Lian ist schon im Bett. Anne-kin bleibt stehen und betrachtet die Häuser, die Giebel, die Fenster. Und die Schornsteine, die sich vor dem Winterhimmel abzeichnen. Einige rauchen, ein dünner, gerader Rauchstreifen, der in der Dunkelheit verschwindet. Die enge Straße ist leblos. Die Menschen bleiben im Haus. Auch Anne-kin will ins Haus, sie will nach Hause in ihre Wohnung mit der schönen Aussicht in Øvre Møllenberg, will ihre Schuhe abstreifen, die Winterverpackung ablegen, reichlich Holz in den Kamin legen, sich eine Tasse Kakao kochen. Und auf den Flauschteppich sinken. Die Anlage einschalten und zuhören, zuhören. Blues hören. Knisterndes Kaminfeuer und Blues. Genau das, was sie braucht. Einen Seitenstraßenblues hören, Tomas Leths Bilder hören, den Trondheimblues ihrer Kindheit hören. Eiskalte heiße Musik. Wie diese Straße.

Wie dieses Haus vor ihrer Nase. Henry Aars Haus. Nein, Stinas Haus. Sie glotzt gerade Stinas Haus an. Das Haus von Stina, der Enkelin von Antonius Løhre, dem Schmied mit eigener Werkstatt unten am Fluß, der Tochter von Johannes, den schlechte Zeiten zu Fall gebracht hatten. Stina, die ihr Wohnzimmer in einem Jahr mit lebensfroher Blumentapete tapezierte und im nächsten mit einem düsteren Albtraum von einer Tapete. Jenseits aller Vernunft hatte sie im Laufe der Jahre zahllose Tapetenschichten übereinander geklebt. Ja, ja, die eine sammelt Briefmarken, die andere Servietten. Und Stina hatte eben Tapeten gesammelt.

Anne-kin läßt ihren Blick über das schmiedeeiserne Geländer gleiten. Es ist zu dunkel, um das Muster zu erkennen. Sie weißt nur noch, daß es Ähnlichkeit mit Akanthusranken hatte, schöne Bögen, die sich gut anfühlen. In einem Fenster im ersten Stock wird Licht reflektiert, Eiskristalle werden lebendig, sprühen Funken. Die Lichtquelle befindet sich im Nachbarhaus, jemand hat ein Zimmer betreten und Licht gemacht. Der Widerschein dieses Lichtes zaubert die schönsten Eisblumen an die Fenster in Stinas Haus. Wie schön, denkt Anne-kin. Und eiskalt. Dann verlischt das Licht. Das Spiel der Eiskristalle stirbt.

Und nun sieht sie es, ein schwaches, schwaches Licht. Es kommt aus dem Haus, in Stinas Haus flackert etwas ganz schwach. Und dann ist es verschwunden. Anne-kin zwinkert, merkt, daß sich durch ihren starren Blick ihre Augen mit Tränen gefüllt haben. Wieder zwinkert sie. Und nun sieht sie es wieder, ein schwaches, suchendes Licht. Unverkennbar, da ist jemand. Irgendwer befindet sich in Stinas Haus, oben, im ersten Stock, in ihrem Wohnzimmer. In einem Wohnzimmer in einem von der Polizei versiegelten Haus. Dort hat niemand zu sein. Höchstens ein Gespenst. Aber Gespenster benutzen keine Taschenlampen.

Ein Mobiltelefon, denkt sie, warum habe ich kein Mobiltelefon! Ich muß die Wache anrufen. Sie blickt sich um, sieht nirgendwo etwas, das Ähnlichkeit mit einer Telefonzelle hätte. Frau Lians Schlafzimmer ist dunkel. Anne-kin drückt auf die Klingel des Nachbarhauses. Eine halbe Ewigkeit vergeht, niemand kommt, von drinnen ist kein Lebenszeichen zu hören. Und das schwache Lichtflackern ist noch immer äußerst wirklich. Sie faßt einen Entschluß, läuft über die Straße, taucht in die Schatten ein und schleicht zum Tor. Und richtig, jemand hat sich am Siegel zu schaffen gemacht. Und das Tor ist unverschlossen. Sie will schon die Hand ausstrecken, es aufschieben, dann zögert sie. Sie denkt an die Hintertreppe, die hat geknackt wie nicht ganz gescheit, fast unmöglich, sich nach oben zu schleichen, ohne Menschen oder Gespenster zu verjagen. Aber die Vordertür ist abgeschlossen. Selbst, wenn sie das Siegel bricht, ist die Tür abgeschlossen. Vorsichtig öffnet sie das Tor, es knackt nicht lauter als Schritte auf dem Eis. Der Durchgang ist stockfinster, sie braucht einige Zeit, um sich bis zum Hinterhof vorzutasten. Festgetrampelter Schnee, viel ist nicht zu hören. Und die Hintertür ist offen. Unverschlossen. Geöffnet von jemandem, der sich im Haus befindet. Von jemandem mit einer Taschenlampe. Von jemandem, der hier nichts zu suchen hat.

Dann steht sie im Gang, sieht die Umrisse einer alten Holztreppe. Die Mauer mit dem Nagel und der nackten Lampe sieht sie nicht, will sie nicht sehen. Und an den Eisenhaken mag sie auch nicht denken. Sie richtet ihren Blick auf die Treppe, besinnt sich alter Kenntnisse – wie bezwinge ich eine verräterisch knackende Treppe, ohne die Erwachsenen zu wecken. Anne-kin setzt ihren Fuß ganz unten auf die Stufe. Dorthin, wo die Treppe in die Wand übergeht. Setzt ihn in den Winkel zwischen Wand und Stufe. Das ist die Technik, eine Technik, die die meisten nächtlichen Freier beherrschen. Und die Kinder. Die ihre Eltern nicht wecken wollen. Sie tritt auf die nächste Stufe. Die Treppe bleibt stumm. Noch eine Stufe. Auch die ist stumm. Muckst ein bißchen, verrät aber nichts. Stufe um Stufe, sie glaubt, eine Ewigkeit zu brauchen. Eine lautlose Ewigkeit.

Das Wesen auf der anderen Seite der Tür ist nicht lautlos, ihre Ohren registrieren ein Kratzen. Ein schwaches, seltsames Kratzen. Vorsichtig nähert sie sich der Tür, die steht halb offen. Was nun? Soll sie hineinstürmen, wie in einem amerikanischen Actionfilm, und »Hands up« schreien? »Ich verhafte Sie im Namen des

Gesetzes!«? Das Wesen hinter der Tür atmet schwer, ungleichmäßig. Ein Rauschgiftsüchtiger auf verzweifelter Jagd nach etwas, das er zu Geld machen kann? Oder ein schnöder Einbrecher? Ein Tapetensammler? Oder der Mörder? Tone Saxes Mörder? Annekins Augen haben sich an die Dunkelheit gewöhnt, sie kann Stühle, Tisch, Tapetenstapel erkennen. Einen dunklen Vorsprung – das Gesims. Unter einem zugemauerten Kamin. Und daneben sieht sie einen schwarzen Schatten hocken. Mit dem Rücken zu ihr. Ein zentrierter Lichtstahl aus einer kleinen Taschenlampe wandert über die Wand, über Bretter und Täfelung und Leisten – wandert über Henry Aars Tapetenstapel. Sie gleitet über die Schwelle und preßt sich an die Wand. Sie will ihn von hinten angreifen, sich auf ihn stürzen, unerwartet, überraschend – schnell, sie ist stark. Und sie kann kämpfen. Weiß genau, wie sie einen Gegner ausschalten kann. Aber sie muß von hinten kommen, zwischen ihm und ihr darf es keine Hindernisse geben, weder Tisch noch Stuhl noch Tapetenstapel. *Sie muß am Fenster vorbei!* Sie drückt sich an der Wand entlang, immer dem gebückten Rücken hinten im Zimmer zugewandt. Gleitet hinter einem Stuhl vorbei.

Ein Auto fährt im Schrittempo vorbei, sie drückt sich noch fester an die Wand. Verschwimmt mit den Schatten. Das hockende Wesen achtet nicht auf langsam fahrende Autos. Der Mann widmet sich weiter seiner Beschäftigung, atmet keuchend und murmelt leise vor sich hin. Was zum Teufel macht dieser Kerl eigentlich? Egal was, jedenfalls ist er ganz und gar vertieft.

Anne-kin nähert sich dem kritischen Punkt – dem Fenster. Es zeichnet sich als etwas kleineres dunkles Viereck vor den dunklen Wänden eines dunklen Zimmers ab. Ein Schritt – und noch ein Schritt. Sie vergißt zu atmen, konzentriert sich nur noch auf ihren Sprung, gleich ist es soweit.

Plötzlich sieht sie einen Schatten. Ihren eigenen Schatten. *Sie wirft einen Schatten!* Einen langen, verzerrten Menschenschatten, der sich über den Fußboden ausbreitet, im Winkel von neunzig Grad abknickt und an der Wand hochwandert. Ihr Schatten füllt Boden und Wand, nimmt das ganze Zimmer ein. Im Nachbarhaus muß jemand Licht gemacht haben. Jemand muß im Nachbarhaus in ein Zimmer gegangen sein und das Licht eingeschaltet haben. Verdammt! Ehe sie in die Hocke gehen kann, fährt der dunkle, gebückte Körper herum, springt auf, und ein Schrei trifft Anne-kin. Ein wahnwitziger, verzweifelter Schrei. Der Schrei zerfetzt die Stille und hallt von Decke und Wänden wider. Sie ist vor Entsetzen wie gelähmt, eine Sekunde steht sie wie festgefroren da, total erstarrt, kann keinen Muskel bewegen. Diese Sekunde reicht für die Gestalt da vorn, der Mann fährt herum, rennt zur Tür, knallt sie hinter sich zu.

Die Tür trifft Anne-kin voll ins Gesicht. Sie macht sich an der Klinke zu schaffen, hört, daß der Mann schon die Treppe hinunterrennt. Sie rennt hinterher, stürzt die Treppe hinunter, fast, ohne sie mit den Füßen zu berühren, sie jagt die Stufen hinunter, der Mann soll ihr nicht entkommen. Der soll ihr verdammt noch mal nicht entkommen! Sie hört seine Schritte im Durchgang, hört etwas umkippen. Mit einem scharfen Knall. Spitze! Er ist gestürzt. Jetzt hat sie ihn. Eine gefallene Gestalt zwischen Eisenschrott, sie wird sich auf ihn setzen. Ihn gegen die gefrorenen Steinplatten drücken. Ihn flachlegen. Ihre Füße fliegen über den Hof.

Und dann wird sie flachgelegt. Mit einem Knall geht sie auf rostigen Eisenresten in die Horizontale. Schlägt der Länge nach hin. Als letztes hört sie das Geräusch einer Stirn, die auf den Boden aufschlägt. Ihrer Stirn. Und sie hört ein Tor zuschlagen. Und dann wird die Welt dunkel und still. Für lange Zeit.

»Da haben wir sie«, hört sie jemanden sagen. »Da haben wir sie doch tatsächlich erwischt! Ist doch glatt über den Eisenschrott gestolpert!«

Sie öffnet ein Auge. Die Welt ist hell geworden. Die gefrorene Steinplatte, auf der sie liegt, ist nicht mehr kalt und schwarz, sie ist kalt und beleuchtet. Von starkem Licht, das ihr weit hinter der Stirn noch wehtut. Sie schließt das Auge wieder.

»Dreh sie vorsichtig rum«, hört sie, »untersuch ihren Puls.« Sie spürt Finger, die sich um ihr Handgelenk schließen, einen Daumen, der die Schlagader sucht, leichten Druck. Sie läßt ihn drücken – es tut gut, eine Hand zum Festhalten zu haben. Dann versucht jemand, sie umzudrehen.

»Mal gespannt, wer sie eigentlich ist«, hört sie jemanden murmeln.

Starke Fäuste wollen sie auf den Rücken drehen.

Sie grunzt, will nicht von starken Fäusten umgedreht werden.

»Hört auf damit.« Ihre Stimme klingt belegt. »Laßt mir ein bißchen Zeit, dann schaffe ich das allein.« Sie versucht, sich aufzusetzen, stößt mit dem Knie gegen eine scharfe Kante, flucht. Zwei Paar Hände befreien sie vom Eisenschrott.

»So«, hört sie. »So, jetzt kannst du dich setzen. Aber mach ja keinen Ärger!«

Ärger! Diese Stimme, wie zum Henker kommt diese Stimme hierher? Sie schaudert. Die Lage klärt sich langsam hinter ihrer benebelten Stirn.

Peinlich. Großer Gott, wie peinlich. Sie sollte erleichtert sein. Dankbar. Aber sie findet alles nur peinlich. Richtig unwohl fühlt sie sich. Spürt, wie die Schamröte Kopfhaut und Stirn überrieselt, eine Schamröte, die sich auch über Augen und Nase und Mund ergießt. Es schmeckt bitter. Süß. Bittersüß schmeckt es. Sie kneift die Lippen zusammen, will nichts schmecken. Aber ihre Nase läßt sich nicht zusammenkneifen, und ihre Nase nimmt einen Geruch wahr – einen Geruch, der vertraut wirkt. Blut. Es riecht nach Blut. Polizeibeamtin Anne-kin Halvorsen stützt den Kopf in die Hände und überlegt, daß *so* Knall & Fall riechen und schmecken.

»Himmel, die blutet ja vielleicht«, hört sie.

Sie senkt den Kopf, starrt ihre Hände an. Sieht verschmiertes Blut. Ja, sie blutet. Blutet aus einer Stirnwunde. Was da rieselt und strömt, ist nicht die Schamröte. Sondern Blut. Loch in der Stirn. Alles klar. Der, der über ihr steht, der mit der bekannten, unwillkommenen Stimme, ist ebenfalls reichlich konkret. Und sie, Polizeibeamtin Anne-kin Halvorsen, kann ihm keine überzeugende Erklärung liefern. Keine Erklärung, die Kollege Sundt verstehen würde, weder heute noch morgen könnte er verstehen, warum sie hier im Torweg von Stinas Haus sitzt und blutet. Und der, der ihren Puls gefühlt hat, würde das auch nicht verstehen, und erst recht nicht der, der sie vom Eisenschrott befreit hat. Sie würden nicht das Geringste von dieser Solonummer begreifen, sie würden auf die Vorschriften verweisen und von Dienstvergehen sprechen. Von gebrochenen Regeln. Von Idiotie und Polizeiromantik. Behaupten, sie habe zuviel Enid Blyton gelesen, zu viele Fernsehkrimis gesehen, zuviel unseriösen Videodreck geschluckt, habe ...

Sie werden schlicht und ergreifend stocksauer sein.

Und dabei ist sie diejenige, die hier stocksauer sein dürfte. Warum sind sie hier? Warum um alles in der Welt sind sie eigentlich hier? Sie hat heute bei der Besprechung mit Sundt keinen Mucks über diese »Operation« gehört. Sind die einfach so ausgerückt? Oder war das geplant? Wenn es geplant war, dann hätte sie informiert werden müssen. schließlich gehört sie zum Ermittlungsteam des Großen Sundt, oder vielleicht nicht?

Anne-kin Halvorsen kann genügend heiligen Zorn – Berufszorn – mobilisieren, um ihr Gesicht zu heben. Um es ins scharfe Taschenlampenlicht zu heben und in drei glotzende Polizeigesichter zu starren.

»Ja zum Teufel!«

»Halvorsen?!«

»Anne-kin?«

Sie nickt. Rappelt sich auf. Versucht, den sich drehenden Torweg zum Stillstand zu bringen. Der läßt sich schließlich überreden.

»Guten Abend«, sagt sie. »Ich bin offenbar gefallen und hab' mir den Kopf angeschlagen. – Aber was hat *euch* hergeführt?«

Schweigen. Langes, tiefes Schweigen.

»Und was ist mit dir?« Der Große Sundt stellt Fragen.

Vang drückt ihr ein Taschentuch an die Stirn. »Wisch dir das Blut ab«, sagt er. Fügt hinzu: »Sollen wir dich zur Unfallstation fahren?«

Sie schüttelt den Kopf, und wieder setzt sich der Torweg in Bewegung. »Nein danke«, sagt sie. »Das glaube ich nicht. Daß das nötig ist, meine ich.«

Sie schindet Zeit, weiß, daß Sundt im Schatten steht und auf eine

Antwort wartet. Und diese Antwort muß gut sein, sehr, sehr gut. Die Schwingungen, die er aussendet, sind fast greifbar und fühlbar. Was immer sie sagt, er wird ihr die Haut abziehen. Also bringt sie es lieber gleich hinter sich.

»Ich kam hier vorbei, habe Licht entdeckt, eine Taschenlampe«, sie zeigt nach oben. »Ich habe versucht, ein Telefon zu finden, um euch anzurufen, aber das hat nicht geklappt. Das Siegel am Tor war gebrochen, und ich dachte, der Einbrecher könnte verschwinden, wenn ich erst eine Telefonzelle suche.« Und dabei habe ich die Wirklichkeit nur ein bißchen ausgeschmückt, denkt sie. »Und ich habe auch keine Ahnung, wo die nächste Telefonzelle steht.« Das ist immerhin wahr. »Es war ein Mann, er hockte am Boden, schien etwas zu suchen, er leuchtete die Bodenleisten und die Wände an. Ich weiß nicht, wie alt er war. Er war nicht mehr jung.« Sie redet ohne Punkt und Komma. »Ich habe ihm wohl eine Höllenangst eingejagt, er hat geschrien, als hätte er einen Geist gesehen. Und ist losgerannt. Ich hätte ihn eingeholt, wenn nicht«, sie versetzt rostigem Eisen einen Tritt, »dieser verdammte Schrott hier herumgelegen hätte.«

Es folgt kein Wutausbruch. Sundt ist stumm und still, die anderen beiden starren die Wände an, als ob sie noch nie eine Wand gesehen hätten.

»Na gut«, sagt Sundt einfach. »Spuren sichern.«

Der gute, alte Sundt, zu sehr Profi, um sie vor Kollegen anzuschnauzen.

»Geht rein, macht Licht. Und du kommst mit«, er richtet seine Taschenlampe voll auf Anne-kins Gesicht, »und zeigst uns, wo dieser Mann gehockt hat.«

Sie nickt und schließt sich der Nachhut an. Eine kleine Frist, ehe die Abreibung kommt.

Sie gehen an der Mauer mit dem Nagel und der nackten Lampe vorbei, vorbei an der herausragenden Eisenstange, die Treppe hoch und ins Wohnzimmer.

»Seht erstmal in der Küche nach«, bittet sie, »damit ich mir das Blut abwaschen kann.« Sie preßt sich noch immer das Taschentuch des Kollegen an die Stirn. Die Küchentür ist geschlossen, der Einbrecher war wohl nur im Wohnzimmer. Sie sehen trotzdem nach. Finden nichts Außergewöhnliches, nur die von Henry Aar hinterlassene Unordnung.

Über dem Waschbecken aus weißem Emaille mit einem blauen Gummiring hängt ein Spiegel. Anne-kin Halvorsen vergißt, in den Spiegel zu blicken, sie vertieft sich in den Anblick von Waschbecken, Gummiring, Kaltwasserhahn. Das hat sie alles schon gesehen, das ist nichts Besonderes, höchstens, daß das Becken alt und abgenutzt ist. Kratzer im Emaille und verschlissener Gummiring. Sie ist mit einem solchen Waschbecken aufgewachsen, hat genickt, als sie auch hier so eins gesehen hat. Jetzt weiß sie, daß es mehr als nur ein normales Waschbecken gewesen war, sie denkt an einen blauen Hocker, den sie davorschob, auf den sie kletterte, um sich dann aufs Becken zu setzen. Es war erlaubt, hier zu pissen, statt auf das Klo ganz hinten im Flur zu gehen. Das Pissoir ihrer Kindheit. Mit dem Segen ihrer Eltern. Sie dreht den Wasserhahn auf, wäscht das Taschentuch aus, bückt sich und fängt an, das Blut wegzuwischen. Ohne in den Spiegel zu blicken. Das eiskalte Wasser tut ihrer Stirn gut, es lindert die Hammerschläge dahinter. Morgen wird sie ein Horn auf der Stirn haben. Garantiert. Dann betrachtet sie ihr Spiegelbild, um zu sehen, ob die Wunde tief ist. Das ist sie nicht, sie braucht nicht genäht zu werden. Braucht nicht zur Unfallstation. Aber es hat ziemlich geblutet. »Nur gut, dann geht das faule Blut ab«, würde ihre Mutter sagen. Anne-kin hält Ausschau nach Pflastern, dann fällt ihr ein, daß sie immer welches in der Handtasche hat. Sie klebt sich zwei Pflaster über Kreuz auf die Stirn und geht zu den anderen. Die beiden wollen gerade gehen. Nur Sundt scheint sich hier häuslich niederlassen zu wollen. Er sitzt auf einem gebrechlichen Stuhl, erteilt Befehle, und der Rest des Teams verschwindet im Treppenhaus.

Sie hört, wie das Tor ins Schloß fällt, hört knirschende Fuß-auf-Eis-Geräusche, ein Auto fährt an. Zieht den Motor hoch und verschwindet.

Sie sind allein. Sie und Sundt sind allein.

Zuerst holt er Luft, dann atmet er aus, dann streckt er die Beine aus und zieht sie sofort wieder zurück. Und dann kommt es. Kollege Sundt fließt über, stößt Wörter und Sätze ohne Punkt und Komma aus, redet und redet. Redet wie ein Wasserfall. Nach einer Weile gibt sie das Zuhören auf, sie konzentriert sich auf seine Hautfarbe, seine Gesichtsfarbe, die ist interessant, lila Flecken vor hellrotem Hintergrund, ein strammes Kind in Blaurosa, briefkastenrot die Ohrläppchen, totenkopfweiß die Schläfen, irgendwie selbstleuchtend die Nase. Er sieht unmöglich aus. Paßt irgendwie nicht zusammen.

Und das, was er sagt, paßt auch nicht zusammen. Es hat nicht die geringste Ähnlichkeit mit der Strafpredigt, die sie erwartet hatte, einer klaren Strafpredigt eines Vorgesetzten an seine Untergebene, die sich nicht an die Regeln im Handbuch gehalten hat – die auf eigene Faust Ermittlungen anstellen wollte. Sein blödsinniger Wortschall ähnelt mehr einer ehelichen Auseinandersetzung, dem Monolog eines wütenden Ehemannes, der es sich verbittet, mit Füßen betrampelt, ausgetrickst, hinters Licht geführt – zum Statisten reduziert zu werden.

Anne-kin hält die Klappe, sieht keinen Grund, gegen seine Magensäure anzuargumentieren.

»Dir ist ja wohl klar, Halvorsen, daß ich dich zur Verkehrspolizei versetzen lassen kann?« Er sieht sie nicht an, seine Blicke hängen an einem Punkt hinter ihr.

Endlich eine logische Aussage, denkt sie, jetzt kommt er langsam wieder auf die Erde zurück.

»Ja«, antwortet sie. Nickt. »Aber das tust du nicht«, fügt sie hinzu.

»Ach?« Nun sieht er sie doch an.

»Weil du mich brauchst«, sagt sie. »Weil ich eine gute Ermittlerin bin. Deshalb.«

Jetzt glotzt er sie an. »Meine Güte«, sagt er. »An Selbstvertrauen fehlt es dir jedenfalls nicht. Du wärst auf Streife bestimmt erste Klasse. Würdest garantiert in jeder Straße in Trondheim Action machen.«

Ei der Daus. Eine neue Seite am Alten Sundt. Ironie. Es gibt also noch Hoffnung.

»Oder möchtest du vielleicht nach Lademoen versetzt werden«, fragt er, »in unsere Abteilung in Lademoen?«

Lademoen, frisch eingerichtete Abteilung in der Oststadt, einem Stadtteil, der in der Kriminalitäts-Hitliste sehr weit oben steht. Ihrem Stadtteil. Da will Sundt sie also hinschicken, eine Eingeborene soll die Eingeborenen fangen.

»Ja, warum nicht«, pariert sie, »mir wäre das nur recht, ich glaube, ich könnte dort gute Arbeit leisten, der Fall Rolf Engen wäre wahrscheinlich noch ein ungelöster Posten in deinem Aktenschrank, wenn ich nicht gewesen wäre. Falls meine Erinnerung mich nicht trügt.«

Sie glotzen einander an, Sundt aus den stillen Villenstraßen am Stadtrand von Trondheim, und Anne-kin Halvorsen aus der Arbeitergegend im Osten der Stadt glotzen einander an.

Und er schlägt den Blick nieder. »Anne-kin«, sagt er. »Ich, wir... ich habe dir wohl nicht...« Er räuspert sich ausgiebig. »Ich habe deine Leistung in diesem Fall wohl nicht ausreichend gewürdigt.«

Stille. Sie wartet. Richtet ihren Blick auf einen Punkt hinter ihm. Wartet.

Der Mann vor ihr nimmt plötzlich Anlauf. Er sieht aus wie einer, den seine Frau dazu drängt, gegen den EU-Beitritt zu stimmen, während er findet, bei seinem Stand und seiner Position müsse er dafür sein.

»Du hast den Fall geknackt«, sagt er. »Ob das an deiner guten Nase lag, an alten Bekanntschaften oder ob es reines Schwein war – du hast jedenfalls den Fall geknackt.«

»Danke«, sagt sie. Und redet weiter, ehe er sich die Sache anders überlegen kann. »Und deshalb brauchst du mich. Du kannst mich gern nach Lamoen versetzen lassen. Aber das Haus, in dem wir sitzen, der Mord, der hier begangen worden ist, gehört ja gerade in deren Ressort. Bakklandet liegt im Osten der Stadt. Also bitte, laß mich versetzen.«

Er antwortet nicht auf diese Herausforderung, sondern sagt

plötzlich: »Wie fühlst du dich?« Er starrt ihre Stirn an. »Diese Wunde, wir sollten wohl doch zur Unfallstation fahren.«

»Blutet die noch immer?« fragt sie.

Er schüttelt den Kopf.

»Dann ist das doch nicht nötig«, sagt sie.

»Anne-kin«, er sagt ihren Namen leise, sehr leise, fast, als hätte er ihn nicht genannt, »Anne-kin, bist du nicht eitel? Spielt es für dich denn keine Rolle, ob du mit einer Narbe auf der Stirn durch die Gegend laufen mußt, mit einem Schnitt, mit Haut, die sich nicht mehr glätten läßt?«

Der Mann, der vor ihr sitzt, sieht unglücklich aus, er versteht das alles nicht, er erwartet feminines Gejammer und Geschrei, erwartet eine Frau, die darauf besteht, die ihn anfleht, sie zur Unfallstation zu bringen, die Wunde zu nähen, mit Pflastern zu bekleben, sie zu bandagieren, ihr zu einer glatten Stirn zu verhelfen. Sie so zu heilen, daß sie nicht entstellt durchs Leben gehen muß. Anne-kin lächelt.

»Ich kenne mich ein bißchen mit Verletzungen und Erster Hilfe aus«, sagt sie. »Auf der Polizeischule habe ich wirklich allerlei gelernt. Und in meiner Kindheit. Wenn du blutest wie ein Schwein, bedeutet das meistens nur, daß du blutest wie ein Schwein. Meine Stirn blutet, aber meine Birne ist heil. Schürfwunde.«

Er seufzt. Fährt sich mit den Fingern durch die fehlende Mähne, sagt: »Na gut, wie du willst.« Widerstrebend löst er sich von seiner Fürsorgerrolle.

»Also kann ich morgen zum Dienst kommen? In die Kongensgate? Und Karin Kraas verhören, diese Keramikerin, Henry Aars Freundin? Hatten wir das nicht so verabredet?«

Sundt nickt. Das hatten sie verabredet. Für den nächsten Tag.

Sie bleiben schweigend sitzen. Das Zimmer ist nicht besonders warm, es wird von einer nackten Birne beleuchtet, alte braune Holzwand zur Küche, abgerissene Tapetenfetzen neben Holz, Stühlen, Tisch – Tapetenhaufen auf dem Boden, Fenster mit kleinen Sprossen hin zur Straße, ein Wandschrank. Überall sind die Tapeten abgerissen. Ein fußbodenkalter Raum mit Eisblumen an den Fenstern. Ein stiller Raum. Der Abend draußen ist still. Verfroren.

Sundt dreht sich zu ihr um. »Ich werde dir den Fall nicht entziehen«, sagt er. »Und mit meinem Bericht wirst du leben können. Aber Herrgott, Anne-kin, in dem einen Jahr, seit du hier bist, hast du mehr Verletzungen davongetragen als andere in ihrer ganzen Dienstzeit. Ausgeschlagene Zähne und Löcher im Kopf!«

Ich habe mich geirrt, denkt sie, hier hat vorhin kein wütender Ehemann gesessen – sondern ein besorgter Papa.

Sie steht auf und zieht ihn kurz an sich. Sundt weicht zurück.

»Wozu soll das nun wieder gut sein«, murmelt er und erhebt sich mit verlegener Miene.

»Du weißt jetzt, warum ich hier bin«, sagt Anne-kin, »aber ich wüßte doch zu gern, warum *ihr* aufgetaucht seid.«

»Durch einen Tip«, antwortet Sundt. »Wir haben einen Tip bekommen. Eine Frau hat angerufen und gesagt, jemand habe sich durch Aars Tor geschlichen. Ein Frauenzimmer, hat sie gesagt, das sich durch Aars Tor geschlichen hat. Sie wollte keinen Namen nennen, wollte nur sagen, daß sie das gesehen hat.«

Die Witwe Lian, denkt Anne-kin, es muß die Witwe Lian gewesen sein, die gesehen hat, wie sie sich durch Stinas Tor schlich.

»Das war sicher die alte Dame von gegenüber.« Anne-kin nickt zum Nachbarhaus hinüber. »Eine liebenswürdige alte Dame, die alles weiß, was hier in der Gegend passiert. Erinnerst du dich an ihre Eifersuchtstheorie? Daß sie glaubt, eine Frau, indirekt gesagt, Karin Kraas, habe Tone Saxe umgebracht?«

Sundt nickt. Er hat ihren Bericht gelesen, und sie hat es ihm auch erzählt.

»Und dann hat sie mich sicher gesehen, ›die Mörderin, die an den Tatort zurückkehrt‹, und sie hat euch angerufen. Ich wette, daß sie jetzt gerade Nachtwache hält.«

Sie schauen aus dem Fenster. Die des Nachbarhauses sind dunkel, nur die Lampe über der Haustür brennt.

»Sie ist sicher wach«, sagt Anne-kin. »Und wenn sie mich gesehen hat, dann hat sie vielleicht auch ihn gesehen. Auf jeden Fall muß sie seinen Rückzug gehört haben.«

»Gehen wir zu ihr rüber.« Sundt schaut auf seine Uhr.

»Das wird das Beste sein«, meint Anne-kin. »Sie ist ein bißchen vergeßlich. Morgen glaubt sie vielleicht, sich an nichts mehr erinnern zu können.«

Anne-kin tritt einen Moment unter die Haustürlampe, damit die andere sie erkennen kann. Sie müssen nicht lange warten, bis die Küchenlampe eingeschaltet wird. Anne-kin lächelt. Die Tür wird einen Spaltbreit geöffnet.

»Sind Sie das, Frau Halvorsen?« fragt jemand hinter dem Spalt. Anne-kin sagt ja. »Habt ihr sie erwischt?« Die Witwe flüstert jetzt.

Anne-kin tritt näher an die Tür heran. »Haben Sie uns angerufen?« fragt sie.

»Ach, ja«, ist die Antwort. »Aber ich will in nichts hineingezogen werden. Ich dachte nur, ich müßte Bescheid sagen.« Sie öffnet die Tür ein wenig weiter.

»Dürfen wir für ein paar Minuten reinkommen?« Auch Sundt spricht mit leiser Stimme.

Frau Lian reißt die Tür zwar nicht sperrangelweit auf, aber sie dürfen doch ins Haus.

»Sie haben mich in Stinas Haus gehen sehen«, sagt Anne-kin, ehe die andere ihre Frage wiederholen kann.

»Sie? Sie waren das? Du meine Güte, wie peinlich!« Frau Lian schlägt sich die Hand vor den Mund und sieht grenzenlos unglücklich aus.

»Das macht nichts«, beruhigt Anne-kin sie. »Es ist doch gut, daß Sie die Augen offen halten.«

»Meinen Sie das wirklich?« Frau Lian scheint erleichtert zu sein. »Aber der, der aus dem Tor gestürzt kam, ehe Ihre Kollegen eingetroffen sind, war das auch ein Polizist? Ihr tragt ja keine Uniformen, man weiß wirklich nicht mehr, wer wer ist.« Das hört sich an wie ein Vorwurf.

»Das war wahrscheinlich ein Einbrecher«, antwortet Sundt.

»Ein Einbrecher?« Frau Lian macht große Augen. Was in aller Welt kann denn dem Künstler gestohlen werden?« Sie schüttelt den Kopf.

»Waren Sie schon mal bei Henry Aar?« fragt Anne-kin rasch.

Die Alte errötet leicht, wie auf frischer Tat ertappt. »Ja, das schon«, sagt sie dann. »Es ist ein alter Brauch hier in der Gegend, die Nachbarn zu begrüßen. Deshalb habe ich einen Kuchen gebacken, und ... ja, um ihn willkommen zu heißen ...« Sie verstummt.

»Gute Sitten sollte man nicht zum alten Eisen werfen«, sagt Anne-kin, die in einer Gegend aufgewachsen ist, wo das garantiert als unpassende Schnüffelei und Einmischung aufgefaßt worden wäre.

»Nein, nicht wahr«, meint die andere erleichtert.

»Und Aar hat Kaffee gekocht?« Anne-kin blickt Frau Lian an.

»Ja, das hat er«, ist die Antwort. Dann richtet Frau Lian sich auf, schüttelt langsam den Kopf, sagt: »Aber ich habe es fast bereut, wirklich – ja, Sie müssen schon entschuldigen – so schmutzig und ungepflegt ... Tapetenfetzen und Kabel und wackelige Stühle. Ach, Stinas Wohnzimmer so zu sehen, das war traurig, das kann ich Ihnen sagen.« Sie schaut Anne-kin an und schüttelt noch einmal den Kopf. »Da gab es keine Wertsachen, nur Schrott. Der Einbrecher ist also an die falsche Adresse geraten«, schließt sie.

Die Beschreibung, die Frau Lian ihnen liefern kann, ist erbärmlich. Der Mann war groß, nein, mittleren Wuchses, er war nicht jung, nein, auch nicht alt, er hatte etwas Dunkles an, es sah jedenfalls dunkel aus, vielleicht saß es auch eng. Ja, er hatte eine Mütze auf, da war sie sich fast sicher. Und sie hatte ihn nicht ins Haus gehen sehen. Durchaus nicht. Sie saß ja schließlich nicht die ganze Zeit am Fenster, hatte wirklich Besseres zu tun. Anne-kin unterdrückt ein Lächeln. Besuche auf der Toilette, meine gute Madame, denkt sie, nur Besuche auf der Toilette.

* * *

Am nächsten Tag hat Anne-kin Halvorsen wirklich ein Horn auf der Stirn. Ein buntes Horn. Sie starrt ihr tristes Spiegelbild an, entlarvendes Neonlicht – die Stirn sieht unmöglich aus. Obwohl sie am Vorabend die Wunde so gründlich gesäubert hat, daß ihre

Tränen nur so strömten, und trotz der sterilen Kompresse. Wenn es nicht so weh täte, dann würde sie sich ein Stirnband umbinden. Um den witzigen Bemerkungen der Kollegen zu entgehen. Sie kämmt sich die Haare in die Stirn. Ihr Pony ist zu kurz, verdeckt die Beule nur zur Hälfte.

Den witzigen Kommentaren entgeht sie trotzdem; kaum betritt sie ihr Büro, als Sundt auch schon über sie herfällt.

»Ich habe mich entschieden«, sagt er, »du mußt zum Arzt, mußt dich untersuchen lassen, wenn du eine Gehirnerschütterung hast, darfst du damit nicht durch die Gegend laufen.«

Und schon wird sie weggeschickt, kann gerade noch sagen: »Und Karin Kraas? Was ist mit dem Verhör?«

»Das übernehme ich«, sagt er, und seine Stimme klingt so entschieden, daß sie ohne Widerspruch aufgibt. Und ihr Kopf tut ja auch wirklich weh. Aber beim Gedanken an eine Krankschreibung wird das auch nicht besser.

»Eine kleine Woche«, sagt der Arzt. »Eine kleine Woche dauert das auf jeden Fall. Um sicherzugehen.«

Sie stöhnt.

»Aber, aber«, sagt er, lächelt. »Davon, daß Sie ein paar Tage nicht zur Arbeit können, geht die Welt doch nicht unter.«

Doch, genau. Genau das tut sie.

»Drei Tage«, bittet sie kläglich. »Dann brauche ich keine Krankschreibung.«

Der Arzt blickt sie überrascht an. »Sind Sie bei der Streife?« fragt er.

Anne-kin atmet erleichtert auf. »Nein, das nicht«, sagt sie und schüttelt ganz bewußt nicht den Kopf. »Nein, ich mache meistens Büroarbeit.«

Die Krankschreibung, deren Durchschlag der Trondheimer Polizei geschickt werden müßte, bleibt ihr erspart. Drei Tage Ruhe und ein Rezept für irgendeine Medizin sind das Ergebnis dieses Arztbesuches. Sie fährt mit dem Taxi nach Hause. Dort läuft sie im Wohnzimmer hin und her, hin und her. Schließlich nimmt sie den

Telefonhörer ab und wählt Sundts Nummer, sie muß einfach wissen, ob Karin Kraas ein Alibi hat oder nicht.

»Nein«, antwortet Sundt. »Hat sie nicht.«

Er faßt das Verhör kurz zusammen. Sie werden keine Untersuchungshaft beantragen, werden ihr jedoch Meldepflicht auferlegen. Und das Verbot, die Stadt zu verlassen.

»Und was ist übrigens mit dir – bist du krankgeschrieben?«

»Ich soll mich heute ruhig verhalten«, antwortet sie rasch. »Morgen hast du mich dann wieder.«

»Schön«, sagt er. »In deinem Kopf läßt sich offenbar nicht so leicht etwas erschüttern.« Sie hört sein Lächeln.

Verzeih mir, Sundt, denkt sie, aber meine Kopfschmerzen werden nur noch schlimmer, wenn ich tatenlos zu Hause herumlungern muß.

Sie setzt sich, versucht, alles zusammenzufassen – zu strukturieren.

Zwei Künstler, eine Künstlerin, allesamt ohne Alibi. Die Kunst ist eben doch ein einsamer Prozeß, denkt sie. Allerdings konnte Tomas Leth auf keinen künstlerischen Prozeß hinweisen, er war hinter seiner Exgeliebten hergestiefelt und hatte gelitten. Aber ist verschmähte Liebe ein Grund zum Morden?

Ach ja, das ist sie sicher, die Gerichtsprotokolle wimmeln nur so von Morden aus Eifersucht. Aber Tomas Leth kam ihr nicht wie ein Mörder vor. Aber wer zum Henker tut das schon, denkt sie, schließlich hat niemand einen Zettel mit der Aufschrift »Mörder« auf der Stirn kleben. Tomas Leth hat irgend etwas Unerschütterliches, etwas ... Kompromißloses. Nein, das nicht, sie kann das richtige Wort nicht finden. Er hat Ähnlichkeit mit einem Pastor. Genau. Höflich und wohlmeinend. Und wenig geschmeidig. Wie ein Prediger. Ja, denkt sie, das war Anne-kin Halvorsens Psychoanalyse von Tomas Leth. Der Nächste bitte: Henry Aar. Der kommt ihr vor wie ein Wirrkopf, ein begabter Wirrkopf. Maskulin, eitel – und das ist ja auch sein gutes Recht. Gutaussehend und heftig. Kann es nicht vertragen, wenn sich Galeristinnen in seine Bilder einmischen, das schadet Selbstachtung und Liebe. Aber ist das ein Grund für einen

Mord? Er hat doch durch diese Galeristin jede Menge Tapeten verkauft. Viel Geld verdient. Ob sie sich über die Verteilung gestritten haben? Das wäre dann das häufigste Mordmotiv der Geschichte: Geld. Sie begreift noch immer nicht, warum Sundt das Verhör von Henry Aar abgebrochen hat, als die Temperatur zu steigen begann.

Über Karin Kraas hat sie keine Meinung. Die hat ängstlich gewirkt, hat Sundt gesagt – nervös. Wie ein Petersilienstengel, der leicht umgeblasen werden kann. Himmel, Sundt und seine Ausdrücke. Wenn jemand zur Wache gekarrt würde, um in einem Mordfall verhört zu werden, und dann nicht nervös würde – das wäre interessant!

Und was ist mit Mister X? Dem, der in Aars Haus rein- und wieder rausgerannt ist? Dem, der weder jung noch alt noch groß noch klein ist und sich mit Vorliebe dunkel kleidet? Was zum Kranich hat dieser Typ bloß gesucht? Ein erfahrener Einbrecher ist er jedenfalls nicht. Erfahrene Einbrecher jaulen nicht wie bescheuert los, wenn sie erwischt werden. Oder ist das die neueste Nummer, um die Polizei passiv zu machen? Losbrüllen, daß den anderen das Blut gefriert? Sie hat er jedenfalls passiv werden lassen. Unglaublich effektiv. Vielleicht hatten sie es ja auch mit zwei Mister X zu tun. Dem einen, der in der Mordnacht aus dem Haus gelaufen ist, und dem anderen, der ihr die Tür ins Gesicht geknallt hat.

Sie erträgt den Gedanken nicht, daß das alles irgend etwas mit Frau Lian zu tun haben könnte. Wenn die findet, daß Henry Aar Stinas Haus vernachlässigt und entehrt, dann ist das doch kein Grund, sich über seine Ex herzumachen? Oder hat sie geglaubt, den Künstler vor sich zu haben, als sie ihm eine Lektion erteilen wollte? Wie Amalie Larsen dem Meisterfotografen Rolf Engen? Eine Lektion mit tödlicher Folge? Anne-kin seufzt. Ihr gefällt die Vorstellung, Trondheims alte Damen könnten in der Mordstatistik die Frauenquote einführen, ganz und gar nicht.

Sie legt weitere halbfeuchte Holzscheite in den Kamin und lauscht ihrem Knistern.

* * *

Am nächsten Tag kommt sie absichtlich zu spät zur Pressekonferenz. Weiß aus Erfahrung, daß Sundt in übelste Laune gerät, wenn er den Journalisten nichts zum Fraß vorwerfen kann. Sie läßt ihn erst einmal seinen Beruhigungstee trinken, ehe sie sich blicken läßt.

»So, da bist du«, brummt er. »Auf deinem Pult liegt eine Akte, lies die«, sagt er und verschwindet, und dabei schwappt die vermutlich dritte Ladung Tee aus dem Becher zwischen seinen Händen.

Ehe sie die Akte aufschlagen kann, klingelt das Telefon.

»Hier ist Rita Folve«, hört sie. Der Name sagt ihr nichts. »Es tut mir wirklich leid, aber ich habe etwas übersehen. Das Geld und das Bild sind nicht das einzige, was gestohlen worden ist.«

Anne-kin Halvorsen geht in aller Eile die Diebstahlsfälle durch. Rita Folve, Geld, Bild. Nein, von diesem Fall weiß sie nichts. Sie bittet Rita Folve, ihr das genauer zu erklären.

»Mir ist gesagt worden, Sie seien zuständig, ich müßte mich an Frau Halvorsen wenden. Bin ich vielleicht doch falsch gelandet?« Eine Frage nach der anderen.

»Doch, Sie sind richtig«, sagt Anne-kin, »aber ...«

In diesem Moment fällt ihr Blick auf die Akte, die vor ihr liegt. Und langsam dämmert es ihr. Sie blättert in der Akte, Diebstahl eines Gemäldes und eines kleinen Geldbetrages. Tatort: Galerie Saxe.

»Doch«, wiederholt sie noch einmal, mit fast atemloser Stimme. Was denn sonst noch gestohlen worden sei.

»Die Verkaufsliste«, sagt Rita Folve. »Sie haben die Verkaufsliste mitgenommen. Wie soll ich jetzt wissen, wer ein Bild gekauft oder gar schon bezahlt hat?«

»Rufen Sie aus der Galerie an?« fragt Anne-kin.

Das bestätigt die Galerieassistentin Rita Folve.

»Dann sind wir in zwanzig Minuten bei Ihnen.«

»Na gut«, ist die Antwort.

Polizeibeamtin Halvorsen will keine Einwände gegen ihren Beschluß hören, will nicht hören, daß Sundt ihren Arbeitstag anders geplant hat. *Denn das hier ist wichtig.* Und warum in aller Welt hat sie diese Akte erst jetzt bekommen? Rita Folve hat den Diebstahl schon vor zwei Tagen angezeigt. Sie läuft zu Sundt hinüber, und seltsamerweise gibt er sofort grünes Licht.

»Interessant«, sagt er, und: »Nimm Vang mit. – Ich habe die Akte auch erst heute bekommen«, sagt er, als er ihr Gesicht sieht. »Was für eine Schlamperei«, hört sie ihn grunzen, als sie rückwärts aus dem Zimmer geht.

Die Galerieassistentin Rita Folve ringt die Hände. »Wie sollen wir jetzt wissen, wer gekauft und wer bezahlt hat?« fragt sie noch einmal.

»Wir?« fragt Anne-kin.

»Ja, wir.« Rita Folve wird rot. »Ich, meine ich, jetzt bin ich ja allein übrig.«

Beamtin Halvorsen nickt, solche Versprecher ist sie gewöhnt. Und die einzige Verwandte Tone Saxes, von der sie bisher wissen, ist ihre Mutter, die mit ihrem Mann in den USA lebt. Sie haben einen seltsamen Bericht von der Polizei drüben erhalten, die die Mutter vom Tod ihrer Tochter unterrichten mußte. Eventuelle Trauer und Verzweiflung ertranken in finanziellen Fragen und Forderungen.

»Sie können die Verkaufsliste doch sicher rekonstruieren, meinen Sie nicht? Sie müssen sich doch wenigstens an einige Namen erinnern.«

Die andere schüttelt den Kopf. »Deshalb haben wir doch die Verkaufslisten, damit wir uns das alles nicht merken müssen. Und gerade diese Ausstellung«, sie zeigt auf die Bilder an der Wand, »die hat doch extrem gut verkauft.«

Anne-kin Halvorsen sieht an den meisten Bildern rote Punkte. Nur eine Wand weist keinen auf. Aber an der hängt auch kein Bild. Sie zeigt auf die Wand, dreht sich zu Rita Folve um, fragt: »Handelt es sich bei dem gestohlenen Bild um das, das sich im Privatbesitz des Künstlers befindet?« Im Grunde weiß sie die Antwort, sie hat ja gerade erst die Akte studiert.

»Ja«, Rita Folve nickt. »Nummer 46, *Sub Rosa*. Das hat irgendwie nicht in die Ausstellung gehört«, teilt sie unaufgefordert mit.

»Es war unverkäuflich, und es war aus anderem Material und stellte auch keine Frau dar, eigentlich hat es der Ausstellung bloß ihren Namen gegeben.«

»Sub Rosa«, sagt Anne-kin Halvorsen. »Das muß doch etwas bedeuten. Wissen Sie, was es bedeutet?«

»Tone hat gesagt, die Galeristin Tone Saxe meinte, es bedeute, *unter der Rose*, als Anspielung auf das Rosenmuster. Aber...«

»Ja?« Anne-kin sieht sie an. »Aber was?«

»Aber Henry... ich meine, Henry Aar, der Maler, hat gesagt, es heiße *im Vertrauen*.«

»Im Vertrauen?« wiederholt Anne-kin.

Die andere nickt. »Das hat er gesagt. Mehr nicht.«

»Hat es irgendwelche Meinungsverschiedenheiten zwischen Tone Saxe und Henry Aar gegeben? Haben sie sich gestritten?« Anne-kin sieht ihr Gegenüber fragend an.

»Zwischen Galerie und Künstler gibt es immer Kontroversen«, antwortet Rita Folve. »Darüber, wie die Bilder aufgehängt werden, über die Reihenfolge, über die Rahmen, über –«

»Geld«, fällt Halvorsen ihr ins Wort. »Haben sie sich um Geld gestritten?«

»Neeein«, antwortet die Galerieassistentin zögernd. »Die Sache ist klar, 40 Prozent für die Galerie, 60 Prozent für den Künstler«, sagt sie.

»Immer?« Anne-kin läßt nicht locker. »Wird denn in dieser Branche nie gefeilscht?«

»Nie«, lautet die Antwort. »Jedenfalls nicht in dieser Galerie. Wir betreiben doch keinen Kuhhandel.«

Was du nicht sagst, denkt Anne-kin.

Vang notiert den Diebstahl der Verkaufsliste und bittet Rita Folve um ihre Unterschrift. Im Gehen fragt Beamtin Halvorsen noch: »Haben oder hatten Sie und Henry Aar eine Beziehung?«

Vang fährt zusammen, hört auf, sich den Schnurrbart zu zwirbeln, blickt die Galerieassistentin gespannt an, eine tolle Frau, bei der er jedenfalls nicht dankend abgelehnt hätte. Wie wird sie auf eine dermaßen intime Frage reagieren?

»Nein«, antwortet sie leichthin, sie hört sich weder irritiert noch beleidigt an. »Nein. Dazu war meine Achtung vor Tone zu groß.«

Diese Antwort sagt mehr über Henry Aar, als du vielleicht ahnst, meine Gute, denkt Anne-kin Halvorsen.

Rita Folve verspricht, sich zu melden, wenn ihr irgendein Name einfällt.

Henry Aar ist wütend. Sitzt in Untersuchungshaft und ist stinkwütend. Der ganze Mann sprüht ganz einfach Funken.

»Warum«, er richtet einen zornbebenden Zeigefinger auf Beamtin Halvorsen, »warum erfahre ich das erst jetzt? Daß meine Bilder gestohlen worden sind? Kein Einbruch, haben Sie das nicht gesagt? Keine eingeschlagenen Scheiben oder aufgebrochenen Türen, hä? Schlicht und einfach gestohlen? Verschwunden? Und das bedeutet ... wissen Sie, was das bedeutet?«

Er wendet Anne-kin ein wütendes Gesicht zu, sie wartet geduldig, um zu erfahren, was das bedeutet.

»Das bedeutet, daß diese blöde Kuh die Tür nicht abgeschlossen hatte! Herrgott, was für eine Dilettantin!« faucht er. »Die Tür nicht abschließen, sie offen lassen. Damit Gott und alle Welt hereinspazieren und sich bedienen kann.« Er schlägt sich an die Stirn. »Wissen Sie, was das für mich bedeutet?« ruft er. »Nicht nur in Kronen und Ören, sondern auch künstlerisch! Zum Teufel!«

»*Ein* Bild«, sagt Anne-kin mit der Geduld der ganzen Welt in der Stimme. »Nicht Bilder. *Ein* Bild ist gestohlen worden, nicht die ganze Ausstellung.« Arschloch, denkt sie dabei, sich dermaßen über den Verlust toter Gegenstände aufzuregen, wo er doch hier unter dem Verdacht sitzt, einen Menschen ermordet zu haben.

»Genau«, fällt er ihr ins Wort. »Ein Bild, ein Bild, sagen Sie. Kapieren Sie nicht, daß gerade dieses Bild alles bedeutet?«

»Nein«, antwortet sie. »Das kapiere ich nicht. Können Sie mir sagen, warum? Warum gerade dieses, warum nicht zum Beispiel Bild Nr. 1, die Frühlingsfrau?«

»Was zum Teufel wissen Sie schon von der Frühlingsfrau«, murmelt er. Will nicht verraten, warum ihm gerade *Sub Rosa* alles bedeutet. Murmelt mürrisch, er wolle zurück in seine Zelle. Und sie habe gar kein Recht, ihn ohne Anwesenheit seines Anwalts zu verhören.

»Das ist ja auch kein Verhör«, antwortet Sie. »Ich wollte Ihnen nur erzählen, was ich Ihnen erzählt habe. Wenn Sie noch mehr dazu zu sagen haben, dann warten wir, bis Anwalt und Chefermittler anwesend sind. Okay?« Sie wendet sich zum Gehen. Und plötzlich steht er ganz dicht neben ihr.

»Niemand«, faucht er, »*niemand* darf meine Bilder stehlen!«

Wasch dich, denkt sie, du riechst ungesund.

»So sind Künstler eben«, sagt Sundt, als sie ihm von dieser Episode erzählt. »Sie leben in ihrer eigenen Welt, sind Gefühlsmenschen, eigentlich sind sie große Kinder, diese Leute ...«

Anne-kin hebt abwehrend eine Hand. »Aufhören«, sagt sie, »bitte, spuck hier keine vorgekauten Klischees aus. Ich bin schließlich auch nicht kleinkariert, bloß weil ich bei der Polizei bin, ich habe auch keinen Schnurrbart und prügele die Verhafteten nicht mit Vorliebe krankenhausreif.«

Sundt versteht. Schweigt. Wenn sie es nicht besser wüßte, könnte sie fast ein Schmunzeln bei ihm vermuten. Dann erkundigt er sich nach ihrer Stirn. Sie zuckt mit den Schultern, hat nicht nachgesehen, hat einfach vergessen, die Kompresse zu erneuern. Mullbinde und Wundgewebe sind sicher zu einer wunderbaren Mischung verschmolzen, sie wird die Kompresse einweichen müssen, wenn sie nach Hause kommt. Um Haut von Textilien zu trennen. Scheißarbeit.

Das Telefon auf Sundts Schreibtisch brummt, moderne Telefone klingeln nicht mehr, sie brummen. Er nimmt ab.

»Hier Sundt«, sagt er. Lauscht.

Anne-kin erhebt sich zum Gehen, sucht Papiere zusammen. Soll er doch in Ruhe telefonieren.

»Sitzenbleiben«, hört sie, mit der Hand auf der Sprechmuschel und seltsamer Miene befiehlt er ihr, an Ort und Stelle zu bleiben. Ganz der Offizier a.D. Anne-kin läßt sich wieder in den Sessel sinken, schlägt die Beine übereinander und wartet. Es wird angeklopft, ein Kopf schaut ins Zimmer, Sundt bedeutet dem Eindringlich, sich zu entfernen. Er konzentriert sich. Konzentriert sich auf den Telefonhörer. Kritzelt wütende Striche in den Ordner, der vor ihm liegt, Kreise und Spiralen und zornige Dreiecke. Anne-kin betrachtet interessiert sein Kunstwerk, ist fasziniert von der Intensität seiner Bleistiftführung. Vielleicht steckt im guten alten Sundt ein heimlicher Künstler? Vielleicht ist er Polizist geworden, weil irgendein ehrgeiziger Vater wollte, daß der Sohn das Erbe übernahm und weiterführte? Erbe oder nicht, Sundt wird ganz schön damit zu tun haben, sein Gekritzel wieder aus dem offiziellen Aktenordner zu entfernen.

Er knallt den Hörer auf die Gabel. Stützt den Kopf in die Hände. »Das hat uns gerade noch gefehlt«, sagt er. »Ein verrückter Künstler, der Choräle singt. Und eine meldepflichtige Künstlerin, die untertaucht.« Wütend starrt er Anne-kin an.

Wütend. Als sei sie diejenige, die beim Untertauchen Choräle singt.

»Fang mit dem Anfang an«, sagt sie. »Ich verstehe nur Bahnhof.«

»Tomas Leth singt das ganze Gesangbuch durch«, erklärt er ihr, »macht die Jungs total fertig damit. Und Karin Kraas hätte sich vor zwei Stunden melden sollen, und als unsere Leute bei ihr zu Hause nachgesehen haben, war sie spurlos verschwunden. Verschwunden!« Auf diese Künstler ist wirklich kein Verlaß, liest Anne-kin in seinem Gesicht.

»Sie ist sicher auf dem Eis ausgerutscht«, sagt sie, »ist gestürzt und hat sich den Oberschenkelhals gebrochen und liegt nun im Krankenhaus auf dem Operationstisch.«

»Genau«, schnaubt er. »So wird es sein. Ruf doch gleich im Kreiskrankenhaus an und laß es dir bestätigen!« Sie nickt. »Und wenn du schon unterwegs bist, dann kannst du auch bei Leth hereinschauen und mit ihm den Refrain singen!« mault er.

Anne-kin grinst, Sundt ist wirklich witzig, wenn das Leben ihm ein Bein stellt. »Wird gemacht, Chef«, sagt sie und verschwindet aus seinem Zimmer, ehe er wieder sachlich werden kann.

»Ruf im Kreiskrankenhaus an«, sagt sie zu Vang. »Stell fest, ob Karin Kraas sich lieber Eisnägel hätte kaufen sollen.«

»Hä?« fragt Vang, ehe sie zum chorälesingenden Untersuchungshäftling weiterrennt.

Tomas Leth singt durchaus nicht das ganze Gesangbuch, er singt Choräle, die sie noch nie gehört hat. Und sie hat etliche gehört. Sie ist bei einer »atheistischen« Mutter und einem roten Arbeiterproletarier von Vater aufgewachsen, aber der Gottesdienst im Radio hat ihre ganze Kindheit begleitet. Im Winter abgelöst von Schlittschuhlaufen, im Sommer von Fußball. Immer so laut gedreht wie alles andere. Gehörte irgendwie dazu. Wie auch die halbe Stunde Volksmusik am Sonntagnachmittag. Wo immer wieder dasselbe Fiedelstück durchgenuckelt wurde. Allerdings bei etwas reduzierter Lautstärke. Ein Sonntag ohne das alles wäre nicht denkbar gewesen.

Jetzt kann sie Tomas Leths Choral hören, dunkel und klangvoll, Tomas Leth hat einen guten Bariton. Oder vielleicht auch Baß. Anne-kin hat ein beklemmendes Gefühl von schwarzen Talaren und weißgestärkten Halskrausen, in Stein gehauene Gesichter mit brennendem Blick und Patriarchenbart. Schwefel und Sündenpfuhl und das Jüngste Gericht.

Sie läßt die Zellentür aufschließen.

Der Gesang erfüllt das ganze kleine Zimmer. Tomas Leth hat ihr den Rücken zugekehrt, sein Rücken ist ein wenig krumm, sein Kopf hoch erhoben. Er hält kein Gesangbuch in den Händen. Das braucht er nicht. Nach der dritten Strophe räuspert sie sich. Keine Reaktion. Nach der vierten tippt sie ihm auf die Schulter. Er läßt sich nichts anmerken, er singt fertig. Die Stille danach ist unglaublich still. Tut fast weh. Gott soll mich schützen, denkt sie, als er sich zu ihr umdreht, was ist denn mit dir passiert? Die ganzen Klischees vom »brennenden Blick, Augen wie glühende Kohle, an der Schwelle zum Gelobten Land« treffen auf diesen Mann zu. Er sieht aus, als sei er unterwegs. Und als sei der Weg schmerzlich. Als sie ihn anspricht, winkt er einfach nur ab, lächelt sie mild an und wendet sich weg. Stimmt einen weiteren Choral an. Strophe um

Strophe. Er scheint sich durch den ganzen Rosenkranz zu singen, um die Vergebung seiner Sünden zu erlangen. Anne-kin packt seine Schulter.

»Tomas«, sagt sie. »Tomas Leth! Hör mir zu. Sprich mit mir!«

Der solide Körper dreht sich langsam zu ihr um, die Augen sind weit weg. Er hebt die Hände zur Decke. »Gehe hin und sündige nicht mehr!« erklärt er feierlich und zeigt auf die Tür.

Anne-kin stürzt aus der Zelle, sie muß Sundt Bescheid sagen, Tomas Leth braucht Hilfe. Einen Arzt oder einen Psychologen oder einen Psychiater – auf jeden Fall braucht er Hilfe.

»Danke, Halvorsen«, hört sie im Vorüberlaufen einen Wärter. »Endlich ist da drinnen Ruhe.« Aber sie ist noch nicht um die Ecke gebogen, als der Gesang wieder anhebt.

»Religiöse Krise«, sagt Sundt. »Dann braucht er keinen Arzt, sondern einen Pastor.«

»Tomas Leth ist selber Pastor«, antwortet sie. »Er braucht Hilfe und Zuwendung, und zwar sofort.«

»Ja, das Gewissen kann ein gnadenloser Herr sein«, hört sie von der anderen Seite des Tisches.

»Red doch keinen Unfug!« Anne-kin heult schon fast. »Der Typ dreht uns sonst noch durch!«

»Polizeibeamtin Halvorsen, dieser Ton ist Vorgesetzten gegenüber unangebracht.« Sundts Zeigefinger geht in Schußhaltung. »Aber vielen Dank für die Mitteilung«, fügt er hinzu. »Wir werden den Polizeiarzt informieren.«

Der ist Spezialist für Todesfälle, denkt sie, aber egal, das hat Sundt zu entscheiden.

»Gibt's was Neues über Karin Kraas?« fragt sie Vang, als sie Sundts Zimmer verlassen hat. Der schüttelt den Kopf.

»Nichts aus dem Krankenhaus und nichts von ihr zu Hause. Da geht jedenfalls niemand ans Telefon. Sundt meint, ich sollte mich mal bei dieser anderen Keramikerin erkundigen. Henry Aar war keine große Hilfe, als wir ihn gefragt haben, er war einfach nur verzweifelt und hatte keine Ahnung, wo seine Geliebte stecken kann.«

»Hast du Geliebte gesagt?« fragt Anne-kin. Sie findet, Vang hätte sich das verkneifen können.

»Aber nicht doch«, Vang grinst und zwirbelt sich mit beiden Händen den Schnurrbart. »Man verfügt doch über Diskretion!«

Du und Diskretion, denkt Anne-kin, das ist für dich doch ein Fremdwort. Klatschvetter vom Amt paßt schon besser. Sie sieht, daß Vang seinen Schnurrbart losgelassen hat, jetzt blättert er im Telefonbuch. Sie selber geht in ihr Kabuff, und die Weltuntergangschoräle hallen noch immer in ihren Ohren. Und werfen tief in der Gehirnerschütterung ein Echo.

* * *

Die Fahndungsgruppe macht Überstunden. Sie trinken Kaffee und essen Automatenkost, sie haben kaum Zeit, an die Frikadellen daheim zu denken. Die Polizeifestung in der Kongensgate ist erleuchtet, aber ein Märchenschloß ist sie deshalb noch lange nicht – dazu gibt es zu viele Mauersteine. Und zuviel Licht aus der Stadt. Die Leute in Trondheim werfen mit Kilowatt nur so um sich, um in der Wolfsnacht eine Illusion von Licht und Wärme zu erschaffen.

Sundt leert seinen Teebecher, knüllt ein Schokoladenpapier zusammen, wirft es auf den Papierkorb und verfehlt ihn. Er grunzt.

»Also«, er läßt seinen Blick über seine Gruppe schweifen, »also müssen wir einen eventuellen Zusammenhang zwischen dem gestohlenen Bild, der Verkaufsliste und dem Mord finden. Der Diebstahl der Kaffeekasse ist nicht so wichtig, klassisches Ablenkungsmanöver. Wann sollte die Ausstellung eigentlich schließen?«

»In zwei Tagen«, antwortet Anne-kin Halvorsen. »In zwei Tagen werden die Bilder von der Wand genommen, und die Käufer können sie abholen. Inklusive der ältere Herr, von dem ich erzählt habe, der sich so für *Sub Rosa* interessiert hat. Rita Folve hat schon acht Anrufe von Käufern erhalten, die wissen wollen, wie es weitergeht. Sie machten sich wohl Sorgen um ihre Bilder, wo die Galerie aufgegeben wird.«

»Und Tone Saxe war ein Ordnungsmensch«, wirft Vang dazwischen. »Jedenfalls in finanzieller Hinsicht. Die Schecks, die sie für den Verkauf schon bekommen hat, hat sie auf ein Sonderkonto eingezahlt. Außerdem haben weitere fünf Käufer ihr Geld direkt darauf überwiesen.« Er läßt sich im Sessel zurücksinken, er glaubt, gute Arbeit geleistet zu haben.

»Das bedeutet, wir haben wie viele Namen?« fragt Sundt.

»Zwölf, wir haben Namen und Adressen von zwölf Käufern«, antwortet Vang rasch und zählt dabei mit dem Finger eine Liste durch.

»Von wieviel Verkäufen?« Sundt macht sich Notizen.

»Neunundzwanzig rote Punkte.«

»Dann bittet Frau Folve, übermorgen eine Annonce aufzugeben, die Bilder könnten abgeholt werden«, sagt Sundt und macht sich an seinem Taschenrechner zu schaffen. »Neunundzwanzig Tapetenfetzen zu einem durchschnittlichen Preis von 5000 Kronen, das macht ...«

»145 000 Kronen«, vollendet Anne-kin, diese Rechnung hat sie schon aufgestellt, als sie mit ihrer Mutter auf Galerietour war. »Um genau zu sein, 80 000 für den Künstler und 58 000 für die Galeristin«, fügt sie hinzu.

»Es sind schon für kleinere Beträge Morde begangen worden«, murmelt Vang über seinen Zahlen.

Niemand reagiert auf Sundts wenig respektvolle Bemerkung über die Kunstwerke, die nur dem Eindruck entspricht, den sie ohnehin von ihrem Chef haben: eingefleischter Fan vom Elch bei Sonnenuntergang.

»Ruft Frau Folve an und bittet sie, Namen und Adressen der Leute zu notieren, denen sie die Bilder liefert«, sagt Sundt. »Sicherheitshalber«, fügt er hinzu, er hat wohl begriffen, daß sie das immer so macht.

»Das übernehme ich«, sagt Vang eilig.

Anne-kin grinst, ja, das kann ich mir denken, du Schnurrbartzwirbler, denkt sie. Ich glaube wirklich, dein Schnurrbart hebt sich jedesmal, wenn Rita Folves Name fällt.

»Du hast uns doch gesagt, was auf dem gestohlenen Bild zu sehen war, oder nicht?« Sundt blickt Anne-kin fragend an, und sie nickt.

»Das Bild ist schwarzweiß, den Hintergrund bilden alte, vergilbte Zeitungsausschnitte und ein paar undeutliche Handschriften, und ein Mann scheint aus dem Hintergrund herauszuquellen, sich wie ein Schatten auszubreiten, und eine verkrüppelte Rose mit spitzen Dornen ist –«

»Himmel!« sagt Sundt nachdrücklich.

»Ja, ja, Anne-kin«, Vang lächelt nachsichtig. »Als Kunstkritikerin hättest du keine große Zukunft.«

Sie lächelt ihn säuerlich an. Der Kunstkenner Vang hat gesprochen, der, der über dem Schreibtisch den Kalender aus dem Supermarkt hängen hat. Und etwas haarscharf an der Grenze balancierendes Leichtgekleidetes. Mit rotem Schmollmund. Vielleicht sollte sie Rita Folve, seinem nächsten Opfer, kurz von Vangs »Kunst« erzählen.

»Kannst du«, Sundt blickt sie an, und sein Blick sieht ein bißchen bettelnd aus, »glaubst du, kannst du ...« und seine Stimme bettelt doch tatsächlich mit, »dich der Höhle des Löwen nähern und den Herrn Künstler fragen, ob er eine Kopie herstellen kann? So eine Skizze dessen, worum es hier geht?«

»Haben wir das denn noch nicht gemacht?« Anne-kin sieht Sundt überrascht an.

»Wir haben ihn gefragt, ob er sich noch erinnern kann, welche Zeitungen er verwendet hat, was darin stand, was handschriftlich geschrieben war, ja, überhaupt, ob er irgendwelche Anhaltspunkte hat, die uns vielleicht weiterhelfen.«

»Ja?« Anne-kin wartet.

»Er war gelinde gesagt nicht sehr kooperativ«, sagt Sundt. »Er hat gesagt, er könne den künstlerischen Prozeß nicht einfach einschalten, bloß, weil das der Polizei so paßt. Hat gesagt, so einen Schalter hätte er nicht.«

Schöne Umschreibung, denkt Vang, der Bursche ist doch hochgegangen und hätte uns fast aus der Zelle geworfen.

»Was für ein Trottel«, meint Anne-kin. »Der hat doch wohl ein Gedächtnis wie alle Leute.«

»Ja, nicht wahr?« fragt Sundt eifrig. »Wir verlangen doch kein neues Bild mit ... allen künstlerischen Qualitäten, die so ein Bild vermutlich hat.«

Es macht ihn ganz fertig, so positiv über etwas sprechen zu müssen, bei dem er doch Gänsehaut bekommt, wenn er nur daran denkt. Sundt rennt den Trondheimer Kunstausstellungen nicht gerade die Türen ein. Abgesehen von der mit dem Titel »Der Wald«. Die hat er dreimal besucht. Hat in der Kantine energisch verkündet, die müßten sie einfach sehen. Kein Schwein war dieser Aufforderung nachgekommen.

»Wenn du dich also Aar mit dieser Botschaft nähern kannst, dann betrachtet er das vielleicht als Herausforderung. Für sein Gedächtnis«, fügt Sundt noch hinzu.

Mich als Puffer benutzen, denkt Anne-kin, aber von mir aus, ich will nicht jammern, ich bin ja eigentlich sehr neugierig auf den Text dieses Bildes.

»Alles klar«, antwortet sie.

Sundt atmet erleichtert auf, reißt Papier von einer Tafel Schokolade und reicht sie herum.

* * *

»Es ist ein verdammter Schock«, sagt er. »Plötzlich die Freiheit einzubüßen ist ein verdammter Schock. Ich hatte ja keine Ahnung, wie schrecklich das ist. Vier Wände, eine Decke, ein Boden. Ein Stall.«

Henry Aar sieht müde aus. Er ist bereit, mit ihr zu reden, wäre wohl allen gegenüber dazu bereit, ist froh über jede Abwechslung.

»Das ist kein Verhör«, sagt Anne-kin Halvorsen. »Aber Sie möchten vielleicht –«

»Nein, lassen wir den armen Anwalt in Ruhe seine Arbeit tun«, antwortet Aar schnell. »Je schneller er mich hier rausholt, desto besser. Es ist schrecklich, hier zu sitzen, Tag für Tag, nur ich und meine Gedanken, keine Zeitungen, ich hatte ja keine Ahnung, wie wichtig Zeitungen für mich sind, denken, die Gedanken, sie wirbeln immer wieder durcheinander, es ist einfach schrecklich, ich werde nie wieder der Alte sein, ich finde nie mehr zurück, ich werde zerstört, zerbrochen, ich wußte ja gar nicht...« Er stützt den Kopf in die Hände. Seine Schultern krümmen sich, es sieht fast aus, als wolle er sich selber umarmen.

Ja, denkt Anne-kin, ich habe genug Einfühlungsvermögen und Phantasie, um zu begreifen, was es für ein Gefühl ist, eingebuchtet zu werden, schuldig oder unschuldig, ein Schock ist es auf jeden Fall. Aber darüber reden wir jetzt nicht, ich kann nicht deine Seelsorgerin sein, mich interessiert dein Bild.

»Hören Sie«, beginnt sie, und dann teilt sie ihm mit, was sie ihm mitteilen darf. Hofft, daß seine Stimmung nicht wieder umkippt, daß er nicht zum Angriff übergeht.

Das tut er nicht. Henry Aar hebt endlich den Kopf, sieht sie an, richtet sich auf, bedenkt sie mit etwas, das vermutlich ein Lächeln vorstellen soll.

»Wie geht es Tomas«, fragt er. »Wie wird er damit fertig?«

O weh, denkt sie, jetzt ist guter Rat teuer, wieviel darf ich ihm wohl erzählen? Sie gibt keine Antwort, sondern fragt: »Ist er, Tomas Leth, meine ich, ist er gläubig?«

Blöd, denkt sie, was für eine blöde Formulierung. Aber »praktizierender Christ« klingt zu blaß für den Mann, den sie in seiner Zelle erlebt hat.

Henry Aar sieht sie an, kneift die Augen zusammen, seine Stimme klingt jetzt dringlich. »Das bedeutet, daß er eine Krise durchmacht, nicht wahr?«

Anne-kin nickt.

»Was zum Teufel macht ihr bloß mit uns!« Wild starrt er sie an. »Hier sitze ich, angeklagt des Mordes an Tone. Und da sitzt Tomas, unter derselben Anklage. Herrgott.« Er schlägt sich mit der Faust in die Handfläche. »Und was ist mit meiner Ausstellung? Meinem Durchbruch? Was erfahre ich darüber? Keine einzige Scheißzeitung darf ich sehen, keine Kritiken, keine Bewertungen, nichts.« Dann rückt er näher an sie heran: »Was haben Sie über Tomas gesagt?« fragt er langsam. »Haben Sie gesagt, daß er berstende Berge und sich öffnende Erde malt?«

Beamtin Halvorsen schüttelt den Kopf. »Er singt Choräle«, antwortet sie.

Henry Aar packt sie. »Er malt nicht, meinen Sie? Wollen Sie behaupten, daß er nicht malt?« Anne-kin nickt. »Aber er muß malen! Tomas kann nur leben, er kann die Krise nur überwinden, wenn er malt! Verstehen Sie das? Geben Sie ihm Leinwand, Pinsel – oder drücken Sie ihm wenigstens einen Kohlestift in die Hand!«

Anne-kin Halvorsen sieht keinen Grund, nicht zu nicken. Sie wird Tomas Leth eigenhändig mit Pinsel und Leinwand versorgen, wenn ihn das von seinen krankhaften Chorälen weglocken kann.

»Verfällt er oft in religiöse Grübeleien?« fragt sie. Das Gespräch hat eine andere Wendung genommen, als sie erwartet hatte, aber das hier kann auch sehr wichtig sein. Die Besorgnis in Henry Aars Gesicht könnte jedenfalls nicht echter sein.

»Nein, nicht oft«, lautet die Antwort. »Das hätte ihn wirklich fertig gemacht. Tomas' Grübeleien sind immer sehr tief.« Er beruhigt sich, sie schweigen eine Weile. Denken über die Ursache der Krise nach.

»Wart ihr Rivalen um Tone? Zwei Freunde, die sich um dieselbe Frau schlagen?« Anne-kin läßt es darauf ankommen, sie muß Tone und das Bild zur Sprache bringen.

»Neeein«, Aar zögert mit der Antwort, sieht gequält aus, »nein, ich glaube nicht, Tone hat gesagt, zwischen ihnen habe bloß ein ... ein künstlerisches Interesse bestanden. Ich hätte darauf kommen müssen, daß das nicht stimmte, daß es mehr als das war. Jedenfalls für Tomas. Seine Bilder haben das verraten.« Wieder stützt er den Kopf in die Hände. »Aber ich wollte es nicht sehen«, murmelt er. »Wollte es einfach nicht sehen. Choräle singt er, haben Sie gesagt?« Henry Aar hebt den Blick und sieht Anne-kin an.

»Ja«, sie nickt. »Seltsame Choräle, Choräle, die ich noch nie gehört habe.«

Er lächelt schief. »Da können Sie froh sein. Wenn Sie mit diesen Chorälen groß geworden wären und jetzt hier säßen, dann hätten Sie denselben Kampf durchmachen müssen wie Tomas.«

»Ach? Ist er also in einer streng religiösen Glaubensgemeinschaft aufgewachsen?« Anne-kin geht ihre Erinnerungen an solche Gemeinden durch: Die Zeugen Jehovas, die Innere Mission, die Pfingstgemeinden, die Children of God, die Mormonen, und irgendwas mit einer heiligen Familie der letzten Tage.

»Læstadianer«, sagt Aar. »Tomas, der so gern zeichnet und malt, ist in einer Gemeinde aufgewachsen, wo Bilder und Abbilder als Sünde gelten, als Beleidigung des Herrn. Wo alle Kunst geradewegs in die Hölle führt.«

»Himmel«, rutscht es ihr heraus.

»Nein, Hölle«, sagt er. Fügt hinzu: »Er hat wohl auch viel Gutes aus diesem Milieu mitgebracht, Arbeitseifer, Ehrlichkeit, sogenannte Tugenden. Aber er ist heimatlos. Hier drinnen.« Er klopft sich mit dem Finger an die Stirn.

»Er braucht Hilfe«, sagt Anne-kin. Diese Worte hören sich armselig an, und Aar gibt keinen Kommentar dazu ab. Wieder nimmt sie Anlauf, sagt: »Ich brauche auch Hilfe, von Ihnen.«

Henry Aar sagt nicht »zu Diensten«, aber er sieht auch nicht restlos abweisend aus.

»Wir glauben, daß zwischen Ihrem Bild, *Sub Rosa*, und dem Mord möglicherweise eine Verbindung besteht.«

»Bedeutet das, daß kein Verdacht mehr gegen mich besteht?« fragt er sofort.

»Darüber kann ich nichts sagen«, antwortet sie. »Aber kann etwas auf dem Bild, im Text, auf irgendwen bedrohlich gewirkt haben?«

Henry Aar gibt keine Antwort.

»Sie sagen ja nichts«, sagt sie.

»Ich denke nach«, lautet die Antwort. »Die Komposition kann auf manche sicher provozierend wirken«, sagt er nach einer Weile.

»Die amputierte Rose, die Schattengestalt, die Collage mit den alten Zeitungsausschnitten ... aber dann würde der Betreffende doch mich angreifen oder einen Leserbrief schreiben, ›im Namen vieler Gleichgesinnter‹.« Sein Mund verzieht sich zu einer Grimasse.

»Diese Zeitungsartikel«, sagt Anne-kin, »wissen Sie noch, wovon die gehandelt haben? Können Sie sich an die Schlagzeilen erinnern?«

»Haben Sie gewußt, daß Zeitungen früher als Isoliermaterial benutzt wurden?« fragt er, statt zu antworten.

Ja! würde sie gerne rufen, aber danach habe ich nicht gefragt. Sie nickt brav.

»Direkt auf der Bretterwand habe ich diese Zeitungen gefunden, schöne, vergilbte Zeitungen, mit einem Layout, einem Handwerk, das so ganz anders war als unsere Sensationspresse heute.«

Anne-kin ist stumm vor Ungeduld.

»Und die habe ich benutzt«, sagt er, »habe brüchige Ausschnitte herausgerissen und dem Bild historische Perspektive gegeben. Der Text war nicht so wichtig, mir ging es um die Typographie.«

Anne-kin sinkt enttäuscht in sich zusammen, das muß ja bedeuten, daß Henry Aar sich an kein einziges Wort erinnern kann.

»Dort stand unter anderem ein kleiner Artikel ›Indiens Führer beugen sich Gandhis Forderungen‹, und ›Gandhi bricht sein Fasten‹«, sagt er plötzlich. »Und daß die Gattin von Gemeindepastor Finsås in Værnes in Stjørdal beigesetzt worden ist.« Polizeibeamtin Halvorsen fährt auf. »Können Sie sich an das alles erinnern, oder –«

»Oder versuche ich, Sie zum Narren zu halten?« Er lächelt kurz. »Nein«, sagt er dann, »ich habe wirklich ein gutes Gedächtnis. Vor allem die Nachricht, daß die Kleinholzfabrik noch eine Chance bekommen hat, da weht doch der Wind der Geschichte. Autos mit anmontierten Generatoren, die statt mit Benzin mit Kleinholz angetrieben wurden. Wir sind beide zu jung«, sagt er zu ihrem fragenden Gesicht, »das war direkt nach dem Krieg. Rohstoffmangel. Warenmangel. Rationierung.« Henry Aar ist jetzt sehr beredt.

Anne-kin Halvorsen überlegt, daß das alles doch nun wirklich nicht bedrohlich wirkt. Gandhi ist längst tot, und die Autos suhlen sich in Nordseeprodukten. Und was ist so gefährlich an der Beisetzung einer Frau Gemeindepastor?

»Und dann stand da noch etwas darüber, daß das Gericht von Trondheim in der Sache mit dem großen Registrierungsschwindel sein Urteil gefällt hat.«

»Der große Registrierungsschwindel?« fragt sie. »Von dem habe ich noch nie gehört.«

»Ich auch nicht«, lautet die Antwort. »Aber nach dem Krieg war doch alles so wichtig, schließlich sollte der Gerechtigkeit Genüge getan werden. Das Wichtigste war zweifellos, daß den ›Deutschendirnen‹ die Haare geschoren wurden.«

Du wirfst alles durcheinander, denkt sie, nicht das Gericht von Trondheim hat die Frauen kahlgeschoren, das waren die Sofahelden.

»Ja, ich glaube, da stand auch noch etwas über Quislings Sekretär«, sagt Henry Aar. »Aber ja doch, es ging um seinen Prozeß. Er hatte wohl so viel angestellt, daß er vor Gericht gestellt wurde.«

»Die beiden Fälle, die Sie zuletzt genannt haben, könnten interessant sein«, sagt Anne-kin.

»Ach was? Das finde ich nun wirklich nicht«, sagt Aar. »Diese Art von Geschichte ist für mich nur tote Geschichte. So tot wie die Frau Gemeindepastor. Warum finden Sie die denn nicht genauso interessant?«

Anne-kin Halvorsen sagt nichts dazu, sie merkt, daß er langsam wieder in eine gewisse streitsüchtige Stimmung verfällt, mit der sie nicht umgehen kann. Vielleicht ist das seine Art, mit dem Verlust von Tone Saxe umzugehen. Zur Ironie zu greifen, statt zu weinen und zu trauern.

»Darf ich die Namen notieren, die Sie eben genannt haben?« Sie blickt ihn an.

»Ja, natürlich«, antwortet er. »Bleiben Sie doch noch, ich habe gern Gesellschaft.« Während sie schreibt, sagt er plötzlich: »Dem vergilbten Briefbogen verdanke ich übrigens den Namen meiner Ausstellung.«

Ihr Bleistift hält abrupt inne, sie hält den Atem an. »Sub Rosa«, sagt sie, flüstert es schon fast.

»Nein, das nicht, nicht direkt. Die Schrift war fast unleserlich, war verblaßt oder zerkrümelt. Ich konnte nur einige Wörter deuten, aber ich habe diesen schönen Bogen, genauer sagt, die Hälfte davon, zusammen mit den Zeitungen als Hintergrund benutzt, die Gelbtöne stimmten, sie gingen ineinander über.«

Himmel, auf welch aufreizende Weise dieser Mann es doch immer wieder schafft, nicht zur Sache zu kommen, denkt sie.

»Sub Rosa ist Latein und bedeutet, im Vertrauen«, sagt er endlich, »und das habe ich auch auf dem Briefbogen gefunden, ›im Vertrauen‹.«

»Mehr nicht?« fragt sie. »Keinen Namen oder ein Datum oder so etwas?«

»Mehr nicht«, antwortet er. »Mir war das genug. Ich hatte dieses Gefühl, als ich für die Ausstellung gearbeitet habe, ein Gefühl von Vertrautheit, der Vertrautheit mit einer Frau.«

»Mit Tone?« Anne-kin stellt diese Frage, ohne zu überlegen.

Henry Aar schüttelt nur den Kopf. »Nein, nicht mit Tone«, antwortet er leise. »Mit der Frau, Vertrautheit mit der Frau in der Tapete.«

Stina, denkt Anne-kin Halvorsen, Henry Aar erzählt mir, er habe während der Arbeit an den Tapetenbildern Stinas Vertrautheit gespürt. Sie spürt, daß sie fröstelt, derlei Gefühle stehen für ihr rationelles Ich nur selten auf dem Stundenplan.

»Seltsam«, sagt sie nur.

Er nickt. »Ja. Seltsam. Und verdammt gewaltig.«

Danach sagt Henry Aar nicht mehr viel. Er scheint in sich zu versinken. Als Anne-kin Halvorsen sich zum Gehen erhebt, sagt er nur: »Na, dann gute Nacht.«

»Gute Nacht«, sagt auch sie, dreht sich in der Tür noch einmal zu ihm um, fragt: »Einen halben Bogen, haben Sie gesagt, einen halben Briefbogen. Was ist mit der anderen Hälfte, haben Sie die noch?«

Henry Aar schüttelt den Kopf. »Der Bogen war schon zerrissen, als ich ihn gefunden habe. Ich habe keine Ahnung, wo der Rest steckt.«

Bis hierher und nicht weiter, denkt Anne-kin und geht nun endgültig. Plötzlich hört sie hinter sich die Bemerkung:

»Sie haben eine interessante Körperhaltung, hat Ihnen das schon mal jemand gesagt?«

Sie dreht sich um, mustert den Mann.

»Sie wirken auf viele Männer bestimmt provozierend«, fügt er hinzu.

Was du nicht sagst, denkt sie.

»Außen die harte Lady, darunter Spitzenunterwäsche«, sagt er.

Anne-kin Halvorsen grinst. »Total daneben«, sagt sie, »*keine* in Trondheim trägt im Moment Spitzenunterwäsche.« Sie schließt die Tür und geht.

* * *

Karin Kraas, die Keramikerin, ist und bleibt verschwunden. Ihre Kollegin hat nichts von ihr gehört und kann ihr Verschwinden nicht erklären. Die Polizei muß sich an die mühsame Aufgabe setzen, Verwandte und Bekannte ausfindig zu machen, die vielleicht wissen, wo Kraas sich aufhalten könnte.

Die Käufer wollen unbedingt ihre Bilder holen, der Mord an der Galeristin und die Untersuchungshaft des Künstlers haben das Interesse an den Bildern nicht verringert. Eher ist das Gegenteil der Fall. Die Galerieassistentin Rita Folve ruft an und meldet, daß nur zwei Bilder noch nicht abgeholt worden sind. Das eine ist eines von den Grauen, Verwaschenen, die »so gut zwischen Sofa und Portieren passen« – Nr. 40. Der Verkaufspreis von 7500 Kronen ist noch nicht bezahlt, und weder der Mann mit dem grauen Mantel und den rotgefrorenen Ohrläppchen noch seine pelzgekleidete Frau lassen sich blicken.

»Bist du sicher, daß dieses Paar die Nummer 40 gekauft hat?« Sundt betrachtet Anne-kin Halvorsen.

»Ganz sicher«, antwortet sie, »und derselbe Herr hat lange Zeit *Sub Rosa* angestarrt. Und gefragt, ob es wirklich unverkäuflich sei. Vielleicht kann Rita Folve sich jetzt an seinen Namen erinnern.«

»Nein, tut mir leid«, sagt Rita Folve durchs Telefon. »Ich kann mich an die beiden erinnern, weiß auch noch, daß sie ein Bild gekauft haben. Es sollte beim Abholen bezahlt werden. Wenn die beiden also Nr. 40 gekauft haben, dann müssen sie es bald abholen kommen. Ich mache hier jetzt Feierabend. Morgen? Ja, da bin ich um dieselbe Zeit hier. Sicher, ich melde mich.«

»Ein Phantombild«, sagt Anne-kin zu Sundt. »Wir machen ein Phantombild, lassen Zeichner und Computertechnologie loslegen und verschaffen uns ein Portrait von diesem Mister X.«

»Das kostet«, sagt Sundt, und sie weiß, daß ihm bei dem bloßen Gedanken schon das Portemonnaie wehtut. »Und wer kann ihn überhaupt beschreiben? Du?« Voller Zweifel blickt er zu ihr hoch.

»Aber sicher«, sagt sie. »Wir hatten doch Nahkontakt, der Typ hätte mich fast über den Haufen gerannt.«

»Das Bild muß einem Zweck dienen«, sagt er, »muß ein Glied in der Untersuchungskette sein. Wir können in den Zeitungen nicht das Phantombild eines Bürgers veröffentlichen, der ein Bild nicht abgeholt hat. Das ist nämlich nicht strafbar. Tut mir leid, aber das geht nicht, Halvorsen.«

»Ja, aber«, sagt sie, zerbricht sich wie wild den Kopf, findet, daß Sundt ihren Vorschlag zu rasch abgewiesen hat. »Ja, aber wenn wir es intern verwenden? Hier im Dienst? Wenn er ein ›Bürger‹ unserer Stadt ist, wie du sagst, dann müßte irgendeiner von den Kollegen ihn doch erkennen. Oder?«

»Wir warten noch bis morgen«, entscheidet Sundt. »Vielleicht wird das Bild bis dahin abgeholt.«

Schleifgeier! denkt sie so laut, daß Sundt aufblickt.

»Morgen«, sagt er nur.

Aber immerhin erlaubt er ihr, ihr und Vang, sich jeden Tapetenfetzen im Haus von Henry Aar anzusehen, jede Wand und jede

Leiste zu untersuchen, in der Hoffnung, dort einen halben Briefbogen zu finden. Und sie dürfen auch sein Atelier in der Lademoen-Schule durchsuchen. Dort fangen sie an.

Und das ist ganz schön viel Arbeit. Henry Aar ist keiner, der Skizzen und Entwürfe wegwirft. Anne-kin und Vang arbeiten sich durch Haufen von Kohlezeichnungen und Bleistiftskizzen und Detailstudien, durch graphische Drucke auf dem Weg zur richtigen Farbzusammenstellung. Henry Aar hat jeden einzelnen Probedruck aufbewahrt, hat Farbnummern und Menge und Mischverhältnis notiert. Aber viele Tapetenreste finden sie nicht, und einen alten Briefbogen schon gar nicht.

»Komisch«, sagt Anne-kin.

»Ja, nicht?« Vang hält ihr die Zeichnung eines Torsos mit nur einer Brust hin.

Sie wirft einen kurzen Blick darauf, schüttelt den Kopf und sagt: »Ich meine, es ist komisch, hier zu sein. In der Schule, wo meine größte Leistung darin bestand, mich an den Hausaufgaben vorbeizuschummeln.«

»Ach«, sagt Vang, der noch immer die Zeichnung dreht und wendet, »warst du kein großes Licht in der Schule?«

»Ich bin einfach so durchgeschliddert«, antwortet sie, »habe selten geschwänzt und in den Stunden mitgekriegt, was gesagt wurde. Zu Hause habe ich fast nie ein Buch aufgemacht, die lagen meistens in der Klasse im Pult.«

»Aber im Grunde ist sogar aus dir noch was geworden.« Ihr Kollege bedenkt sie mit einem schiefen Lächeln. Sie lächelt auch.

»Aber wo in aller Welt gehen die Kinder aus dem Viertel jetzt zur Schule? Oder wohnen in Lamoen nur noch Greise und alte Weibsen?«

Vang schüttelt den Kopf. »Keine Ahnung«, sagt er. »Hier gehen sie jedenfalls nicht hin. Auf dem Flur riecht es nicht mehr nach Kreide und nassen Mänteln. sondern noch Farbe und Terpentin. Und die Leute, die uns begegnen, haben die Grundschule längst hinter sich.«

»Nein, wir hören auf, hier gibt es keine geheimnisvollen alten Briefe.« Anne-kin legt einen Stapel von Skizzen sorgfältig wieder aufeinander. »Und mit den Zeitungsresten hat er sich entweder den Hintern abgewischt, oder sie liegen in seinem Haus«, fügt sie hinzu.

Vang grinst breit: »Die Lady von Lademoen«, sagt er. »Ach, was bist zu zartfühlend!«

Sie überhört diese Bemerkung. »Klingt wie ein Buchtitel«, pariert sie. »Vielleicht sollte ich meine Memoiren schreiben und sie so nennen. ›The Lady from Lademoen‹.«

»Komm, verlassen wir dieses Haus der Kunst«, sagt er, »ich glaube, die Atmosphäre hier setzt dir Flausen in den Kopf.«

Sie machen Feierabend.

Feierabend, der mit einem Telefongespräch weitergeht. Anne-kin kann sich das Phantombild einfach nicht aus dem Kopf schlagen, deshalb ruft sie zu Hause einen Zeitungszeichner an, mit dem sie auf Grußfuß steht. Fragt, ob er nach dem Gedächtnis zeichnen kann – nach *ihrem* Gedächtnis. Kommt drauf an, wie gut das ist, lautet seine Antwort. Aber er hat an diesem Abend noch nichts vor, sie können also einen Versuch machen. Sie verabreden sich im *Gans*.

Er ist nicht besonders neugierig darauf, warum er für sie einen älteren Mann zeichnen soll, und er bringt ihr in kurzer Zeit bei, daß beobachten und beobachten zweierlei ist. Eine Skizze nach der anderen mit Kinn und Augen, Brauen und Nase, Kopfform und Gesichtsform landet zwischen ihnen auf dem Tisch.

Die Ohren, hier? Da? Weiter unten? So weit auseinander? Enger am Kopf? Anne-kin schwitzt und korrigiert. Nein, weniger buschige Augenbrauen, so, ja, jetzt sieht es ihm schon ähnlicher. Einen kleinen Schmiß auf der Wange. Doch, das weiß sie noch gut, einen kleinen Schmiß auf der Wange. Straff gespannte Haut über der Nase, und die Nase gebogen, nicht so stark, nicht griechisch, nur ein bißchen scharf, gebogen eben.

Um die Augen ein Netz von gemütlichen Fältchen. Er bittet sie, das genauer auszudrücken, »gemütlich« kann er nicht zeichnen.

Sie lacht. Beschreibt die Fältchen. Und die Stirn. Hohe Stirn, wenig Haare, nein, keine Glatze, aber mehr als nur ein Haarkranz, und doch schütter, dünn. Grau? Ja, grau. Blondgrau. Körper, Haltung? Dick, dünn, untersetzt, gut in Form?

Der Zeichner versinkt in seinen Skizzen, setzt zusammen, verwirft, fragt, setzt erneut zusammen. Schließlich dreht er ein Blatt zu ihr hin, schiebt es über den Tisch. »Ist er das?« fragt er.

Anne-kin packt das Papier, sieht einen sportlichen älteren Herrn, der keine Morgengymnastik und keine Golfrunde ausläßt, sogar Jogging wäre ihm zuzutrauen. Älter, aber gut erhalten. Die Zeichnung hat Ähnlichkeit und doch wieder nicht.

Sie mustert das Blatt. »Die Augen«, sagt sie, »an den Augen stimmt etwas nicht.«

Der Zeichner seufzt. »Das ist immer das Schwierigste«, sagt er. »Nichts ist so schwierig wie der Augenausdruck.«

»Und die Ohren«, sagt Anne-kin. »Die Ohren stimmen, aber sie waren rot, rotgefroren.«

Der Zeichner blickt sie kurz an, packt wieder das Papier. »Aber ansonsten stimmt es?« Sie nickt ein wenig unsicher. »Na gut, dann versuche ich, ihn zu karikieren.«

Mit breitem Strich legt er eine lockere Karikatur hin, zeichnet briefkastenrote Ohrläppchen, übertreibt den Schmiß auf der Wange, die feste, leicht gebogene Nase, zeichnet um die Augen das gemütlichste Fältchennetz aller Zeiten, schließt mit einer dünnen, gepflegten blondgrauen Frisur ab. Seine Farbstifte tanzen nur so über das Blatt.

»So«, sagt er dann und bestellt einen Halben.

Anne-kin schnappt nach Luft und prustet los. »Wie ist das möglich!« sagt sie. »Da hast du ihn wirklich getroffen!«

»My pleasure«, sagt der Zauberer, der ihr gegenübersitzt, und taucht in seinen Bierschaum ein.

»Wie alt er wohl ist?« Ihr Blick wandert von der Zeichnung zum Zeichner.

»Tja, so um die sechzig, fünfundsechzig, vielleicht älter. Höchstens siebzig. Jedenfalls kein Whisky-Opa, er sieht aus wie das blühende Leben. Sieht aus wie ein Führer, wie einer, der das Befehlen gewohnt ist. Und nicht das Gehorchen. Dieser Schmiß sieht wirklich seltsam aus, wo er den wohl her hat? Er sieht nicht aus wie einer, der sich gern prügelt. Vielleicht eine Jugendsünde, Stilettabsatz in die Fresse.«

Anne-kin lacht grob. »Sind alle Zeichner Psychologen?« fragt sie ihn.

»Mmm, das müssen wir sein«, antwortet er. »Es reicht nicht, die ›Äußereien‹ zu zeichnen, du mußt auch die Innereien dazunehmen.« Sie glaubt ihm gerne.

»Was bin ich dir schuldig?« Sie nimmt die Zeichnung und will sie zusammenfalten.

»Um Himmelswillen, nicht zusammenfalten!« Das ruft er geradezu. »Ein Knick, und das Bild ist ruiniert.«

Anne-kin Halvorsen errötet, es gibt so viel, was sie nicht weiß. »Entschuldigung«, sagt sie und streicht den Bogen wieder glatt.

»Bezahlst du das aus der eigenen Tasche, oder habt ihr dafür ein Budget?«

»Wohl kaum«, sagt sie, »dafür ist wohl kaum irgendein Budgetposten zuständig.«

»Na gut, dann bezahl zwei Halbe und benutz die Zeichnung nicht, solange mein Name nicht draufsteht.« Er signiert.

»Vielen Dank«, sagt sie und winkt dem Wirt. »Noch eine Runde.«

Und etliche Runden später wankt Anne-kin Halvorsen zurück zu ihrer Panoramawohnung in Øvre Møllenberg, in der Tasche eine nicht geknickte Zeichnung und unter den Sohlen knirschenden Frost. Sie schließt die Augen, als sie an den Häusern von Stina und der Witwe Lian vorbeikommt. Nicht heute abend, sie will heute abend kein flackerndes Licht einer Taschenlampe sehen. Und auch nicht Frau Lians Schatten hinter dem Küchenvorhang. Sie will nach Hause und schlafen.

Und morgen wird sie Henry Aars Tapetenstapel durchsehen.

Wird nach einem durchgerissenen Briefbogen suchen und Sundts Fall abschließen. Morgen. Sie rutscht auf Hundekacke aus und denkt: Tod allen Hundebesitzern!

* * *

»Hallo, Anne-kin, bist du das? Bist du da?« Die Stimme auf dem Anrufbeantworter klingt ängstlich, Anne-kin schaut auf die Uhr, flucht. Die Superfahnderin Anne-kin Halvorsen hat verschlafen. In einer Viertelstunde beginnt Sundts Morgenbesprechung. Sie wirft die Decke beiseite, stolpert über Leitungen, der Telefonhörer fällt krachend zu Boden. »Hallo, hallo!« hört sie. Sie fischt den Hörer wieder hoch, läßt sich aufs Bett fallen, merkt, daß in ihrem Schlafzimmer sibirische Temperaturen herrschen, murmelt ein »ja, ja, ich bin's« in den Hörer.

»Was ist los?« wird gefragt. »Hast du dich verletzt? Kristian hat dich gestern gesehen, du hattest ein großes Pflaster auf der Stirn, was ist passiert, bist zu gestürzt? Nun antworte schon!«

Die Ausrufezeichen prasseln nur so gegen ihr Trommelfell. Es ist ihre Mutter.

»Nein, Mams, ich bin nicht verletzt, doch, ich bin gefallen, aber nichts Gefährliches, ich bin spät dran, muß zur Arbeit, ich rufe dich später an, okay? Nur eine Schramme. Nun *schrei* doch nicht so! Ich bin nicht schwerhörig. Essen, sagst du? Ja, sicher, aber ich rufe dich später an, ich muß losrennen. Mach's gut.« Sie schleudert noch einen Kuß ins Telefon. Stürzt unter die Dusche und platzt dann mitten ins Sundts Morgenbesprechung.

Sundt hebt nur kurz eine Augenbraue. Dann redet er weiter. Er hat nur wenig zu berichten. Und ihr und Vangs Bericht aus der Lademoen-Schule ist ebenfalls mager. Nichts gefunden. Weder neue noch alte Briefbögen.

Die Zeichnung – sie hat doch wohl die Zeichnung nicht vergessen? Sicher hat sie. Die ist zu Hause, in ihrer Schultertasche. Kein

Sinn, sie zu erwähnen, wo sie sie nicht bei sich hat. Das einzige, was sie hat, ist ein Kater. Aber es hat auch keinen Sinn, den zu erwähnen. Sie kneift ein Auge zu und hört Sundt sagen, daß Karin Kraas noch immer nicht »aufgefunden worden sei«. Was bedeutet, daß sie ihre Wohnung aufbrechen müssen.

»Und ihr«, Sundt zeigt auf Vang und Anne-kin, »ihr sucht in Henry Aars Haus weiter. Und um zehn Uhr kommen die Anwälte, dann gibt es das nächste Verhör von Tomas Leth und Henry Aar.«

Wie recht du hast, Chef, denkt Anne-kin, wozu auch das Haus verlassen, draußen lauert die kalte Welt. Sie nickt als Dank für die Kaffeetasse, die Vang vor sie hingestellt hat. Das hat er noch nie gemacht, sieht sie dermaßen bedürftig aus?

* * *

Draußen herrscht klirrende Kälte, das Wetter in Trondheim wird jetzt langsam vorhersagbar. Anne-kin denkt an eine Freundin, die ein Jahr in Kalifornien verbracht hat und fast die Wände hochgegangen wäre. Hier scheint jeden verdammten Morgen, wenn du die Augen aufmachst, die Sonne, jammerte sie in einem Brief nach dem anderen. Hier gibt es einfach keine *Veränderung!* Beim Wetter von Trondheim gibt es auch keine Veränderung, das Thermometer hängt tief unter Null, und irgendwo hinter dem Horizont schleppt eine bleiche Sonne sich von Hügelkamm zu Hügelkamm. Sie ist wohl nicht weiter als bis Dovre gekommen, wälzt sich da um Snøhetta herum und graust sich davor, zu den Leuten von Trondheim hinüberzukippen. Die Bartwichse des Kollegen Vang sitzt voller Reif. Sie findet, daß auch sein Lächeln knirscht.

»Gestern spät geworden, oder was?« Er grinst zu ihr hinüber.

Sie mag einfach nicht antworten. Ihr Privatleben geht ihn nichts an. So »diskret« wie er ist, ist ihr Privatleben das letzte, was sie vor ihm ausbreiten möchte. Von der Männerkultur, in die er gehört, will sie nichts wissen. Vang zuckt mit den Schultern, hält den

Wagen an, und sie schließen Henry Aars Haustür auf. Schweigend machen sie sich an die Tapetenstapel.

Das Zimmer wirkt ärmlich, wie ausgeweidet. Anne-kin schließt die Augen und versucht, sich Spitzengardinen und Topfblumen und gehäkelte Kissen auf Plüschsofas und ein Kaffeeservice mit Friesenmuster vorzustellen. Das gelingt ihr nicht.

Die Frau, die hier gewohnt hat, Stina, kann ihr nicht helfen. Sie ist fort, tot und begraben, und hat nur ein Haus hinterlassen, in dem eine Frau ermordet worden ist. Und Wände mit zahllosen Tapetenschichten. Anne-kin steigt über die Stapel, sieht Vang in der Ecke hocken und sortieren, von rechts nach links, einen nach dem anderen mustert er die Tapetenfetzen. Mit einer Miene, als sei jeder davon ein potentieller Mörder. Idiot, denkt sie, wir suchen hier keine Tapete, sondern einen alten Brief. Sie geht zur Wand, zur Küchenwand. Alte solide Holzwand, keine runden Stämme, sondern ziemlich flache. Gehobelt. Flach. Gibt es ein Wort wie »Flachwand«? Wie kommt nur jemand auf die Idee, so eine Wand mit Tapeten zu bekleben? Die beulen sich doch bestimmt schrecklich aus auf dieser unebenen Unterlage, das Ergebnis muß doch alles andere als schön ausfallen? Hat Henry Aar deshalb angefangen, die Tapeten abzureißen? Weil die seinen Sinn für Ästhetik beleidigten? Sie läßt ihren Blick über die Deckenbalken wandern, läßt ihn über Leisten gleiten, über den Tapetenkranz, der braune, solide Holzwand einrahmt. Soll Vang doch abgeschälte Tapeten sortieren, sie selber will sich über das hermachen, was noch an den Wänden sitzt. Sie fängt in der linken Ecke an, wo viele Schichten übereinander aus einem Wandschrank heraushängen.

»Hatschi!« Ihr Niesen findet hinter ihr ein Echo.

»Verdammt«, sagt Kollege Vang. »Mußt du solchen Staub machen?« Er leistet seinem Schnurrbart in aller Eile Erste Hilfe.

Ja, das muß sie, sie muß Tapetenreste abreißen, und dabei muß sie solchen Staub machen.

»Ja«, sagt sie. Und macht weiter. Hört hinter ihrem Rücken nur ohrenbetäubendes Schweigen. Sie arbeitet weiter.

Eine Schicht. Zwei. Drei Schichten. Vier. Fünf Schichten. Sechs. Anne-kin Halvorsen reißt eine Schicht nach der anderen ab. Schließlich verliert sie den Überblick. Denkt nur: Wie ist es möglich? Wie ist es möglich, daß ein Mensch so viele Schichten übereinander pappt? Was soll das bloß? Was mußte hier überklebt, versteckt, unter so vielen verdammten Tapetenschichten versteckt werden? Sie reißt und reißt. Erkennt Muster der Bilder von Henry Aar, Schwarz, Lila, Grau, Grau, noch mehr Grau, dann hellere Farben, Grün, Gelb, Gold. Plötzlich starrt sie die »Frühlingsfrau-Tapete« an, frisch knospende Grüntöne, hellgoldene Stengel in Akanthusranken. Vor blaßgelbem Hintergrund. Eine hellgrüne Frühlingslandschaft. Das ist die unterste Schicht. Sie kommt nicht weiter. Dahinter liegt nur noch die Bretterwand. Sie läßt sich zu Boden sinken und glotzt blöde die Wand an.

»Kannst du etwas finden?« hört sie hinter sich.

Ob sie etwas findet? Vermutlich hat sie ziemlich viel gefunden, ohne zu ahnen, was. Das Leben einer Frau. Versteckt sich das hier in diesen Wänden? Das Leben einer Frau? Sie suchen nach dem einen und finden etwas ganz anderes? Etwas, das die Polizei nichts angeht? Ein Frauenschicksal, das nicht auf der Tagesordnung steht. Stinas. »Im Vertrauen«, hatte Henry Aar gesagt, er hatte das Gefühl, hier Stinas Vertrautheit zu spüren, das Gefühl, daß seine Bilder, seine Ausgrabungen an den Wänden, Schicht für Schicht, im Vertrauen mit Frau Stina durchgeführt würden. Sie würde diese Stimmung selber gern empfinden. Aber das tut sie nicht, sie hat das Gefühl, im Leben einer anderen herumzuwühlen. Einer, die sich nicht wehren kann.

»Nein«, antwortet sie und glotzt weiter die Wand an.

»Ich geh' mal kurz einkaufen«, sagt er. »Ich habe Hunger. Brauchst du irgendwas?«

»Kopenhagener«, antwortet sie. »Kauf ein paar Kopenhagener.«

Sie hört ihn die Treppen hinunterpoltern, niemand kann ihn der Lautlosigkeit bezichtigen.

Sie macht sich mit dem Fingernagel an der Fußbodenleiste zu schaffen – an einem schmalen Spalt zwischen Leiste und Wand.

Hinter einer solchen Leiste hatte ihre Mutter einmal einige alte Münzen gefunden, Ein- oder Zweiörestücke, die Kinder dort versteckt haben mußten. Und einen dünnen, abgenutzten Silberring. Anne-kin glaubt, auch hier etwas zu sehen, hinter der Leiste, ganz hinten im Wandschrank. Sie fischt eine Nagelfeile aus ihrer Tasche und schiebt sie in den Spalt. Etwas verschwindet hinter dem Schrank, ein Örestück, vielleicht, oder eine Haarspange. Jedenfalls nicht das Papier, nach dem sie hier sucht.

Und dann entdeckt sie etwas, das sie bisher übersehen hat, etwas, bei dem sie sich ihrer schlechten Beobachtungsgabe peinlich bewußt wird. Etwas, das die ganze Zeit da war, etwas, auf dem ihr Blick mehr als einmal geruht hat. Und das sie nicht gesehen hat. Den Wandschrank. Wenn der gleichzeitig mit dem Haus entstanden ist, dann gibt es dahinter keine Tapete. Wenn er erst später eingebaut worden ist, kann es auch dahinter schichtweise Tapeten geben. Anne-kin legt die Hand auf den weißen, runden Türgriff – der aussieht wie eine blankpolierte, altmodische Schraubsicherung –, schließt die Augen und öffnet die Schranktür.

Und die öffnet sich brav, knackt oder quietscht nicht einmal. Das einzige Geräusch stammt von ihr selber. Ein zufriedenes Stöhnen. Die Wand hinter dem Schrank ist tapeziert.

Als Vang bibbernd die Treppen hochkommt, mit der Kopenhagenertüte unter dem einen und einem Pizzakarton unter dem anderen Arm, hört er lautes Knacken aus dem Wohnzimmer. Von der Tür her sieht er Anne-kin, die mit dem Stemmeisen einen Schrank von der Wand bricht. Er bleibt stehen und sieht zu, und er weiß nicht, ob ein solches Vorgehen von ihren Dienstvorschriften gedeckt wird.

»Jetzt hilf mir doch«, sagt sie.

Er läßt seine Einkäufe fallen und hält den Schrank fest, während sie ihn von der Wand löst. Schließlich liegt der Schrank auf dem Boden. Und an der Wand hängt ein Tapetendreieck. Anne-kin Halvorsen reibt sich die Hände, Kater und Kopenhagener sind vergessen, vorsichtig fängt sie an, Schicht um Schicht abzureißen.

»Meine Pizza wird kalt«, sagt Vang, setzt sich, öffnet eine Cola und fängt an zu essen. Sieht interessiert zu, wie sie sich durch die Tapetenschichten frißt. Es gibt hier viel weniger als im restlichen Zimmer. Anne-kin reißt die letzte Schicht ab, die Frühlingsfrauenschicht. Daran hängen einige alte Zeitungsseiten. Die restlichen Zeitungen sind mit Drahtstiften an der Wand befestigt.

»Meine Fresse«, sagt Vang und vergißt das Kauen.

Vorsichtig, unendlich vorsichtig, löst Anne-kin die Zeitungen von der Wand, alte Trondheimer Zeitungen, Jahrgang 1948. Legt sie vorsichtig wie Wickelkinder auf den Boden, entfernt altes Isoliermaterial von der Wand. Die Drahtstifte läßt sie stecken, die scheinen eingerostet zu sein. Die Bodenleiste ist so breit wie überall im Zimmer. Und noch ehe sie die letzte Zeitungsseite entfernt hat, hängt er da. Der Brief. Ein halber, vergilbter Briefbogen, der Länge nach durchgerissen. Mit drei Stiften direkt auf der Bretterwand befestigt.

Ein halber Briefbogen, hinter der Tapete, hinter den Zeitungen, hinter dem Schrank.

Anne-kin Halvorsen tritt ganz dicht an den Brief heran, wagt nicht, ihn zu berühren – er sieht aus, als ob er jederzeit zu Staub zerfallen könnte. Die elegante Handschrift scheint gar nicht mehr richtig auf dem Papier zu stehen, sieht aus, als würde sie herabrieseln, sobald sie sie berührt.

»Hast du einen Fotoapparat bei dir?« fragt sie über ihre Schulter hinweg Vang.

»Nein«, antwortet der. »Warum um alles in der Welt hätte ich einen Fotoapparat mitbringen sollen?«

»Dann besorg einen«, sagt sie. »Ruf an oder fahr los oder mach was du willst – wenn du nur einen Fotoapparat herbeischaffst! Mit Blitzlicht. Und zwar sofort!«

Vang spült diesen Befehl und sein höheres Dienstalter bei der Polizei mit einem Schluck Cola hinunter. Anne-kin hört, wie er die Treppen hinunterpoltert und die Haustür zuknallen läßt.

Sie wagt kaum zu atmen, als sie ihr Gesicht dicht, ganz dicht an den Briefbogen heranhält. Die leiseste Berührung, und die Schrift wird verschwinden, wird zerstäuben und einen unbeschriebenen, vergilbten Bogen hinterlassen. Sie hält den Atem an. Liest. Liest ein Datum. Liest einen Namen. Personen- und Orts- . Nur halb. Liest die Überweisungsangaben. Sie wiederholen sich. Werden ganz. Anne-kin arbeitet sich durch den Briefbogen hindurch, den halben Briefbogen. Setzt die Bruchstücke zusammen, sieht, daß hier die Rede von hohen Überweisungsbeträgen ist, selbst nach den Maßstäben des Jahres 1993 – der Bogen datiert vom 20. Dezember 1947. Der Betrag muß damals soviel gewesen sein wie heute Millionen.

Stina. Dort steht Stinas Name. Kristina Løhre. Die Adresse ist abgerissen. Das spielt keine Rolle, die kennt sie. Sie liest weiter ... überwiesen, Kronen ... weggerissen.

Sie zwinkert, versucht, klarer zu sehen, liest noch einmal. Ja, da steht es, die Überweisung eines enormen Geldbetrages an die Bakklandsfrau Stina. 200 000 Kronen. Woher kam dieses Geld? Und warum? Von wem? Sie kann den Namen des Einzahlers nicht finden, die interessanteste Rubrik ist verschwunden, die Unterschrift, die Signatur des Spenders ist abgerissen. Sie liest noch einmal, sucht und sucht. Der Name des Absenders bleibt verschwunden. Aschenbrödels Prinz ist und bleibt anonym. Aber hier steht »Überweisung«, und das muß doch bedeutet, daß das Geld auf ein Konto bei irgendeiner Bank überwiesen wurde? Bargeld, das zur Aufbewahrung in Matratzen oder ausgebeulten Kaffeedosen überreicht wird, wird nicht überwiesen! Sie kann keinen Banknamen finden, keine Zahl, die eine Kontonummer verraten könnte, keinen Hinweis darauf, daß dieser Betrag existiert hat. Sie flucht. Und hört jemanden die Treppe hochstapfen, es ist Vang mit der »Technik« im Schlepptau.

Der Mann von der Technik ist ein Profi, er stellt den Winkel ein, die Blende, den Lichtmesser. Und knipst. Mit schnellem und »langsamem« Film, mit und ohne Blitz. Macht ein Schwarzweißbild nach dem anderen.

Der Mann gefällt ihr – er beherrscht sein Handwerk.

Und dann ist er fertig, steckt die Filmrollen in seine Tasche, sagt »Mahlzeit« und geht. In die Dunkelkammer, zum Entwickeln und Abzüge machen.

Auch Anne-kin Halvorsen geht. Verläßt Vang und die Kopenhagener und einen in Plastikfolie eingeschweißten Briefbogen und geht. Geht über die Straße. Und klopft bei der Witwe Lian an. Sie braucht so viele Antworten, hat so viele Fragen. Stina kann sie nicht fragen – die ist tot. Aber ihre Freundin, Frau Lian, lebt. Und sie wohnt gleich gegenüber.

Anne-kin preßt den Finger auf den Klingelknopf und schellt und schellt.

Frau Lian sieht mitgenommen aus, ihr Spitzenkragen hängt ein wenig schief, und ihre Haare sind nicht so ordentlich gekämmt wie sonst.

»Habe ich Sie geweckt?« fragt Anne-kin, sie riecht den Essensgeruch, weiß, daß sie mitten in den Mittagsschlaf hineingeplatzt ist.

»Nein, nicht doch, ich habe nur ein bißchen gedöst, Fisch macht so dösig. Kommen Sie doch herein.« Frau Lian geht zum Herd, nimmt den Deckel von einem Kochtopf. »Nein«, sagt sie kopfschüttelnd, »das kann ich niemandem mehr anbieten. Aber Sie nehmen doch sicher einen Kaffee?«

Anne-kin nimmt dankend an. Wartet, bis der Kaffee auf dem Tisch steht, nimmt einen Schluck, fragt: »Bei meinem ersten Besuch hier haben Sie über Stina gesagt, sie sei nun endlich erlöst. Wie haben Sie das gemeint?«

»Habe ich das gesagt?« Die andere mustert sie forschend. Anne-kin nickt. »Ja, das habe ich wohl auch so gemeint, sie war endlich erlöst.«

Die Witwe starrt lange aus dem Fenster, läßt ihren Blick über die Straße wandern, an den Häusern entlang, bis zu Stinas Haus. Und ihr Gesicht sieht einen Moment lang traurig aus.

»Sie hatte kein sehr gutes Leben, die Stina«, sagt sie schließlich. Dann verstummt sie wieder, verliert sich in Erinnerungen. Anne-kin wartet. »Mit den Jahren wurde es immer nur noch schlimmer«, sagt Frau Lian, und auch ihre Stimme ist traurig. »Sie hat sich immer mehr zurückgezogen.« Dann schweigt sie wieder eine kleine Ewigkeit.

Anne-kin stellt fest, daß auch Frau Lian in der Küche eine tickende Wanduhr hat. Sie tickt und tickt, frißt eine Minute nach der anderen.

»Ich war die einzige, die sie besuchen durfte«, sagt Frau Lian und unterbricht das Ticken. »Sie ist nur selten ausgegangen.«

»Hatte sie keine Verwandten?« fragt Anne-kin.

»Verwandte, ja«, schnaubt die alte Dame. »Die sind jedenfalls mit dem Lastwagen hier vorgefahren und haben das Haus ausgeräumt, haben mehrere Wagenladungen weggefahren. Sie haben keine fünf Öre in das Haus investiert, sondern es einfach dem Erstbesten verkauft.«

»Wie traurig«, meint Anne-kin, »daß sie sie nicht besucht haben, als sie noch lebte.«

»Stina hätte die niemals ins Haus gelassen«, sagt Frau Lian sofort. »Mit denen war sie schon längst fertig, und sie hat ihre Namen nie erwähnt.«

»Seltsam, daß sie ihnen dann das Haus vererbt hat.« Anne-kin denkt laut.

»Ja, ich hatte auch gedacht, sie hätte ein Testament gemacht«, nickt Frau Lian. »Aber Blut ist eben dicker als Wasser, und Stina hat vielleicht insgeheim gehofft, jemand von ihnen würde das Haus übernehmen, damit es in der Familie bleibt. Das ist schon komisch«, fügt sie noch hinzu.

Und dann schweigen sie wieder eine Weile.

»Nein, viel haben sie nicht für Stina getan«, sagt Frau Lian dann, »ich habe jahrelang für sie eingekauft und Rechnungen bezahlt. Und die vielen schweren Tapetenmusterbücher hergeschleppt. Und die Tapeten. Und den Kleister.« Sie blickt an ihren dünnen Armen hinunter. »Es war schwer, unglaublich schwer«, die Worte gehen in einem leisen Seufzer unter. Plötzlich richtet sie ihre scharfen Augen auf Anne-kin. »Und an diesen Tapeten verdient sich dieser *Künstler*«, sie spuckt das Wort regelrecht aus, »nun also eine goldene Nase! An Stinas Tapeten! Das habe ich in der Zeitung gelesen, da stand alles über seine Ausstellung.« Und nun knurrt sie fast.

»Eins verstehe ich nicht«, sagt Anne-kin. »Diese vielen Tapetenschichten, die müssen doch –«

»Vierundvierzig Schichten«, sagt Frau Lian. »Vierundvierzig Schichten genau. Jeden Frühling Tapetenwechsel. Die arme Stina, sie hat ihr Geld für diese verflixten Tapeten ausgegeben, das wurde die pure Manie, jeden Frühling mußte sie neue Tapeten haben. Und wenn der Kleister nicht hielt, dann wurden die Tapeten angenagelt.« Sie schüttelt den Kopf. »Scheußlich waren sie auch, ich hätte sie an meinen Wänden jedenfalls nicht haben wollen.«

»Dieser Verlobte, mit dem sie Schluß gemacht hat, wissen Sie noch, wie der geheißen hat?« Anne-kin sieht eine Witwe, die die Lippen zusammenkneift, hört sie sagen:

»Durchaus nicht, das ist so lange her, daß ich mich nicht mehr erinnern kann.«

Auf jeden Fall bist du eine schlechte Lügnerin, denkt Anne-kin.

»Nein, das weiß ich nicht mehr«, sagt Frau Lian noch einmal. »Stina hatte einen Kosenamen für ihn, wie war der doch noch gleich? Ja, ja, vielleicht fällt er mir ja noch ein.«

Anne-kin Halvorsen weiß nicht so recht, ob sie die Überweisung erwähnen soll. Fragen, ob Frau Lian etwas davon weiß. Nein, sie hat ohnehin schon genug Scherereien mit Sundt, das hat noch Zeit.

»Noch mehr Kaffee?« fragt Frau Lian. Anne-kin sagt ja. Fragt, ob jemand für sie eingekauft habe. Frau Lian nickt, sagt, sie habe die Taxigutscheine, die die Gemeinde ihr schickt, allesamt genommen, sei in die Stadt zum Postamt gefahren, habe Rechnungen bezahlt und auf dem Rückweg eingekauft.

Himmel, denkt Anne-kin, gibt es wirklich einen Service für alte Leute, den der Gemeinderat von Trondheim noch nicht gestrichen hat? Und wenn, dann beruht das sicher auf einem Versehen.

»Momentchen mal«, sagt Frau Lian und öffnet eine Tür, die sicher ins Wohnzimmer führt, kalte Luft strömt in die Küche. Anne-kin hört, wie sich die alte Dame im Nebenzimmer zu schaffen macht. Dann ist sie wieder da, fröstelt, zieht ihre Jacke fester um sich zusammen. Und legt ein Fotoalbum auf den Küchentisch. Ein altes, schwarzes Album aus Kunstleder. Mit Goldschnur. Es sieht dem Album, das bei Anne-kins Mutter zu Hause im Buffet liegt, zum Verwechseln ähnlich, dem einzigen, was Familie Halvorsen in Richtung eines Familienstammbaums aufzuweisen hat.

»Hier«, sagt sie und schiebt das Album zu Anne-kin hinüber, »hier sehen Sie, wie die Gegend früher ausgesehen hat. Und hier bin ich.« Sie zeigt auf eine dunkelhaarige, schlanke Frau in hellem Sommerkleid, mit Söckchen und Sandalen und halblangen, locker hochgesteckten Haaren. Die Frau kneift in der Sonne die Augen zusammen und sieht glücklich aus. Und hinter ihr liegen die Straße, die Häuser. Es gibt eine Ähnlichkeit, und doch wieder keine. Die Atmosphäre – wenn sich aus einem Foto eine Atmosphäre herauslesen läßt – ist anders.

»Das Foto ist gleich nach dem Krieg gemacht worden«, sagt Frau Lian. »Den meisten ging es schlecht, aber wir sind zurechtgekommen. Und da sind Stina und ich und der alte Løhre vor ihrem Haus.« Anne-kin starrt gierig das Bild an, sieht einen alten Mann und zwei Frauen auf einer Treppe mit schönem schmiedeeisernem Geländer sitzen. Die beiden Frauen haben die Arme umeinandergelegt, sie lachen dem Fotografen zu, der einen langen Schatten über das Bild wirft. Stina, da ist Stina. Ihre Haare sind kürzer, heller und ohne Haareinlage, ihre Frisur sieht fast modern aus. Ihr Gesicht kommt Anne-kin seltsam vertraut vor. Jetzt hör aber auf, Halvorsen, denkt Anne-kin, jetzt hast du dich dermaßen in diese Frau hineinversetzt, daß du glaubst, sie auf einem Foto erkennen zu können.

»Und das ist Stina an ihrem Geburtstag, im Wohnzimmer. Das Bild ist ein bißchen undeutlich, ich hätte es nicht vor dem Fenster machen dürfen, es ist zu dunkel.« Frau Lian zeigt auf das nächste Bild. »Wissen Sie was«, sie wendet sich lächelnd Anne-kin zu, »ich finde, sie hat ein bißchen Ähnlichkeit mit Ihnen. Nicht so sehr im Gesicht vielleicht, aber in der Figur, den Haaren ...« Doch, die Ähnlichkeit ist da, erklärt sie dann.

Anne-kin betrachtet das Gegenlichtbild von Stina, die vor dem hellen Viereck des Fensters mit den kleinen Sprossen steht. Frau Lian hat recht, es gibt Gemeinsamkeiten. Sie will schon sagen, daß ihr Großvater sich vielleicht zu sehr amüsiert hat, verkneift sich diesen Scherz aber, ist sicher, daß Frau Lian ihn nicht weiter komisch finden würde.

»Haben Sie ein Bild von Stinas Bekanntem?« fragt sie statt dessen.

»Nein, das glaube ich nicht.« Frau Lian blättert im Album. »Ich war nicht so oft mit den beiden zusammen«, sagt sie dann, »mir ging es um Lian, und der und Stinas Bekannter – wie hieß der doch noch gleich – konnten nicht gut miteinander. Sie gehörten nicht in dieselben Kreise. Lian war Fischhändler«, fügt sie als Erklärung hinzu.

»Und Stinas Bekannter, was war der?« fragt Anne-kin.

»Nein, ach, was war der denn eigentlich? Irgendwas in einem Büro vielleicht. Geschäftsmann? Ich weiß es nicht mehr. Jedenfalls war er immer elegant angezogen, hatte teure Angewohnheiten.« Frau Lian redet schnell, fast schon hektisch.

Du verschweigst etwas, denkt Anne-kin, aber von mir aus, früher oder später wirst du das schon noch erzählen.

»Ach, übrigens, der, der hier den Schatten wirft, das ist Stinas Verlobter«, sagt Frau Lian. »Er konnte auch nicht besser fotografieren als ich – sich so der Sonne in den Weg zu stellen«, murmelt sie. »Nein, lassen wir die Vergangenheit ruhen.« Sie klappt energisch das Album zu. Schiebt es beiseite.

»Danke, daß Sie mir die Bilder gezeigt haben«, sagt Anne-kin. »Das war interessant.«

Frau Lian lächelt ihr dankbar zu und schaltet das Radio ein. »Der Wetterbericht«, sagt sie. »Wenn die bloß sagen könnten, daß bald das Wetter umschlägt. Meine ganze Rente geht doch für die Heizkosten drauf.«

Anne-kin wartet den Wetterbericht nicht ab, sie bedankt sich noch einmal und geht. Geht über die Straße, um zu überprüfen, daß Vang Tür oder Tor auch ja nicht unverschlossen gelassen hat. Dann macht sie sich auf den Weg zur Wache.

* * *

Dort ist das Herbstwetter in Gewitter umgeschlagen. Jedenfalls in einem Radius von zwei Metern um Sundt. Er selber sitzt in der Mitte des Hurrikans, *ist* der Hurrikan. Er wirbelt um sich selber herum und verbirgt sein Gesicht in einer Gewitterwolke. Ein wütender kleiner Hurrikan. Die Kollegen haben sich in die Peripherie verkrochen.

»Tomas Leth hat einen Selbstmordversuch unternommen!« flüstert Vang Anne-kin zu.

»Ja, das hat er!« brüllt Sundt, der lange Ohren hat, durch die Gewitterwolke. »Da hat uns gerade noch gefehlt! ›Untersuchungshäftling erhängt sich in der Zelle!‹ Wer zum Teufel hat ihm diese Hosenschnur gegeben?«

»Die hat er schon die ganze Zeit gehabt«, antwortet Vang trokken. »Typisch Künstler, mit so einem Ding seine Hose oben zu halten«, murmelt er so leise, daß der Große Sundt schreit:

»Was? Was hast du gesagt? Hosenträger und Gürtel und Hosenschnüre müssen entfernt werden! Die dürfen Untersuchungshäftlinge einfach nicht behalten! Wo zum Teufel habt ihr denn gesteckt?«

Vang kneift einfach nur den Mund zusammen. Die Kritik ist ja berechtigt, aber wer soll auch darauf kommen, daß jemand eine Schnur *innen im Hosenbund* hat! Er ist ja schließlich kein Schneider.

Anne-kin läßt sich in einen Sessel sinken, legt den Kopf in die Hände, armer Teufel, denkt sie, wir haben dir wohl nicht besonders viel helfen können!

»Und wo ist Tomas Leth jetzt?« fragt sie.

»Im Krankenhaus«, antwortet Sundt, er streckt eine Hand aus, greift zum Telefon und wählt eine Nummer. »Ich habe um regelmäßige Berichterstattung gebeten«, brummt er. »Warum rufen die denn nicht an?«

Dann bekommt er Verbindung, und die Umsitzenden hören, daß der Zustand »stabil« sei. Bei Bewußtsein und stabil. Schwach, ja, Sauerstoffmaske und intravenös, nein, nicht direkt kritisch, solange es keine Komplikationen gibt. Ja, sicher, volle Überwachung. Sie atmen auf, und die Gewitterwolke, die Sundt umgibt, lockert ein wenig auf.

»Haltet die Presse aus der Sache raus«, sagt er leise.

»Und was ist mit Henry Aar?« fragt Anne-kin. Sundt glotzt sie wütend an.

»Kann jemand feststellen, ob der sich vielleicht auch aufs Chorälesingen verlegt hat?« Vang, der Scherzkeks.

»Genau«, antwortet Sundt und sieht Vang an. »Gute Idee.«

Widerstrebend steht Vang auf. In diesem Moment kommt ein Streifenpolizist herein und wendet sich an Sundt.

»Wir haben sie gefunden«, sagt er. »Sie hatte sich eingeschlossen, alle Lampen ausgemacht und sich im Wohnzimmer eine Decke über den Kopf gezogen. Sie hat geweint und sich erbrochen, als wir gekommen sind, zitterte wie Espenlaub und sagte, sie sei es nicht gewesen, sie könne doch keiner Fliege etwas antun.«

Er redet über Karin Kraas, die meldepflichtige Keramikerin. Die bekanntlich »untergetaucht« war – bei sich zu Hause.

»Und wo ist sie jetzt?« fragt Anne-kin.

»Wir haben ihre Kollegin angerufen und gewartet, bis die eingetroffen ist«, lautet die Antwort. »Aber sie hat uns angefleht, sie von der Meldepflicht zu befreien, damit sie nicht jeden Tag auf die Wache kommen und sich wie eine Verbrecherin abstempeln lassen muß, so hat sie das ausgedrückt. – Was sollen wir jetzt machen?« fragt er, an Sundt gewandt.

»Verdammte Zimperliese«, murmelt Sundt. Sein dunkler Haarkranz zittert.

Anne-kin Halvorsen sieht rot, sie knallt die Faust auf den Tisch, so daß Akten und Teetassen und Schokoladenpapier nur so zittern. »Hier ist nicht die Rede von ›Zimperliesen‹. Das Ganze ist einfach eine Tragödie. Eine verdammte menschliche Tragödie. Es gibt nur *einen* Mörder, und wir, wir haben schon zwei, vielleicht drei Unschuldige, die sich als Mörder gebrandmarkt fühlen. Erzählt mir hier nichts von Zimperliesen. Natürliche Reaktion, so nenne ich das!«

Sundt blickt sie wütend an, schnappt sich das Schokoladenpapier, knüllt es zusammen und läßt es fallen. Stapelt die Akten langsam wieder ordentlich aufeinander. Läßt sich Zeit. Und komm mir ja nicht mit diesem Scheißgefasel von der sensiblen Künstlerseele, denkt sie gereizt. Du bist hier sensibel, weil du Angst hast, Trondheims guten Bürgern auf die Zehen zu treten.

Anne-kin Halvorsen läßt ihn ungestört seine Aktenstapel bauen, sie wühlt in ihrer Handtasche, fischt eine Zeichnung einer »Stütze der Gesellschaft« heraus und legt sie vor ihm auf den Tisch. »Schon mal gesehen?« fragt sie.

Sundt verdreht die Augen, die anderen recken die Hälse.

»Und wer mag das sein?« fragt Sundt. Kluge Frage.

»Der, der Nr. 40 gekauft und nicht abgeholt hat, der, dem der Anblick von *Sub Rosa* den Atem verschlagen hat – *der* ist das«, antwortet sie.

Sundt kneift die Augen zusammen. »Und wieviel hast du dafür bezahlt?« fragt er.

Anne-kin würde ihm gern vors Schienbein treten, denkt dieser Mann denn nur ans Geld?

»Nichts«, antwortet sie. »Rein gar nichts. Das war ein Freundschaftsdienst.« *Ich* wasche seine Unterhosen, und *er* zeichnet meine Erinnerung. Das sagt sie aber nicht laut.

»Du erinnerst mich immer mehr an eine Fernsehserie, Halvorsen«, sagt Sundt leise und beugt sich über den Tisch zu ihr vor. »Die aggressive Polizistin, die es in der *Welt* zu *etwas* bringen will. Aber wenn du weiterkommen willst«, er beugt sich noch weiter vor, starrt ihr in die Augen, *»dann mußt du Jura studieren, meine Kleine.«*

So wie du in den letzten zehn Jahren, denkt sie. Das sagt sie aber nicht laut, es ist das bestgehütete Geheimnis in der Wache. Sundt und sein Jurastudium.

Hier und jetzt faßt Anne-kin Halvorsen einen Entschluß. Sie wird es tun. Den Chef beim Wort nehmen. Und dann kann Sundt sich seine Fernsehserie an den Hut stecken.

»Erkennt irgendwer von euch den Typen auf der Karikatur?« Sundt schiebt den Kollegen das Blatt hin. Mit den Fingerspitzen.

Sie sehen es sich an, inspizieren es genau. Legen den Kopf schief und geben sich alle Mühe. Sie schmunzeln ein wenig, die Zeichnung scheint witzig zu sein. Vor allem die knallroten Ohrläppchen.

»Nein«, sagen sie dann, »nein, den kennen wir nicht. Abgesehen davon, daß er aussieht wie der Chef.« – »Mein Schwiegervater«, schlägt ein anderer vor. Anne-kin beißt die Zähne zusammen.

»Laßt die Zeichnung in der ganzen Wache rumgehen«, sagt Sundt. »Und wenn jemand diese erfrorenen Ohrläppchen kennt, dann soll er Bescheid sagen.«

Kapitaler Witz, denkt Polizeibeamtin Halvorsen, der Große Sundt ist wirklich zum Totlachen komisch. Er sollte zum Film gehen, statt hier herumzusitzen. Aber hier sitzen sie nun einmal, die ganze Bande, mit einem traurigen und schwierigen Fall. Ohne Mörder. Ohne Lösung. Und draußen wartet schon Sundts Magengeschwür: die Presse. Die Journalisten, die auf eigene Faust herumwühlen und sicher schon herausgefunden haben, daß Tomas Leth nach einem Selbstmordversuch in der Untersuchungszelle im Kreiskrankenhaus am Tropf hängt.

Die Welt ist nicht so, wie sie sein sollte, Sundt, denkt Anne-kin Halvorsen.

Sie will schon aufstehen und sich in ihre eigene »Zelle« begeben, als das Telefon klingelt. Der Fotograf, der polizeiliche Fotoexperte, fragt, ob er jetzt kommen dürfe. Die Negative sind entwickelt, Abzüge gemacht, er kann das Material *sofort* vorlegen. Denn die Sache war doch eilig? Sundt blickt mißmutig zu Anne-kin hinüber. Der Fotograf soll kommen. Und die anderen sollen sitzenbleiben.

Es sind schöne Fotos, fast schon eigenständige Kunstwerke, sie zeigen wirklich mehr, als Anne-kin mit bloßem Auge gesehen hatte. Die Daten treten deutlich hervor, Stinas Name, Kristina Løhre, ist scharf abgezeichnet, der Wortlaut relativ leicht zu entziffern. Anne-kin läßt ihren Blick über das Bild wandern, eine seltsame Transaktion, fast wie ein Verlobungsgeschenk. Von mir an Dich. Es gibt keine notarielle Beglaubigung oder andere offizielle Stempel. Obwohl der Brief – der halbe Brief – in sehr förmlichem Ton gehalten ist, gibt es dort weder Zeugenunterschriften noch Stempel. Es gibt nur eine Kontonummer, bei der Sparkasse Strinden, »Kontoinhaber« Kristina Løhre. »Überwiesen kr. 200 000,00 – zweihunderttausend Kronen. Saldo per dato kr. 200 100,00.« Eine Differenz von 100 Kronen. Einhundert Kronen hatte Stina am 19. Dezember 1947 auf ihrem Konto bei der Sparkasse Strinden. Einhundert.

Und einen Tag später, am 20. Dezember 1947, hatte sie plötzlich 200 000 mehr. Äußerst schnell zusammengespart. Solche Sparsummen lagen 1947 weit außerhalb der Möglichkeiten einer Frau aus Bakklandet ohne eigenes Einkommen. Dieser Betrag würde 1993 mehreren Millionen entsprechen. Überwiesen »im Vertrauen«. Von einem Menschen, dem das Glück hold ist. Anne-kin sucht und sucht, läßt ihren Blick auf und ab wandern, ab und auf, untersucht das Foto ganz genau. Nein, dort steht kein Name, der fehlt, ist verschwunden, abgerissen oder abgeschnitten worden – jedenfalls steht er nicht dort. Dort, wo die Unterschrift hingehört, befindet sich nur ein dunkles Feld. Ohne scharfe Kanten, es scheint wirklich abgerissen worden zu sein. Anne-kin flucht leise. Dreht sich zu den anderen um.

»Damit hat er's geschafft«, sagt sie. Niemand fragt, was sie meint. Sie hat auch keine Lust, ihnen das zu erklären. Vangs Bemerkung bringt sie um jegliche Lust überhaupt.

»Zeit und Ressourcen an die Bankkonten einer toten alten Frau zu verschwenden!«

Sie blickt ihren Chef an, fleht ihn in Gedanken an, einen Befehl zu erteilen, sie zur Sparkasse von Strinden zu schicken. Und wenn die tausendmal fusioniert hat, sie müssen sich mit der Bank in Verbindung setzen und sich über dieses alte Konto informieren. Es können doch nicht *alle* Informationen getilgt worden sein! Aber Sundt bleibt stumm.

Anne-kin Halvorsen macht auf dem Absatz kehrt und verschwindet aus der »Kommandozentrale Sundt«. Niemand fragt, warum sie geht.

Die Uhr zeigt das Ende des »Normalarbeitstages«. Anne-kin packt ihre Sachen zusammen, schaut bei Sundt herein und fragt, ob noch irgend etwas anliegt.

»Nein, mach du ruhig Feierabend«, sagt er, blickt nicht auf. Sie sieht, daß die Zeichnung auf einem Tisch liegt, die roten Ohrläppchen sind nicht zu übersehen. Sie reißt die Zeichnung an sich, wenn die nun doch nicht herumgezeigt wird, dann will sie das Blatt an sich nehmen. Es gehört ihr.

»Schönen Abend noch«, sagt sie.

»'n Abend«, echot Sundt.

Mit Ameisen im Bauch geht Anne-kin hinaus in die Winterkälte, ruhelos und mit Selbstvertrauen auf Null. In ihrem Leben stimmt etwas nicht, und eine Stimme sagt ihr, daß nicht unbedingt sie selber das ist, was nicht stimmt. Ist sie zu ungeduldig? Sehr gut möglich. Im Moment kommt sie sich vor wie ein Dampfkochtopf mit versiegeltem Ventil. Wenn es nicht so verdammt kalt wäre, dann würde sie beim Pierbad vorbeischauen und einmal untertauchen. »Bist du *Eisbaderin?«* hatte Sundt ungläubig gefragt, als sich die Gerüchte über ihre kalten Abreibungen im Trondheimsfjord verbreiteten. Nein, das ist sie nicht. Der Trondheimsfjord führt Salzwasser, sie muß nicht erst ein Loch ins Eis hacken, um ihren Leib im Wasser zu versenken. Sie ist eine Nummer vor der Eisbaderei. Aber jetzt ist das Pierbad geschlossen. Sie steuert ein Fitness-Studio an, genau das will sie jetzt – Eisen stemmen, schwitzen, Gewichte heben und noch mehr schwitzen.

Anne-kin schaut bei einem Sportgeschäft vorbei und kauft Trainingssachen, sie will nicht extra nach Hause gehen, um ihre zu holen. Dann würde sie in Gedanken nur lange, fruchtlose Monologe führen, bei denen weder Sundt noch irgendwer sonst sie unterbrechen kann. Aber sie kann jetzt keine pathetischen Selbstgespräche vertragen. Die würden den Druck aus ihr ablassen.

Anne-kin bezahlt Eintritt und verschwindet in der Nickel- und Kunstlederwelt des Fitness-Studios.

Dort trainieren bereits drei Männer. Einen kennt sie von den Sportseiten der Zeitungen. Skiläufer. Er liegt auf dem Rücken –

stemmt Gewichte. Die beiden anderen stehen daneben und feuern ihn an. Anne-kin wärmt sich am anderen Ende des Studios auf, hört Atmen und Keuchen und »na los, das schaffst du schon«. Der Mann auf der Bank ist tieflila im Gesicht, sein Schweiß strömt nur so. Die Gewichte scheinen ihn jeden Moment zerschmettern zu können, er stöhnt ein »nein«, und die beiden anderen heben die Stange in den Halter. Die geben ihm zwei Minuten, geben ihm etwas zu trinken, wischen ihm den Schweiß aus dem Gesicht, und dann geht es weiter. Wie eine Uhr, er preßt und stemmt, stemmt und preßt, macht Dehnübungen und preßt noch mehr. Er ist so verdammt ernsthaft und zielbewußt, die ganze Atmosphäre ist dermaßen von Konkurrenz und Den-Organismus-bis-zum-Zerreißpunkt-Fordern geprägt, daß ihr alle Lust vergeht, ihre Runde zu beenden. Die Trainer quengeln wegen eines letzten Kilos, oder geht es vielleicht nur um ein halbes, das er unbedingt noch schaffen muß. Der Mann sieht schon total fertig aus. Weder sein Körper noch seine Seele können gesund sein, so, wie die beiden ihn in die Mangel nehmen. Anne-kin macht abschließende Dehnübungen und geht unter die Dusche. Das Fitness-Studio war auch keine gute Idee.

Sie geht durch die Fjordgate und beschließt, ihr ganzes Geld für CDs auszugeben. In dieser Straße liegt ein Musikladen neben dem anderen, und sie schaut in fast jeden. Zu Hause sieht sie, daß sie Blues gekauft hat, nur Blues, nicht gerade das Passende, um sich in lustige Laune zu bringen. Ihr Unterbewußtsein will die Melancholie offenbar pflegen, sie bis zur Neige auskosten. Sie hört ihren Anrufbeantworter ab, ihre Mutter hat wieder angerufen, ob sie nicht in den nächsten Tagen zum Essen kommen kann, morgen vielleicht?

»Danke, Mams«, murmelt Anne-kin. Und dann hört sie den »Japser«, den, der regelmäßig bei ihr, bei Anne-Lise von der Drogenfahndung und bei der tugendhaften Telma den Anrufbeantworter vollsabbert. Er ist clever, der »Japser«, immer ruft er aus einer Telefonzelle an, er läßt sich einfach nicht erwischen. Nachdem er zu Ende gejapst hat, hört sie eine vertraute Stimme: »Hallo,

Anne-kin, hier ist Liv. Ich bin in Trondheim, zu einem Kurs. Und weißt du, wo ich wohne? Im Royal Garden, meine Süße, was sagst du dazu? Alles auf Spesen!« Die Stimme kichert. »Du mußt mich anrufen, sowie du nach Hause kommst. Hast du gehört?« Dann wird aufgelegt.

Kurs? denkt Anne-kin. Auf Spesen? Erzähl mir doch nicht, du bist *Reisesekretärin* geworden! Nein, das wäre zu bescheuert, das würde einfach nicht zu Liv passen. Jedenfalls nicht zu der Liv, die sie während ihres Studiums in Oslo kennengelernt hat.

Sie ruft im Hotel an, wird nach Zimmer 325 durchgestellt, ihre Freundin meldet sich. Und während sie wild durcheinander reden, verabreden sie, sich in Livs Suite zu treffen – ja, es ist wirklich eine *Swiet.* »Sobald du kannst«, fügt Liv hinzu.

Anne-kin bleibt vor dem Spiegel stehen, öffnet ihren Kleiderschrank, sieht das Angebot durch, läßt die Hände sinken, gibt ihren Plan auf. Wenn Liv in ihrer »Swiet« sitzt, auf Spesen und gekleidet von einem Mannsbild, das mit ihnen ausgehen will, dann ist das in Ordnung. Für Liv. Sie selber will sich nicht aufbrezeln, will sich für einen Zug durch die Gemeinde nicht in Schale werfen. Das einzige, was sie will, ist, mit Liv zu sprechen. Ohne Aufwand und Make-up. Sie mustert sich im Spiegel, ihre Arbeitskleidung ist gut genug. Und ohne auch nur eine einzige Bluesplatte gehört zu haben, rutscht Anne-kin die Hänge hinunter und taucht in eine temporierte Glas- und Marmorwelt mit grünen Schlingpflanzen und diskreter Pianobar-Musik ein.

Auch das Zimmer ist äußerst elegant, Glas und Grünpflanzen und Obstkorb und Bademantel. Letzerer ist um ihre Freundin drapiert.

»Was für ein Luxus«, sagt sie und umarmt Anne-kin erst einmal. »Nett, dich zu sehen, Bulle«, lächelt sie.

Anne-kin blickt sich rasch um, in diesem Zimmer ist nicht die Spur eines Maskulinums zu sehen, alles zerfließt in femininem Chaos, in Liv.

»Nun erzähl schon«, sagt Anne-kin. »Ich platze vor Neugier über diesen Aufstieg zum Luxus!«

Während ihrer Studienzeit in Oslo hatte Liv in dem erbärmlichsten Loch gewohnt, das Anne-kin je gesehen hatte. Einem Loch, wo Junkies im Haus ein- und auswankten, und dessen Besitzer nur eine Kontonummer war.

»Ich leite jetzt Kurse«, lautet die überraschende Antwort. »Ich soll Karriereknaben ›Sprache und Kommunikation‹ beibringen.«

Anne-kin klappt das Kinn nach unten. »Hast du nicht Drama und Tanz und Gestalttherapie gemacht, und wie diese ganzen komischen Abendkurse sonst noch hießen?«

»Aber sicher doch«, ist die Antwort. »Die denkbar beste Fächerkombination, um vor Angst um sich schlagende ehrgeizige Puppenmänner zu verstehen. Ich habe ein maßgeschneidertes Konzept entwickelt, und das will ich den Betrieben verkaufen.«

Anne-kin kichert laut. »Spitze«, sagt sie. »Das klingt so, als ob du deine ›Marktlücke‹ gefunden hättest.« Lachend zwinkern sie sich zu.

»Das Wiedersehen muß gefeiert werden«, sagt Liv, geht zur Minibar und mustert den Inhalt. »Was darf ich dir anbieten?« fragt sie. »Die Firma bezahlt.« Demonstrativ dreht sie die Preisliste mit dem Gesicht nach unten. »Beim Anblick dieser Preise werde ich seekrank«, sagt sie. »Und danach gehen wir nach unten und gönnen uns ein Festmahl. Okay?«

Anne-kin nickt, ein Festmahl würde sich jetzt gut machen.

Die Liv, die nach zwei Gläsern geschminkt und angezogen vor ihr steht, hat keine große Ähnlichkeit mehr mit der Vogelscheuche, die Anne-kin in Oslo gekannt hat. Farbenfrohe Flohmarktklamotten und billige Klunker mußten diskreten Karrierefrauenkleidern weichen. Sogar die Haare liegen dressiert am Kopf an.

Das Parfüm ist kühl wie Rasierwasser.

»Gefällt dir mein Kostüm?« Liv dreht sich langsam um ihre eigene Achse.

»Aber ja doch«, sagt Anne-kin. »In dem Aufzug kannst du jedenfalls sicher sein, daß deine Kursjungs nicht an Arsch und Titten denken.«

»Genau«, sagt Liv. »Und genau so wollen sie das haben, alles andere würde ihr Gemüt nur in Unruhe stürzen. Und du bist übrigens auch ziemlich keusch angezogen!«

»Meine Arbeitskleidung«, antwortet Anne-kin. Sie geht ins Badezimmer und öffnet den obersten Blusenknopf, fährt sich rasch durch die Haare, fischt ihren Lippenstift aus der Tasche, legt ihn wieder zurück. So, wie sie ist, muß sie gut genug sein.

»Also, gehen wir?«

Liv schließt hinter ihnen die Zimmertür ab.

»Du scheinst den richtigen Job gefunden zu haben«, sagt Anne-kin zu ihrer Freundin, als sie nach dem Essen auf die Rechnung warten. »Du stehst auf einer Bühne und wirst noch dazu gut dafür bezahlt.«

»Mmm«, nickt die andere. »Da hast du recht. Und ich habe noch große Pläne, will erweitern. Noch andere einstellen, *Frauen*, Frauen sind für dieses Metier einfach besser geeignet. Ich will Geld verdienen. Ich habe es satt, mich von in Margarine geröstetem Brot zu ernähren.«

»Vielleicht sollte ich bei dir einen Kurs machen«, sagt Anne-kin. »Im Dienst machen mir Sprache *und* Kommunikation Probleme.«

»Klingt verheißungsvoll«, antwortet Liv. »Danke für den Tip. Ich rufe gleich morgen den Polizeichef an und trage ihm mein Konzept vor. Wie viele Angestellte gibt es denn da?«

»Eine«, sagt Anne-kin. »Vermutlich nur eine.«

»Und die eine bist dann du?« Liv mustert sie forschend.

Anne-kin zuckt mit den Schultern.

Der Kellern erscheint, sie bezahlen und ziehen in die Bar um. Sie haben noch nicht den braunen Zucker aus ihrem Irish Coffee gesaugt, als sie eine Stimme fragen hören:

»Ganz allein, die Damen?«

O nein, denkt Anne-kin, sie bringt es nicht über sich, zum Besitzer dieser Stimme hochzublicken, wo in aller Welt hast du denn die letzten Jahre verbracht? Über diese klassische Frage ist doch dermaßen oft gelästert worden, daß du das letzte Jahrzehnt verschlafen haben mußt. Geh nach Hause und mach deine Hausaufgaben, Bubi.

»Darf ich mich setzen?«

Anne-kin stöhnt. Das darf ja wohl nicht wahr sein.

»Entschuldigt mich einen Moment«, hört sie. »Ich muß zur Toilette.«

Das war Liv. Himmel, ist das ihre Art von Kommunikation, in den Kulissen verschwinden und die Quälgeister anderen überlassen? Liv ist noch nicht aufgestanden, als die Stimme sich schon gesetzt hat.

»Ruhig hier heute abend«, sagt die Stimme.

Anne-kin schaut hoch, sieht einen Mann mit einem Glas in den Händen, einen ganz normalen Mann, weder betrunken noch nüchtern, weder alt noch jung, weder dick noch dünn, weder hübsch noch häßlich. Da sitzt er, hat sich ebenso selbstverständlich wie eine dritte Freundin in den Sessel ihr gegenüber fallen lassen.

»Verschwinde«, sagt sie. »Niemand hat dich gebeten, dich zu setzen.«

»Du meine Güte«, sagt der Mann. Und bleibt sitzen. »Ich wollte doch bloß ein bißchen plaudern.« Er lächelt sie an.

Ich habe einfach keinen Bock auf eine Diskussion, auf der schon Moos gewachsen ist, denkt sie, das würde mir nur endgültig die Laune verderben. Sie winkt dem Kellner. Ihr Gegenüber strahlt, wenn sie noch etwas bestellt, dann will sie ja hier sitzen bleiben. Der Kellner kommt, sieht Anne-kins fast unberührtes Glas, blickt sie fragend an.

»Entfernen Sie diesen Mann«, sagt sie und drückt dem Kellner ihren Dienstausweis in die Hände.

Der wirft einen kurzen Blick darauf und sagt: »Polizeibeamtin Halvorsen bittet Sie zu gehen, mein Herr.«

Der Mann springt auf. »Sie müssen wirklich entschuldigen, Frau Halvorsen«, sagt er steif, umklammert sein Glas mit weißen Fingerknöcheln und zieht sich würdevoll zurück.

»Danke«, sagt Anne-kin zu dem Kellner.

»Kann ich sonst noch etwas für Sie tun?« fragt er und blickt sich rasch um, um sich zu vergewissern, daß niemand diese Episode bemerkt hat.

»Nein, danke.« Sie lächelt ihn an. Der Kellner leert den Aschenbecher aus, stellt eine Schale mit Erdnüssen auf den Tisch, weiß nicht so recht, ob er beruhigt sein darf oder nicht. Liv kommt zurück.

»Ich habe aus den Kulissen heraus beobachtet, wie du mit der Situation fertig wirst«, sagt sie.

»Ach ja?« Anne-kin blickt ihre Freundin an. »Und jetzt willst du die Episode auswerten, mir sagen, was ich bei ›Sprache und Kommunikation‹ falsch gemacht habe?«

Ihre Freundin lacht laut. Dann ist sie plötzlich ernst. »Das sind doch nicht wir, die etwas falsch machen«, sagt sie. »Das sind *sie.* Und deshalb habe ich mir diesen Beruf gesucht, du kannst es gerne als missionarischen Eifer bezeichnen, als erzieherische Aufgabe.«

Anne-kin grinst. »Himmel«, sagt sie, »das gefällt mir, du machst da weiter, wo ihre Mutter versagt hat – das nenne ich echte Berufung.«

»Aber wenn ich du wäre, dann hätte ich ihm mit ruhiger Stimme alles erzählt, was dir gerade durch den Kopf ging. Damit er es kapiert«, sagt ihre Freundin nun.

»Diese Diskussion hätte mich in die Steinzeit zurückversetzt«, antwortet Anne-kin. »Ich lebe trotz allem in ... in ... in der Silikonzeit! Genau!« Sie prusten los. »Prost!«

Als Anne-kin Halvorsen nach Møllenberg zurückschlendert, überlegt sie, daß ihre Freundin eigentlich mit einem Dampfkochtopfzertifikat hätte geboren werden müssen – »mit eingebautem Druckregulativ«.

Sie hört aus Carlos' Wohnung mitreißende Rhythmen, klopft an die Tür und wird auf einen Tee hereingebeten. Carlos' Tee läßt sich trinken, er schmeckt nicht wie Mullbinden. Er drückt ihr eine Einladung zu einem lateinamerikanischen Abend in die Hand, dann verläßt sie ihn und wünscht ihm dabei immer wieder gute Nacht.

* * *

Nun haben sie die ganze Nachbarschaft aus Bakklandet befragt, aber gebracht hat das alles nichts. Vang hat noch einmal die Witwe Lian besucht und danach von einer »schlechtgelaunten alten Dame mit miserablem Gedächtnis« gesprochen. Henry Aar wird weiterhin von Sundt verhört, natürlich in Anwesenheit seines Anwalts. Eines Anwalts, der ganz deutlich zum Ausdruck bringt, daß für die Verlängerung der Untersuchungshaft nur noch fadenscheinige Gründe bestehen, ungeheuer fadenscheinige sogar. Tomas Leth dagegen ist nicht verhört worden. Er ist vollauf damit beschäftigt, sich wieder zu den Lebenden zurückzuschleppen. Der Arzt läßt in dieser Hinsicht nicht mit sich reden. Karin Kraas, Sundts Petersilienstengel, wird ein Besuch auf der Wache erspart. Stattdessen sucht sie jeden Tag jemand in ihrer Wohnung auf, trinkt eine Tasse Tee und überzeugt sich davon, daß die Dame sich nicht dem Zusammenbruch nähert. Ein Selbstmordversuch ist mehr als genug für Sundt.

Rita Folve dagegen ist interessant. Für Sundt. Anne-kin schielt zu Vang hinüber, zusammen mit Sundt verhören sie gerade Rita Folve, Gott weiß, zum wievielten Mal. Terror, denkt Anne-kin. Sundt setzt diese Frau systematischem Terror aus. Er bastelt in Gedanken sicher an einer Verschwörungstheorie, nach der Henry Aar doch ihr Liebhaber ist und die beiden einen listigen Plan ausgeheckt haben, um Tone Saxe zu ermorden und mit der schwindelerregenden Summe von 145 000 Kronen durchzubrennen. Und damit für den Rest ihres Lebens in Saus und Braus zu leben. Das wäre typisch für Sundt, der konnte nicht oft genug erzählen, wie er als Junge – irgendwann in grauer Vorzeit – für fünfundzwanzig Kronen die Woche gearbeitet hatte. Sundt leitet das Verhör, weder sie oder Vang noch sonst irgendwer kommen zum Zuge. Aber die Frau bleibt »cool« und läßt sich nicht aus der Fassung bringen. In diesem Fall hat Sundt es jedenfalls nicht mit einer »Zimperliese« zu tun. Aber je »cooler« sie sich zeigt, um so sicherer scheint er seiner Sache zu sein. Diese Frau ist die Mata Hari der Trondheimer Künstlerszene.

Vang dagegen windet sich, sein Schnurrbart zeigt traurig nach unten, und die Einladung ins Kino, die ihm offenbar schon seit langem auf der Zunge liegt, bleibt weiterhin dort liegen. Es fehlt sicher nicht mehr viel, dann wird er einen Antrag auf Versetzung in eine andere Abteilung stellen.

Anne-kin Halvorsen beobachtet und registriert. Sie hat nur wenig zu tun. Während des Verhörs und auch danach.

»Schau her«, wird zu Sundts Standardbemerkung, wenn er ihr verwaltungsmäßige Papierarbeit in den Schoß fallen läßt. Und als wichtig bezeichnet. Kann ja sein. Er selber verschwindet dann wieder hinaus in die Welt. Und läßt sie mit Papier da sitzen, Papier, *Papier.*

Nach Feierabend verschwindet auch Anne-kin. Sie fährt mit dem Bus zu ihrer Essenseinladung, zu Hammeleintopf und Backpflaumengrütze. Steigt aus und stolpert über das Glatteis, klingelt. Ihre Mutter macht auf.

»Hallo!« sagt sie. »Da bist du ja.«

Kristians Gesicht taucht auf. »Wieder irgendwelche scharfe Mucke gekauft, Schwesterherz?« Er redet natürlich von ihrer Hi-Fi-Anlage.

»Zwölf Blues-CDs« antwortet sie. »Aber die sind für Fortgeschrittene, nicht für Rotzbengel wie dich.«

Er grinst breit und boxt sie in den Bauch. »Wenn du nicht bald heiratest und ein Kind kriegst, dann erbe ich deine Anlage!« Sein Grinsen könnte nicht breiter sein.

»Erpressung!« antwortet seine Schwester.

»Streitet euch nicht, jetzt wird gegessen«, sagt die Mutter.

Es riecht herrlich, es riecht nach »zu Hause«. Kindheit. Sie setzen sich und fangen an zu essen. Das Pflaster auf ihrer Stirn wird nicht erwähnt. Das sparen sie sich für den Kaffee auf. Das alte Ritual, denkt Anne-kin, erst wird in Ruhe und Frieden gegessen, und zum Kaffee stehen dann die Probleme an. Wenn der Bauch voll ist. Und das Gemüt dösig. Ihr gefällt diese Angewohnheit. Mutter und Tochter Halvorsen spülen. Stehen in der Küche, in der nie, nie eine Geschirrspülmaschine ihren Einzug halten wird. »Kommt nicht in Frage«, ist die sachliche Begründung der Mutter für diese Weigerung.

Mutter Halvorsen spült, Tochter Halvorsen trocknet ab. Mit rotweißkariertem Geschirrtuch. Frisch gebügelt. Anne-kin wischt sich die Hände ab, öffnet ihre Tasche, nimmt eine Zeichnung heraus und zeigt sie ihrer Mutter.

»Hast du diesen Mann schon einmal gesehen?« fragt sie.

»Der hat ja vielleicht rote Ohrläppchen«, sagt die Mutter. »Der sollte eine Mütze aufsetzen.«

Anne-kin wartet.

Ihre Mutter wischt sich Seifenschaum von den Händen, glättet ein Eselsohr an der Zeichnung, sagt: »Ja, sicher habe ich den schon mal gesehen. Das ist der Herr, der für 7500 Kronen Tapeten gekauft hat. Weißt du das nicht mehr?«

Anne-kin schweigt. Wartet auf mehr.

»Ja, der dieses schreckliche Bild gekauft hat, als wir zuletzt im Kino waren. Weißt du das denn wirklich nicht mehr?« Die Mutter blickt sie an und sagt dann: »Er und seine Frau haben ein großes Tapetenbild gekauft, das angeblich zwischen Sofa und Portieren paßt. Ausgerechnet *so ein Bild*, ich wage gar nicht, mir vorzustellen, wie bei denen Sofa und Portieren aussehen.«

»Du hast wirklich ein gutes Gedächtnis, Mams«, antwortet Anne-kin. »Das ist wirklich dieser Herr. Aber ich möchte gern wissen, wer er ist, ob du ihn früher schon einmal gesehen hast.«

Die Mutter blickt sie lange an. »Liebes Kind«, fragt sie, »warum hast du das nicht gleich gesagt? Ich brauche ja wohl keine Karikatur, um zu wissen, wer er ist. Den hab' ich doch sofort wiedererkannt.«

»Und wer ist er nun?« Anne-kin hält den Atem an, ihre Finger zerknüllen das frischgebügelte Handtuch.

»Kennst du die Leute aus deiner Stadt denn so wenig, Kind?«

Anne-kin schüttelt heftig den Kopf. »Nein, tu ich nicht, du mußt es mir erzählen. Wer ist er, Mutter«, sagt sie.

»Toralf Kavle«, antwortet die Mutter. »Das ist doch Toralf Kavle.«

Anne-kin fährt zusammen. Ein solider, ehrbarer Trondheimer Name, einer der großen Söhne der Stadt, der für Arbeitsplätze und Profit und florierende Geschäfte steht. Einer mit »und Söhne« im Firmenlogo. So weit von Bakklandet und Johannes Løhres Tochter entfernt wie nur möglich. Ein Bauunternehmer, ein Gigant, jedenfalls nach Trondheimer Maßstäben.

»Erzähl, was du über ihn weißt«, bittet sie ihre Mutter.

Die Ausbeute ist nicht umwerfend, die Mutter verkehrt nicht »in diesen Kreisen«, wie sie es ausdrückt. Sie bezieht ihr Wissen nur aus den Zeitungen, wenn ein Vertrag abgeschlossen wird oder so, sagt sie. Sie hat auch gehört, er sei sehr kunstinteressiert, in der Zeitung war einmal so ein »Zu Hause bei ...«-Artikel, zwei Seiten Innenaufnahmen, Fotos von Wänden voller Gemälden in scheußlichen Goldrahmen. Die Mutter schüttelt den Kopf.

»Ich halte nicht besonders viel von seinem Geschmack«, sagt sie. »Aber so ist das wohl bei den reichen Leuten, irgendwas müssen sie mit ihrem Geld ja anfangen.« Mutter Halvorsens Hände verschwinden wieder in der Seifenlauge. Das Thema Toralf Kavle ist beendet.

»Und nun zu deinem Pflaster«, sagt sie, als nach vielleicht zehn Minuten der Kaffee auf dem Tisch steht und Kristian seine Colaflasche schon halb geleert hat. Anne-kin seufzt. Es führt kein Weg daran vorbei. Aber sie will Kleinbuchstaben benutzen. Nicht dramatisch werden. Ihre »Verwundung« damals, wie die Mutter das genannt hat, ist ihr noch in frischer Erinnerung. Daß jemand in der Arrestzelle einer Polizistin die Zähne ausschlagen kann! Das war nun wirklich zu arg gewesen für Mutter Halvorsen. Fast wäre sie zum Telefon gestürzt, um den Polizeichef zusammenzustauchen.

Als Anne-kin Halvorsen im Bus nach Hause sitzt, denkt sie, daß Liv ihr immerhin eins über Sprache und Kommunikation beigebracht hat. In Kleinbuchstaben zu sprechen. Sie hat überlebt. Und keine wütende und verängstigte Frau wird den Vater bis spät in die Nacht hinein wach halten. Liebe Mams, denkt sie. Es tut gut, geliebt zu werden.

Etwas ist anders im Zimmer, das merkt sie sofort, als sie die Tür öffnet, etwas liegt in der Luft. Eine Veränderung. Anne-kin blickt die anderen Kollegen an, die sich zur Morgenbesprechung versammeln. Ob sie dieses »etwas« wohl auch spüren? Zwei schauen auf, lächeln sie an. Sie erwidert dieses Lächeln. Dann blickt sie zu Sundt hinüber. Ja, etwas ist passiert, der Mann hat sich verändert. Er zieht nicht mehr den Kopf ein, sondern sieht frisch und energisch aus. Wie nach einem erfolgreichen Orientierungslauf oder einer Joggingtour mit neuem persönlichem Rekord. So mag sie ihn am liebsten. Egal, was er ihnen mitzuteilen hat, etwas Negatives ist es jedenfalls nicht. Stuhlbeine scharren, Kaffeetassen werden auf den Tisch gestellt. Dann sitzen alle. Los, komm zur Sache, Sundt, denkt Anne-kin ungeduldig, bring jetzt keine lange Zusammenfassung, *komm zur Sache!*

Und genau das tut Sundt denn auch.

»Tomas Leth hat gestanden«, sagt er. »Gestern abend spät hat Tomas Leth den Mord an Tone Saxe gestanden.«

Alles schweigt. Dann kommt leises Murmeln auf. Dann schweigt wieder alles. Die Kollegen warten, warten auf mehr. Auf die äußeren Umstände, darauf, wie es passiert ist, wie ist er vorgegangen, alle wichtigen Details. Sundt kann ihnen damit nicht dienen.

»Mehr kann ich euch nicht sagen«, erklärt er. »Mehr hat er nicht gesagt. Nur: ›Ich habe Tone umgebracht‹, hat er gesagt, ›ich habe Tone umgebracht.‹« Er blickt sie alle an und fügt dann hinzu: »Tomas Leth war gestern so schwach, daß der Arzt uns verboten hat, ihn durch ein weiteres Verhör zu belasten. Wir dürfen heute einen neuen Versuch machen.«

Er blickt Vang an. »Wir fahren«, sagt er.

Dann folgt eine Viertelstunde voller Befehle und Routine, »normalen Dingen«, Anne-kin Halvorsen hört kaum zu. Ich müßte erleichtert sein, denkt sie, endlich ist diese traurige Geschichte aufgeklärt, ich müßte wirklich erleichtert sein. Aber sie verspürt nur einen dumpfen Schmerz in den Schultern. Sie versucht, sich zu entspannen, merkt, daß jetzt *sie* Sundts Schultern übernommen hat – ihre Schultern reichen ihr jetzt bis zu den Ohren.

»Sundt«, sagt sie, ehe sie das Zimmer verlassen, »der Mann auf der Zeichnung«, sie sieht Sundts Blick auf Jagd nach der Karikatur über die Tische schweifen, »der, der sich so für *Sub Rosa* interessiert hat, ist Toralf Kavle.«

Sundt sieht die Zeichnung verdutzt an. »Ja«, sagt er, »natürlich ist er das, komisch, daß wir ihn nicht erkannt haben.« Dann richtet er seinen Blick wieder auf Anne-kin, durchbohrt sie geradezu damit. »Aber was soll's«, sagt er. »Toralf Kavle ist ein großer Kunstliebhaber, es wundert mich nicht im geringsten, daß er sich auf einer Kunstausstellung ein Bild genau ansieht.«

Er sagt nicht, »Finger weg von Toralf Kavle«, aber genau das meint er. Die Stille, die auf seine Worte folgt, ist von diesem Befehl erfüllt. Dann schiebt er seine Unterlagen zu einem ordentlichen Aktenhaufen zusammen und beendet die Besprechung.

Beamtin Anne-kin Halvorsen hat ihre routinemäßige Papierarbeit im Nu erledigt. Und dann macht sie sich eines Dienstvergehens schuldig. Sie sucht per Telefon ein Archiv, eine Infobank für lokale Namen und Ereignisse. Sie findet auch eins und verläßt daraufhin die Wache, um in die Bibliothek zu gehen. Der alte Eingang in der Kongensgate ist eng und anonym, dahinter duftet es nach frischgebackenen Waffeln und Kopenhagenern. Das Café Gjest Baardsen ist brechend voll. Anne-kin geht weiter, vorbei an einem Stück ausgegrabenen Mittelalter-Trondheims mit den gläsernen Gräbern eines Erwachsenen-Skelettes und zweier Kinderleichen. Die Glaspassage wirft hohe, dunkle Schatten. Dann steht sie im Neubau, einem Neubau, der Wissen und Erlebnisse und Nachdenken beherbergt, Regal für Regal. Und dessen Publikumsbesuch alle Kino-, Theater- oder Konzertbesuche übertrifft und sogar das Fußballstadion aussticht. Nur in den Videoläden herrscht noch größerer Andrang. Anne-kin sagt ihren Spruch auf und vertieft sich ins Info-Archiv.

Doch, denkt sie nach einer Weile, das ist wirklich ein Dienstvergehen, aber da ist nichts zu machen. Die Zeitungsausschnitte vor ihr erzählen ein Stück stolzer Trondheimer Geschichte, die Firma

Kavle & Söhne schreibt schwarze Zahlen, ein Eckstein im Wirtschaftsleben der Stadt, ein solider Arbeitsplatz und ebensolcher Steuerzahler. Sie findet den Artikel, den ihre Mutter erwähnt hat, eine Fotomontage der Wände im Haus des Ehepaars Kavle, sie müssen Millionen wert sein. Die Bilder und das Ehepaar.

Sie liest über sein Kunstinteresse, über Angebote, die der Firma gemacht worden sind, über Aufträge, bei der sie ausländisches Kapital ausstechen konnte, und darüber, daß Kavle seinen täglichen Sport nie schwänzt. Der Mann ist dreiundsiebzig Jahre alt, wer würde das für möglich halten, steht dort. Nein, wer! Von den Bildern her lächelt ein rüstiger Rentner sie an. Aber das ist er nicht. Rentner. Das behauptet der Artikel, der vor ihr liegt. Obwohl beide Söhne in der Firma arbeiten, ist der Vater der Chef, der König im Schloß. Ein Chef, der gerade ein prestigeträchtiges Projekt oder »ein ungeheuer interessantes Projekt« an Land geholt hat, und dieser Erfolg »erwärmt sein Herz aufs heftigste«, wie er das ausdrückt. Es geht um den Wiederaufbau des Widerstandsmuseums nach dem skandalösen Feuer von 1983. Der Skandal bestand darin, daß es in dem zundertrockenen Gebäude keine Brandschutzvorrichtung gab, für Sprinkler fehlte das Geld. Und deshalb ging die Geschichte des Zweiten Weltkrieges – wie soviel anderes in Trondheim – in Flammen auf.

Anne-kin Halvorsen legt die Artikel beiseite, hat das Gefühl, den Mann mit den erfrorenen Ohrläppchen und dem Schmiß auf der Wange ein wenig besser zu kennen. Sie findet ihn weder sympathischer noch weniger sympathisch als vorher – er scheint einfach in Ordnung zu sein. Ein sportbeflissener reicher Mann mit Arbeitsplätzen und Kunst an der Wand.

Der Waffelduft hätte sie beim Verlassen der Bibliothek fast zu einem weiteren »Dienstvergehen« verlockt, sie hält sich die Nase zu und geht mit braven Schritten zurück zur Wache.

Dort ruft sie Rita Folve an und fragt, ob der Käufer von Nr. 40 sein Bild schon abgeholt hat. Das hat er nicht. Die Galerieassistentin scheint das nicht weiter überraschend zu finden, das kommt bei jeder Ausstellung vor. Die Käufer vergessen, daß sie ihre Bilder holen müssen, trödeln herum, müssen ab und zu gemahnt werden. Das Problem ist nur, daß sie nicht weiß, wen sie mahnen soll. Denn die Polizei hat die Verkaufsliste ja wohl noch nicht gefunden, fragt Rita Folve. Nein, sagt Beamtin Halvorsen. Das hat sie nicht.

Aber was Anne-kin soeben über den Herrn Kunstliebhaber der Sonderklasse gelesen hat, deutet nicht auf einen Mann hin, der herumtrödelt oder seine Kunstgegenstände vergißt. Sie beendet das Telefongespräch und beschließt, Sundt auf den Leib zu rücken. Die Polizei muß Toralf Kavle auffordern, sein Bild zu holen, nicht die Galerie. Und diese Mitteilung darf nicht telefonisch erledigt, sondern muß von Angesicht zu Angesicht überbracht werden. Sundt darf eine solche Gelegenheit nicht vertun, nur weil der Mann Kavle heißt. Und rein formell gesehen, ist ein Einbruch angezeigt worden, die Namen derer, die ihre Bilder abgeholt haben, sind notiert worden, und was den Rest angeht, so hat die Polizei ganz hervorragende Ermittlungsarbeit geleistet, hat Toralf Kavles Namen gefunden und möchte höflichst daran erinnern, daß die Galerie geschlossen wird, den Besitzer wechselt, oder was immer aus der Galerie Saxe werden mag. Deshalb dieser Besuch in Ihrem Büro, Herr Kavle.

Beamtin Anne-kin Halvorsen fährt sich durch die Haare, muß lachen, da sitzt sie doch wirklich hier und führt eine Spukdiskussion mit Sundt. Sie sollte diesen »Spuk« lieber aufsuchen und konkret werden. Aber sein Zimmer ist leer, er ist überhaupt nicht im Haus. Sicher sitzt er noch immer mit Vang neben einem Krankenbett und verhört seinen Mörder. Sie schaut auf die Uhr, soviel Zeit ist auch noch nicht vergangen, ihr Ausflug hat nicht lange gedauert.

Anne-kin Halvorsen schlendert wieder zu ihrem Schreibtisch, sieht die Namensliste der Käufer von Henry Aars Bildern durch, fügt Toralf Kavles Namen hinzu, schlägt seine Adresse im Telefonbuch nach. Keine Straße oder Hausnummer, nur ein Gutsname. »Fredheim«, steht dort. Die Postleitzahl weist auf die Gegend von Lade hin. Sie notiert sich auch die Firmenadresse.

Dann ruft sie bei der Universität an und bittet um Studienpläne und weitere Informationen, bitte, über die juristische Fakultät in Trondheim. Das klingt schwerfällig und kompliziert.

Mahlzeit, denkt sie, putzt sich den leckeren Waffelduft aus der Nase, nimmt ihr Butterbrot und will gehen. Das Telefon klingelt, es ist Sundt.

»Du mußt kommen«, sagt er. »Ins Kreiskrankenhaus.« Er nennt ihr Etage, Abteilung und Zimmernummer. »Sofort«, fügt er hinzu.

Anne-kin fragt nicht, warum, das wird sie noch rechtzeitig erfahren. Sie braucht nicht lange, es sind nur wenige Autos unterwegs. Leere Batterien und eingefrorene Heizungen sorgen dafür, daß viele Wagen zu Hause bleiben, vereist vor sich hinstieren und auf den Frühling warten. Eine Ambulanz rückt heulend aus, als sie sich dem Krankenhaus nähert. Weißer Auspuffdampf folgt ihr wie ein Streifen Kielwasser. Anne-kin stellt das Auto ab und fährt mit dem Fahrstuhl nach oben. Sundt und Vang erwarten sie schon auf dem Flur.

»Wir tauschen die Plätze«, sagt Vang und streckt die Hand nach den Autoschlüsseln aus. Ach, nun weiß sie es also, *sie* tauschen die Plätze. Anne-kin gibt ihm die Schlüssel und sagt »mach's gut«.

»Tomas Leth wollte Vang nicht im Zimmer haben«, sagt Sundt ohne Umschweife. »Er wollte ihn einfach nicht sehen, hat sich richtig aufgeregt.«

»Aber meinen Anblick wird er ertragen können, meinst du?« Anne-kin richtet die Frage an Sundts Rücken. Der hat schon kehrtgemacht, geht über den Flur. Sie bleibt stehen. Betrachtet aus zusammengekniffenen Augen die schlanke Gestalt, die sich zwischen den weißgekleideten Krankenschwestern, zwischen leeren Betten und Betten hinter Wandschirmen hindurchbewegt und ihr nicht mit einem Wort mitzuteilen bereit ist, warum sie so schnell kommen mußte. Kann er dieses Verhör nicht allein durchziehen? Oder zusammen mit einem Arzt? Er hätte ihr zumindest sagen müssen, warum sie plötzlich wieder mit im Spiel ist, nachdem ihr in den letzten Tagen nur langweilige Routinearbeit auf den Tisch geknallt wurde. Und zwar von Sundt. Polizeibeamtin Anne-kin Halvorsen bleibt stehen, erwidert das Nicken einer weißgekleideten Dame, die an ihr vorübereilt, sieht, daß über einer Tür eine Lampe aufleuchtet, daß ein Krankenpfleger ins Zimmer geht, riecht die Gerüche von Putzmitteln und Krankenhaus und Mittagessen. Es riecht nach geräuchertem Kabeljau. Mit Steckrübenpüree. Auf jeden Fall nach Kabeljau.

Dann dreht Sundt sich um, entdeckt, daß er allein ist, er winkt ihr ungeduldig zu. Anne-kin Halvorsen bleibt stocksteif stehen. Wenn sie auf der Polizeischule auch nicht übermäßig viel Tiefenpsychologie gelernt hat, eins weiß sie immerhin: Vorgesetzte haben zu informieren. Schluß, aus. Und ihr ist nicht ein Zipfelchen an Information geboten worden. Abgesehen davon, daß Vang aus dem Krankenzimmer geworfen worden war. Sie sieht, daß Sundt ihr noch einmal zuwinkt. Ja, ja, denkt sie, ich werde schon keine Schwierigkeiten machen, nur mußt du mir zuerst verraten, was überhaupt los ist. Langsam geht sie über den Flur auf Sundt zu.

»Ja«, sagt sie, als sie ihn erreicht hat, »was willst du mir noch sagen, ehe wir zu ihm gehen?« Sie verschränkt die Arme vor der Brust und wartet.

Sundt ist ungeduldig, der ganze Mann zittert vor Ungeduld. Er will jetzt endlich seinen Mörder zur Strecke bringen. Dann reißt er sich zusammen, sieht sie an und sagt: »Tomas Leth will Vang nicht auf dem Zimmer haben, der sei ein Fremder, den wolle er nicht.«.

Ach was, Sundt, denkt Anne-kin, das wußten wir nun wirklich schon. Aber rede nur weiter.

»Und dann hat er dich erwähnt, hat deinen Namen genannt, hat gesagt, du seist bei ihm in der Zelle gewesen, als ihm aufgegangen ist, was er getan hat. Und deshalb müßtest du kommen, du seist keine Fremde.«

»Ja verdammt«, sagt Anne-kin und denkt an die Episode in der Zelle, an die Weltuntergangschoräle, bei denen sie sich so unwohl gefühlt hat. Sie denkt auch an eine düstere Gestalt, die sie ansah und sagte: »Nun geh und sündige nicht mehr.« Und sie denkt daran, wie sie zu Sundt zurückgestürzt ist und gesagt hat, Tomas Leth brauche dringend Hilfe. An Sundts Antwort kann sie sich auch noch erinnern.

»Tomas Leth hat nach dir verlangt. Komm, hier ist die Tür, wir gehen jetzt zu ihm.« Sundt nimmt ihren Arm.

Sie schüttelt seine Hand ab.

»Anne-kin«, sagt er leise, »erinnerst du dich an das erste Verhör? Weißt du noch, wie *du* einen Kontakt zu ihm hergestellt hast? Ich hätte Tage dafür gebraucht. Und daran denkt er jetzt, deshalb will er dich dabei haben.«

Aber ja, sie erinnert sich. Erinnert sich, wie er die Leinwand der Länge nach zerfetzt hat, wie gehorsam er mit ihnen zum Verhör gekommen ist, wie er sich ein sauberes Hemd angezogen und ein bereits ordentliches Atelier aufgeräumt hat, mit welcher Verlegenheit er ihnen erzählt hat, daß er bei Theater-Ria auf dem Sofa genächtigt hatte. Und sie erinnert sich, wie rot er geworden ist, als er ihnen erzählte, daß er Tone Saxe gefolgt war. Und festgestellt hatte, daß sie nicht zu ihm wollte. Daß sie zu Henry Aar ging – und noch immer ihren eigenen Schlüssel hatte. Und nicht zuletzt erinnert sie sich an seine letzten Worte, als sie ihn in die Untersuchungszelle steckten: »Sie machen nur Ihre Arbeit. Sie können trotzdem ein guter Mensch sein.« Jetzt weiß sie, was Sache ist. Sundt hat es ihr verraten.

»Sundt«, sagt Beamtin Halvorsen und nickt zu der weißen Krankenzimmertür hinüber. »Komm jetzt.«

Es ist ein Einpersonenzimmer, ein Fenster, zwei Stühle, ein kleiner Tisch und ein Arzt. Der steht beim Fenster. Das Bett füllt das Zimmer einigermaßen aus. Und im Bett liegt Tomas Leth. Es gibt keine Fieberkurve am Fußende und keine Blumen auf dem Nachttisch. Aber rund um das Bett herum blühen die Heilmittel. Flaschen mit intravenöser Ernährung, Schläuche und Leitungen und seltsame Plastikflaschen, die vermutlich Überleben signalisieren.

Der Arzt grüßt. Sie grüßen zurück. Lautloses Nicken.

Anne-kin mag den Geruch nicht, Krankenhausgeruch bedeutet für sie Ågot, Ågot vom Kiosk, die gegen alle möglichen Scheußlichkeiten gekämpft hatte, gegen einen brutalen Vater und verrückte Brüder, gegen den frühen Tod ihrer Mutter, gegen die Frauen, die bei ihnen zu Hause aus- und einflogen, die nur selten zur Schule gehen konnte und in der Hackordnung ganz unten war. Dann bekam sie ein Kind. Mit Mühe und Not. Zwei Monate zu früh, weil der Vater des Kindes seine Frau gezüchtigt hatte. Weil er ihr das Kind fast aus dem Leib geprügelt hatte. Und trotzdem überlebten sie. Und Ågot fand, es reiche nun wirklich, nach Jahren der Sozialhilfe, und machte doch tatsächlich einen Kiosk auf! Verdiente, konnte ihr Kind versorgen. Und erkrankte an Krebs. Landete viel zu spät im Kreiskrankenhaus in Trondheim und mußte dort schändlich lange warten, bis sie krepierte. Anne-kin hatte sie oft besucht, hatte niemals Blumen mitgenommen – Ågot haßte Blumen. »Setz dich einfach zu mir«, sagte Ågot. »Sitz hier ohne Veilchen und aufgeplatzte Lippen. Das sind Blumen genug für mich.« Und deshalb hatte sie hier gesessen, Anne-kin Halvorsen saß hier einen Sommer, einen Herbst und einen Frühwinter hindurch. Die Beerdigung fand im November statt.

»Das ist gut«, sagt jemand im Bett. Anne-kin tritt näher, will seine Hand berühren. Tomas Leth zieht sie zurück.

»Nein«, sagt er. »Faß mich nicht an.« Sie bleibt stehen und mustert ihn, sein Abstecher ins Totenreich hat Spuren hinterlassen. Sein Kopf ist mehr zum *Schädel* geworden, zu einem Kranium mit Haut. Aber seine Augen sind weder wilder noch milder als bei ihrer letzten Begegnung. Sie sind ruhig. Abwesend. Weit weg. Sie machen Anne-kin traurig. Tomas Leth hat sich von den Chorälen noch nicht freigemacht, er hat nur aufgehört zu singen.

»Ich habe Tone umgebracht«, sagt er.

Anne-kin nickt, fragt: »Sie sind ihr in Henry Aars Haus gefolgt, nicht wahr?«

Statt zu antworten, sagt er: »Und die kleine Marta habe ich auch umgebracht.« Er schließt die Augen.

»Arme, arme kleine Marta«, sagt er mit leiser, leiser Stimme.

Anne-kin wirft einen raschen Seitenblick auf Sundt: Was in aller Welt geht hier vor? Sundt tritt einen Schritt vom Bett zurück, mit großen Augen starrt er den Mann an, der dort liegt.

»Die kleine Marta, sie hat mich so bewundert.« Die Stimme aus dem Bett ist fast nicht zu hören. »Sie wollte den ganzen Tag bei mir sein. Lieb, lieb war sie. Begabt. Zu begabt.«

Anne-kin Halvorsen zieht einen Stuhl ans Bett, setzt sich.

»Tomas«, sagt sie. »Wer ist Marta?«

»Du darfst nicht sitzen«, sagt er. »Du mußt stehen.«

Rasch erhebt sie sich wieder. »Wer ist Marta?« fragt sie noch einmal.

»Und Mutter und Vater, die habe ich auch umgebracht.«

Sie läßt sich wieder auf den Stuhl sinken. Tauscht einen Blick mit Sundt.

»Wer ist Marta?« fragt sie noch einmal.

»Ich will nicht, daß du sitzt, du sollst *stehen*, Frau! Du sollst über mir aufragen und *hören!*«

»Ja, Tomas«, sagt Anne-kin, erhebt sich, steht neben dem Bett, dicht neben Tomas, hofft, daß sie aufragt. »Ich höre«, sagt sie.

»Alle habe ich umgebracht«, sagt er ruhig. »Ich habe alle umgebracht, alles umgebracht.«

Himmel, denkt Anne-kin Halvorsen, als nächstes wird er mir wahrscheinlich erzählen, daß er die gesamte Menschheit ausgerottet hat.

»Alles, was ich anrühre, wird schwarz. Und tot.«

Plötzlich setzt er sich auf, reißt Schläuche ab. Der Arzt stürzt herbei. Tomas Leth wischt ihn beiseite.

Und dann läßt er sich wieder auf sein Kissen sinken.

»Das ist die Strafe«, sagt er.

Tausend Gedanken jagen durch Anne-kins Kopf – das, was Henry Aar über Tomas Leths Herkunft gesagt hat, über seine Familie, seine Depressionen, seine nachtschwarzen Bilder – und ihre eigenen Überlegungen, alles fügt sich zusammen. Tomas Leth nimmt die kollektive Schuld für alles Leid der Welt auf sich. Weil er sich von einer Religion losgesagt hat, die keinen Platz hatte für einen Menschen wie ihn, für seine schöpferische Bilderwelt, für seine Kreativität, seine Ausdrucksweise. Er hat ganz einfach seine Wurzeln aufgegeben. Und sich verliebt. Und ist abgewiesen worden. Als Liebhaber und als Künstler. Von Tone Saxe.

»Erzähl mir von Marta«, sagt Anne-kin. Irgendwo muß sie ja anfangen, dieses Wirrwarr zu entwirren.

»Marta geht es jetzt gut. Ich weiß, daß es ihr jetzt gut geht. Der Herr sorgt für die Seinen.«

Dann dreht er sich um, zieht sich die Decke über den Kopf und ist für diese Welt verloren. Spricht nicht, antwortet nicht, liegt unbeweglich mit geschlossenen Augen da.

Der Arzt gibt ihnen ein Zeichen. »Das reicht jetzt«, sagt er. »Er braucht Ruhe.«

Der Rückzug aus dem Krankenhaus macht nicht gerade Spaß. Sundt ist stumm. Anne-kin Halvorsen ist stumm. Auf der Wache bittet Sundt sie, die Polizei an Tomas Leths Heimatort anzurufen, er selber setzt sich an seinen Bericht.

Anne-kin sucht im Telefonbuch, findet die Nummer. Wählt. Kommt durch.

Sie gerät an einen Südnorweger, der sich ohne großen Erfolg an einem nordnorwegischen Akzent versucht. Ob er etwas über Tomas Leth weiß? Das ist sicher der Sohn von Markus Leth aus Vika. Und ob er eine gewisse Marta kennt? Ja, er ist schon seit etlichen Jahren hier, Marta war Tomas' Schwester.

»War?« fragt Anne-kin.

Ja, war. Das arme Kind ist gestorben, das muß so an die zehn, fünfzehn Jahre her sein. Sie ist zu Hause gestorben, an einem Blinddarmdurchbruch, der Arzt ist zu spät informiert worden, sie konnte nicht mehr ins Krankenhaus gebracht werden. Die Eltern? Die leben noch, ist die Antwort. Gottesfürchtige Menschen, die sich jetzt aus Schul- und gesellschaftlichen Diskussionen heraushalten. Anne-kin Halvorsen wartet.

»Ja, der alte Markus Leth war ein Kämpfer, ein harter Brocken, absolut kein Mann von Kompromissen. Aber seit er Tomas und Marta verloren hat, ist er gewissermaßen unsichtbar geworden, seine Stimme ist verstummt.«

»Seit er Tomas verloren hat?« fragt Beamtin Halvorsen. »Aber Tomas Leth, sein Sohn, ist doch überhaupt nicht tot.«

»Nein, nein«, sagt der andere. »Aber Sie wissen ja, wie das ist, die Læstadianer sind so wie die Juden, sie begraben die vom Glauben Abgefallenen. Erklären sie für tot.«

»Danke für die Auskunft«, sagt sie und legt auf. Sie will nicht mehr von diesem Gefasel hören, von diesem Scheißsüdnorweger, der seine Vorurteile mit in den Norden genommen hat. Das Schlimme ist nur, daß die Vorurteile durch den Fall Tomas Leth nur allzu sehr bestätigt werden. Sie geht zu Sundt und unterrichtet ihn über das Ergebnis ihres Anrufes.

* * *

Sundt versammelt seine Leute, und als erstes sagt er: »Wir schieben die geplante Pressekonferenz auf. Wir haben nichts, was wir den Wölfen in den Rachen werfen könnten.« Die Kollegen blicken ihn erstaunt an, hat Tomas Leth denn nicht gestanden?

»Doch«, antwortet Sundt und sieht Halvorsen an. »Er hat alles mögliche gestanden, alles, was ihm auf die Schnelle einfiel. Im Moment ist er ein Fall für den Psychiater – nicht für uns. Aber«, Sundt hebt einen Finger, »das heißt natürlich nicht, daß gegen Tomas Leth kein Verdacht mehr besteht. Es heißt nur, daß er sich auf *ein* Geständnis beschränken muß. Falls nicht die Indizienkette gegen ihn zu lang wird.«

Wovon nun wirklich nicht die Rede sein kann, denkt Anne-kin. Und mit den Beweisen sieht es noch schlechter aus, Fingerabdrükke von ihm gibt es nur an Stellen, wo es ganz normal ist, die Fingerabdrücke von Freunden und Kollegen zu finden.

»Und das Geständnis muß auch die Gerichtsmedizin überzeugen«, sagt Sundt nun noch.

Der restliche Tag wird skizziert. Rita Folve wird nicht noch einmal verhört. Vang und sein Schnurrbart atmen erleichtert auf.

»Geh hiermit zu Frau Folve«, Sundt öffnet eine Schublade, nimmt ein Blatt Papier heraus und reicht es Vang. »Frag sie, ob sie diesen Mann kennt.«

Vang grunzt zufrieden und will den Bogen zusammenfalten und in die Tasche stecken.

»Um Himmelswillen, nicht falten«, ruft Anne-kin, sie hat gesehen, um was für ein Blatt Papier es sich handelt. Sundt hat ja doch Kopien von ihrer Karikatur machen lassen. Ihre Wangen werden warm. »Verstehst du, eine einzige Falte kann den ganzheitlichen Eindruck ruinieren«, sie wiederholt die Worte des Zeichners.

»Ach so«, murmelt Vang und hat plötzlich die Mona Lisa zwischen den Fingern. Vorsichtig und unbeholfen legt er sich die Zeichnung auf die Knie. Anne-kin muß grinsen. Dieser Vang ist wirklich ein guter Befehlsempfänger, das muß ein tiefsitzender Reflex sein.

Desweiteren soll Karin Kraas ihren üblichen Besuch zum Tee bekommen. Und die Freunde aus der Stammkneipe und der Zechrunde danach müssen auch noch einmal verhört werden. Mit dem Schwergewicht auf Tomas Leth und seinem Gemütszustand am fraglichen Abend, und der Frage, wie er und Harry Aar sich einander gegenüber verhalten haben. Sie haben diese Fragen schon einmal gestellt, und sie setzen gern zu einer neuen Runde an.

»Und du«, Sundt sieht Anne-kin an, »du suchst Toralf Kavle auf und teilst ihm mit, daß er sein Bild abholen kann.«

In der kurzen Pause danach, in der Sundt und Anne-kin einander anstarren, geht Anne-kin auf, daß ihr Chef mitmacht. Er ist einfach nur geduldiger und vorsichtiger als sie. Das nächste, was er sagt, bestätigt sie in dieser Vermutung.

»Und was Kristina Løhres Konto bei der früheren Sparkasse Strinden betrifft, so habe ich die fusionierte Bank um mögliche Informationen über dieses Konto gebeten.« Die anderen Kollegen reagieren nicht weiter. Anne-kin könnte vor Freude in die Luft springen. »Ich habe gleich einen Termin mit Henry Aars Anwalt und mit dem Chef vom Dienst«, sagt Sundt und schaut auf die Uhr. Ja, denkt Anne-kin, eine U-Haft hat die schlimme Angewohnheit, irgendwann zu Ende zu gehen.

Ehe Sundt die Besprechung für beendet erklären kann, klingelt das Telefon.

»Ach was«, sagt Sundt. »Ist ihm das plötzlich eingefallen! Ja, vielen Dank.« Er legt auf. »Unsere Pläne haben sich geändert«, sagt er und sieht die anderen an. »Henry Aar ist plötzlich eingefallen, daß er Dias von seinen gesamten Bildern hat, auch von den sechsundvierzig der Ausstellung. Sein Diaarchiv befindet sich in der Lademoen-Schule, in seinem Atelier.«

»Das hat er sogar beim ersten Verhör erwähnt«, sagt Anne-kin Halvorsen, »daß er am Mordabend zwei Plastiktüten voll Dias vom Bakke Gård zur Lademoen-Schule gebracht hat.«

»Ja«, grunzt Sundt. »Aber wer sollte denn ahnen, daß es sich dabei nicht um seine Ferienerinnerungen handelte!«

Nein, wer hätte das ahnen sollen, denkt Anne-kin. Im nachhinein wirkt es dagegen recht logisch, daß ein Künstler, der sein Produkt verkauft, wenigstens eine Kopie davon behält. Als Dia.

»Halvorsen und Vang«, der Chef zeigt auf sie, »ihr fahrt hin und sucht das Bild. *Sub Rosa*, ach, bringt die ganze Ausstellung mit.« Er fragt nicht gereizt, warum sie die nicht schon bei ihrem letzten Besuch im Atelier gefunden haben, er weiß wohl so gut wie alle anderen, daß sie damals auf der Suche nach einem Briefbogen waren.

Sie finden Henry Aars Diaarchiv in einem Schrank, im obersten Fach stehen mehrere Plastikdosen, die seine gesamte künstlerische Tätigkeit enthalten. Sorgfältig geordnet, mit Jahreszahlen und Namen der Ausstellungen. Innen im Deckel. Sie finden das Magazin, das *Sub Rosa* enthält, stellen fest, daß alle sechsundvierzig Bilder vorhanden sind, und fahren zurück zur Wache.

Anne-kin schiebt das Magazin in den Projektor und fängt an, sich durch die Bilder zu klicken.

»Schön«, hört sie, als das Frühlingsfrauen-Bild sie von der Leinwand her anstrahlt. Sundt grunzt nur. Und bald ist er nicht der einzige, es folgt eine stöhnende und murmelnde Reise durch die Frauenportraits. Eine beifällige Äußerung wird mit Schweigen quittiert. Und dann »hängt« Nr. 46 vor ihnen, *Sub Rosa*. Sundt stellt sich ganz dicht vor die Leinwand. Die anderen folgen seinem Beispiel. Vang zieht eine Lupe hervor, kneift erst ein Auge zu, dann das andere, reibt sich die Augen, drückt sich die Lupe an die Nase. Sieht sich den halben Brief an. Und schüttelt den Kopf.

»So ziemlich unleserlich«, sagt er. »Die Tintenschrift hat das Tageslicht nicht überstanden, die andere Hälfte, die wir gefunden haben, ja – Halvorsen und ich –, die wir hinter dem Schrank gefunden haben, ist viel besser zu lesen.« Anne-kin tritt dicht an die Leinwand heran, sie muß Vang recht geben. Etwas ist mit dieser Briefhälfte passiert, sie sieht einzelne Buchstaben und Teile von Zahlen, verschnörkelte Schrift ohne Sinn, es wird bestimmt nicht leicht sein, dieses Puzzlespiel zu rekonstruieren. Obwohl die Silberleinwand unglaublich gute Qualität liefert und das Bild fast schärfer wiedergibt als das Original, bringt das wenig. Die Schrift muß verschwunden gewesen sein, ehe Henry Aar sein Kunstwerk geschaffen hat. Sie betrachten und lesen, suchen und buchstabieren, starren die Bruchstücke an, aber die Ausbeute ist mager. Sie finden nur einen Namen: Kristina Løhre. Und ein Datum: 20.12.1947.

Anne-kin Halvorsen wirft einen raschen Blick zu Sundt hinüber, begreift, daß sie sich beide nach demselben Namen die Augen aus dem Kopf starren: Toralf Kavle. Der steht nicht da. Das Feld, in dem eine eventuelle Unterschrift stehen müßte, fehlt in der Collage, dort kriecht ein schwarzer Zweig mit einer verhuschten Rosenknospe von rechts nach links. Die Knospe scheint von dem aggressiven Dornzweig aufgespießt und lebensunfähig gemacht worden zu sein. Anne-kin würde gern an Zweig und Leinwand herumkratzen, um zu sehen, was sich darunter versteckt. Würde gern den Zweig absägen und nachsehen.

Sundts hellwaches Interesse, mit dem er den restlichen Text durchliest, den zu künstlerischen Zwecken verwendeten Zeitungstext, sagt ihr, daß Sundt seinen Interessenbereich erweitert hat. Denn Henry Aars Erinnerung trifft zu, alles, was er ihr in der Zelle erzählt hat, stimmt. Sowohl »Gandhi bricht sein Fasten« als auch die Beisetzung der Gattin von Gemeindepastor Finsaas, die neue Chance für die Kleinholzfabrik und Quislings Sekretär, der vor dem Gericht so arrogant aufgetreten ist, das alles steht da. Mitsamt dem großen Registrierungsschwindel, über den das Trondheimer

Gericht sein Urteil gefällt hat. Zwischen spitzen Dornen und verkrüppelten Rosen, halben Briefbögen und einer dunklen, aufragenden Männergestalt steht diese Nachricht. Anne-kin liest, daß N.N. vom Verdacht der Erpressung freigesprochen wurde, daß ihm aber ein hohes Bußgeld oder ersatzweise Gefängnis auferlegt wurden und von seinem Vermögen 46 000 Kronen an die Staatskasse fielen. Die meisten hatten schon vor der Verhandlung bezahlt, um ihren guten Namen zu retten, liest sie dann. Wer nicht bezahlt hatte, hatte vor Gericht gestanden. Mit dem Ergebnis, daß sie dennoch bezahlen mußten und noch dazu ihr Name an die Öffentlichkeit geriet. Ganz schön blöd, denkt Anne-kin. Und ganz unten, unmittelbar über einem Teil des halben vergilbten Briefbogens steht: *Zwei Frauen sind nicht erschienen. Das Nichterscheinen wurde als Geständnis gewertet, als Strafe wurden verhängt kr.* – der Rest fehlt.

»Mach davon Kopien«, sagt Sundt kurz. »Und laß es vergrößern. Fünf Exemplare.«

Jetzt tut dem guten Sundt sein Portemonnaie nicht mehr weh, denkt Anne-kin zufrieden.

»Gerichtsprotokolle«, sagt Sundt. »Wir müssen die Gerichtsprotokolle beschaffen. Die Fälle und die Namen feststellen.« Die Aufgabenliste dieses Tages erweitert sich.

»Halvorsen«, Sundt hält sie fest, ehe sie aus dem Zimmer verschwindet. »Erzähl Toralf Kavle nicht, daß die Verkaufsliste verschwunden ist. Frau Folve weiß schon Bescheid. Er soll nicht wissen, daß du ihn identifiziert hast.«

»Das war ich auch gar nicht«, antwortet Anne-kin. »Das war meine Mutter. Sie hat ihn in der Ausstellung gesehen.«

»Kunstinteressierte Familie, diese Halvorsens«, lächelt er. Wenn du wüßtest, denkt sie belustigt. »Und um Himmels willen, zeig ihm bloß nicht die Karikatur«, schmunzelt er.

You bet, boss, denkt sie, und nun hätte er wieder einen Spruch über die Polizistin Anne-kin Halvorsen aus der US-Krimiserie liefern können. Aber Sundt kann keine Gedanken lesen.

* * *

Auch der Mann, der vor ihr sitzt, kann keine Gedanken lesen. Aber er versucht es. Es scheint ihn zu verwirren, daß Polizistin Halvorsen ihn aufsucht. Nachdem sie sieben Minuten in seinem Vorzimmer gewartet hat, wird sie zu ihm hineingebeten, und ihr wird ein fester Händedruck und etwas zu trinken angeboten. Das Getränk lehnt sie ab. Ein rüstiger älterer Herr geht zu seinem Sessel zurück und setzt sich. Er sieht so aus wie bei der Ausstellung, nur ohne den dicken grauen Mantel. Und ohne die roten Ohrläppchen. Die sind jetzt von normaler Farbe.

Aber der Schmiß auf der Wange ist vorhanden. Kavle scheint sie nicht zu erkennen. Und warum auch, schließlich war es sein Rücken, der sie fast über den Haufen gerannt hat.

Sein Arbeitszimmer ist groß, wenig Neues, viel Altes, es gibt keinerlei Computer. Diktiergerät und mehrere Telefone sind die einzigen technischen Hilfsmittel, die sie entdecken kann. Und ein riesiges Reißbrett. Und ein Konferenztisch mit acht Stühlen. Kein protziger Luxus, nur gediegener alter Reichtum. In Ablagefächern und Regalen häufen sich Ordner, Papierstapel, Bücher und Hefte. Die Wände sind bedeckt mit Zeichnungen, Modellen und Fotos von allerlei Gebäuden und Konstruktionen. Nur um den Konferenztisch hängen schwere Bilder in schweren Rahmen. Gemälde, die meisten von ihnen gegenständlich.

»Die Polizei«, sagt Toralf Kavle und legt die Fingerspitzen aneinander. »Womit kann ich zu Diensten sein?« Er blickt sie entgegenkommend an.

»Es handelt sich nur um eine Routinesache«, antwortet Beamtin Halvorsen, läßt sich im Sessel zurücksinken und versucht, entspannt auszusehen. »Es geht um ein Bild.«

»Ach?« Er sieht sie an. Verzieht keine Miene.

»Ein nicht abgeholtes Bild aus der Galerie Saxe«, sagt sie. Sie kommt am liebsten gleich zur Sache.

»Ach?« wiederholt er. Nur das. Seine Ohrläppchen sind weder röter noch weißer als zuvor, keine verräterischen Zuckungen jagen über sein Gesicht, weder Gesichtsfarbe noch Blick verändern sich. Aber das haarfeine Zittern der Fingerspitzen ist etwas Neues.

Er preßt die Fingerspitzen fester gegeneinander, das Zittern legt sich.

»Ja, ein Bild, das Sie bei der Ausstellung *Sub Rosa* in der Galerie Saxe gekauft haben.« Anne-kin erklärt alles ganz ausführlich. Betrachtet den Käufer. Er bewegt nicht einen Muskel. Muß der perfekte Verhandlungsführer sein. »Nach dem Mord an der Galeristin – Sie haben sicher in der Zeitung darüber gelesen«, Kavle nickt, »und nach dem Einbruch in der Galerie Saxe«, fügt sie hinzu, »ist die Galerie geschlossen worden.« Winzige Pause. Der Mann ihr gegenüber atmet normal. »Und die Käufer, die ihre Bilder noch nicht abgeholt haben, müssen von uns verständigt werden, also, von der Polizei.« Anne-kin Halvorsen lächelt ihm kurz zu.

»Ach, meine Liebe«, sagt er. »Da machen Sie sich nun wirklich zuviel Mühe. Sie hätten doch einfach anrufen können.«

Anne-kin schweigt.

»Ich dachte übrigens, meine Frau hätte das Bild schon abholen lassen«, sagt er dann. »Aber das hat sie sicher vergessen.«

Vergessen? Entweder lest ihr keine Zeitungen, denkt sie, oder du bist davon ausgegangen, daß dein Name niemals, niemals mit dem roten Punkt an der Nummer 40 in Verbindung gebracht werden könnte.

»Nun ja«, Beamtin Halvorsen erhebt sich. »Die Galerie ist geschlossen, wie gesagt, und das Bild kann jederzeit bei uns abgeholt werden.«

Toralf Kavle runzelt die Stirn. »Sie könnten es nicht freundlicherweise bringen lassen«, sagt er und reicht ihr eine Visitenkarte. »Den Transport bezahle natürlich ich.«

»Das wird sich sicher arrangieren lassen, Herr Kavle«, sagt sie und erweist ihm damit den Respekt, den er verlangt.

Er erhebt sich und reicht ihr zum Abschied die Hand. »Eine traurige Geschichte«, sagt er. »Ich weiß nicht, ob meine Frau und ich uns dieses Bild nun noch an die Wand hängen werden.« Er schüttelt den Kopf. »Eine traurige Geschichte.«

Anne-kin Halvorsen murmelt eine mitfühlende Bemerkung.

»Habt ihr, hat die Polizei irgendeine Hoffnung, den Täter zu finden, kommen Sie weiter, gibt es etwas Neues?« Seine Worte kommen langsam und wohlüberlegt.

»Im großen und ganzen ist alles so, wie es in den Zeitungen steht.«

»Ja, danke, daß Sie mich informiert haben, dieser Künstler ist ja ein so großes Talent«, sagt Kavle dann. »Ich hoffe wirklich, daß die Leute trotz dieser Tragödie ihre Bilder abholen werden.«

Anne-kin Halvorsen steht mit dem Gesicht zur Wand, läßt ihren Blick daran hochwandern, gibt ihm Zeit für seine nächste Frage. Rechts von ihr hängt eine Zeichnung, ein Entwurf für das neue Widerstandsmuseum an der Brandstätte im alten Sitz des Erzbischofs, schwarzweiß, es soll zusammen mit dem Bürgerwehrmuseum und dem Polizeimuseum gebaut werden. Links sieht sie ein eingerahmtes Foto, das sie sofort mit »Hacienda« assoziiert. Kreideweiße niedrige Häuser, eingerahmt von Olivenhainen und exotischen Blumen, knallblauer Himmel und ein Mann und eine Frau, lächelnd im Vordergrund. Die handschriftliche Unterschrift lautet: Casa Emanuel, De Torro La Pais. Es ist das Ehepaar Kavle, ohne die Winterkleidung, in der sie sie zuletzt gesehen hat, Pelz und grauer Mantel. Jetzt lächeln sie ihr in leichten Sommerkleidern zu. Der Mann hinter ihr bleibt stumm.

Anne-kin Halvorsen richtet ihren Blick wieder auf das Widerstandsmuseum, dreht sich halb um und fragt: »Wird das jetzt endlich wieder aufgebaut?«

Er tritt dicht neben sie, sie spürt im Nacken seinen Atem. »Ja«, sagt er. »Endlich bekommt Trondheim sein Widerstandsmuseum zurück. In eigenen Gebäuden, die gesamte Kriegsgeschichte unter einem Dach versammelt. Das ist gewissermaßen, gewissermaßen mein letztes Projekt, der Wiederaufbau des Widerstandsmuseums. Sie wissen«, sie hört sein lächelndes Lachen, »früher oder später muß man ja das Ruder übergeben. Und dieses Projekt«, er zeigt auf die Zeichnungen, »wird mein letztes sein, ehe ich mein Rentnerdasein antrete.«

»Guter Abgang«, sagt Anne-kin Halvorsen. Und tritt einen Schritt vor, um ihren Nacken vor seinem Atem zu retten. Dann dreht sie sich ganz um, nickt und sagt: »Wir werden dafür sorgen, daß das Bild zu Ihnen nach Hause gebracht wird.«

»Danke«, antwortet er und öffnet für sie die Tür. Begleitet sie nicht weiter.

Anne-kin trödelt im Vorzimmer herum, trödelt ganz bewußt. Aber er greift nicht zum Telefon. Er ruft auch nicht seine Sekretärin zu sich.

Mit einem kurzen »Mahlzeit« geht sie wieder in den Wintertag hinaus. Kommt an einer Tür vorbei, hinter der ein weiterer Kavle-Sproß sitzt. »A. Kavle, Vertriebsleiter«, steht auf dem Namensschild. Der Junior betreibt Marketing. Anne-kin nimmt an, daß sich der zweite Junior mit den Finanzen befaßt. Alles unter Familienkontrolle.

Entweder ist die Katze jetzt aus dem Sack, oder es gibt, was Toralf Kavle betrifft, weder Katze noch Sack. Wenn der Text im Bild so bedrohlich, so kompromittierend für seinen Ruf und seinen guten Namen wäre, würde ein Mann wie er dann einen Diebstahl arrangieren? Oder es selber stehlen? Hat er in Stinas Haus gehockt und nach dem halben Briefbogen gesucht? Und losgebrüllt, als er sie entdeckt hat? Und ist er in der Mordnacht aus dem Haus gestürzt? Das alles wirkt nicht direkt wahrscheinlich, daß einen Moment lang die Hände zittern, bedeutet eigentlich nichts. Aber wenn er Stinas ehemaliger Verlobter ist, der mit den teuren Angewohnheiten, dann haben sie ein wenig mehr als nichts.

Anne-kin Halvorsen fährt auf die Wache zurück und ruft bei Frau Lian an. Die geht nicht ans Telefon. Die suggestive Frage, die ihr auf der Zunge liegt, bleibt dort liegen. Nach dem dritten Klingeln legt sie wieder auf. Dann geht sie zu zwei Köpfen, die sich über die Gerichtsprotokolle beugen, die aus den alten Archiven des Trondheimer Gerichts entliehen worden sind. Die Nachkriegsprotokolle sind ungewöhnlich dick und inhaltsreich.

»Sehr viel Dreck und Schweinereien«, sagt Vang, er hat den Besuch bei der Galerieassistentin schon hinter sich und blättert in den Urteilsbegründungen. »Nein«, antwortet er auf Anne-kins Frage.

»Rita Folve hat den Mann auf der Zeichnung nicht erkannt, sie ist nicht aus Trondheim, sie studiert hier nur. Im vierten Semester«, fügt er hinzu.

Plötzlich erwacht sein Kollege zum Leben: »Verdammt«, sagt er, »war das auch so ein Schuft!« Er erwähnt einen Trondheimer Namen.

»O ja«, antwortet Anne-kin. »Hier in der Stadt hatten wir wohl mehr Kollaborateure, als wir glauben mögen. Leute, die noch immer ihre Geschäfte machen.« Vater, denkt sie plötzlich, wenn jemand darüber vollen Überblick hat, dann doch sicher ihr roter Gewerkschaftsvater. Nach einigem Hin und Her hat sie ihn an der Strippe.

»Toralf Kavle?« fragt er. »Meinst du den Senior, der in den fünfziger Jahren gestorben ist, oder den Junior?«

»Ich meine den heutigen Senior, soviel ich weiß, gibt es zwei Junioren.« Wenn sie sich nicht irrte, dann hieß der eine auch Toralf. Wie kompliziert, der große Toralf und der kleine Toralf und der ganz kleine Toralf.

»Nein«, sagt Vater. »Die sind nie der Kollaboration verdächtigt worden.«

Na gut. Sie verabschiedet sich und ruft ihre Mutter an. Die Nachkriegshausgehilfin, die fast alles weiß, was sich hinter den Fassaden abspielte, ihre Freundinnen hatten allesamt in feineren Häusern gedient. Und es gibt nirgendwo vollkommen dichte Wände.

»Nein, diese Familie nicht«, antwortet die Mutter. »Dagegen –«

Anne-kin fällt ihr ins Wort, aber das Gespräch ist noch nicht zu Ende, erst muß die Mutter noch eine Frage nach ihrer Stirnwunde anbringen.

Die beiden Kollegen haben den gesuchten Fall gefunden, sie gehen zusammen mit Sundt die Namen durch. Namen aus Trondheim und Namen aus Oslo. Bekannte und unbekannte. Sundt schüttelt den Kopf, als er die Frage in ihren Augen liest.

»Nein«, sagt er. »Die Karikatur ist nicht vertreten. Aber...« Er schiebt ein Blatt zu ihr hin. Anne-kins Herz macht einen Sprung. Auf dem Blatt stehen in Sundts ordentlicher Handschrift zwei

Namen, zwei Frauennamen, beide sind nicht erschienen und mußten deshalb 100 Kronen Strafe zahlen. Einer davon ist Stinas. Kristina Løhre. Der andere ist unbekannt. Anne-kin kommt ein Gedanke: Wie hieß eigentlich Frau Lian mit Mädchennamen? Kann es hier irgendeinen Zusammenhang geben? Daß sich die Witwe nun ganz und gar nicht an den Namen von Stinas Verlobtem erinnern kann, ist Anne-kin die ganze Zeit seltsam vorgekommen. Es ist einfach total unwahrscheinlich, daß eine beste Freundin so etwas nicht weiß. Vang und sie selber haben ihr arg zugesetzt, um ihre Erinnerung in Gang zu bringen. Aber sie hat nur geantwortet, daß Stina einen Kosenamen für ihren Verlobten hatte, und wenn sie ihr etwas Zeit ließen, dann würde der ihr schon noch einfallen. Und Sundt hatte keine Lust, der alten Dame noch weiter zuzusetzen. Er war eben immer nett zu Kindern und alten Leuten, dieser Sundt. Ließ Frau Lian nicht zum Verhör auf die Wache holen, das konnte auch bei ihr zu Hause passieren.

Anne-kin notiert sich den zweiten Frauennamen und erzählt Sundt von ihrem Besuch bei Toralf Kavle. Sundt wirkt im Grunde ein bißchen erleichtert, weil alles so undramatisch abgelaufen ist. Er hebt nur leicht eine Augenbraue, als sie die zitternden Fingerspitzen erwähnt. Fragt, ob sie sich um den Transport der grauen Brühe kümmern kann, die der Kunstkenner Toralf Kavle erstanden hat. Und ob sie unterwegs mit seiner Visitenkarte beim Labor vorbeischauen und seine Fingerabdrücke überprüfen lassen kann.

Anne-kin nickt, sie weiß, daß eine ganze Batterie von Fingerabdrücken aus Henry Aars Haus stammt. Auch die des Mörders? Kaum. Und auch kaum die des Einbrechers. Falls es sich dabei nicht um ein und denselben handelt. Sie verabschiedet sich von Sundt, nimmt die Plastiktüte mit der Visitenkarte und hinterläßt sie im Labor. Dann holt sie das Bild, es ist groß und schwer und in Packpapier eingewickelt. Polizeilicher Botendienst, denkt Anne-kin, Kurieraufträge aller Art. Sie sieht noch einmal die Adresse nach, ehe sie sich ins Auto setzt: T. Kavle, »Fredheim«, Lade, steht dort. Dorthin will sie jetzt fahren, zum Haus Fredheim in Lade. Aber wie zum Kranich soll sie das finden, wenn sie keinen Straßennamen hat? Anne-kin hat einfach keine Ahnung, wo Fredheim liegt. Ein Anruf bei der Taxizentrale löst das Problem. Sie wußte gar nicht, daß hinter dem Wald dort noch ein Haus liegt.

Und das tut es auch nicht. Jedenfalls kein Haus, auch keine Villa, keine zurückgezogene Herrschaftsvilla mit Lauben und Erkern und Fenstertüren. »Fredheim« ist ein ganzes Dorf, ein Weiler, ein Stück Trondheim, das sie noch nie gesehen hat. Es sieht aus wie ein Wikingersitz, niedrige, braungebeizte Häuser drängen sich zusammen, wie aus dem Erdboden herausgewachsen. Niedrig und schief, aber gut in Schuß. Schön. Auf drei Seiten sind sie von Wald umgeben, die vierte Seite – die Nordseite – blickt auf den Fjord. Wenn sie hier Fackeln und Feuer gesehen und Pferde wiehern und Frauen hätte kreischen hören, wenn sie Schatten von Männern mit Bart und Axt, Kittel und Schwert gesehen hätte, dann hätte sie nicht einmal mit der Wimper gezuckt, hätte nur das Gefühl gehabt, daß alles so sei, wie es sich gehört. Richtig.

Polizeibeamtin Anne-kin Halvorsen zwinkert, aber das Geschichtsbuch läßt sich nicht wegzwinkern, es liegt vor ihr. Sie fragt sich nur, wie sie einfach so hier eindringen konnte, alles weist darauf hin, daß der Häuptling keinen Wert darauf legt, daß das 20. Jahrhundert ihm die Bude einrennt. Das Tor hatte offen gestanden, sie hatte auch keine Videokamera oder einen Torhüter gesehen, sondern war einfach hindurchgefahren.

Die Antwort kommt, während sie noch überlegt, ein Mensch kommt aus dem nächstgelegenen niedrigen Blockhaus, er trägt weder Kutte noch Fackel, sondern Mantel und Schal und Pelzmütze. Und er sieht auch nicht aus wie ein Wikinger, er ist glattrasiert und lächelt.

»Sie wünschen?« fragt er.

»Ich bringe ein Bild für Herrn Kavle«, antwortet sie. Und zeigt ihren Dienstausweis. Der Mann winkt sie durch und wirft nicht einmal einen Blick auf ihren Ausweis.

»Da«, sagt er und zeigt auf ein langes, flaches Haus. Und damit ist er verschwunden. Anne-kin fährt langsam weiter, es kommt ihr fast vor wie ein Sakrileg, mit dem Auto über diesen alten Hof zu fahren.

Im Haus, auf das sie zufährt, brennt Licht, gelbe Gemütlichkeit sickert aus den kleinen Fenstern – kleine Fenster. Und die Tür ist von braungebeiztem Schnitzwerk umrahmt. Drachenköpfe. Erfrorene Drachenköpfe mit Reif im Maul. Kein Feuer. Nur funkelnder Reif. Kristalle.

Sie hat die Wagentür noch nicht geöffnet, als eine andere Tür aufgeht. Zum Vorschein kommt ein glattrasierter Wikinger, er trägt eine Strickjacke und eine dunkle Hose. Seine blondgrauen Haare liegen eng an seinem Kopf an, seine Ohrläppchen weisen normale Farbe auf, und sein Willkommen ist ein wenig zu überschwenglich höflich.

»Guten Abend, guten Abend, und herzlichen Dank dafür, daß Sie die Zeit erübrigen konnten, um mir mein Bild zu bringen.«

Anne-kin nickt. Herzlichen Dank.

Toralf Kavle in Strickjacke und dunkler Hose nimmt das in Packpapier eingewickelte Bild, bugsiert es aus dem Wagen und will es durch die Drachenkopftür ziehen. Anne-kin Halvorsen folgt ihm, hängt sich an ihn, wird das Paket nur gegen Quittung hergeben. Befehl von Rita Folve, der Galerieassistentin: »Er muß quittieren, ohne Quittung geben wir unsere Bilder nicht her.« Gut gesprochen, die Frau soll ihre Quittung haben.

»Tausend Dank«, sagt Toralf Kavle noch einmal und nickt der Polizistin zum Abschied zu. Sie übersieht dieses Nicken, bleibt ihm weiter auf den Fersen und wird fragend angestarrt, als er das Bild vor der Holzwand abstellt.

»Die Quittung«, sagt Anne-kin und hält ihm einen Block hin. »Würden Sie mir freundlicherweise bestätigen, daß Sie das Bild erhalten haben?«

»Die Quittung? Selbstverständlich. Moment noch.« Er lehnt das Bild an die Wand und dreht sich zu ihr um.

Anne-kin befindet sich in einer anderen Welt. Wenn sie nicht gewußt hätte, daß sie es mit einem gutbetuchten Mann mit florierender Firma und Arbeitsplätzen und Kunst an den Wänden zu tun hätte, die sie hier schließlich nicht sehen kann, dann hätte sie gedacht: Armenhäusler. Der Raum, in dem sie steht, ist dunkel, der

Boden besteht aus grob zurechtgehauenen Brettern, als Möbel gibt es hohe geschnitzte Stühle und sonst nichts. Keinen Garderobenspiegel, kein Telefontischchen, keinen Garderobenständer, an dem die Mäntel wild durcheinander hängen, keine hingeschleuderten Schuhe auf einem Haufen, nichts, was an ein normales Zuhause erinnern würde. Sie steht in einem Zimmer, in dem es nur kahle Holzwände und hohe, unbequeme Holzstühle gibt.

Toralf Kavle dreht sich zu ihr um. »Die Quittung«, sagt er, »lassen Sie mich unterschreiben.«

Lächelnd reicht Anne-kin ihm den Block. »Schön haben Sie's hier«, sagt sie. Sieht sich um. Sieht nichts. Nur, aus dem Augenwinkel heraus, einen unterschreibenden Toralf Kavle.

»Herzlichen Dank«, sagt der noch einmal.

Wenn ich so ein Haus hätte, denkt Anne-kin, wenn ich zwischen diesen Holzwänden lebte und der Wikingerzeit ein bißchen treu wäre, dann hätte ich dieses Bild jedenfalls nicht gekauft! Sie schielt zum Packpapier hinüber, das ein Frauenportrait enthält, das sie zumindest nicht mit den starken Frauen der Sagas in Verbindung bringt. Die Frauen der Sagas, hatte sie gelernt, waren starke und emanzipierte energische Frauen, die ihren Mann immer wieder antrieben, damit er in den Krieg zog und Kleinigkeiten in Ordnung brachte – und nicht im Weg war –, während sie zu Hause die großen Angelegenheiten klärten – alles, was Leben und Zivilisation und Sippe weiterbrachte.

Das verschwommene graue Frauenportrait, das die Nr. 40 präsentiert, hat zwischen diesen Wänden nichts zu suchen. Die Frau ist zum Tode verurteilt. Schon vor dem Aufhängen. Sie gehört nicht zwischen diese Wände hier. Grauer, verschwommener Haarknoten im Nacken – zerfließendes Profil –, nein, die Frau auf Nr. 40 paßt einwandfrei nicht in dieses Haus. Und auch nicht der Rahmen.

Eine Tür wird geöffnet, und Anne-kin sieht in ein Wohnzimmer, in dem solche Bilder ihren Platz haben, es ist hell und modern und so anders als das andere Zimmer, daß die Sehnerven einen Kulturschock erleiden.

»Kleinchen hat gerade angerufen und gesagt, daß –« Die Frau

unterbricht sich. »Ach, wir haben Besuch?« Sie nickt Anne-kin zu. Es ist die Dame des Hauses.

»Frau ...?« Kavle blickt Anne-kin an.

»Halvorsen«, sagt Anne-kin.

»Ja, Frau Halvorsen war so freundlich, uns unser Bild zu bringen«, sagt Toralf Kavle. »Herzlichen Dank«, fügt er hinzu, und Anne-kin weiß, daß die Audienz beendet ist. Der Botin wird die Tür gewiesen.

Sie steckt die Quittung in die Tasche, zieht die Mütze noch tiefer in die Stirn, sagt, »keine Ursache«, und geht. Der Hof liegt menschenleer vor ihr, abgesehen von dem grauen Wichtel, der auf dem Aufgang zur Scheune sitzt und einen Napf Grütze nach der anderen verspeist. Komische Gegend, denkt sie und fährt zurück in die Welt.

* * *

In den alten Hallen der Konservenfabrik Foki hat die Zeitung *Arbeideravisen* ihre Redaktion. Außerdem gibt es dort eine Bank, ein Postamt und Läden. Anne-kin schaltet in den ersten Gang, fährt auf den Parkplatz und denkt an die Erzählungen ihrer älteren Schwester Elsa, die im Sommer in der Fabrik am Fließband gejobbt hat. Hering in Öl für Südafrika, Hering in Tomate für Deutschland, im Akkord von Frauenhänden eingefüllt und abgepackt. »Verdammtes Tempo«, hatte Elsa gesagt, »wir hatten nicht einmal Zeit, aufs Klo zu gehen.« Elsa stank drei Jahre lang jeden Sommer einen Monat nach Hering, und keine einzige verdammte Heringsdose kam je über die Schwelle ihrer Wohnung im Ladehammerveg. Elsas Mann mußte sein Ei brav ohne Sardellen essen. Jetzt hängt in diesen Wänden kaum noch Heringsgeruch, Anne-kin atmet die von Papier und Druckerschwärze geprägte Luft ein. Sie wendet sich an einen Menschen hinter einer Auskunftsluke, stellt ihre Fragen, wird an einen weiteren Menschen verwiesen, und beugt sich bald über alte Jahrgänge der *Arbeideravisen*. Eingebundene, brüchige, vergilbte Zeitungen, mit ganz anderem Druck und Layout, als heute üblich ist. Anne-kin blättert zum Jahrgang 1948 zurück. Die Gerichtsprotokolle, die sie vorhin gelesen hat, waren schon in Ordnung, aber sie lieferten gewissermaßen keinen *Klartext.* Das dagegen schafft die journalistische Arbeit. Die kommt zur Sache, zur Essenz, und präsentiert sie einem Publikum, das sich nicht besonders für Paragraphen und Fachchinesisch interessiert. Nach einer Weile findet sie das Gesuchte: Die Artikel über den Großen Registrierungsschwindel. Sie liest:

In Kürze wird das Trondheimer Gericht einen Fall mit nicht weniger als zwanzig Betroffenen verhandeln. Zu diesen gehören einige der bekannteren Bürger der Stadt. Sie haben während des Krieges hohe Summen verdient, der Steuer jedoch nicht alles angegeben. Als 1945 das Gesetz über die Zwangsregistrierung von Vermögen und Eigentum erlassen wurde, hielten sie es für angebracht, weiterhin nicht alles zu melden. Statt dessen überredeten sie hilfsbereite Mitmenschen, gegen Bezahlung einen Teil der erwähnten Summen als deren eigenen Besitz auszugeben.

War Stina so ein »hilfsbereiter Mitmensch« gewesen?

Anne-kin bugsiert den dicken Band unter den Kopierer.

* * *

Der Nachmittag ist schon in den Abend übergegangen, als Anne-kin Halvorsen nach Hause fährt. Sie macht dabei einen Abstecher nach Bakklandet, klingelt bei der Witwe Lian. Niemand macht auf, im Flur drinnen brennt Licht, und auch die Lampe über der Tür ist eingeschaltet. Ansonsten ist das Haus dunkel. Anne-kin schellt noch einmal. Keine Antwort. Wie gut die Nachbarn Frau Lian wohl kennen? So gut, daß sie wissen, ob Frau Lian zu Hause ist oder nicht? Anne-kin betrachtet die Nachbarhäuser. Der, dessen Büro und Schlafzimmer zum Hinterhof liegen, ist bestimmt keine Hilfe, der scheint andere Dinge im Kopf zu haben, als die Bewegungen einer alten Nachbarin zu beobachten. Sie klingelt bei der Familie mit der Tagesmutter und dem verspielten Hund. Die Frau macht auf, sie schüttelt den Kopf, als Anne-kin ihre Frage gestellt hat. Sie hat Frau Lian seit Tagen nicht gesehen, hat aber registriert, daß bei ihr das Licht ein- und ausgeschaltet wurde. »Einfache nachbarliche Pflicht«, lächelt sie. Die Lampe über der Tür hat am Morgen, als sie zur Arbeit ging, nicht gebrannt. Das Licht in der Küche dagegen wohl. »Sicher ist sie weggegangen«, sagt die Frau, »sie ist Mitglied in zwei Vereinen, vielleicht haben die ein Treffen? Nein, was für Vereine das sind?« Das fällt ihr auf die Schnelle nicht ein. Ab und zu fährt Frau Lian auch zu einer Freundin, nach Byneset. Da übernachtet sie dann. Anne-kin bedankt sich und geht. Am liebsten würde sie Sundt holen und die Tür aufbrechen. Sich davon überzeugen, daß Frau Lian wirklich nicht da ist. Sondern bei einem Verein oder einer Freundin. Sie mustert noch einmal die dunklen Fenster, dann macht sie sich auf den Heimweg. Sieht, daß Frau Lians Topfblumen harte Zeiten hinter sich haben, an den Wohnzimmerfenstern blühen die Eisblumen. Das Haus sieht tot und verlassen aus.

Anne-kin Halvorsen kehrt ihm den Rücken zu, setzt sich ins Auto und dreht den Zündschlüssel um. Nichts passiert. Es macht einfach nur »klick«. Sie versucht es noch einmal. Mit demselben Resultat, klick. Das Kühlwasser zeigt Temperatur, die Batterie ist relativ neu, beim letzten Messen konnte das Frostschutzmittel 35 Grad unter Null ertragen, Anne-kin begreift das alles nicht. Vielleicht ein Wackelkontakt? Irgendwo? Sie öffnet die Motorhaube, starrt hinein, sieht eine Landschaft, die ihr nicht das Geringste sagt, sie *fährt* Auto, sie bastelt nicht daran herum. Hat keine Ahnung vom Leben unter der Motorhaube. Sie knallt die Haube wieder zu und macht sich auf den Heimweg. Zu Fuß. Nach dreißig Metern hat sie sich fast die Nase abgefroren. Sie bindet sich den Schal um die Wangen, macht hinten einen Knoten und sieht aus wie eine Bankräuberin. Aber niemand schlägt deswegen Alarm, die meisten, die ihr begegnen, sind mindestens ebenso gut verpackt. Gedanken wirbeln durch ihren Kopf, wirbeln und wirbeln, Spuren, Sackgassen, Fadenenden, allerlei Hypothesen und Theorien. Die Denkarbeit, die sie und ihre Kollegen während der letzten Tage geleistet haben. Und Sundt. Wackelige Indizien und an Beweisen null und nichts. Sie überquert die Nonnegate, sieht am Taxenstand beim Tornespark einen Wagen, wirft einen Blick auf den Mann, der warm und gemütlich hinter dem Lenkrad sitzt, und steigert ihr eigenes Tempo, um auch bald einen warmen, gemütlichen Ort zu erreichen.

Die zweistöckigen Holzhäuser von Møllenberg liegen Schulter an Schulter da, eine zusammenhängende Holzhausbebauung von fast einem Kilometer. Die Bäume stehen da wie erfrorene Zinnsoldaten, sehen aus wie Skulpturen, schwarz und seltsam unkenntlich, ohne Blätter. Die Kellergeschosse waren als Läden und Werkstätten gebaut, jetzt sind die meisten zu Wohnungen umfunktioniert worden. Zu Studentenbuden. Aus dem ehemaligen Glas- und Steingutladen an der Ecke klingen schwere Baßtöne. Anne-kin kann durch die Strohvorhänge riesige Lautsprecher erkennen, junge Leute um einen Tisch, Kerzen und Weinflaschen und Geselligkeit. Das Examen ist noch weit. Vor ihrem eigenen Haus hängen drei triste Korngebinde, als Weihnachtsdekoration. Als sie am dreiundzwanzigsten Dezember gekauft wurden, hatten sie keine Körner mehr, und das hat sich auch nicht geändert. Den Vögeln sind sie also keine Hilfe, aber immerhin sind sie einigermaßen dekorativ. Anne-kins Briefkasten quillt über. Haufenweise Glanzpapier und Sonderangebote. Anne-kin überlegt, daß sie wahrscheinlich auf sämtlichen existierenden Adreßlisten steht, ihr Briefkasten enthält nämlich immer solche Kuriositäten. Deutsche Lotterien, kirchliche Hilfsorganisationen, Angebote für Schwimmausrüstung, Boote, Hunde, Partnervermittlung per Computer, Modekataloge für »uns über fünfzig« – die gibt sie dann immer ihrer Mutter -, sowie eine handschriftliche Einladung vom pakistanischen Laden an der Ecke. Das einzig Persönliche ist eine Karte von Liv. In aller Eile im Flughafen von Trondheim geschrieben. »Ich schicke dem Polizeichef mein Konzept, sei so gut und bearbeite ihn ein bißchen. Kuß, Liv.« Anne-kin seufzt. Den Polizeichef? Bearbeiten? Sundt macht ihr schon mehr Arbeit als genug. Puzzlespiel-Sundt. Er ist tüchtig. Aber lahm. Träge. Wenn sie seinen Job hätte, dann hätte sie bei Toralf Kavle eine Hausdurchsuchung vorgenommen, hätte sein

Haus auf den Kopf gestellt, seine Häuser, das ganze Dorf, und hätte nach einem Bild gesucht. Und nach einer Verkaufsliste. Aber das traut Sundt sich nicht. Nicht, wenn jemand T. Kavle & Söhne heißt.

Polizeibeamtin Anne-kin Halvorsen glotzt die ramponierte Weihnachtsdekoration an, läßt ihre Post in den Mülleimer fallen und schließt ihre Tür auf.

Per Anrufbeantworter meldet sich Frau Lian. »Halloo!« hört Anne-kin, Räuspern, Atmen, dann wieder »Halloo«, gefolgt von einem »Ach, es ist so komisch, mit solchen Maschinen reden zu müssen.« Pause. »Frau Halvorsen? Ja, ich wollte nur sagen, daß mir der Name von Stinas Verlobtem eingefallen ist.« Anne-kin hält den Atem an. Wieder eine Pause. »Ja, das wollte ich nur sagen. Wiedersehen.« Piep-piep-piep. Anne-kin wählt Frau Lians Nummer. Keine Antwort.

Sie entfernt Zeitungen vom Schreibtisch und kippt ihre Tasche über der Tischplatte aus. Papiere und Zeitungsausschnitte, Abzüge von Dias, Kopien von Gerichtsprotokollen, zwei halbe Briefbögen, Zeitungskopien. Sie legt das Material ordentlich nebeneinander, holt eine Stehlampe, nimmt den Schirm ab, und der Schreibtisch liegt da wie unter Flutlicht. Kavle, denkt sie, wer zum Teufel bist du eigentlich? Sonnenbraune Blockhaustradition außen, und innen Kunst von Wand zu Wand.

* * *

Anne-kin Halvorsen kann nicht schlafen. Macht nichts. Feuer im Kamin, leiser Blues aus der Anlage. Gemütlich. Die wütenden Minusgrade draußen können nicht herein. Menschen, die mit knirschenden Schritten durch den Frost nach Hause gehen, sehen warmes Licht durch die Vorhänge eines Hauses in Øvre Møllenberg sickern. Es ist eine stille Nacht. Unter einer Leselampe sitzt Anne-kin. Vor ihr ein Puzzlespiel, ein ganz anderes Puzzlespiel als das, mit dem ihre Kollegen sich amüsieren. Die beschäftigen sich mit dem Tun und Lassen von Henry Aar und Tomas Leth vor und nach der Mordnacht. Mit Karin Kraas und Rita Folve. Führen Buch über deren Bewegungen und Handlungen, indem sie die Verhörprotokolle sorgfältig durchgehen. Jedenfalls machen sie das bei Henry Aar so. Sie haben die Mordwaffe, sie stehen bis zu den Knien in möglichen Motiven, ihnen fehlt nur ein Geständnis. Übrigens haben sie ja eins – Tomas Leth hat Geständnisse en gros geliefert. Sie können sich eins aussuchen.

Anne-kin dagegen fragt sich, wie ein so kunstinteressierter Mensch wie Toralf Kavle vergessen konnte, ein Bild abzuholen, und ob er nur so tut oder ob es ihn wirklich nicht interessiert, woher die Polizei seinen Namen weiß. Nur einer, der nichts vom Diebstahl der Verkaufsliste weiß, kann so gelassen sein. So gleichgültig. Weil er nichts zu verbergen hat. Und dieser Gedanke gefällt Anne-kin überhaupt nicht.

Anne-kin Halvorsen stützt den Kopf in die Hände, denkt, jetzt hast du dir einen Schurken ausgeguckt, Alte, im Moment bist du genauso blöd und fanatisch wie Sundt in seiner Überzeugung, daß der Schlüssel zu allem bei der Galerieassistentin Rita Folve zu finden ist! Vergiß es, Toralf Kavle ist ein alter Mann, der heuert keine Einbrecher an und führt auch selber nicht mitten in der Nacht Einbruchaktionen durch. Der Mann hat einen Namen in der Stadt, ist einer der Großen Söhne Trondheims. Und du, Anne-kin, bist dermaßen von Vorurteilen und Vergangenheit besessen, daß du Toralf Kavle und seine Sippe nur zu gern fressen würdest. Das ist nämlich dein Problem, Alte – deine Minderwertigkeitskomplexe. Weil er zu *denen* gehört und du zu *jenen*. Westend und Oststadt, zwei Welten. Deshalb. Du bist leicht zu durchschauen, Halvorsen, du bist nicht der Gerechte Arm des Gesetzes, du bist einfach nur rachsüchtig. Weil deine Wiege da gestanden hat, wo sie nun einmal gestanden hat. Und weil ihre Söhne es nur auf deinen Körper abgesehen hatten, weil sie dich nie zu sich nach Hause einladen mochten, weil sie dich nie ihren Eltern vorgestellt haben, sondern dich nur in aller Heimlichkeit treffen wollten.

Ach ja, und das muß ich mir ausgerechnet von dir sagen lassen, denkt sie und starrt ihr Spiegelbild in der Fensterscheibe an. Danke für die Belehrung, murmelt sie, nickt der Frau zu. Die Frau nickt verhalten zurück.

Anne-kin streckt die Hand aus, erwischt den Telefonhörer und wählt die Nummer der Witwe Lian.

Die Witwe übernachtet nicht bei ihrer Freundin in Byneset und hat auch kein spätes Vereinstreffen – sie ist zu Hause. Eine leicht keuchende Stimme verrät Anne-kin, daß sie gerade zur Tür hereinkommt, sie steht noch in Hut und Mantel da.

»Danke für Ihren Anruf, Frau Lian«, sagt sie. »Schön, daß Ihnen der Name von Stinas Verlobtem eingefallen ist. Aber den haben Sie nicht genannt. Den Namen.«

»Ach, habe ich das vergessen?« Sie hört ein keuchendes Lachen. »Das wollte ich nicht. Aber mir ist nicht sein Name eingefallen, sondern nur sein Kosename, den hat Stina immer benutzt und den weiß ich jetzt wieder.«

»Und wie ist der?« fragt Anne-kin.

»Ach«, hört sie am anderen Ende der Leitung. »Es ist so viel passiert, der Busfahrer mußte aussteigen und irgendwas mit dem Motor machen, und das hat nicht geklappt, und deshalb mußten wir im Bus warten, während er Hilfe geholt hat, und das war überhaupt nicht angenehm, das kann ich Ihnen sagen.«

Anne-kin seufzt. Fragt: »Frau Lian, wie war der Kosename von Stinas Verlobtem, der, der Ihnen heute eingefallen ist, deshalb haben Sie mich doch angerufen.«

»Und wissen Sie war«, erzählt Frau Lian ungerührt, »wir mußten doch tatsächlich in einen anderen Bus umsteigen. Und der war klein und unbequem, ich glaube, das war so ein Minibus, in dem Schulkinder oder Behinderte gefahren werden, jedenfalls war er eng und klein.«

»Der Name«, sagt Anne-kin, »bitte, sagen Sie mir den Namen.«

»Ach«, sagt Frau Lian, »ich muß jetzt auflegen, ich muß mir eine Tasse Kaffee kochen, um mich aufzuwärmen, meine Güte, draußen ist es vielleicht kalt!«

»Frau Lian!« heult Anne-kin. »Frau Lian, bitte, ehe Sie Kaffee kochen, sagen Sie mir doch bitte den Namen von Stinas Verlobtem!«

Am anderen Ende der Leitung wird es still.

»Den weiß ich nicht mehr«, sagt Frau Lian dann. »Aber könnt ihr nicht Stinas Verwandte anrufen? Und die danach fragen?«

»Das haben wir schon gemacht«, antwortet Anne-kin, »aber die wußten nicht einmal, daß sie damals verlobt war.«

»Du meine Güte«, sagt Frau Lian.

»Frau Lian«, Anne-kin klingt jetzt richtig energisch, »es ist ungeheuer wichtig für uns, daß Ihnen dieser Name wieder einfällt, ungeheuer wichtig.«

»Ich weiß nicht«, sagt die Witwe mit tränenerstickter Stimme, »wieso könnt ihr Stina nicht in Frieden lassen, könnt ihr nicht so viel Respekt vor den Toten haben, daß ihr die Vergangenheit ruhen laßt?« Jetzt schluchzt sie unverhohlen.

»Die Vergangenheit«, antwortet Anne-kin, »Stinas Vergangenheit interessiert uns nicht, wir interessieren uns nur für den Namen ihres Verlobten.«

»Was in aller Welt hat der denn mit dem Mord an Tone Saxe zu tun!« Frau Lians Stimme schrillt aus dem Telefonhörer. »Könnt ihr nicht lieber versuchen, den Mörder zu fangen?«

Anne-kin seufzt. »Tut mir leid, Frau Lian«, sagt sie, »ich wollte Ihnen nicht zu nahe treten, es tut mir wirklich leid. Aber ich werde diese Nacht zu Hause durcharbeiten, wenn Ihnen der Name also einfällt, dann rufen Sie mich an. Egal, wie spät es ist.«

»Ich werde überhaupt nirgendwo anrufen«, antwortet Frau Lian. »Ich werde mir eine Tasse Kaffee mit viel Milch kochen. Und ins Bett gehen. Gute Nacht.«

»Gute Nacht«, sagt Anne-kin. Gute Frau Lian, denkt sie, du kannst dich an nicht mehr und nicht weniger erinnern als die ganze Zeit schon, du brauchst nur jemanden, dem du *erzählen* kannst. Über die Gegenwart, darüber, was jetzt passiert oder nicht passiert. Nicht über die Vergangenheit. Obwohl deine Vergangenheit zum Glück nicht so aussieht, wie ich heute einen Moment lang geglaubt habe. Sie hat sich beim Einwohnermeldeamt erkundigt und Frau

Lians Mädchennamen in Erfahrung gebracht. Und dieser Name war nicht der der Frau, die vom Trondheimer Gericht wegen Nichterscheinens zu 100 Kronen Strafe verurteilt worden war, er hatte nicht einmal Ähnlichkeit damit.

Gott sei Dank besteht hier keine anrüchige Verbindung.

Als sie Sundt vorgeschlagen hat, Toralf Kavle direkt zu fragen, ob er in grauer Vorzeit mit Kristina Løhre aus Bakklandet verlobt gewesen sei, hat Sundt für diesen Vorschlag nur ein Kopfschütteln gehabt. »Zu früh«, sagte er, » taktisch unklug.« Anne-kin war übrigens mit dieser Entscheidung durchaus nicht uneinverstanden.

Anne-kin legt ein Stück Holz in den Kamin, es ist feucht und zischt im offenen Kamin wütend auf. Es knistert und sprüht Funken. Sie betrachtet die Schatten, die unter dem Schornstein tanzen. »Brautzug« hat ihre Mutter den Funkenregen genannt, der an der Schornsteinwand herumwirbelt. Anne-kin starrt den Brautzug an und sieht einen Hof, sieht Gebäude, sieht Menschen und Tiere, sieht eine ganze Welt in diesem Kamin, eine lebende, sich bewegende Welt. Gesichter und Gestalten, Schultern und Rücken, Hände und Münder – sie ist vertieft in den Zeichentrickfilm, der in ihrem Kamin abläuft. Sie sitzt lange da und läßt ihre Augen sich am Kaminfeuer berauschen.

Das Zimmer ist dunkel, der Schreibtisch liegt im Flutlicht da, ihr Kopf ist müde. Sie schiebt ihre Papiere zusammen und reibt sich die Augen. Besser, ich bestelle mir einen Weckruf, denkt sie, sie neigt dazu, das Klingeln des Weckers für Vogelzwitschern zu halten. Es gefällt ihr, sich in eine Blumenwiese sinken zu lassen und bei munterem Vogelsang wieder einzuschlummern. Vielleicht sollte sie sich einen neuen Wecker anschaffen – einen heiseren Lärm kaufen anstelle des zivilisierten Weckgesäusels. Sie knipst die Nachttischlampe aus und beschließt, die Abendtoilette zu überspringen. Nix Zähneputzen und Zahnpasta. Und schon gar keine Dusche. Das alles hat Zeit bis morgen. Sie öffnet die Schlafzimmertür und geht hinein.

Das Schlafzimmer ist eiskalt. Sie hat vergessen, das Fenster zuzumachen. Das Fenster steht halb offen und sieht einwandfrei festgefroren aus. Anne-kin fröstelt, sie schnappt sich Decke und Kissen und geht ins Wohnzimmer. Kalte einminütige Abreibungen im Trondheimsfjord sind das eine – eine halbe Nacht in einem Eishaus etwas ganz anderes.

Das Sofa ist bequem, das Sofa bedeutet Leidenschaft. Allerdings kann sie sich nicht daran erinnern, wann sie auf diesem Sofa zuletzt Leidenschaft empfunden hat. Das war sicher in Oslo, sie hat einige Möbel von Oslo nach Trondheim mitgeschleppt. Auch das Sofa. Aber der Liebhaber, der aus Oslo ins Restaurant *Gans* gekommen ist, ist niemals auf diesem Sofa gelandet. Anne-kin grinst, überlegt sich, daß sie in Trondheim zwar keine Jungfrau ist, ihr Sofa aber wohl. Einladend und nicht ausprobiert. Sie zieht sich die Decke über den Kopf und schläft ein.

Und wird von einem hartnäckigen Klingeln geweckt, es hört sich nicht an wie der Wecker. Es ist das Telefon. Anne-kin fährt aus dem Schlaf hoch, springt vom Sofa und packt den Hörer.

»Halloo?« fragt eine zaghafte Stimme, es ist die Witwe Lian. »Sind Sie das, Frau Halvorsen?«

Anne-kin bestätigt.

»Ich kann nicht schlafen«, hört sie, »mir ging so allerlei durch den Kopf und dann war es plötzlich da und deshalb rufe ich an denn Sie wollten doch die Nacht durcharbeiten und ich habe Sie hoffentlich nicht geweckt?« Die Witwe redet schnell und überspringt dabei Punkt und Komma.

»Aber nein«, beteuert Anne-kin.

»Sie hat ihn ›Kleinchen‹ genannt«, sagt Frau Lian. »Stina hat ihren Verlobten ›Kleinchen‹ genannt.«

Anne-kin umklammert den Telefonhörer so fest, daß ihre Fingerknöchel weiß werden. »Danke, Frau Lian«, sagt sie, »das ist eine wichtige Information.«

»Aber können Sie sich vorstellen, daß ich mein Netz im Bus vergessen habe? Mit Gudruns leckerem frischgebackenem Brot und vier frischen Eiern, ja, mein Portemonnaie habe ich ja zum Glück, aber das Netz mit den Lebensmitteln liegt im Bus.« Anne-kin weiß jetzt, daß Frau Lian ihre Freundin in Byneset besucht hat, die Altenteilerin auf dem Hof.

»Das bekommen Sie morgen wieder«, sagt sie. »Wenn der Busfahrer Ihr Netz findet, dann bewahrt er es auf.«

»Ja, aber wie soll ich es denn an mich bringen?« wird am anderen Ende der Leitung geseufzt.

»Mit welcher Buslinie sind Sie denn gefahren?« fragt Anne-kin.

»Mit der nach Byneset«, ist die Antwort.

»Alles klar, Frau Lian«, sagt Anne-kin. »Ich rufe morgen dort an und erkundige mich nach Ihrem Netz, und dann bringe ich es Ihnen vorbei. Ist das in Ordnung?«

Ein erleichterter Seufzer teilt ihr mit, daß das wirklich in Ordnung ist.

»Tausend, tausend Dank, ich glaube, jetzt kann ich schlafen.« Und mit einem »gute Nacht« legt Frau Lian auf.

Kleinchen! Anne-kin schnappt sich das Telefonbuch, schlägt Kavle, Toralf auf, findet ihn, findet seine Firma, T. Kavle & Söhne. Und findet die Söhne. Alf Kavle. Und, wie vermutet, Toralf Kavle. Kleinchen. Der, der den Namen des Vaters und des Großvaters und vermutlich auch des Ururgroßvaters geerbt hat. Der jüngste Sproß in der Toralf Kavle-Linie, Erbe des Kosenamens Kleinchen. Bis er einen Sohn bekommt, der Toralf getauft und Kleinchen genannt wird. Einfacher Automatismus. Aber im Jahre 1948 war der kunstinteressierte, strickjacketragende Mann, den sie heute besucht hat, der Jüngste. Kleinchen. Er, und nicht der Sohn, der gerade angerufen hatte, wie die Dame des Hauses mitteilte. »Kleinchen hat gerade angerufen«, sagte sie, ehe sie Anne-kin auf dem Flur entdeckt hatte, oder in der Diele oder wie zum Kranich diese düstere Rauchstube genannt werden könnte.

Das ist der Beweis. »Kleinchen« ist der Beweis. Den sie brauchen. Jetzt darf Sundt nicht länger schlafen. Er grunzt nicht und teilt auch nicht mit, daß es sehr spät in der Nacht ist, er fragt nur mit wacher

Stimme, was anliegt. Und sie sagt es ihm. Sundt lacht, ein kurzes, kurzes Lachen lacht er.

»Du spinnst«, sagt er.

Aber sie spinnt doch nur so wenig, daß sie seiner Stimme anhören kann, daß er bereits den nächsten Tag plant. Posten um Posten. Das Leben ist für Sundt eine Orientierungsloipe. Und wenn er auch ab und zu Probleme mit Kompaßrichtung und Nordsüdpfeil hat – ans Ziel kommt er doch.

»Geh jetzt schlafen«, sagt er. »Wir machen morgen weiter.«

»Nein«, sagt Anne-kin. »Hier wird nicht geschlafen, hier wird zugehört. Ich rede, und du hörst zu.«

Sie hört ihn seufzen. Dann sieht er auf die Uhr, jedenfalls sagt er: »Jetzt noch schlafen bringt auch nichts mehr, es ist schon fast morgen. Wir treffen uns im Büro.«

»Mein Auto hat seinen Geist aufgegeben«, antwortet Anne-kin. »Kannst du nicht kurz vorbeikommen? Und mich auflesen?«

»Den Geist aufgegeben? Erzähl mir bloß nicht, du hast die Nacht im Straßengraben verbracht!« Seine Stimme klingt besorgt.

»Nicht doch, es will einfach nicht anspringen, steht in Bakklandet, vor Stinas Haus, es ist tot und kalt und will nicht anspringen.«

»Und was hattest du in Bakklandet zu suchen?«

Anne-kin grinst. Zwei besorgte Väter braucht sie nun wirklich nicht.

»Komm her, dann erzähle ich dir meine Theorie. Und serviere dir einen bombenstarken Morgenkaffee«, sagt sie.

»Ich trinke keinen Kaffee«, sagt er. »Aber von mir aus, dann hole ich dich eben ab.«

Anne-kin holt ihre Abendtoilette nach, steht unter der Dusche und putzt sich die Zähne, hört, daß die Hinterhofmafia am Werk ist, es wird aufs Ärgste gefaucht und miaut und gejohlt. Daß die das bringen! Bei dieser Kälte! Aber Katzen sind wohl immer auf Amore programmiert, egal, welche Jahreszeit gerade ist. Sie machen jedenfalls ein sündhaftes Spektakel. Anne-kin trocknet sich ab. Und kocht Kaffee. Und Tee für Sundt.

Anne-kin hört, daß ein Auto hält, daß eine Tür ins Schloß fällt.

Das Wasser brodelt, sie schaltet die Platte aus, rennt nach unten und schließt die Tür auf. Sundt und sieben klirrendkalte Winter fallen ins Haus. Rasch schließt sie die Tür wieder, registriert, daß ihr Chef einigermaßen normal aussieht, ein wenig unwohl, aber ansonsten so ziemlich wie immer.

»Nette Gegend«, sagt er und knöpft seine Jacke auf. »Studenten torkeln nach Hause, und ehrliche Arbeitsleute gehen zum Job. Und Hunde führen ihre Besitzer Gassi.« Anne-kin lächelt, Sundt ist wirklich ein guter Beobachter.

»Hier«, sagt sie und schiebt ihm einen randvollen Becher Tee hin, sowie Zuckerdose, Milchkännchen und Honigglas. Sie hat keine Ahnung, was ihr Chef in seinen Tee gibt, vielleicht trinkt er ihn am liebsten pur.

»Ach, so wohnst du also«, sagt er, läßt den Blick durch ihre Küche wandern und schlürft seinen Tee.

Ja, so wohnt sie also, aber das müßte er eigentlich schon wissen, er ist nicht zum ersten Mal hier. Er hat sie nach vier ausgeschlagenen Zähnen und einem Kieferbruch, den sie Anita und deren Schlagring in der Untersuchungszelle verdankte, zur Notfallstation und nach Hause geschafft. Damals hatte Sundt heftigst darauf bestanden, Verwandte oder Bekannte anzurufen, damit jemand bei ihr übernachten könnte. Aber das hatte sie verhindern können.

»Ja, so wohne ich also«, sagt sie und sieht sich in ihrer geräumigen Küche um, hohe Wände und ein in alle Richtungen schiefer Boden. »Küche mit eigener Note«, hatte sie beim Wohnungskauf gedacht. Eine eigene Note, die zu einem ziemlichen Einbruch in ihrem Kapitel geführt hatte. Jetzt ist alles, was sich gar zu eigen aufgeführt hatte, ausgebessert, und die Küche funktioniert.

»Ich habe eine Theorie«, sagt sie, geht ins Wohnzimmer, holt die kopierten Zeitungsartikel und legt sie vor ihm auf den Tisch. Läßt ihn lesen, daß das Gericht von Trondheim bald einen Fall mit nicht weniger als zwanzig Betroffenen verhandeln wird, und daß einige hilfsbereite Mitmenschen einen Teil der fraglichen Summen als ihr Eigentum registriert haben. Gegen Bezahlung. Oder aus Liebe.

»Ich glaube, Stina hat es aus Liebe gemacht«, sagt sie.

»Hä?« Sundt blickt von den Kopien auf und starrt Anne-kin an.
»Ich glaube, Stina ist ganz übel ausgenutzt worden«, sagt Anne-kin. »Und mein Beweis ist ›Kleinchen‹«, fügt sie hinzu.
Sundt hält ihr seinen Teebecher hin, der ist leer. »Hast du noch mehr?« grunzt er. Sie schiebt ihm die Teekanne hin.
»Was ich etwas seltsam finde«, sagt Anne-kin und kümmert sich nicht mehr um Stina und die Liebe, »ist, daß ein so kunstinteressierter Mensch wie Kavle vergißt, sein Bild abzuholen. Und wenn er darauf aufmerksam gemacht wird, ist er noch dazu so lahm, daß er andere bittet, es zu bringen. Als ob es sich um die Zeitung oder um eine Dose Katzenfutter handelte.«
»Unhaltbar«, sagt Sundt.
Anne-kin fragt nicht, was er unhaltbar findet. »Und es hat ihn nicht im geringsten interessiert, auf welche Weise wir seinen Namen aufgespürt haben«, sagt sie stattdessen.
»Die Verlaufsliste«, sagt Sundt, »er hatte sich doch in die Verkaufsliste eingetragen.«
»Ich glaube, er ist über den Diebstahl informiert«, erwidert Anne-kin.
»Unhaltbar«, sagt Sundt noch einmal.
»Nein«, widerspricht Anne-kin eigensinnig. »Ich glaube, daß der Text, der Originaltext auf dem Bild für Kavle so kompromittierend ist, für seinen guten Namen und seinen Ruf, daß er das Bild stehlen mußte. Aber daß ein wichtiger Teil fehlt, nämlich sein Name, seine Unterschrift. Und ich glaube, daß er nach diesem Teil gesucht hat, als er von Tone Saxe überrascht wurde. Sie schloß Henry Aars Haustür auf, entdeckte, daß jemand da war, wollte wissen, wer, und verfolgte Kavle, als der davonrannte. Sie hat ihn kurz vor dem Hinterausgang eingeholt, er wollte sie wegstoßen, und in dem Gerangel ist Tone Saxe gegen den Eisenhaken geschleudert worden.«
Sundt seufzt.
»Und Toralf Kavle ist kein schwacher Greis«, sagt Anne-kin nun. »Ein kräftiger Stoß gegen diese scharfe Stange, und Tone Saxe mußte einfach aufgespießt werden.«
Sundt seufzt und bekommt gleichzeitig eine Gänsehaut.

»Er brauchte nicht einzubrechen«, sagt Anne-kin, »er hatte noch einen Schlüssel von damals, als er im Haus als Schwiegersohn verkehrte, in dem Haus ist seither kein Schloß ausgewechselt worden. Und die Hintertür der Galerie Saxe ist ein Witz«, fügt sie hinzu. »Toralf Kavle als erfahrener Bauunternehmer wußte, mußte wissen, daß solche Schlösser ein Witz sind. Ein kräftiger Tritt, und die Tür geht auf.«

»Also ist er auch der Einbrecher, der *Sub Rosa* und die Verkaufsliste gestohlen hat?« fragt Sundt.

»Ja. Das ist er. Höchstpersönlich. Er hat niemanden angeheuert, er hat weder Verwandtschaft noch Söhne oder Freunde oder auch Mietlinge benutzt. Und weißt du, warum?« Sie starrt Sundt voll in die Augen. »Kavle ist makellos, er ist ja so was von sauber. Ein Ehrenmann. Und er soll das Widerstandsmuseum wieder aufbauen, ihm ist der ehrenvolle Auftrag zuteil geworden, das beliebteste Museum neu aufzubauen, das man sich überhaupt vorstellen kann. Das Widerstandsmuseum. In einer Stadt, die mit dem Supernazi Henry Rinnan und dessen Leuten assoziiert wird, mit Infiltration von Widerstandsorganisationen, mit Verrat und Folter, mit Mitläufern und aktiven Nazis, zwei beinharten Fronten, die damals aneinander geraten sind. So etwas vergessen die Leute nicht.«

Sundt sieht sie interessiert an, sie erzählt etwas, das er als Junge miterlebt hat. Der Haß auf die Verräter, die Kriegsgewinnler. Auf die, die nach dem Krieg niemals verurteilt worden sind. Weil sie zu viele waren, die Prozesse dauerten zu lange, ehe diese Leute an die Reihe kamen, hatte sich der Haß gelegt, die sogenannte Vernunft war nun stärker. Die Bereitschaft zur Versöhnung. Äußerlich. Aber in den Herzen der Menschen starb dieser Haß niemals. Etwas versetzt Sundt jedesmal einen Stich, wenn er im Keller unter der Wache zu tun hat, wenn er durch das »Kriminalmuseum« geht, wie es im Volksmund heißt, ein Museum, das aus so viel Grauenhaftem aus den Kriegsjahren 1940-45 besteht, daß sich damit mehrere Widerstandsmuseen füllen ließen. Und die Familie Morseth kennt er auch gut, kennt sie aus seinem Heimatort, kennt die Menschen, die Henry Rinnan und seine Bande überlebt haben.

»Wie schön«, sagt er, »wie schön, daß ein sauberer Trondheimer den ehrenvollen Auftrag erhalten hat, das Widerstandsmuseum wieder aufzubauen. Wir brauchen dieses Museum, diesen Teil unserer Geschichte.«

Anne-kin Halvorsen sieht ihn an, hebt ihren Becher und sagt: »Weißt du, warum Stina ihre Verlobung gelöst hat? Warum sie darauf verzichtete, durch eine gute Partie ein finanziell sorgloses Leben führen zu können? Warum sie in jedem einzelnen Frühling eine neue Tapetenschicht auf ihre wurmstichigen Holzwände gepappt hat? Eine neue Tapete, jeden Frühling. Weißt du das?«

»Nein«, antwortet Sundt, er dreht seinen Becher zwischen seinen Händen hin und her. »Weißt du es?«

Anne-kin nickt. »Ja. Ja, ich weiß es. Sie war unsterblich in ihn verliebt, war geblendet und schwebte auf rosenroten Wolken, ertrank in seinem Blick und ließ sich glatt zu einem ›Liebesdienst‹ überreden. Aus Liebe. Nur eine vorübergehende Transaktion. Überweisung seines illegalen Vermögens auf ihr Bankkonto, damit die Behörden von seiner raschen Kapitalvermehrung während des Krieges keinen Wind bekommen konnten. Und fragen, wie und woher und von wem. Und das Geld dann bestenfalls besteuern. Und deshalb hat ihr Konto sich um 200 000 erhöht. Über Nacht.«

»Anne-kin«, Sundt legt seine Hand auf ihre. »Ich glaube, du bist auf der richtigen Spur, das mit dem Konto ist wirklich seltsam.«

»Ehre«, sagt Anne-kin. »Ich glaube, es geht um so etwas wie Ehre. Was immer das sein mag. Was Toralf Kavle angeht, so glaube ich, daß Stina ihm seinen Ehrbegriff voll in die Visage geknallt hat. Er hat einen Teil seines illegalen Vermögens an seine Verlobte überwiesen oder ihn ihr geschenkt, dieses Geld wird registriert, von den Behörden entdeckt, die Jagd auf Sünder beim Großen Registrierungsschwindel machen, sie wird vor Gericht zitiert und erscheint nicht. Weil sie ihrem Verlobten glaubt, der gesagt hat, es sei nur eine Formalität, eine Bagatelle, und deshalb erscheint sie nicht vor Gericht. *Und dann wird sie zu 100 Kronen Strafe verurteilt und ihr Name erscheint in den Gerichtsprotokollen!«* Anne-kin knallt ihren Becher auf den Tisch. »Und weißt du, was das bedeutet, Sundt«, fragt sie dann, »was es für eine Frau wie Stina bedeutet, mit vollem Namen in Polizeiberichten und Gerichtsprotokollen zu erscheinen? Als Kollaborateurin abgestempelt zu werden? Das bedeutet finito, Ende. Das läßt sich nie mehr abwaschen. Der Stempel ist da, der Klatsch ist da, abgewandte Gesichter und rasche Seitenblicke. Übelste Nachrede. Unmöglich, sich zu rechtfertigen. Sie hatte keine Möglichkeit, keine Mittel.«

Sundt sieht gequält aus, sein Becher ist leer, Anne-kin schenkt ihm neuen Tee ein.

»Stina als Nazisse«, sagt sie dann. »Stina als Verbrecherin abgestempelt. Stina, die ›großherzig‹ genug war, den Namen des Verräters, des Verbrechers nicht anzugeben. Aber die ihm den Ring vor die Füße wirft, ihm sagt, er soll machen, daß er wegkommt und sich in der Gegend nie wieder sehen lassen. Eine starke Frau. Für eine Weile. Für den Moment. Und dann holt die ›Vergangenheit‹ sie ein, sie wird immer unglücklicher, verwirrt, verrückt, und versucht, diese Vergangenheit hinter dicken Tapetenschichten zu verstecken. Die Vergangenheit mit der Überweisung von ihrem Liebsten, mit dem Brief ohne Unterschrift, einem *›im Vertrauen‹* geschriebenen Brief. Von mir an Dich. Mit einer Unterschrift, die wir noch nicht gefunden haben. Aber von der Kavle weiß, daß sie existiert ... zum Teufel!« sagt Anne-kin Halvorsen. »Stina ist ausgenutzt worden. Und der ›Ausnutzer‹ hat eine Scheißangst, er bricht in zwei Häuser ein und mordet zwischendurch auch ein bißchen, um seinen guten Namen und seinen Ruf zu retten.«

Sie stützt den Kopf in ihre Hände. Sundt bleibt stumm. Er schlürft nicht einmal seinen Tee. In der Küche herrscht Totenstille. Lange. Anne-kin hört ihren eigenen Atem, keinen anderen. Entweder ist der Chef gegangen, oder er ist tot, oder er atmet nicht mehr.

»Anne-kin«, sie spürt seine Hand an ihren Haaren. »Anne-kin, die Geschichte, die du mir da erzählst, ist ergreifend ... wirkt überzeugend.«

Dann legt er eine Pause ein. Sie spürt, wie ihre Nackenmuskeln sich anspannen. Jetzt wird er verstehen und verstehen und davon faseln, daß die Wirklichkeit nicht so ist. Die *Wirklichkeit* dagegen sieht so aus ... Und so weiter. Sie ist darauf gefaßt, denkt, daß ihre Theorie auf nichts Konkreterem aufbaut als auf dem Kosenamen »Kleinchen«. Einem Kosenamen für einen ehemaligen Verlobten und den Juniorchef der Firma T. Kavle & Söhne. Und das ist wirklich nicht viel.

Polizeibeamtin Anne-kin Halvorsen und ihre Leute müssen Pause machen, jetzt haben Sundt und seine Vernunftsliga das Wort. »Doch, deine Theorie wirkt überzeugend«, sagt er. »Sie ist interessant. Sie hat kaum Indizien und keinen Beweis, aber sie ist interessant. Wenn sie sich als richtig erweist, dann ist sie eine Bombe. Wenn sie falsch ist, dann ist sie verheerend. Jedenfalls, wenn wir diese Spur verfolgen, wenn wir Toralf Kavle zum Verhör bestellen, wenn wir sein Haus durchsuchen – und das möchtest du doch gern, oder nicht? – und wenn wir ihn dermaßen belästigen, daß er die Geduld verliert.«

Da ist wieder dieses Wort. »Belästigen.« Anne-kin beißt die Zähne zusammen. Sundt spricht davon, daß jemand »belästigt« wird, aber in das Leben anderer greift er ein, ohne mit der Wimper zu zucken. Das hier ist eine Wiederholung, ein Rückblick auf ihren letzten Mordfall. Gewisse Menschen faßt Sundt nur mit Glaceehandschuhen an. Und andere mit Boxhandschuhen. Anne-kin gehört zu diesen »anderen«, hat nicht das geringste Verständnis dafür, daß bessergestellte Gesellschaftsschichten anders behandelt werden. Verbrecher und Dreck gibt es überall, nur können einige das besser verstecken. Aber sie will verdammt noch mal nicht helfen, das Großbürgertum zu beschützen, weil es eben das Großbürgertum ist. Anne-kin hebt ihren Kopf und sieht Sundt an, ihren Chef, der verschlafen vor ihr sitzt und aus einem alten Keramikbecher Tee trinkt.

»Was meinst du?« fragt sie.

»Ich glaube, du bist auf der richtigen Spur«, antwortet er und lächelt, als wolle er um Entschuldigung bitten. »Gott soll mich schützen, ich glaube, du bist auf der richtigen Spur.«

»Und das bedeutet?« Sie packt seine Hand.

»Das bedeutet, daß wir beide jetzt ins Büro fahren, unseren

Arbeitstag anfangen lassen, die Besprechungen hinter uns bringen und so weiter.«

Enttäuscht läßt Anne-kin sich in ihrem Sessel zurücksinken. »Fahr du«, sagt sie. »Fahr du nur. Ich komme später nach. Rechtzeitig zu den Besprechungen. Ich muß erst noch duschen und wach werden. In Ordnung?«

Sundt sieht verwirrt aus. »Ja, natürlich«, sagt er. »Aber dein Auto will doch nicht anspringen, wirkt mausetot?«

Sie nickt, sagt: »Ich muß auch noch eine Werkstatt anrufen, irgendwas stimmt mit der Zündung nicht.«

In der Diele fällt sein Blick auf eine große Wandkarte, die sie dort angebracht hat.

»Schön«, sagt er, tritt näher und sieht sie sich an. »Interessierst du dich für Karten? Für Orientierung?«

Anne-kin schüttelt den Kopf. »Nein«, sagt sie. »Die Karte gefällt mir, weil sie lügt, weil nichts stimmt, es sieht nur so aus.«

»Ach?« Sundt tritt noch näher, betrachtet. »Ja, so was!« sagt er dann. »Hier ist ja alles falsch gezeichnet. Seltsam!«

»Genau«, erwidert Anne-kin und öffnet für ihn die Tür.

* * *

Sie duscht nicht, sie hat schon geduscht. Aber sie putzt sich die Zähne, putzt und putzt. Ihre eigenen und die vier, bei denen sie nie wieder Zahnschmerzen haben wird. Schön sind sie – weiß. Künstlich. Sie hat einen scheußlichen Geschmack im Mund, die Zahnpasta taugt nichts, der Geschmack läßt sich einfach nicht vertreiben. Sie starrt ihr Spiegelbild an, verschlafen, aufgeregt, ungeschminkt, aber trotzdem ohne zerfließende Konturen, sie schneidet für den Spiegel eine Grimasse.

Sundt hat recht, sie haben nicht den Hauch eines Beweises, sie haben – Anne-kin hat – nur eine Geschichte, die ihr einfach nicht aus dem Kopf geht, Stinas Geschichte, niemals bestätigt oder erzählt. Und das reicht nicht. Gefühlsduselei reicht nicht. Die Kollegen zucken angesichts von weiblicher Intuition und überzeugend erzählten Märchen nur mit den Schultern. So was mögen sie zum Abendbrot, vor dem Fernseher, amerikanische oder britische Fernsehserien – da reicht das aus, nicht so bei der Arbeit. Da wollen sie harte Fakten. Konkrete Tatsachen. Beweise. Handfeste Beweise, die sie dem Verteidiger vor die Birne hauen können. Fingerabdrücke und Spermareste. Aber niemand hat an Tone Saxe herumgefingert oder in ihr Spermareste deponiert. Sie ist in vollständiger Winterkleidung getötet worden. In knöchellangem Mantel und Schal und Mütze und Handschuhen. Und sie hatte eine Ledertasche, die verloren zwischen den Tapetenresten im Wohnzimmer lag. Tone Saxe selber lag im Gang, vor dem Hinterausgang, der zum Hinterhof und zum Tor und zur gepflasterten Straße führt. Und zu den Nachbarhäusern. Zum Haus der Witwe Lian. Einer Witwe, die Wache hält, die sieht, was sie will, und die hört, was sie will. Und die erzählt, was sie will. Und, nicht zuletzt, die sich an das erinnert, woran sie sich erinnern will.

Anne-kin wählt die Nummer der Busgesellschaft, wird zu den Fahrern durchgestellt und fragt, ob irgendwer ein Netz mit einem frischgebackenen Brot und vier frischgelegten Eiern gefunden hat. Eine ruhige Stimme sagt ja. Das hat er. Das Netz liegt im Frühstücksraum. Anne-kin notiert die Adresse, kündigt ihr Eintreffen an, nimmt ein Taxi und erhält das Netz von einem übernächtigten Fahrer, der jetzt nach Hause will, um sich auszuschlafen.

»Tausend Dank«, sagt sie. Er brummt nur und lächelt und drückt ihr das Netz in die Hand.

Anne-kin schaut auf die Uhr, es ist noch immer früher Morgen, Reklamelichter und Straßenlaternen kämpfen mit der Winternacht, die Sonne hat durchaus noch nicht vor, aufzustehen. Anne-kin überlegt, daß Frau Lian sicher schon auf ist, wenn sie die Frühaufsteherin ist, für die Anne-kin sie hält. Das Taxi fährt im Zickzack durch das Straßennetz von Møllenberg, in der Gegend wimmelt es nur so von Einbahnstraßen, aber der Fahrer hat seinen Stadtplan im Kopf.

Hinter Frau Lians Küchenfenstern brennt Licht, sie ist schon auf. Vor dem Haus steht ein betrüblich eingefrorenes Auto.

Anne-kin dreht ihrem Wagen den Rücken zu und klingelt. Vorsichtige Schritte hinter der Tür verraten ihr, daß Frau Lian wirklich schon aufgestanden ist. Die Tür wird einen Spaltbreit geöffnet.

»Wer ist da?« fragt Frau Lian. »Ach, Sie sind das, Frau Halvorsen.« Frau Lian reißt die Tür sperrangelweit auf. »Dieses Auto«, sie zeigt auf Anne-kins Wagen, »dieses Auto gehört nicht hierher, ich begreife nicht, warum das hier steht, können die nicht anderswo parken? Ich finde es überhaupt nicht richtig, daß die Leute ihre Autos überall herumstehen lassen.«

»Das ist mein Wagen«, sagt Anne-kin. »Er springt nicht an, deshalb steht er hier.« Sie hält das Netz hoch. »Hier ist Ihr Netz«, sagt sie. Frau Lian strahlt.

»Das Brot«, sagt sie. »Und die Eier. Die sind doch wohl nicht erfroren?«

Anne-kin zuckt mit den Schultern. »Ich glaube nicht«, sagt sie.

»Aber kommen Sie doch herein!« Frau Lian nimmt Anne-kin am Arm und zieht sie ins Haus. »Ich habe gerade Kaffee gekocht«, sagt sie, »Sie frieren doch sicher, kommen Sie.« Sie führt Anne-kin zum Küchentisch. »Sie brauchen etwas Warmes im Leib.« Sie gießt Kaffee in eine große Tasse. »Heiße Milch«, sagt Frau Lian und trägt vorsichtig einen Kochtopf vom Herd zum Tisch. »Geben Sie heiße Milch und ein bißchen Zucker hinein.« Sie schiebt Anne-kin den Zucker hin.

Anne-kin gehorcht. Heiße Milch und Zucker in den Kaffee, Löffel für Löffel. Etwas zum Aufwachen, die pure Rakete. Es ist, als würden sie eine Mahlzeit teilen.

»Sie sind früh auf den Beinen«, sagt Frau Lian und blickt auf ihre Wanduhr. »Du meine Güte«, sagt sie, »ist es schon so spät? Dann ziehe ich mich an und gehe aufs Postamt, um meine Rente zu holen.«

»Ich kann Sie begleiten«, schlägt Anne-kin vor. »Gehen Sie zum Hauptpostamt?«

»Nein, normalerweise nicht«, antwortet Frau Lian. »Aber jetzt, bei dem vielen Eis an den Hängen, ist es einfacher so. Die Leute streuen ja einfach nicht vor ihren Häusern«, fügt sie hinzu. Sie zieht sich ihren Wintermantel an, holt ihren Rentenausweis, schließt die Tür und macht sich auf den Weg zur alten Stadtbrücke.

»Sie haben die Tür nicht abgeschlossen«, sagt Anne-kin. »Geben Sie mir den Schlüssel, dann erledige ich das.« Sie streckt die Hand aus.

»Wie kann ich bloß so vergeßlich sein!« seufzt Frau Lian. »Könnten Sie vielleicht auch nachsehen, ob ich den Herd ausgedreht habe? Sicherheitshalber?«

Anne-kin geht ins Haus, stellt fest, daß der Herd nicht mehr brennt, schließt die Tür ab, wirft einen genervten Blick auf ihr vereistes Auto, faßt Frau Lian am Arm und geht Schritt für Schritt auf die Stadtbrücke zu.

In diesem Moment hat Sundt auf der Wache zusammen mit dem Chef vom Dienst entschieden, daß sie Frau Lian zum Verhör holen wollen. Er hält die Zeit für reif, jetzt, wo die alte Dame zugegeben hat, daß sie sich an den Kosenamen erinnert, jetzt, wo sie sich öffnet. Aber in ihrer eigenen Küche würde sie sicher noch lange brauchen, um sich an den wirklichen Namen zu »erinnern«, die Atmosphäre auf der Wache dagegen hat auf manche Menschen Einfluß, vor allem auf ältere Menschen. Die Situation kommt ihnen dort ernster vor, sie haben das Gefühl, unter Eid zu stehen, und im Laufe der Jahre haben auch einige gefragt, ob sie auf die Bibel schwören sollten. Die Leute sehen zu viele amerikanische Serien.

Er ruft Vang zu sich. Und zusammen fahren sie von der Kongensgate über die Bakke-Brücke nach Bakklandet.

»Ach, ich sollte mir wohl einen Stock zulegen«, Frau Lian klammert sich an Anne-kin, »aber wissen Sie, ich bin leider ein bißchen eitel. Ein Stock wirkt irgendwie so schrecklich ›alt‹.«

Anne-kin lächelt sie an. »Nicht im Winter«, erwidert sie. »Im Winter ist ein Stock wie eine Versicherung gegen Oberschenkelhalsbruch.«

»Ach ja«, sagt Frau Lian nur und stolpert weiter über das Eis. Und klammert sich noch immer an ihrer Begleiterin. »Warum können die das Eis auf der Treppe nicht weghacken?« Frau Lian bleibt stehen und betrachtet die breite Steintreppe, die ins Postamt und zu ihrer Rente führt. Sie hält sich am Geländer fest und blickt hilflos die Granitstufen an.

»Kommen Sie«, sagt Anne-kin, »so eilig habe ich es nun auch wieder nicht, ich werde Sie begleiten.«

Der Steinpalast ist von innen hell und geräumig, hohe Wände, grüne Pflanzen, Stimmengesurr und geschäftige Schalter mit freundlichen Postbeamten. Mitten im Raum befinden sich im Kreis Schreibplätze mit Vordrucken, Überweisungsformularen und Paketkarten. Und mit Kugelschreibern an Stahlperlschnüren. Frau Lian steuert einen solchen Platz an.

»Ich muß unterschreiben«, sagt sie, »und meinen Ausweis zeigen.«

Anne-kin steht an einer Säule und wartet, sie läßt ihren Blick über Schalter und Kundschaft und Einrichtung schweifen. Auszahlung – Einzahlung – Postgiro – Postwertzeichen. Die Menschen kommen und gehen.

Einlieferung von Briefen und Päckchen. Die Kundschaft besteht übrigens vornehmlich aus älteren Menschen, sie halten ihre Rentenbescheide in der Hand und warten geduldig, bis sie an die Reihe kommen. Sie wagen nicht, sich darauf zu verlassen, daß die Post auch einen Tag später noch zahlungsfähig sein wird, sie haben bestimmt das genaue Gegenteil erlebt, überlegt Anne-kin. Ihre Eltern sind so alt, daß sie sich sehr gut an den Zusammenbruch der Banken erinnern können. Eine Schreckensgeschichte, die an die nächste Generation weitergereicht worden ist, jedenfalls an sie und ihre Schwester. Ihr Bruder, der Nachzügler Kristian, mag sich so etwas wohl nicht anhören, der ist vermutlich mit dem Walkman in den Ohren auf die Welt gekommen.

Plötzlich hebt sie den Kopf, geht einen Schritt von der Marmorsäule weg, starrt einen Rücken an, der ihr bekannt vorkommt, einen Rücken vor dem Schalter »Briefe und Päckchen«. Diesen Rücken hat sie schon einmal gesehen, dieser Rücken hätte sie fast über den Haufen gerannt. Er muß es sein. Die Hauptperson und der Schurke aus der Geschichte, die sie in der Nacht Sundt erzählt hat – Toralf Kavle. Ausgeschlafen und energisch steht er da, seine Ohrläppchen sind nun wieder hellrot, und er steht vor einem anderen Schalter als seine Altersgenossen, er hält keinen Rentenbescheid in der Hand, was er vor dem Schalter ablegt, ist ein Rohr, ein dickes Papprohr. Mit Plastikdeckeln an beiden Enden. In solchen Rohren hat Anne-kin bei ihrem Wegzug aus Oslo ihre wertvollsten Plakate transportiert. Und die Karte, die jetzt in der Diele hängt. Sie hat sie vorsichtig aufgerollt, ins Rohr geschoben und das Rohr verschlossen. Toralf Kavle will Zeichnungen verschicken, etwas, das nicht geknickt werden darf, überlegt sie. Aber hat er, hat die Firma T. Kavle & Söhne denn keine Sekretärinnen, Vorzimmerdamen, Boten? Irgendeinen Menschen, der die Post holt und bringt? Warum in aller Welt macht der Senior hier den Postboten? Ist er ein altmodischer Chef, der das Postfach selber leeren will? Denn die Firma hat ein Postfach, das hat sie auf seiner Visitenkarte gesehen. Ein Postfach im Hauptpostamt. Vielleicht hat er das schon geleert? Nein, er hat keine Aktentasche bei sich, er hat nur die Rolle, die die Schalterbeamtin gerade annimmt, wiegt und mit Briefmarken beklebt.

Und nun geht er auf geradem Weg aus dem Postamt, macht nicht den Umweg durch die Postfachabteilung. Er schlendert einfach an der Schlange vor Schalter 4 vorbei, der geduldigen Rentenschlange. Mit ihren Stöcken und ausklappbaren Eisnägeln, ihren Einkaufsnetzen und abgegriffenen Portemonnaies. Einer stillen Schlange aus grauen Rücken. Abgesehen von Rücken Nummer drei, der ist dem Schalter zugekehrt und blickt zum Ausgang. Frau Lian ist einen Schritt auf die Seite gegangen, sie steht da und starrt einem Mann mit roten Ohrläppchen hinterher, der gerade durch die Drehtür verschwindet. Ihr Blick ist voller Haß. Der Blick, mit dem sie den Rücken bedenkt, der durch die Drehtür geht, ist dermaßen von unverhohlenem Haß erfüllt, daß Anne-kin Halvorsen zusammenzuckt. Sie starrt Frau Lian an, sieht eine Frau, die ihren

Rentenbescheid zu einem Ball zerknüllt, ihn zu einem schweißnassen Papierfetzen zusammenpreßt.

Anne-kin stürzt zu ihr, nimmt Frau Lians Arm, zwingt sie, ihr in die Augen zu schauen. »Das war er, nicht wahr?« fragt sie.

In den Augen der Witwe erlischt der Haß, und der Blick, den sie für Anne-kin hat, ist so hilflos, daß die Polizistin weinen könnte.

»Wie konnte er...«, sagt sie nur, öffnet die Hand und läßt das zerknüllte Papier auf den Boden fallen. Sieht gleichgültig zu, wie es über die frischgeputzten Marmorfliesen rollt. »Ich habe ihn seither nicht mehr gesehen, habe ihn nie mehr wiedergesehen ...« Sie droht jeden Moment umzufallen.

»Kommen Sie.« Anne-kin hebt das Papier auf, führt Frau Lian zu einer Bank, hilft ihr beim Hinsetzen. »Warten Sie«, sagt sie dann, sieht nach, ob Frau Lian schon unterschrieben hat, nimmt deren Ausweis und holt am Schalter für sie die Mindestrente. Dann steckt sie Frau Lian die Geldscheine in die Handtasche, bittet sie, nachzuzählen, und geht zum Schalter »Briefe und Päckchen«. Dort gibt es keine Schlange. Im Papierkorb liegt ein zerrissener Adreßaufkleber, den fischt sie heraus, tritt beiseite, hält die Teile nebeneinander. Lächelt hämisch. Cleverer Zug, Kavle, denkt sie, aber du hättest den Aufkleber, auf dem du dich verschrieben hast, mitnehmen sollen, statt ihn in den Papierkorb zu werfen.

Die Schalterbeamtin hat durchaus keine Lust, Anne-kins Wunsch zu erfüllen. »Wir dürfen keine eingelieferte Post zurückhalten«, sagt sie. »Eingeliefert ist nun einmal eingeliefert. Zurückholen kann sie nur der Absender, wenn er einen Antrag ausfüllt«, sie durchwühlt ihre Schubladen nach diesem Antrag, »einen Antrag auf Aushändigung der eingelieferten Post.«

Himmel, Mädel, denkt Anne-kin, du redest wie ein ganzes Regelwerk.

»Hier«, sagt Polizeibeamtin Halvorsen und legt ihren Dienstausweis auf den Schaltertresen. »So sieht das aus. Und Sie brauchen mir die Rolle gar nicht auszuhändigen, es reicht, wenn die hier behalten und nicht weiterbefördert wird, wenn sie hier liegt, bis Sie die Vollmacht haben, sie auszuhändigen. In Ordnung?«

»Polizei?« fragt die Postbeamtin und wird ziemlich hektisch. »Ja, selbstverständlich, selbstverständlich kann ich die Rolle zurückhalten, bis ich weitere Instruktionen erhalte.«

»Danke«, sagt Anne-kin, blickt zu Frau Lian hinüber, die ihre Hundertkronenscheine auf verschiedene Briefumschläge verteilt, von denen jeder sein Versteckt hat. Das nur sie kennt. In ihrer Handtasche.

Anne-kin sucht sich eine Telefonzelle, wirft einige Münzen ein, wird mit der Zentrale in der Wache verbunden und fragt nach Sundt.

»Nicht im Haus«, lautet die Antwort. »Versuch's mal mit dem Mobiltelefon.« Ihr wird eine Nummer genannt, die sie bereits kennt, sie wirft neue Münzen ein und kommt durch. Es knistert und rauscht, und Sundt ist sehr kurz angebunden.

»Worum geht's?« kläfft er.

»*Sub Rosa* versucht, Trondheim zu verlassen«, sagt Anne-kin, »das Bild, der Beweis, ist frankiert und dabei, aus dem Land zu verschwinden.«

»Immer mit der Ruhe«, sagt Sundt, »kannst du bitte Ruhe bewahren, Halvorsen? Welcher Beweis ist frankiert und will Trondheim verlassen?«

Anne-kin zählt bis zehn, vor allem aus Rücksicht auf sich selber, um sich zu beruhigen. Dann erhält der Chef einen etwas sachlicheren Bericht aus dem Postamt.

»Ach, da steckt sie also«, sagt der Chef. »Wir, Vang und ich, haben gerade an ihrer Tür geklingelt, und niemand hat aufgemacht. – Und was treibst du eigentlich da, müßtest du jetzt nicht im Dienst sein?« Sundts Stimme klingt vergrätzt.

»Ich bin im Dienst«, erwidert Anne-kin, »ich habe gerade festgestellt, daß unser wichtigster Beweis im Verschwinden begriffen ist, als frankiertes Päckchen. In einer Papprolle. Absender Toralf Kavle. Empfänger Toralf Kavle. *Señor* Toralf Kavle, Casa Emanuel, De Torro La Pais, ein Ort, bei dem er sich verschrieben hat, liegt in Spanien.«

Anne-kin hört die Gehirnwindungen ihres Chefs knacken und

knistern. Und sie erzählt, daß Frau Lian fast einen Anfall bekommen hätte, als sie heute Kavle gesehen, *wiedergesehen* hat. Gerade eben, hier auf dem Postamt.

»Hat sie gesagt, daß er identisch mit Stina Løhres Verlobtem ist?« fragt Sundt.

»So gut wie«, lautet die Antwort.

Die nun folgende Explosion sieht Sundt überhaupt nicht ähnlich. Normalerweise ist er ein relativ ausgeglichener Mann, denkt Anne-kin. Aber an diesem Ausbruch, der jetzt gegen ihr Trommelfell donnert, ist kaum etwas ausgeglichen.

»So gut wie!!!«

Anne-kin hält den Hörer einen halben Meter von ihrem Kopf weg und läßt den Chef in aller Ruhe zu Ende wüten. »Kannst du eine Vollmacht für die Schalterbeamtin mitbringen, damit sie uns die Papprolle aushändigt?« fragt Anne-kin, als der Orkan sich gelegt hat. »Die Rolle, die das Bild *Sub Rosa* enthält«, fügt sie hinzu.

»Nein«, sagt Sundt. »Ich gebe für gar nichts eine Vollmacht, mich geht es nun wirklich nichts ans, was irgendwer per Post verschickt oder auch nicht. Dagegen kommen wir, Vang und ich, jetzt gleich Frau Lian holen. Sie muß zum Verhör auf die Wache. Halt sie so lange fest.«

Anne-kin Halvorsen lacht laut, ein richtig grobes Lachen, das die Vorübergehenden veranlaßt, die junge Frau, die den Telefonhörer umklammert hält, überrascht anzublicken. Eine gutangezogene Frau, die ein grobes, unweibliches Lachen hören läßt, das überhaupt nicht zu ihrem Aussehen und ihrer Kleidung paßt.

Halt sie so lange fest! Sundt ist einfach unglaublich. Er hat wirklich gesagt, »halt sie so lange fest«. Eine alte Frau, Rentnerin mit dem niedrigsten Rentensatz, bei Glatteis, ohne Stock, eine Frau, die schreckliche Angst vor einem Oberschenkelhalsbruch hat und die vorhin ganz vorsichtig einen Fuß vor den anderen gesetzt hat – die soll Polizeibeamtin Halvorsen also »festhalten«. Auf höchsten Befehl. Idiot, denkt sie. Du bist hier derjenige, der auf Amiserien abfährt.

»Wird gemacht, Chef«, sagt sie zuckersüß. »Ich werde sie schon festhalten.« Sie legt auf.

Und geht zurück zu Frau Lian. Die hat ihr Geld jetzt verstaut, knipst die Tasche zu und lächelt zu Anne-kin hoch.

»Das wäre geschafft«, sagt sie. »Jetzt dauert es einen Monat bis zum nächsten Mal. Und bis dahin kann sich soviel geändert haben, nicht zuletzt das Wetter.« Sie drückt die Tasche an sich und will sich von dem Kunstledersofa erheben. Anne-kin setzt sich. Läßt sich neben Frau Lian aufs Sofa fallen.

»Frau Lian«, sagt sie, »der Mann, den Sie da angestarrt haben, war Stinas Verlobter, nicht wahr? Das war der Mann, der früher ›Kleinchen‹ genannt worden ist?«

Frau Lian gibt keine Antwort. Sie drückt einfach nur ihre Tasche an sich.

»Bitte«, sagt Anne-kin, »wenn Stina mit Toralf Kavle verlobt war, dann müssen Sie das sagen.«

»Und wer sind Sie eigentlich, junge Frau«, Frau Lian blickt Anne-kin ins Gesicht, »wer sind Sie eigentlich, daß Sie uns mit noch mehr Dreck bewerfen wollen? Wir haben ohnehin schon genug abbekommen, wir brauchen nicht mehr. Weder von Ihnen noch von anderen.« Die alte Dame starrt Anne-kin trotzig an, ihr Blick weicht nicht um einen Zoll.

»Na gut«, antwortet Anne-kin. »Sie und Stina – und vor allem Stina – haben jede Menge Dreck abbekommen. Und deshalb müssen Sie ihren Nachruf hüten, müssen so tun, als sei nichts geschehen, nur, damit Stina in Frieden ruhen kann.«

Frau Lian kneift die Augen zusammen.

»Sie wollen die Vergangenheit nicht wieder aufwühlen, sagen Sie. – Na gut. Aber in Wirklichkeit beschützen Sie den, der Stina so sehr verletzt hat, daß sie lebensunfähig wurde. Den beschützen Sie, den Mann, den Sie vorhin mit solchem Haß angestarrt haben, daß Ihr Blick ihn hätten töten können.«

»Ja, das hätte er verdient.« Frau Lian spricht so leise, daß sie fast nicht zu verstehen ist. »Er hätte den Tod verdient«, sagt sie noch einmal, diesmal lauter. »Toralf Kavle, dieser Verbrecher, hätte den

Tod verdient.« Sie umklammert ihre Handtasche und bewegt ihren Kopf hin und her.

Anne-kin läßt sich ins Kunstleder zurücksinken. Es tut weh. Es tut verdammt weh. Diese Gewißheit tut einfach nur verdammt weh. Sie legt die Hand auf Frau Lians Ärmel. Die Hand wird nicht weggeschoben oder abgeschüttelt, sie darf dort liegen.

»Ich weiß ja nicht, wieviel Sie begriffen haben, Frau Halvorsen«, sagt Frau Lian, »aber Stina war ein anständiges Mädchen. Das war sie wirklich. Der alte Antonius Løhre wußte das wohl auch, wußte wohl, daß Stina ausgenutzt worden war.« Frau Lian scheint ein Selbstgespräch zu führen, sie sieht Anne-kin nicht an, ihr Blick richtet sich gewissermaßen nach innen. »Aber für Johannes war das der Ruin, für ihren Vater Johannes war es der Ruin. Denn welcher anständige Mensch machte schon Geschäfte mit einem Schmied, der eine nazifreundliche Tochter hatte? Keiner.«

Warum sitzen wir nicht in Frau Lians Küche, denkt Anne-kin, warum sitzen wir auf einem Kunstledersofa mitten im Trondheimer Hauptpostamt? Wo jeden Moment Sundt & Co durch die Drehtür hereinstürzen können. Sie streichelt Frau Lians Ärmel.

»Stina war nicht nazifreundlich«, sagt Frau Lian, »sie ist betrogen worden. Betrogen und ausgenutzt, weil sie verliebt war.« Die alte Dame wirft Anne-kin einen raschen Blick zu. »Ich weiß nicht, warum es für Sie, für die Polizei, so wichtig ist, seinen Namen zu erfahren«, sagt Frau Lian langsam, »aber wenn es wirklich so wichtig ist, wie Sie behaupten, dann sage ich es hier und jetzt. Stinas Verlobter hieß Toralf Kavle. Und den Schmiß auf seiner Wange, haben Sie den gesehen? Den hat ihm Stina verpaßt. Im Haus vom alten Løhre lag so viel altes Schmiedeeisen herum. Und wenn jemand so verletzt worden ist…«

Sie verstummt. Und bleibt lange stumm. Starrt nur traurig vor sich hin. Betrachtet das Muster der Marmorfliesen.

»Stinas Zeit ist vorbei«, sagt sie dann. »Aber ich finde es so traurig, an ihr Haus zu denken, an das Eifersuchtsdrama, das sich dort abgespielt hat, es ist so schrecklich traurig, daß eine junge Frau mit dem Arbeitshaken des alten Løhre umgebracht worden ist. Ich kann mich an den Haken gut erinnern, uns war der nie im Weg, immer saßen Rohlinge darauf, lange Stangen, die bearbeitet, zu Gitterpfählen oder Geländern oder Feuerhaken für die Reichen umgeschmiedet werden sollten. – Frau Halvorsen«, Anne-kin spürt eine Hand, die sich auf ihre Schulter legt, »Frau Halvorsen, Sie sind bei der Polizei und überhaupt, warum ... warum können Sie mir nicht sagen ...« Anne-kin hebt den Kopf, sieht die alte Frau an, die neben ihr auf dem Sofa im Postamt sitzt. »Warum habt ihr die Frau, die Tone Saxe umgebracht hat, noch immer nicht gefunden?«

Anne-kin kann nicht mehr antworten, denn schon hat sie sie aus dem Augenwinkel gesehen. Zwei fesche Burschen, die auf der Jagd nach ihrer Beute durch die Drehtür stürzen. Sundt und Vang. Nein, das nicht – sie korrigiert ihre Vorurteile –, weder Vang noch Sundt sehen besonders »fesch« aus. Sie stehen ziemlich hilflos vor der Karusselltür und blicken sich noch hilfloser um.

»Frau Lian«, Anne-kin nimmt die Hand der Witwe und läßt sie gleich wieder los. Sie fühlt sich nicht wohl in ihrer Haut. Weiß, daß eine alte Frau bald um eine weitere Illusion, den Glauben an eine junge Frau namens Anne-kin Halvorsen ärmer sein wird, die mit ihr geplaudert, für sie eingekauft, sich um sie gekümmert hat – weil sie das so wollte. Bald wird die alte Frau mit der Tatsache konfrontiert werden, daß das alles nur geschehen ist, weil Anne-kin im Dienst war – daß sie das alles aus beruflichen Gründen getan hat. Wenn jetzt Sundt und Vang kommen, dann wird Frau Lian sich so ihre Gedanken machen. Und diese Gedanken werden traurig sein. Unendlich traurig. Desillusioniert. Sie werden ihr das Gefühl geben, benutzt worden zu sein.

Nein! Anne-kin springt auf, sagt »bleiben Sie nur sitzen« und geht zu Sundt hinüber. Grüßt.

»Wo ist sie?« fragt Vang.

»Die Papprolle liegt an Schalter 4«, sagt Anne-kin und blickt Sundt an. »Kann ich sie mir aushändigen lassen?«

»Frau Lian?« fragt Sundt. »Wo ist Frau Lian?«

Polizeibeamtin Anne-kin Halvorsen lächelt und breitet die Arme aus. »Ist mit dem Taxi nach Hause gefahren, laßt ihr doch ein paar Minuten Ruhe, ehe ihr sie holt, die läuft euch schon nicht weg.«

Sundt starrt sie an.

»Nach unserem Telefongespräch hat sie mir erzählt«, sagt Anne-kin dann, »daß Stinas ehemaliger Verlobter Toralf Kavle geheißen hat. Sicher hat das Wiedersehen mit ihm ihre Erinnerung angestoßen. Und keine Angst«, sie sieht Sundt an, »der Name wird wie eingemeißelt in ihrer Erinnerung sitzen.«

Sundt läßt seinen Blick durch das Postamt wandern, er sieht sehr viele ältere Menschen, sie sehen sich seltsam ähnlich, fast wie uniformiert.

»Schalter 4«, sagt Anne-kin, »die Papprolle, die Kavle dort aufgegeben hat, ich finde, die sollten wir uns mal ansehen.«

»Hat sie wirklich gesagt, daß er Toralf Kavle geheißen hat?« Sundt blickt sie fragend an.

Anne-kin nickt. »Ja, das hat sie«, antwortet sie.

Sundt geht zum Schalter 4, macht auf dem Absatz kehrt, geht zu den Telefonzellen, ruft an, spricht, kommt zurück und geht abermals zum Schalter 4. Anne-kin und Vang gehen hinterher.

»Ich kann mir die Rolle aushändigen lassen«, sagt Sundt und dreht sich zu ihnen um. »Das kann ich. Aber Toralf Kavles Post darf nur Toralf Kavle persönlich öffnen. – Halvorsen«, Sundt sieht sie an und dreht dabei den Pappzylinder in seinen Händen, »ich bin deiner Meinung, die Katze ist jetzt aus dem Sack, irgendwo müssen wir anfangen. Selbst, wenn dieses Rohr nur Zeichnungen oder Zeitungen oder andere völlig uninteressante Dinge enthält – *irgendwo müssen wir anfangen.* Toralf Kavles Büro könnte ein guter Anfang sein. Hat er da nicht ein Foto von sich und seiner Frau vor der Casa Emanuel de Torro del Pais hängen?« Sundt liest die Adresse auf dem Pappzylinder vor, spricht die spanischen Namen mit Trondheimer Akzent aus. Anne-kin nickt. »Aber wir fahren nicht hin. Toralf Kavle soll zu uns kommen. Und er kann gern seinen Anwalt mitbringen, das wäre uns nur recht. Los.« Und dann marschiert Sundt mitsamt der Papprolle aus dem Postamt.

Anne-kin trödelt noch einen Moment herum und kann sich von

Frau Lian verabschieden. »Nehmen Sie sich ein Taxi«, sagt sie, »benutzen Sie Ihre Freifahrscheine, nehmen Sie sich ein Taxi. Ja?«

»Tausend Dank für die Begleitung«, antwortet Frau Lian. »Ich glaube, das mache ich, ich werde mir ein Taxi leisten. Auf Wiedersehen.«

»Auf Wiedersehen.« Anne-kin rennt aus dem Postamt, findet Sundt und Vang und den Dienstwagen gleich vor der Tür, steigt ein und überlegt sich, daß der Orientierungsläufer Sundt jetzt offenbar das Ziel wittert.

* * *

Das Verhör der Witwe Lian ist längst beendet, als Toralf Kavle mit seinem Anwalt auf der Trondheimer Polizeiwache erscheint. Von »Verhör« konnte übrigens kaum die Rede sein – alle Fragen Sundts hat sie mit »ja« beantwortet – ja, Stinas damaliger Verlobter hieß Toralf Kavle. Und ob er mit dem Toralf Kavle identisch sei, dem die Firma Toralf Kavle & Söhne gehört. Sundt zeigt ihr ein Zeitungsfoto.

»Ja«, sagt Frau Lian. »Genau der.«

Sundt reicht ihr ein Blatt Papier. »Könnten Sie hier unterschreiben«, sagt er. »Lesen Sie das durch, und unterschreiben Sie dann hier.« Er zeigt auf die richtige Stelle.

Frau Lian liest, nimmt den Kugelschreiber, den er ihr hinhält, und schreibt ihren Namen, Tordis Lian. Blickt Anne-kin fragend an. »War das alles?« fragt ihr Blick. Anne-kin Halvorsen nickt, das war alles. Stinas Vergangenheit brauchst du nicht wieder aufzuwühlen. Heute jedenfalls nicht, denkt sie.

»Könntest du für Frau Lian ein Taxi rufen?« Sundt blickt zu Vang hinüber. Polizeibeamtin Halvorsen registriert, daß dem Kollegen Vang diese leichte Veränderung in der Auftragslage überhaupt nicht schmeckt, eine winzig kleine beleidigte Falte zeigt sich zwischen seinen Augenbrauen. Fesche Galerieassistentinnen sind sicher eher sein Stil.

»Wenn die Eier nicht erfroren sind, dann mache ich mir ein Omelett«, sagt Frau Tordis Lian im Gehen zu Anne-kin.

Die lächelt. »Gute Idee«, sagt sie.

»Omelett«, murmelt Vang. »Erfrorene Eier. Ich glaube, die Gute leidet an Verkalkung.«

Aber Sundt ist kein guter Zuhörer. Und Anne-kin eine schlechte Zuhörerin. Eine Antwort bekommt Vang nicht.

Der Mann, der eine Stunde später an Frau Lians Stelle im Sessel sitzt, ist höflich und abwartend. Weder offensiv noch defensiv. Nur ein wenig verwundert vielleicht, höflich und abwartend. Er stellt sich vor. Stellt seinen Anwalt vor.

Sicher ein Schulkamerad, mit dem er noch immer Golf spielt, denkt Anne-kin. Beide nicht mehr die Jüngsten, aber frisch und gesund und einwandfrei noch wichtig in ihrem Beruf.

Sundt stellt sich und die beiden anderen vor, Vang und Halvorsen. Kavle macht ein höflich abwartendes Gesicht. Bei ihm zuckt nicht ein einziger Muskel.

Ich glaube dir nicht, denkt Anne-kin. Ich glaube keine Sekunde, daß du ein seniler alter Greis bist, der sich nicht an Gesichter erinnern kann. Da hast du einen Patzer gemacht, Kavle.

»Frau Halvorsen kenne ich ja schon«, sagt Toralf Kavle zu Sundt, »sie war so liebenswürdig, mich auf ein Bild aufmerksam zu machen, das ich gekauft und aus purer Vergeßlichkeit nicht abgeholt hatte. Das heißt, meine Frau hatte vergessen, es abzuholen. Und wenn ich mich nicht irre, dann hat Frau Halvorsen sich auch die Mühe gemacht, es bei uns zu Hause abzuliefern. Tausend Dank«, sagt er, noch immer an Sundt gerichtet.

Sieh an, er ist also doch kein armer seniler Opa. Er will nur alles in seinem eigenen Tempo, auf seine Weise durchziehen, denkt Anne-kin. Manche von uns haben eben ein Monopol darauf, die Dinge auf ihre Weise zu tun. Wer auf einem Wikingergut mit bodenständigen Traditionen und Blockbauwänden im Rücken wohnt, wird wohl zu so einem selbstsicheren Klotz, der sich nicht so leicht vom Stengel kippen läßt. Sie drückt die Daumen und hofft, daß Sundt sich nicht wieder mit dem Nord-Süd-Pfeil irren wird. Er soll ins Ziel, und nicht auf Los zurückgehen.

Sundt kommt gleich zur Sache, sagt, worum es geht, faßt den ganzen Mordfall Tone Saxe zusammen – jedenfalls das, was in den Zeitungen gestanden hat. Der Anwalt macht Notizen. Sundt sagt nichts über den Diebstahl in der Galerie, erwähnt weder die Verkaufsliste noch das Bild.

Bis auf weiteres.

»Trifft es eigentlich zu«, sagt er nach dieser Einleitung, »trifft es zu, daß Sie in Ihrer Jugend mit einer gewissen Kristina Løhre verlobt waren?«

Toralf Kavle blickt Sundt überrascht an. »Meine Güte«, antwortet er. »Meine Güte, was die Polizei aber auch alles weiß. Aber wenn ich Ihnen damit einen Gefallen tun kann, dann bestätige ich gern, daß das wirklich zutrifft, daß ich mich gegen den Willen meines Vaters mit einer Frau namens Kristina Løhre verlobt hatte. Und als Antwort auf Ihre nächste Frage«, fügt er hinzu, »fand mein Vater diese Frau nicht gut genug. Nennen Sie es Snobismus oder väterliche Besorgtheit oder wie Sie wollen, er war jedenfalls nicht gerade glücklich über dieses Verhältnis.«

Arschloch, denkt Anne-kin, jetzt nimmst du deinen Vater als Vorwand dafür, daß aus Stina und dir dann doch nichts geworden ist. Verdammt clever, einem toten Vater die Schuld zuzuschieben.

»Und deshalb haben Sie diese Verlobung gelöst? Weil Ihr Vater sie mißbilligt hat?«

Anne-kin staunt, sie wußte ja gar nicht, daß Kollege Sundt über solche Vokabeln verfügt: »mißbilligt«! Du bist ein feines Chamäleon, denkt sie, übernimmst Sitten und Gebräuche und *Sprache* so aus dem Stand. Eins zu null für dich, Sundt.

Toralf Kavle nickt. »Ja«, sagt er, »das wurde zu schwierig, deshalb haben wir uns getrennt.« Dann fügt er hinzu: »Wollen Sie das alles wissen, weil Stina, Kristina, in dem Haus gewohnt hat, wo der Mord begangen worden ist?«

Hör doch zu, denkt Anne-kin, das hat Sundt schon gesagt, gleich zu Anfang. Deshalb haben wir dich herbestellt, hat er gesagt.

»Wann wurde Ihre Verlobung mit Kristina Løhre gelöst?« Das ist wieder Sundt. Mit einer Sprache, die meilenweit von seiner Alltagssprache entfernt ist.

»Ja, wann war das ... 45? 46? Ich weiß es nicht mehr, es ist so lange her.«

48, denkt Anne-kin, das war 1948. Und du weißt das noch verdammt gut, du erinnerst dich an den Tag, an dem eine wütende, verletzte Frau ein Stück Eisen nach dir geworfen hat, ein Stück Eisen, das auf deiner schönen Wange einen Schmiß hinterlassen hat, natürlich weißt du das noch. Ich hoffe, du weißt auch noch, daß du dich geschämt hast, daß du mit etwas von dort weggegangen bist, das Ähnlichkeit mit einem schlechten Gewissen hatte.

Kavle wendet sich zu seinem Anwalt um, sie wechseln einen Blick.

»Was wollen Sie eigentlich von mir?« fragt er dann, diesmal an Sundt gerichtet. »Ich glaube, daß Sie und wir mit diesen alten Geschichten nur unserer Zeit verschwenden.«

Sundt gibt Anne-kin das »Übernimm-du«-Signal, überläßt ihr die Fortsetzung, die sie in der Stunde vor dem Eintreffen von Kavle und Anwalt eingeübt haben. Sie kann das so gut wie er, besser als er, Sundt hat lediglich darauf bestanden, daß sie »gebildet« spricht – daß sie nicht durch ihre Sprache provoziert. Der Große Kleine Sundt, er begreift nicht, daß ihre Sprache in diesem Zusammenhang doch gerade ein Vorteil ist – sie kann den, der verhört werden soll, aus seinen Klischees herausreißen, aus der angelernten, eingeübten Sicherheit.

»Am 20. Dezember 1947 wurde ein großer Geldbetrag auf Kristina Løhres Konto bei der damaligen Sparkasse Strinden überwiesen«, fängt Anne-kin Halvorsen an. Kaum hat sie das gesagt, als Kavle sich an seinen Anwalt wendet, etwas flüstert, und der Anwalt um eine Pause bittet. Die Pause wird genehmigt.

»Ich habe doch gesagt, du sollst um den heißen Brei herumschleichen«, faucht Sundt, als sie allein im Verhörzimmer sitzen, »ihn einkreisen.«

»Das hat keinen Zweck«, antwortet Anne-kin. »Kavle ist kein

Mann, der sich ›einkreisen‹ läßt, der sitzt dann höchstens da wie die Made im Speck. Und wir hatten doch eine Abmachung?«

Nach einigem Hin und Her sagt ihr Chef okay. »Weitermachen.«

Aber die Polizeibeamtin Anne-kin Halvorsen kann nicht einmal den Mund aufmachen, geschweige denn ans *Weitermachen* denken, als Kavle, noch immer an Sundt gewandt, sagt:

»Ich würde es zu schätzen wissen, Herr Kommissar Sundt, wenn Sie dieses ›Verhör‹ leiten könnten.«

Nicht nachgeben, Sundt, denkt Anne-kin, das sind alles bloß seltsame taktische Finten.

»Meine Kollegin und ich führen dieses Verhör gemeinsam durch«, sagt Sundt kurz, nickt Anne-kin zu und sieht ausgesprochen unzugänglich aus.

»Also, das erwähnte Konto«, Anne-kin macht einen neuen Anfang. »Ist Ihnen etwas über dessen Existenz bekannt?« Entweder bist du clever und antwortest *nein*, denkt sie, dann können wir nicht viel machen. Oder du antwortest *ja*, weil du glaubst, daß wir das Papier mit deiner Unterschrift haben.

»Nein«, antwortet Kavle. »Darüber ist mir nichts bekannt. 1947 wäre auch zu spät, viele Jahre vorher habe ich Stina eine gewisse Summe gegeben, während des Krieges, ich liebte sie doch damals, ich habe mich gegen meinen Willen von ihr getrennt, mein Vater ... und ich wußte, daß ihre Familie finanzielle Schwierigkeiten hatte, daß der Betrieb ihres Vaters nicht gut lief. Deshalb habe ich sie angefleht, diese Summe anzunehmen, als Darlehen, in besseren Zeiten hätten sie es dann zurückzahlen können. Ich habe keine Forderungen gestellt.«

Meine Güte, der Mann ist ja direkt beredt geworden, denkt Anne-kin, er hat einwandfrei den falschen Beruf erwischt, er hätte lieber Drehbücher für Seifenopern schreiben sollen.

»Wie hoch war der Betrag, den Sie Kristina Løhre überwiesen haben?« fragt sie.

»Zweitausend Kronen«, antwortet Kavle. »Das war damals sehr viel Geld. Und ich habe diese Summe nicht ›überwiesen‹, ich habe sie ihr direkt ausgehändigt.«

»Nun gut«, sagt Anne-kin Halvorsen und verfolgt diesen Aspekt nicht weiter. *»Sub Rosa«*, sagt sie, »die Ausstellung *Sub Rosa* von Bildern des Künstlers Henry Aar, der jetzt in Kristina Løhres Haus in Bakklandet wohnt, die haben Sie sich angesehen?«

Toralf Kavle nickt. »Ich besuche fast alle Ausstellungen in Trondheim«, sagt er. »Das ist meine große Leidenschaft.«

»Henry Aar hat aus Tapeten, Zeitungen und Briefen eine Art Collagen hergestellt. Haben Sie diese Tapeten wiedererkannt? Die Zeitungen? Die Briefe?«

»Was in aller Welt soll das nun wieder? Wieso kommen Sie mir hier mit diesem Gefasel über Tapeten? Was sollen all diese seltsamen Fragen bedeuten?« Toralf Kavle ist jetzt nicht mehr höflich abwartend und entgegenkommend, sondern wird langsam reichlich wütend.

»Ich bedaure diese seltsamen Fragen, Herr Kavle«, sagt Anne-kin, »aber wir hier bei der Polizei haben lauter Teile eines Puzzlespiels. Wir haben zwei Untersuchungshäftlinge, wie Sie wissen, aber um die Teile zusammenfügen zu können, müssen wir einiges über Kristina Løhres Vergangenheit wissen. Und das führt uns zu Ihnen. Denn Sie waren ja schließlich mit ihr verlobt, 1940 oder 50 oder wann das nun war.«

Schau an, ich bin inzwischen auch ganz schön beredt geworden, denkt Anne-kin.

»Vielleicht hatte Stina eine Vergangenheit, die sie verbergen wollte«, sagt sie, »vielleicht gibt es etwas, das ihre Verwandten nicht an die Öffentlichkeit kommen lassen wollen. Solche Fragen stellen wir uns derzeit. Vor allem nach diesem Einbruch in der Galerie Saxe, bei dem einige Bilder gestohlen wurden.« Anne-kin wirft einen raschen Blick zu Sundt hinüber, aber der verzieht keine Miene.

Toralf Kavle atmet unhörbar auf, seine Fingerspitzen kommen zur Ruhe, er lehnt sich im Sessel zurück, schließt die Augen und schiebt eine elegante Kunstpause ein. Dann, nachdem er sich in Gedanken rasch ausgerechnet hat, daß die Polizei nichts gegen ihn vorliegen hat, weder unterschriebene Briefbögen noch Fingerabdrücke noch Fußspuren, sagt er: »Hat es wirklich einen Einbruch gegeben, bei dem Henry Aars Bilder gestohlen worden sind? Der arme Mann, Kunstwerke sind unersetzlich.«

Anne-kin Halvorsen nickt dem mitfühlenden Kunstliebhaber bejahend zu. »Henry Aar ist ein gebrochener Mann«, sagt sie. »Wirklich gebrochen. Aber wir müssen das alles in einem größeren Zusammenhang sehen – vielleicht war es wirklich nur ein schnöder Einbruch, das kommt im Moment ja oft genug vor, vielleicht war es auch ein Diebstahl auf Bestellung. Von jemandem, dem Aars Kunst nicht gefällt. Dem nicht gefällt, was darin zum Ausdruck kommt.«

Toralf Kavle geht in die Falle.

»Die arme Stina«, sagt er. »Sie arme, verwirrte, kleine Stina. Sie wollte nur das Beste, aber sie hat den falschen Weg eingeschlagen.« Jemand räuspert sich. Ein lautes, unnatürliches Räuspern, das nicht aus einer erkälteten Kehle kommt – sondern von Toralf Kavles Anwalt. Diese Entwicklung gefällt dir wohl nicht, denkt Anne-kin, deine Juristenseele verrät dir, daß hier etwas nicht so ist, wie es aussieht. Und damit hat deine Seele wirklich recht.

Aber ein Räuspern ist nicht genug, um Toralf Kavle in die Wirklichkeit zurückzuholen, er steckt mitten in seinem Reinwaschungsprozeß. Und Stina dient als Opfer. Ein weiteres Mal.

»Mein Vater wußte, daß sie mit Deutschen fraternisierte«, sagt Kavle jetzt. »Ich wußte ja, warum, habe sie entschuldigt, die Familie war schließlich bettelarm. Kleine Schiebereien, als Hehlerin. Deshalb habe ich ihr das Geld gegeben, um dieser Sache ein Ende zu machen.« Er läßt den Kopf auf seine Hände sinken, hebt ihn aber gleich wieder. »Aber danach konnte es unmöglich weitergehen, mit ihr und mir... aber ich habe sie geliebt, ich habe sie sehr, sehr geliebt.«

Es tut mir leid, daß ich nicht weinen kann, Kavle, denkt Annekin, aber ich habe eine andere Version von deiner Geschichte gehört. Von einer Frau, der ich viel mehr glaube als dir. Sie blickt zu Sundt hinüber. Auch der sieht nicht weiter gerührt aus. Nickt ihr zu, erhebt sich. Sie erwidert sein Nicken. Zweiter Akt.

»Herr Kavle«, sagt sie. »Normalerweise geben wir nichts auf

anonyme Mitteilungen.« Sie legt eine winzige Pause ein. »Aber bei diesem Fall müssen wir alles berücksichtigen.«

»Ach?« Er sieht sie an. Der Anwalt rutscht zur Sesselkante vor.

»Und deshalb bitten wir Sie, nur sicherheitshalber, damit die Sache aus der Welt ist, diese Rolle zu öffnen und uns den Inhalt zu zeigen. Wenn Ihnen das recht ist, natürlich.«

Sundt hat viel Sinn für den richtigen Zeitpunkt, er legt die frankierte Papprolle vom Schalter 4 vor Kavle auf den Tisch, ehe der überhaupt Zeit zum Reagieren gehabt hat.

Toralf Kavles Chef-, Geschäftsmanns- und Verhandlergesicht zerreißt. Für eine kurze Sekunde zerreißt es, löst sich auf, das ganze Pokergesicht. Die Fassade platzt. Löst sich auf. Und dann wird er wütend. Stumm und wütend. Findet keine Worte. Springt auf, fuchtelt mit den Armen, hört hinter sich ein Räuspern. Ein diskretes Räuspern. Er setzt sich wieder. Gewinnt eine Art Kontrolle über sich. Starrt das Päckchen an, starrt Polizeibeamtin Anne-kin Halvorsen an, starrt das Päckchen an. Dann kneift er die Augen zusammen.

»Ich möchte mit meinem Anwalt sprechen«, sagt er, erhebt sich so abrupt, daß sein Sessel umkippt, peilt die Tür an und ist verschwunden. Dicht gefolgt von seinem Anwalt.

Sundt schwitzt. Zum ersten Mal sieht Anne-kin Sundt schwitzen. Möglicherweise schwitzt er auf der Orientierungsloipe, in der Skispur, beim Joggen, aber hier auf der Wache hat sie ihn noch nie schwitzen sehen. Jetzt sieht er aus wie in den Wechseljahren, der Schweiß bricht ihm aus allen Poren. Sie öffnet das Fenster, sieben kalte Winter strömen herein. Sundt beugt sich hinaus, läßt sich von der Polarluft abkühlen.

»Anonyme Hinweise«, sagt er, »Halvorsen, woher in aller Welt kommen diese ›anonymen Hinweise‹?« Er zieht den Kopf wieder ins Zimmer. »Ganz schön clever«, sagt er. »Du bist ganz schön clever, ziehst noch eine außenstehende ›Macht‹ hinzu. Anonyme Hinweise. Spitze, eigentlich ziemliche Spitze, ist zwar verboten, aber ziemliche Spitze. Wenn die Rolle nur Zeitungen und Zeichnungen enthält, dann bedauern wir und bitten um Entschuldigung und verweisen auf diese Anonymen, die uns den Tip gegeben haben. Und wenn in der Rolle etwas anderes steckt, das gestohlene Bild, dann ... dann wird er sie nicht öffnen.« Sundt denkt laut. Anne-kin ist es nicht gewöhnt, daß ihr Chef laut denkt.

»Wir werden sehen«, sagt sie nur. Mustert Toralf Kavle und den Anwalt, die gerade wieder ins Zimmer zurückkommen und sich setzen.

»Verzeihen Sie meine heftige Reaktion«, sagt Kavle, noch ehe Sundt und Anne-kin ebenfalls wieder Platz genommen haben. »Meine Reaktion«, fügt er hinzu, »hängt mit dem zusammen, was Frau Halvorsen mir vorhin mitgeteilt hat, nämlich mit dem Einbruch in der Galerie, in der ich ein Bild von Henry Aar gekauft habe. Ich habe ein Bild gekauft, interessierte mich aber viel mehr für ein anderes. Für ein Bild, das leider nicht verkäuflich war, sondern sich im Privatbesitz des Künstlers befand. Es war ein Meisterwerk, die Komposition war so gut durchdacht und richtig, die Farben, die Tiefen – alles war ganz einfach phantastisch. Ich konnte mich von diesem Bild fast nicht losreißen.«

Danke, das weiß ich, denkt Anne-kin, du hast vor mir gestanden und gekeucht, als ob du kurz vorm Orgasmus wärst, als du dir das Bild angesehen hast. Und danach hättest du mich fast über den Haufen gerannt.

»Und dieses Bild«, sagt Toralf Kavle nun, »dieses Bild wurde mir von jemandem angeboten, mit dem ich schon häufiger Geschäfte gemacht habe, von jemandem, der mir Informationen über Kunstwerke besorgt und für mich Kontakt zum Verkäufer aufnimmt. Und als er nun mit diesem Bild zu mir kam, mich im Büro aufsuchte und sagte, ich könne Henry Aars bestes Bild kaufen, *mein Bild,* nun, da war ich natürlich außer mir vor Freude. Und habe zugeschlagen. Bekam das Bild und habe es bezahlt.«

Ach ja, denkt Anne-kin, *diese* Erklärung ist eine witzige Variante. Das bedeutet, daß die Rolle *Sub Rosa* enthält. Ein gestohlenes Bild, und den Diebstahl schiebt er Mr. X in die Schuhe, einem Hehler, mit dem er bisher immer ehrliche, nüchterne Geschäfte gemacht hat. An dessen Namen er sich aber leider nicht erinnern kann. Dilettant, denkt sie.

»Würden Sie so freundlich sein und die Rolle öffnen?« fragt sie.

Toralf Kavle nickt. »Ja«, sagt er. »Und sie enthält das beste Bild, das ich seit vielen Jahren an mich bringen konnte. Es ist so schön, so stilrein, so ... und wenn Sie mir nun erzählen, daß es gestohlen ist, daß ich einem Hehler aufgesessen bin und Diebesgut erstanden habe, dann wird mich das sehr unglücklich machen. Sehr, sehr unglücklich.« Er blickt zu Sundt hinüber.

Sundt reagiert nicht weiter, er sitzt einfach da, zurückgelehnt in seinem Sessel.

Toralf Kavle seufzt, öffnet die Rolle, zieht ein Stück Leinwand heraus, vorsichtig, vorsichtig zieht er es heraus, entrollt es, starrt es voller Trauer an.

»Einem Hehler in die Hände zu fallen, wie entsetzlich«, sagt er. »Und dabei liebe ich die Kunst doch über alles. Ein Opfer, ich bin ein Opfer.«

Anne-kin Halvorsen zieht das Bild zu sich herüber.

»Danke«, sagt sie, »herzlichen Dank. Wir werden den Hehler schon ausfindig machen, mit Ihrer Hilfe wird er uns nicht entkommen. Aber bis dahin müssen wir das Bild hierbehalten. Bis wir ihn haben.«

Toralf Kavle nickt. »Das sehe ich ein«, sagt er. »Aber gehen Sie vorsichtig damit um, bewahren Sie es nicht zu feucht auf. Oder zu warm.«

»Warum wollen Sie es nach Spanien schicken?« fragt sie. »Warum wollen Sie es nicht bei sich zu Hause an die Wand hängen?«

»In einem Jahr«, sagt er und sieht sie zum ersten Mal an, »in einem Jahr ziehe ich an diese Adresse um.« Er zeigt auf die Adresse in Spanien. »Dort werden meine Frau und ich wohnen, mit unseren Kunstschätzen, den Dingen, die wir besonders lieben. Deshalb schicke ich dieses Bild an meine Adresse in Spanien, damit mein Verwalter es so lange in einem kühlen, trockenen Raum aufbewahren kann.«

Du lügst wirklich wie gedruckt, denkt Anne-kin, du wolltest es wegschicken, um einen Beweis los zu sein. Sie wechselt einen Blick mit Sundt.

Sundt übernimmt. Erkundigt sich nach der Transaktion, nach Namen, Ort, Zeit. Wieder und wieder. Will den Namen des »Verkäufers« wissen. Toralf Kavle ist nur unglücklich und vergeßlich und kann sich an nichts erinnern.

»Lassen Sie mir etwas Zeit«, sagt er. »Lassen Sie mich meine Quittungen durchgehen, natürlich habe ich den Namen meines Mittelsmannes, ich kann mich nur im Moment nicht daran erinnern.«

Zeit, um dir einen Strohmann zu kaufen, denkt Anne-kin, aber wir haben keine Wahl, wir müssen dir diese Zeit wohl lassen. Und wenn du keinen hilfsbereiten Mitmenschen findest, dann nimmst du glatt eine Verurteilung wegen Hehlerei auf dich, so richtig kann das deinen Lack ja doch nicht ankratzen.

Und dann wird Toralf Kavle das Verhörprotokoll vorgelegt, er wird gebeten, es durchzulesen und es dann zu unterschreiben. Es dauert seine Zeit, bis er das Protokoll endlich akzeptiert. Und am Ende der »Besprechung« bewahrt er Sitte und Anstand, er reicht Sundt zum Abschied die Hand und sagt: »Wenn ich Ihnen sonst noch irgendwie behilflich sein kann, dann melden Sie sich doch bitte bei mir.«

»Der Name«, antwortet Sundt, »der Name des Mannes, der Ihnen das Bild verkauft hat. Vergessen Sie den nicht.«

»Natürlich«, lautet die Antwort. Dann dreht er sich zu Anne-kin Halvorsen um und sagt mit einem Lächeln: »Sie haben ja einen scheußlichen Schmiß in der Stirn, Frau Halvorsen, ist das Leben als Polizistin so gefährlich?«

»Ja, es ist eine gefährliche Welt«, sie erwidert sein Lächeln. »Und was ist mit Ihrem?«

»Mit meinem *was*?« Kavle blickt sie fragend an.

»Mit *Ihrem* Schmiß.« Anne-kin tippt sich mit dem Zeigefinger an die Wange.

»Ach, der«, sagt er, »der stammt von einer Baustelle, lose Gegenstände. Ein Bauunternehmer lebt offenbar ebenso gefährlich wie eine Polizistin«, fügt er hinzu. Dann nickt er leicht. Winkt seinem Anwalt und geht.

Anne-kin Halvorsen reißt zum Lüften die Fenster auf. Und verpaßt einen hyperaktiven Sundt, der ein Telefongespräch bestellt, ein Ferngespräch mit seinen spanischen Kollegen. In gestammeltem Englisch. Weder der Norweger noch der Spanier sind in dieser Sprache zu Hause, aber am Ende verstehen sie einander doch.

»Es eilt«, sagt Sundt.

»Pronto«, ist die Antwort.

* * *

Nun steht Frau Lians Wort gegen das von Toralf Kavle. Ein weiteres Verhör auf der Wache bringt bruchstückhaft ihre Version zusammen. Frau Lian ist zum Erzählen bereit und doch nicht bereit – sie schweift ausgiebig ab, und die anderen lassen sie gewähren, unterbrechen sie nicht, lassen sie in ihrem eigenen Tempo die Kriegsjahre – und nicht zuletzt die Nachkriegsjahre – durchleben. Für Frau Lian wird das zu einer schmerzlichen Reise durch die Vergangenheit. Weinen wird abgelöst durch Wutausbrüche, lange Pausen und geschlossene Augen. Wenn sie die Augen öffnet, dann sieht sie Anne-kin an, sie spricht mit Anne-kin, Sundt scheint für sie nicht zu existieren.

»Stinas Tragödie«, sagt sie unsicher, »ja, ich wußte über Stinas Tragödie Bescheid, ich war die einzige, der sie sich anvertraut hat. Ich habe Stina mein Ehrenwort gegeben, daß ich das niemals weitererzählen würde«, sagt sie dann, »ich habe ihr hoch und heilig versprochen, es niemandem zu verraten. Und warum hätte ich das auch tun sollen? Was hätte das gebracht? Und wer hätte es geglaubt? Niemand.« Frau Lian betrachtet ihre dünnen Finger und dreht immer wieder an ihrem abgenutzten Trauring. »Denn ›Kleinchen‹ war gerissen«, sie hört mit Drehen auf, »er hat nicht einen einzigen Beweis hinterlassen, auf keinem Papier steht sein

Name. Er hat Stina dieses schmutzige Geld bar auf die Hand gegeben, hat sie überredet, es auf ihr Sparkonto einzuzahlen, hat sicher nicht damit gerechnet, daß die Behörden auch das Konto einer alleinstehenden jungen Frau überprüfen würden.«

»Und es handelte sich dabei um 200 000 Kronen?« fragt Annekin.

Frau Lian nickt, schaudert. »Entsetzlich«, sagt sie, »einfach entsetzlich. Wenn sie mich um Rat gefragt hätte, ehe sie diese Dummheit beging, ehe sie so viel Geld annahm, dann ... aber sie hätte sicher nicht auf mich gehört. Sie hat ihrem Liebsten blind geglaubt, hat geglaubt, ihm einen Gefallen zu tun, hielt sicher vom Finanzamt auch nicht mehr als wir anderen alle.«

»Wann haben Sie das erfahren?« fragt Anne-kin. »Wissen Sie das noch?«

»Ja.« Die alte Frau, die ihr gegenübersitzt, nickt. »Ja. An dem Tag, an dem Stina wegen Nichterscheinens verurteilt wurde, an dem ihr Name in den Gerichtsprotokollen erschien, an dem sie begriff, daß etwas ganz Entsetzliches passiert war, da ist sie zur Bank gegangen, um das Geld abzuheben, um es dem Mann zurückzugeben, der sie betrogen hatte. Aber das Konto war gesperrt, sie bekam das Geld nicht zurück. Konnte es ›Kleinchen‹ nicht ins Gesicht werfen. Statt dessen hat sie ihm den Ring vor die Füße geknallt. Und das Eisenstück an den Kopf. Und danach kam sie weinend zu mir herüber. Lag tagelang in meinem Zimmer, wußte, daß jetzt draußen der Klatsch losgegangen war.«

Frau Lian nickt vor sich hin, ihr Gesicht ist verquält, der Klatsch war zweifellos losgegangen, ja.

»Und dann ist der alte Antonius Løhre gestorben«, fügt sie hinzu. »Ich möchte glauben, daß es das Alter war. Er war ein alter Mann, hoch in den Neunzigern.« Sie räuspert sich, hustet.

»Kaffee?« fragt Anne-kin, »möchten Sie eine Tasse Kaffee?« Frau Lian hat ihr Wasserglas nicht angerührt.

»Ja, danke«, sie nickt. »Kaffee ist wirklich ein Trost.«

Und eine kleine Frist, denkt Anne-kin, sie sieht, daß Frau Lian sich verstohlen etwas Feuchtes aus den Augenwinkeln wischt. Läßt sie in Ruhe trinken, stellt keine einzige Frage, Frau Lian soll selber entscheiden, wann sie weitermachen. Nach einem Besuch auf der Toilette, bei dem der Spitzenkragen ordentlich zurechtgerückt worden ist, ist es so weit.

»Und eines Tages verschwand dann Johannes, Stinas Vater«, sagt Frau Lian. »Auf dem Küchentisch lag einfach ein Zettel, auf dem stand, er sei fort, in Trondheim gebe es nichts mehr für ihn zu tun, deshalb sei er gegangen. Er war seit langem Witwer und hatte sicher das Gefühl, niemandem mehr Rechenschaft schuldig zu sein. Sein Betrieb war fast eingestellt, er hatte nur noch wenige Aufträge. Er bat seine Tochter, Stina, nicht nach ihm zu suchen. Das Haus gehöre ihr, stand als P.S. unter dem Brief. Er hatte es ihr überschreiben lassen. Das war's. Und danach fing Stina mit dieser Tapete an.« Frau Lian stützt den Kopf in die Hände. »Mit dieser verflixten Tapete«, flüstert sie leise. »Wenn ich nur wüßte, warum? Aber das hat sie mir nie gesagt. Wollte nicht darüber sprechen.«

Frau Lian starrt vor sich hin, ihre Augen scheinen weit weg zu sein.

»Wenn sie doch bloß das Geld nicht auf die Bank gebracht hätte«, sagt sie bitter. »Aber Kleinchen war gierig, er wollte sich die Zinsen nicht entgehen lassen.«

Plötzlich starrt sie Anne-kin in die Augen.

»Das Geld«, sagt sie, »sein schmutziges Geld, hat Stina das in der Wand versteckt, hinter den Tapeten? Hat sie es doch nicht auf die Bank gebracht?« Frau Lian läßt ihren Blick fragend von Anne-kin zu Sundt wandern. »War das so?« flüstert sie.

Anne-kin schüttelt den Kopf. »Nein. Sie haben schon recht, das Konto wurde damals gesperrt. Und später wurde das Geld konfisziert. Und landete in der Staatskasse.«

»Ha!« sagt Frau Lian. »Dann hat er es sich doch nicht unter den Nagel reißen können! Das sind ja wirklich gute Nachrichten.« Sie sieht fast zufrieden aus. Scheint sich über diesen Gedanken wirklich zu freuen.

»Wir haben einen Brief hinter der Tapete gefunden«, sagt Anne-kin. »Einen Brief in Stinas Schrift, in dem ihr 200 000 Kronen überschrieben wurden. Die Unterschrift fehlt, der Name des ›Gebers‹. Jedenfalls haben wir sie nicht finden können.«

Frau Lian stutzt. »Einen Brief«, sagt sie. »Einen Wertbrief? Den hat Stina nie erwähnt. Und keine Unterschrift?« Sie denkt lange darüber nach. Dann sagt sie: »Das kann stimmen, Stina wollte alles so machen, wie es sich gehörte, bestimmt hat sie einen Brief aufgesetzt. Es ist doch ihre Handschrift?«

Anne-kin nickt, sie haben den Brief mit einer kurzen Notiz verglichen, die Stina an ihre ferne Verwandtschaft geschickt hatte.

»Aber keine Unterschrift?« fragt Frau Lian noch einmal.

Anne-kin schüttelt den Kopf, keine Unterschrift.

»Seltsam«, murmelt Frau Lian. »Das sieht Stina nun wirklich nicht ähnlich, sie konnte richtig stur sein. Hier stimmt irgendwas nicht«, schließt sie.

Das kannst du wohl sagen, denkt Anne-kin Halvorsen und bittet Frau Lian, weiterzureden.

»Die Behörden haben Stina in der nächsten Zeit dann keine Ruhe gelassen«, sagt Frau Lian. »Sie haben Briefe geschickt und wollten sie besuchen. Die Briefe hat sie verbrannt, und der Besuch blieb auf der Treppe stehen.«

»Hat sie je Besuch von Toralf Kavle bekommen?« fragt Anne-kin.

»Nicht, daß ich wüßte«, lautet die Antwort. »Ich habe ihn seit diesem Dezembertag 1947 nicht mehr in unserer Gegend gesehen. Er hat sich sicher nicht mehr hergetraut.« Sie versinkt in tiefem Nachdenken. Für lange Zeit.

»Aber in den Zeitungen ist er ja nicht zu übersehen. Da wird er pausenlos interviewt. Der Chef eines florierenden Betriebes, steht da. Liebt die Kunst. Und jetzt darf er sogar das Widerstandsmuseum wieder aufbauen.« Die alte Frau schnaubt. »Mir wird schlecht«, sagt sie, »von diesem Heuchler von Mann wird mir schlecht.«

»Wieso das? Heuchler? Warum Heuchler?« Anne-kin weiß, daß diese Frage naiv ist, aber noch hat Frau Lian nicht verraten, woher das Geld gestammt haben mag, vielleicht weiß sie es nicht, vielleicht glaubt sie, es handle sich um Steuerhinterziehung.

Frau Lian sieht sie an, schüttelt den Kopf. »Kind«, sagt sie, »Sie sind zu jung. Ich weiß ja nicht, was ihr heutzutage in der Schule lernt, wieviel ihr davon wißt, was während des Krieges passiert ist.«

Anne-kin schweigt, sieht, daß Sundt sich das Wort »Kind« notiert, hört Frau Lian weitersprechen.

»Lian, mein Mann, Fischhändler Lian, der wußte so einiges, Dinge, die nach dem Krieg nicht ans Licht gekommen sind, die sich nicht leicht beweisen ließen, Leute, die ungeschoren davonkamen, weil sie in den Kulissen gesessen und die Fäden gezogen hatten, sie kassierten den Gewinn und ließen die Drecksarbeit von arbeitslosen kleinen Leuten machen. Und wenn jemand verurteilt wurde, dann die, die arbeitslosen Jungs.« Frau Lian unterscheidet ganz klar zwischen den verschiedenen Graden von Gesetzesbruch.

»Und Toralf Kavle war so ein ›Kulissenmann‹?« fragt Anne-kin.

Frau Lian nickt. »Aber sein Name ist nach dem Krieg nie erwähnt worden«, sagt sie, »alle hielten ihn für einen echten norwegischen Patrioten wie seinen Vater. Schwindel und Humbug!« sagt sie und schlägt mit einer dünnen, mageren Hand auf den Tisch.

Anne-kin gießt neuen Kaffee ein, Frau Lian und sich selber. Schweigend trinken sie.

»Sie hätte sich an ihre Leute halten sollen«, sagt Frau Lian nach einer Weile. »Die machen zwar auch Ärger, aber das ist immerhin ehrlicher Ärger.«

Anne-kin stellt keine Fragen, sie hat eine Ahnung, was unter »ehrlichem Ärger« zu verstehen ist, Streiche, die sich in Ordnung bringen lassen, Dinge, die man in den Griff bekommt, über die man sich streiten oder sich schlagen kann – übersichtliche Angelegenheiten. Keine ausgeklügelten Manipulationen.

»Er hat jedenfalls eine von seinen Leuten geheiratet«, murmelt Frau Lian. »Ein knappes Jahr danach hat er eine ›Tochter des Kaufmannsstandes‹ geheiratet, heißt das nicht so?«

»Ach? Wen denn?« fragt Anne-kin.

»Weiß ich nicht mehr«, lautet die Antwort. »In der Zeitung stand nur eine kleine Notiz, ich glaube, sie haben in England geheiratet.«

»Und was hat Stina dazu gesagt?« fragt Anne-kin.

»Was Stina gesagt hat? Was hätte sie wohl sagen sollen, was meinen Sie?« Frau Lian starrt Anne-kin an. Schüttelt den Kopf. »Stina hat keine Zeitungen gelesen. Nie. Ich habe in ihrem Wohnzimmer nie auch nur eine einzige Zeitung gesehen. Und sie hatte auch keinen Briefkasten. Der Postbote hat ihr die Post einfach auf die Treppe gelegt. Ich habe ihre Rente mehr als einmal vor dem Regen retten müssen.«

Wieder schweigt sie danach lange. Sundt tauscht einen Blick mit Anne-kin, und die schüttelt unmerklich den Kopf, bittet ihn zu warten. So dürfen sie das Verhör nicht enden lassen.

»Stina hatte immerhin Sie, Frau Lian«, sagt Anne-kin. »Mitten in allem Elend, von dem Sie uns hier erzählen, hatte Stina immerhin Sie.«

Ihr wird ein Blick zuteil, den sie nicht deuten kann, gefolgt von einigen Wörtern, die sie nicht zu deuten braucht: »... hätte Lian ... Ludvig, mich so behandelt, dann wäre ich wohl auch so geworden wie Stina. Es ist eine Schande.«

Das Verhör ist zu Ende. Die Kaffeetassen sind leer, Frau Lian möchte gern mit einem Taxi nach Hause gebracht werden, sie rückt ihren gehäkelten Kragen gerade und geht mit Anne-kin nach unten zum Ausgang.

»Vielen Dank«, sagt sie, wie nach einer geschäftlichen Besprechung.

»Vielen Dank«, sagt auch Anne-kin und drückt ihr die Hand.

* * *

»Ja«, sagt Sundt, als sie danach immer wieder die Verhörprotokolle durchgehen. »Doch, hier steht Frau Lians Wort gegen das von Toralf Kavle. Der Mann ist doch als Kriegsgewinnler nie in Erscheinung getreten. Und wir haben auch kaum etwas, das ihn vor Gericht als Mörder Tone Saxes darstellen könnte«, fügt er hinzu. »Sein Alibi für die Mordnacht stammt von einem Nachtwächter, der Licht in Kavles Büro gesehen hat. Und der gesehen hat, daß Kavles

Auto an seinem festen Platz auf dem Parkplatz stand. Kavle scheint abends oft zu arbeiten.« Sundt blättert in seinen Papieren und sagt dann: »Der Nachtwächter sagt aus, daß er seine Runde zwischen 23.00 und 23.30 Uhr dreht. Und in dem Zeitraum, in dem der Einbruch in der Galerie Saxe stattgefunden hat ...

irgendwann zwischen dem Abend und dem nächsten Morgen ...

... und deshalb ...

... aber andererseits ist doch ...

... wenn nur ...

... die Indizien weisen darauf hin ...«

Anne-kin Halvorsen sieht Sundt an, sieht, daß er die Lippen bewegt, daß er redet und zeigt, daß er Dokumente, Kopien, Zeitungen, Dias hervorholt. Sieht, daß ihre anderen Kollegen den Mund auf- und zumachen. Ihre Augen registrieren das alles, aber ihre Ohren haben sich abgeschaltet, ihr Gehör dreht sich im Leerlauf.

Stimmt es, denkt sie, stimmt es wirklich, daß einzelne Fälle sich nicht aufklären lassen, weil die Beweise fehlen? Weil Aussage gegen Aussage steht, Behauptung gegen Behauptung. Und weil der erlösende Fingerabdruck fehlt. Oder ein Faden, ein wenig abgekratzte Haut unter den Nägeln, ein verlorener Straßenbahnfahrschein oder irgendein Detail, das einen Mörder überführen kann. Die Technik hat nicht das Geringste gefunden, genauer gesagt, sie haben dutzende von Fingerabdrücken, nur Kavles nicht, sie haben allerlei Schuhsohlenmuster, nur Kavles nicht, sie haben keinen verräterischen Straßenbahnfahrschein. Und wenn, dann wäre das eine Sensation, ein Sammlerstück – die Straßenbahn ist in Trondheim schon längst ausgerottet. Sie haben Henry Aar »gefunden«, der noch immer in Untersuchungshaft sitzt und sich »den Umständen entsprechend gut benimmt«, wie Vang sich ausdrückt. Und die haben noch einen »Fund« gemacht, Tomas Leth, der sich selber verloren hat, weil sie ihn »gefunden« haben. Karin Kraas ist auch noch so ein »Fund«, sie wissen, wo sie ist, sie sitzt zu Hause, den ganzen Tag, traut sich nicht auf die Straße. Und Rita Folve ist Vangs »Fund«, aber dieser Fund hat Vangs Schnurrbart die kalte Schulter gezeigt, ist zu einem Studenten von der Technischen Hochschule gezogen, der in Singsaker eine eigene Wohnung hat. Ergebnis der Jagd also: »Mager«, sie haben zwar die Abschußerlaubnis für Elch, Hase und Birkhahn, aber ein Fehlschuß, abgefeuert auf zwei Meter Schußweite mit dem Schrotgewehr, ist bisher ihr einziger Erfolg. Und Anne-kins eigener »Fund«, Toralf Kavle, ist unangreifbar. Er hat jede Menge Alibis, kann alles erklären, verwickelt sich nicht in Widersprüche oder anderen Unfug, hat sogar ein Mannsbild aus dem Ärmel geschüttelt, der die Schuld dafür auf sich nimmt, nicht überprüft zu haben, ob der Verkäufer von *Sub Rosa* dieses Bild wirklich auf ehrliche Weise in seine Obhut genommen hatte. Kavles Ausdruck. »In seine Obhut genommen«. Anne-kin hat keine Ahnung, was dieser Ausdruck bedeutet, hat sicher etwas mit Kaufen und Verkaufen von Kunstgegenständen zu tun. Auf jeden Fall wird dieser Mann wegen Hehlerei angeklagt werden, und er wird bestimmt nur darüber lächeln, weil er garantiert reichlich dafür entschädigt worden ist. Und er kann leider auch nicht verraten, von wem er das Bild »gekauft« hat. Und das Wetter in Trondheim ist noch immer schweinekalt, die Reparatur ihres Autos wird schweineteuer, ihr Bruder hat eine ihrer besten Blues-CDs ruiniert – weiß der Himmel, wie er das geschafft hat –, und Frau Lian sitzt zu Hause in ihrer zugigen Küche und weint. Weint und weint. Jedesmal, wenn Anne-kin bei ihr vorbeischaut. Blättert in ihrem Album, schnieft und weint. Fragt: »Warum hat sie das getan? Es hat doch niemandem genutzt.« Und Anne-kin darf ja nicht wagen, sie zu fragen, ob sie vor Gericht aussagen wird, als Zeugin, das kann sie sich sparen, das wird sie nämlich nicht. Nur weggeschmissene Zeit. Stina ist tot. Und Frau Lian selber wird in nicht allzu langer Zeit denselben Weg gehen. Und dann kocht Anne-kin für sie beide Kaffee, zerreißt die Tüte mit den frischgebackenen Kopenhagenern und serviert, und wird zurechtgewiesen, weil sie den Kuchen nicht auf einen Teller gelegt hat. Erweckt Frau Lian damit wieder ein bißchen zum Leben – nun ja, jedenfalls holt Frau Lian die Kuchenplatte, ehe sie sich wieder dem Album, den Erinnerungen und den Tränen widmet.

»Anne-kin«, sie spürt eine Hand auf der Schulter, »Anne-kin.« Es ist Sundt. Das Zimmer ist leer, nur Sundt und sie sind noch dort. Und Papier, jede Menge Papier. Das Zimmer fließt von Papier nur so über. Chaos.

»Es wird seine Zeit brauchen«, sagt Sundt, »aber wir kriegen ihn. Wenn er es war, dann kriegen wir ihn. Wenn er anfängt, Wiedergänger in seinem Leben zu sehen, wird er sich Blößen geben, nach und nach. Und dann haben wir ihn.«

Sie schaut zu ihrem Chef auf, aus verschlafenen Augen in einem wachen Kopf. »Du meinst, wenn er auf dem Sterbebett liegt und gern in den Himmel möchte, meinst du das? Daß er dann seine ›Sünde‹ gesteht, um seine Eintrittskarte fürs Paradies zu bekommen? Daß er dann zum reuigen Sünder wird?«

Sundt zuckt mit den Schultern, nimmt einen Armvoll Papiere, will das Zimmer verlassen und sagt im letzten Moment noch: »Die Aufklärungsquote hier bei uns liegt über dem Durchschnitt.«

Was für ein netter Trost, Chef, denkt sie, ob du nun dich oder mich trösten wolltest.

Wiedergänger, Sundt hat doch tatsächlich von Wiedergängern geredet, aber wenn hier jemand ein Wiedergänger ist, dann doch wohl Kavle. Kleinchen Toralf Kavle. Und vor sich selber scheint der keine besonders große Angst zu haben. Der würde höchstens anfangen, sich zu fürchten, wenn Stina klug genug wäre, um herumzuspuken, wenn sie durch seine dunklen Säle geisterte, lautlos über den Hof glitte, durch die Wände verschwände, überall und nirgends leise weinte und ihn nachts um den Schlaf brächte. Ihm die Vergangenheit zurückholte, seine Nerven ruinierte. Ihn auf den Weg schickte, den sie auch gehen mußte – durch Schichten und Schichten von Tapeten. Vierundvierzig Schichten. Vierundvierzig Jahre. Ein ganzes Leben. Stinas Leben.

Sie hätte ich sein können, denkt Anne-kin, vor vierzig Jahren hätte ich sie sein können. Und ähnlich sind wir uns auch. Im Aussehen. Das hat jedenfalls Frau Lian gesagt – und ich habe es auch selber gesehen. In Frau Lians Fotoalbum, wir sehen uns ziemlich ähnlich, sie hätte meine Schwester sein können. Und Toralf Kavle könnte Andreas sein, Dreas – meine erste Liebe –, der so verliebt war, so verliebt – und ich auch, aber dem seine Mutter oder vielleicht auch sein Vater die rote Karte zeigte, und dann stand er mit Tränen auf den Wangen vor mir und sagte, daß er leider nicht mehr mit mir zusammen sein könne, weil das zu »Komplikationen führe«, wie er sagte. Die »Komplikationen« waren der Weihnachtsball. Das Familienfest. Die jährliche Vorzeigeshow für die heiratsfähigen Knaben und Mädels. Bei dem sie mich nicht dabei haben wollten. Stina muß es auch so gegangen sein.

Anne-kin Halvorsen schüttelt den Kopf, reißt sich zusammen, Vergangenheit ist Vergangenheit. Und Wiedergänger kann sie nicht brauchen.

»Wiedergänger«? Anne-kin kostet dieses Wort aus. »Vergangenheit«? Vielleicht hat sie für Toralf Kavle die Wiedergängerin gespielt? Als sie in Stinas Wohnzimmer stand, in einem dunklen Wohnzimmer, nachdem sie sich die Treppe hochgeschlichen hatte, an den Wänden entlanggeglitten war, den Blick auf den Rücken eines Menschen gerichtet, der auf dem Boden hockte und etwas suchte, eines Menschen, dessen Taschenlampe suchend über Wände und Leisten strich, als sie fast am Fenster vorbei war, am vorhanglosen Fenster, und sich gerade über den Einbrecher hermachen wollte, und als jemand in einem Zimmer auf der anderen Straßenseite Licht machte, und sie – die Angreiferin – in Stinas Zimmer einen Schatten warf. Und der hockende Mensch den Schatten entdeckte, herumfuhr – und losbrüllte. Ein richtiger Entsetzensschrei. Hat Toralf Kavle in diesem Moment Stina gesehen? Seine ehemalige Liebste als Wiedergängerin? Die hinter ihm stand und ihm den Ausgang versperrte? Und hat er deshalb so schrecklich geschrien? Weil sie dieselbe Haltung haben, ähnliche Haare – die gleichen Umrisse?

Anne-kin Halvorsen grinst, wenn es doch nur so wäre, denkt sie, wenn ich ihm in dieser Nacht einen richtigen Schrecken eingejagt hätte! Wenn ihm nun etwas durch den Kopf spukte, das er mit seinem Verstand nicht erklären kann. Wenn dort ein kleiner Angstkeim läge, etwas winzig Kleines, das sich in seine Verstandesmechanismen hineinbohrt! In sein Gewissen. Und das ihn irgendwann dazu bringt, sich Blößen zu geben, wie Sundt gesagt hat, das ihn dazu bringt, im Alltag Wiedergänger zu sehen. Das ihn nervös macht. Weil ich Ähnlichkeit habe mit Stina, seiner Liebsten, auf dem Bild, das Frau Lian mir gezeigt hat.

Polizeibeamtin Halvorsen schiebt den Papierstapel zusammen, der vor ihr liegt, Sundts Kurven und Zeichnungen und graphische Säulen und weiß der Himmel was – der Mann hat offenbar Höhenlinien und trigonometrische Punkte in Papiere eingezeichnet, die eigentlich solide Nachforschungsunterlagen sein sollten. Das gefällt ihr – Sundt ist nicht so kleinkariert und phantasielos, wie er vorgibt. Der Bursche ist kreativ. Vor allem das Blatt, das sie gerade anglotzt, das ganz oben auf dem Stapel liegt, das ist ein Studium wert. »Leinstrandsmarka« liest sie. Anne-kin legt kopfschüttelnd die Karte zurück auf Sundts Tisch, er wird sie vermissen, der Chef bereitet sich jetzt schon auf die Orientierungsläufe des Frühlings vor. Möge er dabei Erfolg haben. Und inzwischen wartet er darauf, daß Toralf Kavle Wiedergängern aus der Vergangenheit begegnet und sich daraufhin Blößen gibt. Früher oder später.

Anne-kin Halvorsen schnaubt und knallt hinter sich die Tür ins Schloß.

* * *

Der Himmel in Trondheim trübt sich ein, ein Wetterumschwung liegt in der Luft. In einer Luft, die nicht mehr so scharf und spitz ist, einer Luft, die nicht mehr durch dicke Wollschals eingeatmet werden muß, den Frost hinauszufiltern, ehe sie an die Lunge weitergegeben wird. Jetzt ist die Luft zäher. Feuchter. Noch durchdringender. Über Nacht ist das Barometer auf »Wechselhaft« geschnellt. Und die Straßen, die Bürgersteige sind noch glätter als zuvor. Die Welt ist feucht und kalt. Auspuffgase, Fabrikqualm und Menschenatem liegen über allem, Asthmaleidende – Asthmaleidende und überhaupt alle, die das können – bleiben zu Hause, die Straßen sind menschenleer. Die Leute sind eben noch bei Verstand – sie bleiben zu Hause. Bewegen sich per Bus und Taxi und Privatwagen von einem Ort zum anderen. Schüler essen ihr Pausenbrot im Klassenzimmer und auf dem Gang, die Rentner, die sonst mit dem Elf-Uhr-Bus in die Stadt fahren, brechen mit ihrer Routine und sitzen zu Hause, die Fußgängerzone Nordre ist so menschenleer, daß die Ladenbesitzer schon Umsatzeinbrüche und Konkurs vor sich sehen. Vom Hafen sind die Nebelhörner zu hören, vielleicht auch vom Fjord. Heiseres Geheul, unbestimmbares Richtungsgeheul. Die weißbereifte Stadt ist über Nacht so glatt geworden, daß jede Bewegung lebensgefährlich sein kann. Wie auch jeder Atemzug. Die Flaschenliga in Parks und Torwegen hat nun eine weitere Feindin, die Feuchtigkeit. Feuchte Luft, die durch die Dachrinnen sickert, die sich Millimeter für Millimeter durch Eisboden und Frost frißt, die Dächer und Dachrinnen umarmt und nur darauf wartet, tropfenweise auf Asphalt und Pflastersteine zu fallen. Um die Stadt zu einem eisschwitzenden Risikogelände für Bewegung und Atem zu machen. Das Tauwetter hat eingesetzt. Der Vorgeschmack von etwas noch weit Entferntem, das im Kalender *Frühling* heißt.

Anne-kin erwacht. Betrachtet aus einem schläfrigen Auge heraus das Zimmer, kann die Wände nicht sehen. Reibt sich die Augen, knipst die Nachttischlampe an. Die Wände sind weiterhin diffus, das Zimmer vernebelt. Die Konturen verwischt. Laut Wecker ist es Nacht. Späte Nacht. Oder früher Morgen. Und das Fenster steht offen. Läßt Nebel und Feuchtigkeit herein. Anne-kin springt aus dem Bett, knallt das Fenster zu, es hallt durch Møllenberg wie ein Kanonenschuß. Und Glas klirrt. Sie hat das Fenster eingeschlagen. Der Boden ist mit Glasscherben übersät, sie nimmt Anlauf und springt zurück ins Bett. Kriecht unter die Decke, zieht sie sich bis über die Nase, spürt die Wärme des Bettes, glotzt mit leerem Blick ein Fenster mit zerbrochener Scheibe an. Denkt, morgen muß ich das reparieren, Kitt kaufen und ausmessen, Glas und Spachtel bestellen und alles wieder heilmachen. Morgen. Dann werde ich ... Sie schläft ein. Schläft ein, die Decke bis über die Ohren gezogen. Liegt warm geborgen unter Kissen und Decke, weit weg von Nebel und Kälte, und schläft. Träumt von Wärme. Von Sonne und Wärme. Von Badeständen. Griechenland. Spanien. Sangria im Krug, warmes Meer. Samtnächte. Von nackten Körpern und Sandstränden, wunderbarem Essen, frischem Brot. Von Sommer. Verliebtheit. Männern. Sie schnuppert und saugt den Männergeruch in sich auf. Lädt einen von ihnen unter ihre Decke ein, spürt Haut an Haut, spürt etwas kitzeln. Und gibt sich ihren Träumen hin. Und erwacht mit zufriedenem Grinsen, zwei Minuten ehe der Wecker schellt. Himmel, was für eine Nacht, denkt sie, was für ein Traum – und fängt an zu tasten. Die Öffnung, wo zum Teufel ist die Öffnung? Die Decke umschließt sie ganz dicht, das Laken ist zum Ball zusammengerollt, Anne-kin reißt und zieht an einem Laken, das sich um sie herumgewickelt hat, sie tritt und stemmt, arbeitet sich an die frische Luft. An eine Luft, die ihr ins Gesicht springt, die so kalt und feucht und scheußlich ist, daß sie wieder in Decke und Laken und Kissen eintaucht. Es riecht nach Schwefel. Das Leben außerhalb des Deckenzeltes riecht nach Schwefel und Auspuffgasen und verrottetem Dreck. Nach kaltem, feuchtem, verrottetem Dreck. Als sei die Hundekacke von ganz Møllenberg in ihr Schlafzimmer geschwemmt worden. Durch die Schneeschmelze.

Sie hustet. Dreht sich auf die Seite, verlängert ihren Traumzustand unter der Decke, hört den Wecker scheppern. Läßt ihn klingeln. Fünf Minuten darauf hört sie den Wecker von Carlos, dem Chilenen in der Wohnung unter ihrer, er klingelt und klingelt. Dann wird es still. Die Rohre sausen. Carlos läßt Teewasser in den Kessel laufen. Und dann duscht er.

Anne-kin rappelt sich auf. Wenn Carlos duscht, ist es wirklich Zeit, aufzustehen. Sie steht auf. Weicht den Glasscherben auf dem Boden aus, schnappt sich ihren knöchellangen Frotteemorgenmantel, wickelt sich darin ein. Und geht zur Dusche, stellt sie auf südländische Hitze ein, läßt das Wasser losspritzen und taucht in die Kaskaden ein. Sie steht unter dem Sturzregen und träumt vom Sommer. Sieht, wie das Badezimmer im Warmwasserdunst verschwindet, hört die Hinterhofkatzen die nächtliche Amore beenden, hört den Tauben zu, die ohne Unterlaß in der Dachrinne vor dem Fenster gurren. Denkt, jetzt mußt du zur Arbeit, Alte. Mußt in deine Arbeitsklamotten steigen und dich weiter mit einem Mordfall befassen, den du schon aufgeklärt hast. Was du aber nicht beweisen kannst. Und deshalb mußt du weiter im Nebel arbeiten und darauf warten, daß der Bursche, Toralf Kavle, sich endlich eine Blöße gibt. Sundts Theorie. Überreife Früchte fallen früher oder später vom Baum. Verlassen ihren sicheren Platz am Zweig und stürzen ab. Ohne Sicherheitsnetz. Und dann können sie aufgelesen werden. Von uns. Von der Polizei. Teufel auch, sie ist nicht Polizistin geworden, um faules Obst aufzulesen. Diesen langwierigen Reifeprozeß will sie nicht abwarten. Sie will eine Hausdurchsuchung. Sofort. Will eine Verkaufsliste finden. Die gestohlene Verkaufsliste aus der Galerie Saxe. Sie glaubt nicht, daß Kavle die als Fidibus benutzt hat, sie glaubt, daß die noch bei ihm herumliegt. Daß er zu den Leuten gehört, die einfach nichts wegwerfen mögen. Das Problem ist nur, daß Sundt das alles weder glaubt noch will. Er will bei Toralf Kavle durchaus keine Hausdurchsuchung vornehmen. »Ach du meine Güte, kommt nicht in die Tüte.« Ein Verseschmied ist er auch noch, dieser Sundt.

Anne-kin trocknet sich ab und setzt Kaffeewasser auf. Hört, daß Carlos sein Radio eingeschaltet hat, morgenmuntere Stimmen wirbeln durch den Äther und werden von noch morgenmuntereren Morgenmelodien abgelöst. Pervers! Sie stampft auf den Boden auf – mach das sofort aus! Carlos klopft zurück, sicher mit einem fetten Grinsen um den Mund – und dreht das Radio lauter. Sie gibt auf. Er weiß, wie er sie wecken kann, sie auf die Füße bringen, »deine Kopfzellen wecken«, wie er sich ausgedrückt hat. Na gut, gute Arbeit, Carlos, jetzt bin ich wach, *fit for fight*. Sie mißt die Fensterscheibe aus, ruft einen Glaser an und fährt mit einem frischreparierten Auto zur Wache. Dort erwarten sie keine Überraschungen, keine neuen Spuren, keine neuen Geständnisse, nichts. Alles ist beim Alten, sie arbeiten wie die Ameisen, ziehen jeweils an einem Ende der Tannennadel und reden vom gemeinsamen Ziel. Zum Ameisenhaufen kommen sie nicht. Aber unterwegs wird ganz schön viel Schweiß aktenkundig. Sundt schielt. Und Anne-kin Halvorsen schielt. Zumeist aneinander vorbei.

Sein Anruf bei den spanischen Kollegen, die sich an den Hausverwalter von Señor Toralf Kavle wenden und in Erfahrung bringen sollten, ob der vor kurzem von seinem Señor ein Paket erhalten hat, ist ergebnislos geblieben. »Kein Paket aus Noruega erhalten«, war die Antwort. Ihr Ansinnen, dieses Paket im Kavleschen Wikingergut in Norwegen zu suchen, blieb ebenso ergebnislos. Der Große Sundt bleibt stur. Vor allem, seit die Zeitungen sich nicht mehr für den Fall interessieren, er ist von den Vorderseiten verschwunden, neue Tragödien stehen für die Schlagzeilen nur so Schlange. Dem Chef ist das sicher nur recht – das verschafft ihm eine Atempause. Ihr verschafft es Atemnot, sie ist noch nie besonders geduldig gewesen. Und in dem Beruf, den sie sich da ausgesucht hat, scheint Geduld die allerwichtigste Tugend zu sein.

»Kann ich irgend etwas tun? Etwas anderes als das hier...« Polizeibeamtin Anne-kin Halvorsen steht vor Sundts Tisch und wischt mit den Händen über die vielen Papierstapel. Sie kennt die Antwort im Grunde schon, bei der Morgenbesprechung sind die Aufgaben durchgegangen und verteilt worden. Aber sie könnte die Wände hochgehen, weil sie immer wieder dieselben Wörter, Sätze, Berichte lesen muß. Sie kann das alles schon auswendig.

»Ich kann dich verstehen«, sagt Sundt, überraschenderweise, jedenfalls lächelt er ihr ins verdutzte Gesicht. »Doch, ich kann dich verstehen, Halvorsen. Die Spur Toralf Kavle ist zäh wie Sirup. Aber die neue Information ist wirklich interessant.« Sundt blickt nachdenklich vor sich hin.

Anne-kin schüttelt den Kopf, sie ist da anderer Ansicht, findet Rita Folves Autokauf total belanglos. Sie ist ihnen während der Morgenbesprechung präsentiert worden, die Neuanschaffung der Galerieassistentin Rita Folve. Ein Kauf, der Sundts Laune gleich verbessert hat, er hatte fast schon Sterne im Blick. Einen Ford Escort Melody – neu – hat sich die Studentin gekauft. Für 129 900 Kronen. Anne-kin Halvorsen findet weder den Wagen noch die Dame besonders interessant, Frau Folve kommt aus guten

Verhältnissen, hat einen reichen Papa in der Hinterhand, sie darbt nicht mit einem Studiendarlehen. Und den Job in der Galerie hat sie aus reinem Interesse angenommen, das hat sie ihnen selber gesagt. Ist Sundt nicht ihre Kleidung aufgefallen? Die verlangt viel höhere Ausgaben als der Escort. Außerdem unterschätzt er Rita Folve aufs Gröbste, wenn er meint, sie würde ein Auto kaufen, ohne die Herkunft des Geldes belegen zu können. Sundt hat ihr aber trotzdem ziemlich zugesetzt.

»Übrigens befindet Tomas Leth sich auf dem Wege der Besserung«, sagt Sundt plötzlich. »Er hat mit den Geständnissen aufgehört. Ich habe eben den Bericht des Arztes erhalten.«

Ach, sieh an. Tomas Leth ist fertig mit den Chorälen, hat sich in den sogenannten »Normalzustand« zurückgeschleppt. Ist jetzt plötzlich wieder zum Verdächtigen geworden. Zu einem, bei dem sie weiterermitteln können. Aber egal, sie freut sich über diese Nachricht. Tomas Leth ist aus seinem Loch herausgekommen, er hängt am Leben.

Und Henry Aar will *Sub Rosa* verkaufen, hört Anne-kin die Stimme ihres Chefs sagen. Die Worte bleiben in der Luft hängen. Sundt sitzt da mit frischgeöffneter Gefängnispost, er liest. Liest vor.

»Was hast du da gesagt!« Anne-kin Halvorsen beugt sich vor. »Was hast du gesagt, Sundt? Ich habe dich nicht richtig verstanden.«

»Er schreibt, daß er *Sub Rosa* verkaufen will«, sagt Sundt. »Nach reiflichem Überlegen will er sein Bild an einen großen Kunstkenner verkaufen, der es wirklich zu schätzen weiß, der das Einzigartige dieses Bildes begriffen hat, der...« Sundt überfliegt den Rest des Briefes. »Und deshalb will er es verkaufen.« Er hebt das Gesicht und sieht Anne-kin an. »An Herrn Toralf Kavle. Mit sofortiger Lieferung.«

»Das kann doch nicht wahr sein«, flüstert Anne-kin mit ungläubiger Stimme. »Das ist unmöglich. Wie zum Henker...«

Die Fragen stehen in ihrem Kopf Schlange.

»Das steht hier«, sagt Sundt.

»Aber Aar hat doch Brief- und Besuchsverbot!«

Sundt sieht sie an, lächelt ein wenig traurig. »Doch«, sagt er. »Henry Aar hat Brief- und Besuchsverbot.«

»Aber...« sagt Anne-kin.

»Das bedeutet nur, daß jeder, der Henry Aar ein Angebot machen, eine Verkaufssumme nennen will, das auch schafft.« Sundt streicht sich über seinen Haarkranz, sagt: »Gefängnismauern sind seltsame Bauwerke, sie lassen Dinge durchsickern, in beiden Richtungen.«

Anne-kin mustert ihn düster. »Und das akzeptierst du, wir akzeptieren, daß es Löcher im System gibt!«

»Du kannst es ja zu deiner Lebensaufgabe machen«, gibt Sundt zur Antwort, »verbrauche deine Kräfte bei dem Versuch, diese Löcher zu stopfen, abzudichten. Ich habe es versucht, es war wie ein Kampf gegen Windmühlen. Aber deine gesunde Reaktion gefällt mir«, sagt er dann ohne einen Hauch von Ironie in der Stimme. Anne-kin sagt nichts darauf, wenn er sie naiv findet, dann ist ihr das auch recht. »Und außerdem kann Aar dieses Angebot schon vor seiner Untersuchungshaft gemacht worden sein«, sagt Sundt. »Jedenfalls wird er uns diese Erklärung servieren.«

»Das Bild hat *alles* für ihn bedeutet«, erinnert ihn Anne-kin. »Als wir ihm von dem Diebstahl erzählt haben, war er absolut wütend und hat gebrüllt, daß gerade dieses Bild alles für ihn bedeutet. Kunst und Leben und Sinn und was weiß ich nicht alles.« Sie sieht Sundt an. »Und jetzt will er es also verkaufen. Er muß ja das absolute Spitzenangebot bekommen haben.«

»Ja, alles hat seinen Preis«, sagt Sundt leichthin.

»Ist das Labor schon fertig?« fragt sie, weiß die Antwort aber im Grunde schon. Das Bild ist mit Augen, Lupen und höherentwickelter Technologie untersucht worden. Nichts hat sich hinter Leimkanten und Rosendornen, hinter Zeitungspapier und Aquarellfarben versteckt. Die ganze Suche nach der verräterischen Unterschrift war fruchtlos. Sie hat auf der Stuhlkante gesessen, die Nase in alles hineingesteckt, hat über der Schulter des Mannes gehangen, der den Namen des »Gebers« hervorzaubern, entschleiern, bloßlegen sollte. Aber ohne Ergebnis. Der Bogen hörte über einer eventuellen Unterschrift auf. Eine feine Rißkante machte ihnen eine lange Nase. Bis hierher und nicht weiter.

»Ja, wir können es nicht mehr im Arrest lassen«, lächelt Sundt. »Es gehört dem Künstler, und der Künstler ist entschlossen, es zu verkaufen, ›mit sofortiger Lieferung‹, wie er schreibt. Wir müssen Kavle anrufen, damit der –«

Die Hand des Chefs, die sich nach dem Telefon ausstreckt, wird aufgehalten. Mit einem Ruck, von einer Frauenhand.

»Kommt nicht in Frage«, sagt Beamtin Halvorsen. »Hier wird nicht geholt, hier wird gebracht. Und wo ich schon einmal damit angefangen habe, kann ich auch weitermachen. Botin Halvorsen, zu Diensten«, sagt sie und knallt die Hacken aneinander.

»Okay, okay«, Sundt hebt beide Hände. »Du bringst. Zufrieden? Aber hier steht nichts über die Bezahlung, wie die vor sich gehen soll. Nur, daß die Lieferung des Bildes quittiert werden muß.«

»Ich scheiße auf die Bezahlung«, antwortet Anne-kin. »Diese Transaktion wollen die beiden sicher selber übernehmen. Und für die Quittung sorge ich schon.« Und mit einem flachen, eingepackten Gemälde in der einen und den Autoschlüsseln in der anderen Hand geht Anne-kin Halvorsen über den Parkplatz. Sie will mit ihrem eigenen Wagen fahren. Die Fenster ihres fünf Jahre alten Cherry sind innen beschlagen, sie schaltet das Gebläse ein und wischt sie mit einem Lappen ab. Aber das bringt nicht viel, die Welt ist außen und innen gleichermaßen beschlagen. Sie kurbelt das Seitenfenster herunter und beugt sich hinaus.

Das Wikingergut liegt unverändert da, enge Einfahrt und auf beiden Seiten Wald und Gebüsch, offenes Tor und keine Spur von Leben. Ein Mann kommt aus demselben Gebäude wie beim letzten Mal, er fragt, was sie hier wolle. »Ein Bild abliefern«, antwortet sie und wird weitergewunken. Beim letzten Mal war Winter auf dem Hof, jetzt tropft es von Dachvorsprüngen und Giebeln, große Pfützen haben sich auf dem Eis gebildet, sie sieht triefnasses Sackleinen, das Büsche und Sträucher verhüllt. Feuchtigkeit hüllt ganz Fredheim ein. Anne-kin fährt bis zum Haupteingang, läßt die Schlüssel stecken. Und läßt das Packpapier auf dem Rücksitz liegen. Sie hat es nicht eilig, sich davon zu trennen. Der Türklopfer scheint eine Klingel zu verstecken, sie hört im Haus ein leises Schellen. Sie schaut auf die Uhr, es ist noch Bürozeit, wenn jemand aufmacht, dann bestimmt nicht Toralf Kavle. Und das macht er auch nicht, seine Frau kommt an die Tür. Ohne Pelz sieht sie menschlicher aus, eine ältere Frau, die glatt die Rolle der »Großmutter des Jahres« spielen könnte. Gepflegt und gut angezogen und mit freundlichen Falten im Gesicht. Und sie trägt eine Schürze, eine Küchenschürze, aus deren Tasche ein Topflappen lugt. Frau Kavle kocht für Herrn Kavle. Anne-kin grüßt, bringt ihr Begehr vor, wird von zwei verwunderten Augen fixiert.

»Haben Sie nicht auch das andere Bild gebracht?«

Anne-kin nickt, ja, sie war das.

»Und jetzt hat er noch eins gekauft?«

»Ja, aus derselben Ausstellung«, sagt Anne-kin rasch, sie sieht den Blick von Frau Kavle, der das Bild sucht. »Es ist noch im Auto«, beeilt sie sich zu sagen, »ich wollte erst sehen, ob jemand zu Hause ist, bei diesem scheußlichen Wetter, Bilder sollten nicht solcher Feuchtigkeit ausgesetzt werden.«

Die Frau nickt. Weiß diese Umsicht zu schätzen. »Ja, dann bringen Sie es doch bitte«, sagt sie und macht die Tür weit auf. »Oh! Die Soße!« ruft sie dann plötzlich und verschwindet im Haus.

Anne-kin holt das Paket, folgt ihr und hört Töpfe klappern und dann ein Zischen, und gleich darauf strömt ihr der Geruch von Bratensoße entgegen.

Dann steht die Frau wieder da, ihr Gesicht ist rot und glänzt, sie hat die Soße gerade noch retten können. Jetzt mustert sie nachdenklich das graue Packpapier.

»Von derselben Ausstellung, haben Sie gesagt?«

Anne-kin nickt. »Es hat mir so leid getan, daß Ihr Mann beim ersten Mal an Hehler geraten ist«, sagt sie und beobachtet Frau Kavle aus den Augenwinkeln heraus. »Aber jetzt gehört das Bild Ihnen. Der Künstler hat uns eigenhändig von dem Verkauf unterrichtet.«

Frau Kavle dreht sich langsam zu ihr um. »An Hehler? Haben

Sie *Hehler* gesagt? Und reden Sie dabei von meinem Mann, von Toralf Kavle?«

Anne-kin nickt. Das hat sie sich schon gedacht, die Gattin weiß von nichts. Und sie, Anne-kin Halvorsen, verspürt deshalb auch nicht den leisesten Hauch von schlechtem Gewissen.

»Ich muß das Bild sehen«, sagt Frau Kavle plötzlich und reißt nervös das Papier herunter. Und keucht. Starrt. In ihrem Gesicht kommt und geht die Farbe.

Dann reißt sie sich zusammen. Dreht sich mit einer Grimasse zu Anne-kin um, die ein Lächeln sein soll. »Wie schön, daß er das kaufen konnte«, sagt sie atemlos. »Es hat ihm so gut gefallen. Ich gehe davon aus, daß er die Kaufsumme dem Verkäufer direkt bezahlen will, oder sollen Sie ...?«

»Nein«, sagt Anne-kin, »ich brauche nur eine Quittung.« Sie reicht Frau Kavle den Quittungsblock. »Lisa Kavle« liest sie, ehe sie ihn wieder in die Tasche steckt. Wartet kurz. So wenig kann die Sache mit dem Hehler Frau Kavle doch nun auch wieder nicht interessieren.

Und das ist auch nicht der Fall, Frau Kavle wendet sich halb von Anne-kin ab, streicht das Packpapier glatt und sagt: »Sie haben einen Hehler erwähnt?«

»Ja, dieses Bild wurde aus der Galerie Saxe gestohlen, als einziges, und Ihrem Mann angeboten, der es guten Glaubens gekauft hat.« Lügnerin, denkt sie.

»Und deshalb bringen Sie es, also die Polizei?« Frau Kavles Stimme ist sehr leise.

»Ja«, sagt Beamtin Halvorsen munter, »jetzt haben wir das Bild aus der Haft entlassen.«

»Hat er gestanden, dieser Künstler, den die Polizei festgenommen hat?«

Himmel, das war aber ein rasanter Themenwechsel, denkt Anne-kin. »Nein«, antwortet sie, »bisher hat noch niemand gestanden.«

»Niemand?« Frau Kavle dreht sich zu ihr um. »Haben Sie mehr als einen?«

Liest du keine Zeitung, denkt Anne-kin Halvorsen. »Ja«, sie

nickt düster, »wir haben zwei Untersuchungshäftlinge und eine Frau mit Meldepflicht, und alle drei beteuern ihre Unschuld.«

»Drei Stück«, flüstert die Frau, die vor ihr steht, »haben Sie wirklich drei, die ...« Sie beendet ihren Satz nicht.

»Die bisher ihre Freiheit eingebüßt haben«, sagt Anne-kin. Wenn ich doch bloß Gedanken lesen könnte, denkt sie, wenn ich doch jetzt bloß Frau Kavles Gedanken lesen könnte. Denn etwas geht in der schürzentragenden Großmutter vor, etwas läuft in ihrem Kopf ab.

»Warten Sie«, sagt Frau Kavle, »ich will nur... entschuldigen Sie mich, nur einen Augenblick ...«

Und dann rennt sie eine Treppe hinauf. Anne-kin hört oben Schritte, steht mäuschenstill da, versucht zu erraten, was Frau Kavle da macht, und dann hört sie sie die Treppe wieder herunterkommen.

»Hier«, sagt sie, wischt eine Hand an der Schürze ab und reicht Anne-kin dann mit beiden Händen ein Buch. »Hier, hier ist das Buch. Sie haben es neulich vergessen, als Sie das Bild gebracht haben, sicher war es beim Einpacken unter das Papier geraten, ich habe es in der Abstellkammer gefunden, zusammen mit dem Bild, es gehört uns nicht, Sie haben es sicher schon vermißt.«

Sie gerät beim Reden völlig außer Atem. »Bitte sehr.« Sie gibt Anne-kin das Buch, drückt es ihr geradezu in die Hände.

Das Buch ist dick, scheint wertvoll zu sein, sieht aus wie ein Protokoll. Und ist auch eine Art Protokoll. Die Verkaufsliste nämlich. Aus der Galerie Saxe. Hier steht sie doch tatsächlich mit der Verkaufsliste der Galerie Saxe! Anne-kin schnappt nach Luft, drückt das Buch an sich, hält es dann wieder von sich weg. Wir sind am Ziel, Sundt, denkt sie, wir sind doch tatsächlich am Ziel! In Gedanken steht sie schon in Sundts Büro, bittet ihn, die Augen zu schließen, und legt die Liste vor ihn auf den Tisch. Seine Überraschung, wenn er begreift, was er da vor sich hat – sie zittert innerlich bei dem bloßen Gedanken. Sie will das Buch aufschlagen. Im Grunde ist das ein Reflex, um sich zu vergewissern, daß ...

»O nein!«

Anne-kin hört einen Klageschrei, sie schaut Frau Kavle an, die stocksteif dasteht und voller Angst aus dem Fenster schaut. Anne-kin folgt ihrem Blick und sieht. Sieht das Auto des Hausherrn auf den Hof fahren, es hält an, und ein ausgehungerter Ehemann steigt aus.

»Mein Mann«, flüstert Frau Kavle, »da kommt mein Mann, Sie müssen weg. Schnell!«

Sie versetzt Anne-kin einen Stoß, aber die Polizei ist schon auf dem Sprung, braucht nun wirklich nicht überredet zu werden. Wiedersehen, sagt sie im Vorbeilaufen zu Herrn Kavle, der gerade zur Tür hereinkommt. Sein Blick, als er die Verkaufsliste entdeckt, sein Ruf – »das Tor!« – veranlaßt sie, zwischen den Drachenköpfen durchzurennen und zu -rutschen, sich ins Auto fallen zu lassen, den Zündschlüssel umzudrehen und so scharf zu wenden, daß das Wasser um sie herum nur so aufspritzt. Sie hat neue Spikes, nur helfen die ihr auch nicht, ihr Auto rutscht seitwärts über das Glatteis, sie kurbelt am Lenkrad und nähert sich dem Tor im Slalomstil. Der Torwärter kommt angerannt, er hebt die Arme, um sie aufzuhalten, sie achtet nicht auf ihn, sieht nur ein schweres schmiedeeisernes Tor, das sich langsam schließt. Geschlossen wird. Kavle muß auf irgendeinen Knopf gedrückt haben. Die Öffnung sieht schon zu eng aus, etwas zu eng für einen anständigen Abgang. Jedenfalls für sie und den Cherry, der in Querrichtung angerutscht kommt.

Na gut, dann opfert sie eben die Spiegel. Sie spürt Sand unter den Reifen, festen Boden, kann das Auto geraderichten, zielt auf die immer engere Toröffnung, tritt das Gaspedal bis unten durch und brettert durch das Tor. Fast jedenfalls. Die Spiegel sitzen nicht mehr am Wagen, und das knirschende Geräusch an den Autoseiten bedeutet Ausbeulen und Neulackieren. Sie hat nicht nur Kratzer im Lack, sondern Krater. Aber das Tor liegt hinter ihr. Sie ist aus Kavles Wikingerreich entkommen, seiner armen Gattin, die ihr das »Geständnis« ihres Mannes überreicht hat. Und das war wohl kaum ein Versehen. Anne-kin spürt das Gewicht der Verkaufsliste auf ihren Oberschenkeln, atmet auf. Schaut in den Rückspiegel. Hinter ihr schließt sich das Tor nicht mehr – es ist schon geschlossen. Zu. Sie schaltet, setzt den Blinker und fädelt sich in den Verkehr ein. Und sie wird nicht von Verbrechern oder gedungenen Mördern verfolgt, Trondheim ist trotz allem nicht Chicago. Anne-kin grinst – es ist ihr nur so vorgekommen. Vor zwei Minuten ist es ihr so vorgekommen.

Sie fährt auf dem schnellsten Weg zur Wache, und wird dabei nicht einmal zum Verkehrsrowdy – der Stadtkern ist fast autofrei. Bis zur Fjordgate, wo die Wagen der Leute Schlange stehen, die von der Arbeit nach Hause fahren. Sie stauen sich vor der Ampel, die in den Grünphasen immer nur ganz wenig Berufsverkehr durchläßt. Anne-kin flucht, sie ist zu aufgekratzt, um in der Warteschlange vor sich hin zu dösen, sie drückt die Daumen und stiehlt sich an »Schiffs- und Fischerey-Waaren« vorbei durch die Einbahnstraße. Hier einen Kollegen zu treffen ist unwahrscheinlicher, als 6 Richtige im Lotto zu erwischen. Die Finanzen der Verkehrspolizei reichen gerade noch für den Einkauf von Schuhwichse.

In der breiten Olav Trygvasonsgate fließt der Verkehr leichter dahin. Auf der Gegenfahrbahn sieht sie einen der blauweißen Lieferwagen der Firma T. Kavle & Söhne. Hinter dem Lenkrad sitzt ein junger Mann, er trinkt Cola und nickt mit dem Kopf. Im Takt irgendeiner Musik.

Mit der Verkaufsliste unter der Jacke und den Wagenschlüsseln in der Hand betritt sie die Polizeifestung in der Kongensgate. Läuft die Treppe nach oben und steht bald darauf im Büro des Chefs. Der blickt schläfrig von Höhenlinien und Kurven hoch und reckt sich.

»Machen wir Feierabend«, sagt er. »Hast du das Bild abgeliefert?« Er sieht sie an und reckt sich plötzlich nicht mehr. Vor ihm tritt ein ungeduldiges Wesen von einem Fuß auf den anderen, eine Polizeibeamtin mit einer dermaßen lebendigen Körpersprache, daß Sundt mitgerissen wird. »Was?« fragt er. »Was ist passiert?«

»Das hier!« antwortet Anne-kin Halvorsen und legt die Verkaufsliste der Galerie Saxe vor ihn auf den Tisch.

* * *

Henry Aars Untersuchungshaft wird nicht verlängert. Er verläßt Gefängnis und Untersuchungszelle mit einem Schaudern, blickt nicht zurück, fährt mit dem ersten Bus in die Stadt und klopft bei Theater-Ria. Die ist gerade im Aufbruch begriffen, trägt ihren Arbeitstag in einer Schultertasche und einer Plastiktüte. Die Tüte läßt sie fallen.

»Hast du ein Sofa?« fragt er. »Ich kann es zu Hause nicht aushalten, in einem Haus, wo ... nur vorübergehend ...«

»Aber sicher«, lautet die Antwort, und Ria drückt ihm einen Schlüssel in die linke und ein Glas Rotwein in die rechte Hand. »Auf die Freiheit!« sagt Ria.

Henry Aar trinkt. Ex. Und noch ein Glas. Auch das leert er.

»Danke«, sagt er und läßt sich aufs Sofa fallen, wischt sich nicht die Tropfen aus dem Bart, er hat Wichtigeres zu tun – Henry Aar schläft. Kann vor dem Einschlafen gerade noch murmeln: »To ... kannst du wecken ... mas.«

»Ich verstehe kein Wort.« Rita schüttelt den Kopf und deckt ihn sorgfältig zu. »Schlaf jetzt«, sie streicht ihm leicht mit dem Handrücken über die Wange. »Schlaf jetzt, du armer Teufel.« Sie spürt, wie sich eine Hand um ihre schließt, sie läßt ihn gewähren, tief in seinem Schlaf läßt sie ihn gewähren. Setzt sich zu ihm. So eilig hat sie es auch wieder nicht.

Der Mann, der im Zimmer hin und her läuft, hin und her, scheint es eilig zu haben. »Das ist unerhört«, sagt er zum soundsovielten Mal, »einfach unerhört.«

Vor ihm sitzen zwei Frauen und ein Mann. Die Frauen mit weißen, verkrampften Gesichtern, sie lauschen Schritten, die über einen Gang gehen, dann über eine Treppe. Ein weiterer Mann betritt das Zimmer.

Der erste Mann läuft nicht mehr hin und her, er fragt: »Wie geht es ihr?«

»Sie schläft jetzt«, lautet die Antwort.

Die beiden Söhne Kavle tauschen einen Blick. Beide haben rote Augen, der ältere vor Wut, der jüngere, Kleinchen, weil er geweint hat. Der dritte Mann im Zimmer ist Toralf Kavles Anwalt, sein Gesicht zeigt weder Wut noch Tränen, aber seine weißen Nasenflügel weisen darauf hin, daß er irgendeine Regung unterdrückt.

»Mutter ist tapfer«, sagt die jüngere Schwiegertochter.

»Unerhört!« sagt der ältere Sohn und schnappt sich eine Zeitung, deren Vorderseite bereits in Fetzen gegangen ist. Er hält sie mit zitternden Händen hoch. »Seht doch nur! Seht, was die schreiben! Und hier!« Er greift nach einer anderen Zeitung.

Niemand antwortet, alle haben schon Vorder- und Innenseiten gelesen. Brauchen nicht daran erinnert zu werden. Die ältere Schwiegertochter schließt die Augen, schaudert. Ruin, totaler gesellschaftlicher Ruin. Sie fängt an zu weinen, ein stilles, kummervolles Weinen. Ihr Mann ist zu wütend, um sie zu trösten, er hat im Grunde nur Augen für die fetten Schlagzeilen, die den norwegischen Zeitungslesern zum Frühstück serviert worden sind: »Bedeutender Geschäftsmann verhaftet. Mordverdacht.«

»Warum haben sie nicht gleich seinen Namen herausposaunt?« ruft der Sohn. »Jeder Idiot sieht doch auf den ersten Blick, von wem hier die Rede ist. Kann es denn ethisch zu verantworten sein, daß sie jemanden dermaßen bloßstellen? Eine ganze Familie!« Wütend starrt er den Anwalt an.

»Wenn ich nur wüßte, wie diese Liste hier im Schrank gelandet ist«, sagt der jüngere Sohn. »Vater ist doch so ordentlich, und –«

»Die ist ihm untergeschoben worden«, fällt der Ältere ihm ins Wort. »Von jemandem, der Vater ans Leder will.«

Niemand sagt etwas dazu, sie denken an die teure Alarmanlage, tipp topp und absolut notwendig, um Versicherungsgesellschaften zum Versichern zu bewegen. Und Gut Fredheim lädt auch nicht gerade zum unbefugten Betreten ein. Und hat Ähnlichkeit mit einer Festung.

»Ich habe es schon beim Verhör gesagt«, beharrt der ältere Sohn. »Daß irgendein Bekannter Vater diese Liste untergeschoben haben muß, einer, den er ins Haus gelassen hat. Das kann jeder gewesen sein, sogar diese ekelhafte Polizeibeamtin, Hansen oder Olsen oder wie die heißt.«

»Halvorsen«, sagt sein Bruder. »Die heißt Halvorsen.«

»Vorsicht jetzt«, mahnt der Anwalt, der das Temperament seines Mandanten kennt. »Solche Reden sollten wir lieber vermeiden.«

»In meinen eigenen vier Wänden kann ich doch verdammt nochmal sagen, was ich will!« donnert der Sohn. »Oder meinen Sie vielleicht, wir würden abgehört?«

»Aber Alf!« Seine Frau sieht ihn bittend an. Widerstrebend beruhigt er sich ein wenig.

»Hat Mutter gesagt, was die Polizei von ihr wissen wollte, weißt du, was sie denen gesagt hat?« Alf blickt seinen jüngeren Bruder an.

»Nein«, der schüttelt den Kopf. »Sie hat nichts gesagt, nur, daß sie müde sei und schlafen wolle. Sie wollte überhaupt nicht über das Verhör sprechen.«

»Na, dann warten wir, bis sie aufwacht. Sie muß uns das erzählen, es ist wichtig.« Er setzt sich und trommelt ungeduldig mit den Fingern auf die Tischplatte. »Kannst du uns etwas zu essen machen?« fragt er dann und schickt seine Frau in die Küche.

Die ekelhafte Polizeibeamtin geht die vier Verhörprotokolle durch, Vater, Mutter und zwei Söhne Kavle. Die Polizei hat schnelle Arbeit geleistet, hat sie nacheinander verhört, hat ihnen keine Zeit gelassen, sich auf irgendeine Weise abzusprechen. Aber wenn Toralf Kavle irgendwelche Helfershelfer hatte, überlegt Anne-kin, dann waren das nicht seine Söhne. Die Junioren waren zu den drei fraglichen Zeitpunkten auf Geschäftsreise, in der Freimaurerloge, auf Geburtstagsfeiern und bei Geschäftsessen. Nicht zuletzt war es auch wichtig, daß sie beide in dem Zeitraum, in dem Verkaufsliste und Bild gestohlen wurden, nicht in der Stadt waren. Die Überprüfung ihrer Alibis hatte das einwandfrei ergeben.

Anne-kin Halvorsen nimmt sich einen Ordner, blättert sich zum Verhör von Frau Kavle durch. Es war unangenehm, grauenhaft unangenehm gewesen. Einer Frau gegenüberzusitzen, die, wenn sie wollte, Anne-kins Besuch in Fredheim auch ganz anders darstellen, behaupten konnte, die Polizistin habe die Liste mit Gewalt an sich gebracht, oder sie selber habe diese Liste noch nie im Leben gesehen. Nein, das hätte Frau Kavle nicht behaupten können, die Liste wies schließlich ihre Fingerabdrücke auf. Und die von Herrn Kavle. Aber warum um alles in der Welt hatte Kavle nicht alles beiseite geschafft, die Liste und das Bild? Warum hatte er nicht beides zerrissen, ins Klo geworfen, verbrannt, begraben, in Fetzen geschossen? Und sie auf jeden Fall von der Erdoberfläche entfernt. Verbot das vielleicht seine Festhalte-Mentalität? Meinte er, er würde in Sicherheit sein, wenn das Bild erstmal auf seiner Hacienda in Spanien und die Liste auf seinem Wikingergut in Norwegen deponiert wären? Weil beides *sein* Eigentum war, und niemand jemals auf die Idee kommen würde, sein Eigentum zu verletzen? Brachten Macht und Geld einem Menschen diese Art von unerschütterlicher Sicherheit?

Polizeibeamtin Halvorsen starrt aus dem Fenster, läßt ihren Blick draußen im Dunkeln verschwinden, sieht nicht die Regentropfen, die zu Boden fallen und aus Straßen und Bürgersteigen Eismatsch machen, einen verdreckten Brei, der unter den Autoreifen aufspritzt und Stiefel durchtränkt. Frau Lisa Kavle hat mir die Liste gegeben, denkt sie, wissentlich und willentlich hat sie mir die Liste gegeben. Das hat sie auch beim Verhör zugegeben. Aber danach war sie stumm wie ein Fisch, genauer gesagt, sie hat behauptet, sie habe mich aus dem Haus haben wollen, weil sie ihren Mann jeden Moment zum Essen erwartete und keinen Grund gesehen habe, den Besuch der Polizistin zu verlängern. Wortwörtlich.

Und das Tor wurde doch immer automatisch geschlossen – Herrn Kavles Worte. Anne-kin Halvorsen flucht, sie kann nicht das Gegenteil beweisen, sie hat ihn zwar »das Tor!« rufen hören, aber damit steht Aussage gegen Aussage.

Aber Frau Kavle hat mir die Liste gegeben, überlegt sie, wenn ich nur wüßte, warum.

Die Frau, die während des Verhörs vor ihnen gesessen hatte, war nicht »schlau«, sie hatte nicht die »Clevere« gespielt, sie hatte ein wenig betäubt gewirkt, wie eine Schlafwandlerin hatte sie geantwortet. Beim Unterschreiben des Verhörprotokolls hatte ihre Hand so gezittert, daß Anne-kins Erleichterung in Mitleid ertrunken war.

Stell dir das Schlimmste vor, das Unwahrscheinlichste. Woher in aller Welt hatte sie diesen Satz? Von ihrer Mutter? Ihrem Vater? Der Polizeischule? Aber das spielte eigentlich keine Rolle, sie konnte sich nicht »das Schlimmste« aus den Fingern saugen. In diesem Fall war einfach alles gleichermaßen »das Schlimmste«.

Aber das Unwahrscheinlichste? Was war das? Daß Tone Saxe Selbstmord begangen, sich selber mit dem Haken aufgespießt hatte? Oder daß Henry Aar und Tomas Leth sie gemeinsam umgebracht hatten? Zusammen mit Karin Kraas? Oder hatte sich die gesamte Trondheimer Künstlerszene ein für allemal dieser Galeristin entledigt? Tod allen Galeristinnen und Galeristen? Und was war mit der Witwe Lian, geborene Tordis Strøm, der Frau mit den dünnen Händen und dem adretten Spitzenkragen? Ganz zu schweigen von Vangs Superweib, Rita Folve, vielleicht steckte die mit Henry Aar unter einer Decke, sollte die schwindelerregende Summe von 58.000 Kronen auf die hohe Kante legen, damit sie beide für den Rest ihres Lebens in Saus und Braus leben könnten? Und dann hatte sie sich für das Geld lieber ein Auto gekauft? Sundts Theorie. Oder, aha – das war noch das Beste! – Stina, Kristina Løhre, die Stimme aus der Vergangenheit, die spukende Rächerin, die alle anderen weiblichen Wesen auf Eisenstangen aufspießt. »Die Rächerin aus der Vergangenheit«, scharfer Titel, klingt irgendwie vertraut, Anne-kin grinst, beschließt sofort, einige von ihren Schundromanen zu Hause wegzuwerfen, deren Inhalt ist ja doch höchstens ein bleicher Abklatsch der Wirklichkeit.

»Vergangenheit«? Was ist mit Frau Kavles Vergangenheit, was war, ehe sie Kavle heiratete? In England, hat Frau Lian gesagt, er hat ein knappes Jahr nach dem Bruch mit Stina in England eine Dame der feinen Gesellschaft geheiratet. So hat sie das nicht gesagt, aber das hat sie gemeint. Ob Frau Kavle, Lisa, so heißt sie doch, damals von Stina gewußt hat? Und Stina von ihr? Wohl kaum. Diese beiden Leben hatten sicher nicht viele Schnittpunkte. Zwischen beiden floß ein ganzer Fluß, der Nidelv – Osten und Westen. Frauen wie Stina putzten bei Frauen wie Lisa den Fußboden, wurden nicht zum Ball eingeladen. Welcher Kaufmannsfamilie Lisa Kavle wohl angehört – Anne-kin denkt nach. Sie denkt etwa eine Sekunde nach, dann springt sie auf und ruft bei einer Behörde an.

Dem Einwohnermeldeamt. Es dauert eine Weile, die sind noch nicht auf Computer umgestiegen, denkt sie, aber dann wird sie zur »zuständigen Sachbearbeiterin« durchgestellt. Und diese »zuständige Sachbearbeiterin« sorgt dafür, daß Polizeibeamtin Anne-kin Halvorsen der Bleistift auf den Boden fällt, er landet mit der Spitze nach unten, und eine Serie von Brüchen läuft durch das Graphit. Die Information, die ihr da telefonisch zuteil wird, löst in ihrem Kopf eine ähnliche Kettenreaktion aus. Knack, knack, knack macht es, und Decke und Wände und allerlei Kleinkram wirbeln ihr nur so durchs Gehirn. Frau Lisa, Elisabeth Kavle, verehelichte Kavle, Mädchenname Roll Sørensen, Elisabeth Roll Sørensen. Die andere Frau!

Das ist der Name der anderen Frau, die am 14. Januar 1948 vom Tondheimer Gericht wegen Nichterscheinens zu 100 Kronen Buße verurteilt wurde. Zusammen mit Stina. Beide nicht erschienen. Hatte auch sie sich geweigert zu erzählen, woher das Geld stammte? Weil auch sie in Kavle verliebt war? Und hat das dann zu einer Eheschließung geführt? Zu leichtem Druck auf einen mehr oder weniger ablehnenden Verehrer, ein Vater, der Wind von den Dummheiten seiner Tochter bekam und hart auf hart setzte? Oder hatte die Tochter das selber erledigt? »Mein Mund ist mit sieben Siegeln verschlossen, wenn du ...«

Anne-kins Gedanken wirbeln wild durcheinander, sie versucht, sie zu sammeln, sie laufen in alle Richtungen auseinander. Vor ihrem inneren Auge wird eine breite Leinwand ausgerollt, ein Drama spielt sich ab, Akt für Akt. Und noch immer ist der Vorhang nicht gefallen. Noch immer begreift sie nicht, warum Frau Kavle ihr die Verkaufsliste gegeben hat, aus Rache? Aber wofür wollte sie sich rächen? Oder hat die Gewißheit, daß ihr Mann den Tod eines Menschen auf dem Gewissen hat, sie dazu gebracht? Geldschiebereien sind eine Sache, Mord etwas ganz anderes. Verläuft da dic Grenze für die Loyalität einer Ehefrau?

Sundt, denkt sie und steht auf wackeligen Beinen da, Sundt, jetzt brauchen wir deine Orientierungskünste, jetzt müssen wir einen Posten nach dem anderen ablaufen.

»Das hätten wir schon längst überprüfen müssen«, sagt er, nachdem er seine Überraschung hinuntergeschluckt und sein Gesicht wieder in die richtigen Falten gelegt hat. Ja sicher, sicher, denkt Anne-kin gereizt, im Nachhinein sind wir ja so viel klüger! Aber sein Befehl ist der einzig richtige: »Laß noch mal diese Gerichtsprotokolle kommen.«

* * *

Es ist ein scheußliches Gefühl, alle Unterlagen, Verhörprotokolle, Berichte, Bildkopien, Briefkopien, Diebstahlanzeigen hergeben zu müssen, den ganzen Stapel, der den Fall »Tone Saxe« ausmacht. Ihn wegzuschicken und zu wissen, daß er jetzt gelesen wird, vorwärts und rückwärts, mit der Lupe untersucht, auf den Kopf gestellt, umgestülpt, von Staatsanwaltschaft und Verteidigung. Jetzt sind Sundt und sein »Team« fertig, jetzt übernehmen andere. Ich habe ja volles Vertrauen zu unseren Juristen, denkt Anne-kin, aber die großen Nummern aus der Hauptstadt sind auch verdammt tüchtig. Toralf Kavle nimmt nicht mehr seinen Hausanwalt, er hat in juristische Schwergewichtler investiert. In solche, die winzige Risse finden, die sie routiniert zu riesigen Löchern dehnen. Obwohl die Indizienkette stark ist – kaum stärker sein könnte, ohne zu Beweisen zu werden –, so fehlt doch das Wichtigste: Toralf Kavle hat kein Geständnis abgelegt. Er ist an keinem der Tatorte gesehen worden, auch wenn sein sogenanntes Alibi, der Nachtwächter, ihn auch nicht gesehen hat. Der hat nur Licht in Kavles Büro und dessen Wagen auf dem Parkplatz gesehen.

Aber der Wiederaufbau des Widerstandsmuseums ist immerhin auf Eis gelegt worden. Bis auf weiteres. Irgendwer will abwarten, beruft sich auf Finanzprobleme, nur ein kleiner Aufschub, wie die Zeitungen geschrieben haben. Anne-kin glaubt nicht, daß Kavle

Klage wegen Vertragsbruches erheben wird, bisher hat er sich jedenfalls bedeckt gehalten. Wenn erst sein Prozeß beginnt, wenn die Zeitungen lange Berichte bringen, dann werden vielleicht weitere Wiedergänger aus der Vergangenheit auftauchen, Menschen, die etwas über Kavles Aktivitäten während des Krieges wissen. Sie kann diese Möglichkeit nicht ausschließen. Und es wird Kavle nicht leicht fallen zu erklären, wieso und wie er Henry Aar zum Verkauf des Bildes überredet hat, während der Künstler noch in Untersuchungshaft saß. Hier hat irgendwer Dreck am Stecken, jemand innerhalb der Polizei. Denn irgendwer muß die Mitteilungen weitergereicht haben. Und Aar hatte Brief- und Besuchsverbot. Wenn Henry Aar käuflich ist, dann wird er bei seiner Aussage bleiben, daß er sich im Gefängnis die Sache anders überlegt hat. Aber damals wußte er doch nicht, daß Kavle unter denselben Verdacht geraten würde wie er selber. Nämlich, Aars ehemalige Freundin umgebracht zu haben. Eine Frau, die er anrufen und zum Essen einladen, bei der er um Gutwetter bitten wollte – nach der Ausstellung. Wenn er wieder Geld in der Tasche hätte.

Und was Rita Folve betrifft, so hat sie keinerlei Geld aus der Galerie Saxe auf die hohe Kante gelegt, bei ihr hat alles seine Richtigkeit. Ihr Papa hat ihr das Auto spendiert. Er findet sicher, seine Tochter sollte sich standesgemäß durch Trondheim bewegen. Und Karin Kraas, Sundts Petersilienblatt – und das Maskottchen der ganzen Wache –, saß die ganze Zeit im Lotussitz hinter düsteren, staubschweren Vorhängen auf dem Sofa, trank Kräutertee und hauchte allerlei Künstlerklischees neues Leben ein. Bis die Meldepflicht aufgehoben wurde, da erwachte sie wieder zum Leben, knetete ihre Tonklumpen – und lud Vang zu einem Bier ein. »Wie nett«, hatte Anne-kin gesagt, als Kollege Vang ihr das erzählte. »Ihr seid ein interessantes Paar.« Vang hatte nur gegrunzt, wußte verdammt gut, daß er diese Einladung nicht annehmen durfte. Nicht, solange der Fall noch nicht abgeschlossen war.

»Wir müssen eben abwarten«, hatte Sundt gesagt. »Wenn Henry Aar käuflich ist, dann ist er käuflich.« Und das ist das Schlimmste, denkt Anne-kin, »abwarten«, nichts tun können, nur abwarten. Wissen, daß Kavle einen gewaltigen Apparat im Rücken hat, wissen, daß sein Geld und sein Einfluß auf manche wie ein Maulkorb wirken können. Das wäre durchaus kein neues Phänomen. Es ist schrecklich, nichts mehr tun zu können, nicht bei der Staatsanwaltschaft zu sitzen und die Argumente der Verteidigung zu zerpflücken, zu zerlegen.

»An einem mangelt es dir wenigstens nicht, Halvorsen – nämlich an Selbstvertrauen.« Sie glaubt, Sundts Stimme zu hören.

Wenn sie jemals bei irgendeiner Staatsanwaltschaft sitzen will, muß sie erst Juristin werden. Und um Juristin zu werden, muß sie Jura studieren, und um ein dermaßen ödes Studium aufzunehmen, braucht sie Willen und Fähigkeiten. Was sie auf der Polizeischule an Jura gelernt haben, war etwas anderes, irgendwie zielgerichteter – im Alltag besser zu verwenden. Anne-kin blättert in einigen Büchern, die sie in der Bibliothek geliehen hat, in einer vorsichtigen Auswahl von Einführungen ins Jurastudium. Sieht aus wie eine lange Reihe Schlaftabletten. In einer Sprache, bei der alle ihre Dämonen mit dem Schwanz peitschen und fauchen. Einer undurchdringlichen Mauer von Wörtern, einer Machtsprache. Ob sie jemals die Macht bewältigen wird, die in dieser Sprache liegt? Sie weiß es nicht, der Wille ist da, aber was ist mit den Fähigkeiten? Sie denkt nicht so, und deshalb muß sie lernen, anders zu denken. Genausogut könnte sie einen Buschmann auf einen Kreisverkehr in Paris zerren und ihm sagen, er solle anhand der Schilder den Ausgang finden. Im Dschungel kennt er sich aus, aber im von Menschen gemachten Schilderwald? Mit Verbots- und Befehls- und Gott weiß was sonst noch für Schildern.

Na gut, dann lerne ich diese Schilder eben, denkt sie wütend, ich bin auch nicht dümmer als andere, auch nicht als die meisten Juristen. Sie schlägt die Bücher zu und macht Feierabend.

Und schlendert durch eine Stadt, die sich merkwürdig schnell vom Winter befreit hat. Eis und Schnee, Glätte und Erfrieren sind nur noch eine vage Erinnerung in Trondheims Köpfen, Eisschlamm und Überschwemmungen sind in den kommunalen Gullys verschwunden, übrig ist die Stadt mit einer dünnen Decke aus Streusand und Asche, mit überwintertem Altpapier und ebensolcher Hundekacke. Straßen und Bürgersteige sind zwar nicht sauber, aber immerhin schneefrei. Die Pelze hängen im Schrank, die jungen Bengels haben keine Entschuldigung mehr, wenn sie Haßkappen tragen. Die Sonne, die lange an den Knöpfen abgezählt hat, hat endlich Dovre hinter sich gelassen und sich auf der schnellsten Rutschbahn in die Stadt begeben, die sich so sehr nach der alles bloßlegenden Frühlingssonne gesehnt hat. Nach der Sonne, die alle anständigen Frauen dazu bringt, in jedem Winkel und jeder Ritze Staub und Schmutz zu sehen – und die weniger anständigen Frauen ein schlechtes Gewissen macht, weil die Zeit einfach nicht reicht. In Trondheim herrscht wieder Normalzustand.

Anne-kin überquert den Marktplatz, geht durch die Gasse hinter der alten Wache, grüßt die Marktfrau, die auf dem Sockel verewigt ist, schlendert durch enge Zickzackstraßen und steht dann in der Kjøpmannsgate. Vor ihr liegt die Landungsbrücke, rechts die Alte Stadtbrücke mit dem Glücksportal. Anne-kin lenkt ihre Schritte zur Brücke, überquert eine Brücke aus einer anderen Zeit, rot angestrichenes Holz und schwarze Ketten. Schön. Der Fluß hat viel Wasser, es schäumt wild an den Brückenpfosten. Auch das ist schön, das Wasser sieht zwar aus wie grüne Anstreicherfarbe, aber schön ist es trotzdem. Es ist Leben, Schmelzen – Bewegung.

Anne-kin biegt nach Bakklandet ab, geht durch alte vertraute Straßen, bedauert, nicht bei Frau Lian hineinschauen zu können, aber das darf sie nicht. Darf sich dort erst wieder sehen lassen, wenn der Prozeß vorbei ist. Alles andere wäre »Beeinflussung von Zeugen«. Und Frau Lian sieht das ein, hat nur »na gut« gesagt, als ihr das mitgeteilt worden ist. Und Stinas Haus, das darf sie auch nur von außen betrachten, darf nicht anklopfen und Henry Aar besuchen, nachsehen, ob er noch dort wohnt. Oder ob alte und neue Wiedergänger ihn von dort vertrieben haben.

Anne-kin bleibt stehen, geht zu einem Torweg, fort aus der Frühlingssonne, in die Schatten. Dort will sie stehen und zu Stinas Haus hinüberblicken. In der tiefstehenden Frühlingssonne sieht es schief aus, schief und baufällig. Verlebt. Verbraucht. Nur das schmiedeeiserne Gitter zeugt noch von einer anderen Zeit, schwarz und trotzig und ohne einen einzigen Rostfleck steht es da. An der Treppe. Einer Treppe, einem Bild, auf dem zwei junge Frauen kichernd saßen und sich die Arme um die Schultern gelegt hatten, wo der Schmied, der Feinschmied Antonius Løhre, mit Frieshose und Bart, ganz hinten saß und alles überwachte. Er saß nur da, lächelte den Fotografen nicht an, er war einfach nur das Haus. Anne-kin zwinkert mit den Augen – und die Vision löst sich auf. Vor ihr liegt nur noch ein Sanierungsobjekt – oder ein Abbruchhaus. Stinas Haus. Die Frühlingssonne sucht sich einen Weg zwischen den engen Fenstersprossen, das hat sie immer schon gemacht. Aber jetzt wird ihr der Zutritt verwehrt, die Fenster sind ungeputzt und voller Ruß und Staub – die Sonne zieht sich beleidigt zurück. Polizeibeamtin Anne-kin Halvorsen verläßt den Torweg, verläßt die Schatten, tritt hinaus auf den Bürgersteig und will weitergehen, nach Hause.

Stinas totes Haus deprimiert sie, es deprimiert sie, daß sie nicht bei Frau Lian klingeln darf. Jetzt will sie nach Hause, mit ungehörten Blues-CDs – die sie einmal während des Weltuntergangswinters gekauft hat – ihren Depri pflegen, volles Rohr aufdrehen und nicht auf das Klopfen der Nachbarn achten. Alles überhören, die Welt nicht an sich heranlassen, nur Blues hören.

Sie verläßt die Schatten und macht sich auf den Heimweg, knöpft den obersten Blusenknopf auf – die Frühlingssonne ist wirklich schon warm. Sie schaut aus zusammengekniffenen Augen nach rechts und links – Frühlingssonne, Frühlingssonne überall. Die Welt ist nicht tot, sie kommt wieder auf die Beine. Erwacht zum Leben. Tote Häuser oder nicht, die Welt erwacht zum Leben. Wenn Stinas Haus tot ist, dann lebt auf jeden Fall die »Frühlingsfrau«, das Bild von Henry Aar, es war so gut, so ... echt? Sie hat es auf irgendeine Weise wiedererkannt. Hoffnung. Optimismus. Auch wenn alte Häuser tot sind, sind alte Häuser doch nicht tot. Anne-kin Halvorsen geht hinaus auf die Straße. Und wird voll von einem Haus getroffen. Einem toten Haus, das ihr plötzlich in die Visage geknallt wird. Sie hört lautes Rufen, etwas scheint zu zerreißen, dann wird geflucht, wild geflucht, dann zerreißt etwas, etwas wird gegen eine Wand geschleudert, eine Fensterscheibe klirrt, und dann hört sie alles noch deutlicher. »Aufhören!« ruft jemand. »Kannst du denn nicht aufhören, verdammt noch mal!« Wieder klirrt eine Fensterscheibe. Gefolgt von einem dumpfen Dröhnen. Anne-kin rennt über die Straße, reißt die Haustür auf, nimmt auf der Treppe zwei Stufen auf einmal. Und steht in einem Wohnzimmer, in einem Raum, der einmal ein Wohnzimmer war, jetzt sieht er aus wie ein Schlachtfeld. Ein Schlachtfeld mit zwei Soldaten. Ein Soldat hockt vor ihr, der andere liegt auf dem Rücken. Und der auf dem Rücken ist mit Holz übersät, mit zersplitterten Leisten und Täfelung, Decken- und Bodenleisten, der ganze Mann ist in altes Holz eingehüllt. Sie sieht nur eine Hand, eine Hand, die aus dem Holz herausragt, die ein Brecheisen hält. Sie dreht sich zu dem anderen Soldaten um, es ist Tomas.

»Laß ihn liegen«, sagt der, »laß ihn einfach liegen. Das braucht er, es tut ihm gut, wenn er eine Weile unter dem Holz liegen kann.«

Anne-kin ist sprachlos, bringt keinen Mucks über die Lippen, starrt nur.

»Wie geht's dir?« ruft Tomas Leth dem Mann unter dem Holz zu. »Bleib nur liegen, wenn du noch mehr abreißen willst, dann muß ich die Motorsäge holen.«

Aus dem Holz ist nur ein Grunzen zu hören, dann senkt sich das Brecheisen. Und die Hand, die es festhält, kommt zur Ruhe.

Anne-kin blickt sich kurz um. »Tomas«, sagt sie, »Tomas Leth, was zum Henker ist hier los?!«

Langsam dreht er sich zu ihr um. »Was hier los ist«, fragt er, »was hier los ist? Einfach nur, daß Henry sich langsam wieder ins Leben zurückschleppt, mit Liegestütz. Mit Brecheisen. Aber der arme Teufel ist doch total aus dem Training.«

Anne-kin starrt ihn an, sieht einen Mann, in dessen Augen nicht länger Choräle und das Jüngste Gericht liegen, einen Menschen, der sich selber auch gerade ins Leben »zurückgeschleppt« hat. Und der nicht aus dem Training ist.

»Danke für die Antwort«, sagt Anne-kin und wendet sich von ihm und dem Haufen auf dem Boden ab. Einem toten Haufen, der sich durch den Brei durchfressen mußte, ehe er sich zur Ruhe legte. Sie läßt ihren Blick durchs Zimmer wandern, vorher war es schrecklich, und jetzt ist es noch schlimmer. Deckenleisten und Fußbodenleisten liegen überall herum, Tapetenstapel verstecken sich verängstigt in den Ecken, elektrische Geräte und Holzstühle liegen wild durcheinander. Henry Aar hat gerade eine normale, gesunde Reaktion gezeigt. Jedenfalls, wenn er am Leben bleiben will. Und das will er offenbar. Anne-kin Halvorsen sieht Tomas Leth an, und der sie.

»Ich dürfte wohl nicht hier sein«, sagt sie, »dieses Haus ist tabu für mich, daß ich hier stehe, kann meine Karriere ruinieren.«

»Ach ja?« fragt er nur und wendet den Blick ab. Stößt einen Pfiff aus. »Möchtest du ein Bier?« fragt er dann, geht in die Küche, ohne ihre Antwort abzuwarten, und kommt mit zwei Bierflaschen zurück. »Trink, Frau«, befiehlt er. Sie trinken.

Die Hand unter dem Holzstapel erwacht wieder zum Leben, und ein verdreckter Verkaufserfolg kommt zum Vorschein. Und dann läßt dieser Mensch sich wieder ins Holz sinken. »Nein, danke, für mich kein Bier«, sagt er. Anne-kin durchdenkt rasch die Situation: Tomas wirkt heil und gesund, der Mann im Holzstapel nicht direkt ungesund. Alles in Ordnung. Nur die Wände in Stinas Wohnzimmer sind zerstört. Obwohl, zerstört – das braune Holz wirkt absolut nicht zerstört, nur Täfelung und Leisten sind weggerissen worden. Und die Tapeten, die ängstlich in der Ecke liegen und um Gnade bitten.

»Weg mit der Leiste«, hört sie, sieht, wie Henry Aar an einer schweren Fußbodenleiste reißt und ruckelt. »Weg mit dieser verdammten Leiste! Ich will hoch!«

Sie helfen ihm auf die Beine.

»Leisten«, sagt er. »Leisten sind Rahmen, sind Einrahmungen, das, was das Haus zusammenhält...« Er stolpert über Holzstücke, kippt vornüber, flucht, kommt wieder auf die Beine. »Das, was alles zusammenfügt. Ohne Leisten würden wir...«

»Hier«, sagt Tomas Leth und reicht dem Philosophen ein Bierglas.

»Wann in aller Welt hast du, Tomas Leth, angefangen, Bier zu trinken?« Henrys Stimme klingt säuerlich, säuerlich und spöttisch.

»Vor zwei Minuten«, lautet die Antwort.

»Dann hör damit auf«, sagt Henry Aar, reißt seinem Freund das Glas aus der Hand, wirft es an die Wand, schleudert sein eigenes hinterher.

Armes Würstchen, denkt Anne-kin, diesmal hat er wirklich einiges zu bearbeiten. Sie reicht ihm ihr Glas. »Wirf das auch«, sagt sie. Und weiß sofort, daß sie die Situation mißverstanden hat. Henry Aar will durchaus keine Biergläser an die Wand schmeißen, jedenfalls nicht ihres.

»Du«, sagt er und zeigt mit der ganzen Hand auf sie, »du solltest renovieren, bauen, Müll wegfahren, Klos leeren – du solltest graben ...« Sie spürt seine Hand im Nacken, schlägt sie weg, blickt aus zusammengekniffenen Augen einen Menschen an, der um Hilfe ruft. »Du bist ein Arsch«, stöhnt er, »du, ihr, alle sind ...«

»Dreck«, vollendet Anne-kin.

Diese Antwort entwaffnet ihn, er ist leicht zu entwaffnen, ein wenig Widerstand, und schon ist die Luft aus ihm heraus, Aggression, Zerstörungslust, Bitterkeit, Haß, Verzweiflung – alles. Henry Aar sinkt in sich zusammen wie ein Ballon nach einem Nadelstich.

»O verdammt«, sagt er nur, sitzt in den Ruinen eines Wohnzimmers und stöhnt »o verdammt«. Und dann fuchtelt er mit den Armen. »Die Geschichte«, sagt er, »diese Geschichte«, er zeigt auf die Wände, »die ist wahrer als ... sie enthält mehr als ... sie steckt voller Geschichte, sie hat ... in jedem Hammerschlag, jedem Strich Farbe, jeder verdammten ...« Er kippt um.

»Henry ist blau«, teilt Tomas mit. Packt Henry und fängt an, ihn zu einem freien Stück Boden zu bugsieren.

»Blödsinn! Ich bin nicht blau!« Das menschliche Bündel richtet sich jählings wieder auf, steht feuerspeiend mitten im Zimmer, blickt sich um, glotzt Decke und Wände an, Boden und abgerissene Leisten. Und dann landet sein Blick bei der Fensterbank, der breiten, großzügigen Fensterbank, die Pflanzen, Bücher und Kerzen einzuladen scheint. »Tone ist tot«, sagt er. »Wißt ihr, daß Tone tot ist?«

Anne-kin revidiert das Gesundheitsattest, das sie ihm ausgestellt hat.

»Und der Mörder sucht seine Fingerabdrücke, sucht und sucht, in meinem Haus. So!« Er bückt sich und leckt das Holz fast schon ab. »So sucht er. Meint ihr, ich lese keine Zeitungen? Und kapiere nichts?« Er fällt auf die Knie, kriecht an der Wand entlang und schnuppert. Reißt Tapetenfetzen ab und bewirft Anne-kin damit, wirft einen nach dem anderen, reißt und wirft, reißt und wirft. Sie läßt ihn gewähren, läßt die Tapetenfetzen zu Boden fallen, hat nichts dagegen, in einer Wolke aus Tapetenresten zu sitzen. Die meisten landen vor ihren Füßen, fallen schlaff zu Boden und richten keinen Schaden an, provozieren niemanden. Grün, blau, lila, schwarz – grau, die Tapetenstücke kommen vor ihren Füßen zur Ruhe. Zwei landen auf ihrem Schoß. Sie hebt sie auf, sieht hellgrüne »Frühlingsfrauentapete«, jedenfalls Bruchstücke davon. Und einen Briefboden, einen Teil eines alten Briefbogens, der auf ihrem Schoß landet, widerwillig dort landet und liegen bleibt. Anne-kin glotzt, wagt nicht, ihn anzufassen, wagt nicht, das brüchige Briefpapier auf ihrem Schoß anzurühren.

»Henry«, sagt sie leise. »Henry Aar.« Vergeblich, er achtet nicht auf sie, er ist zu sehr mit Tapetenabreißen beschäftigt. »Henry Aar! Jetzt hör endlich zu, verdammte Axt!« Anne-kin brüllt los. Der Mann dreht sich um, setzt sich auf, lehnt sich an die Wand, verschränkt vor den Knien die Hände, läßt seinen Kopf an der Wand ruhen und sieht unglaublich entspannt aus. Schön und entspannt.

»Was soll der Krach?« fragt er. »Was soll ich denn hören?«

»Nimm das«, sagt sie. »Nimm dieses vergilbte Teil, das auf meinem Schoß liegt, nimm es, verdammt noch mal, und lies es. *Hörst du?«*

Er kommt zur ihr herübergerutscht, mit leicht erstauntem Gesicht, nimmt brav das Stück Briefbogen und sagt: »Ja, ja, ich lese ja schon.« Seine Augen suchen den Bogen ab, finden nichts. Er dreht den Bogen um, dreht ihn hin und her, und liest, liest einen Buchstaben nach dem anderen. »Gegeben in gütlichem Einvernehmen als Darlehen an Fräulein Kristina ... was zum Teufel steht hier? Von Klein – Kleinchen –? T. Karlsen, nein Kavlsen. Was für ein Name!« Henry Aar breitet die Arme aus. »Karlsøn, ich glaube, da steht Karlsøn.«

»Kavle«, sagt Anne-kin. »Da steht Kavle. Toralf ›Kleinchen‹ Kavle. Die Unterschrift unter dem Brief, die wir seit Wochen suchen, das fehlende Glied oder so.« Sie versucht zu lächeln, es wird zur Grimasse.

»Ist das – willst du mir damit sagen, daß ...« Henry Aar mag eben noch sturzbesoffen oder halbverrückt gewesen sein, jetzt ist er jedenfalls ziemlich nüchtern, hat einen wilden Blick, ist aber nüchtern.

»Daß das unser Beweis ist, nein, *dein* Beweis«, sagt Anne-kin. »*Du* hast ihn gefunden, ich bin nicht hier, mach damit, was du willst.« Amen, denkt sie und geht.

»Tomas!« hört sie noch, ehe sie die Tür hinter sich schließt. »Tomas! Verdammt, hol eine Plastiktüte, das hier müssen wir sorgfältig aufbewahren! Der soll uns nicht entkommen, verdammte Pest!«

Die Fußbodenleisten, ich habe die Fußbodenleisten vergessen, denkt sie, die einzige Stelle, wo meine Mutter je einen »Schatz« gefunden hat. Verstecktes Kleingeld und einen dünnen, glatten Silberring. Und dahinter lag der Rest, nach dem wir händeringend gesucht haben – die Unterschrift. Sie hätte den Brief wohl mitnehmen, seine Herausgabe verlangen sollen, das wäre wohl ihre Pflicht als Arm des Gesetzes. Aber sie ist nicht im Dienst, für sie ist der Fall abgeschlossen, ihre Arbeit ist getan, sie hat nichts zu suchen in Henry Aars Haus, seinen Tapetenfetzen, seinen Fußbodenleisten, seinen Unterschriften und seinem sonstigen Eigentum. Jetzt muß er entscheiden. Demnächst kommt der Fall vor Gericht. Und dann muß er entscheiden. Und wie sie ihn kennt, wird der Brief nicht lange in der Plastiktüte stecken, er wird eine Collage machen, mit verfaulten Baumstämmen oder düsteren Grabsteinen und dem

Brief. Mit scharfen Dornen. Wird ihn mit Tod umgeben. Und fragen, ob der Herr Kunstliebhaber Toralf Kavle auch dieses Bild zu kaufen wünscht. Sein Haß ist groß genug dazu. Der Richter wird sicher häufiger den Hammer betätigen müssen, wenn Henry Aar die Manege betritt.

Beschwingt von dem Gedanken, daß der »Gerechtigkeit Genüge getan werden wird«, geht sie nach Hause, denkt, daß der verdammte Versicherungsschwindel, an den Sundt sie und Vang gesetzt hat, ihr komisch vorkommt. Erwachsene Männer, die ihre Boote selber versenken, um sich ein neues zu kaufen, das drei Fuß länger ist. Von der Versicherungssumme. Dieser Fall sieht genauso platt und lahm aus wie die juristischen Lehrbücher, die bei ihr zu Hause liegen. Auf den ersten Blick. Aber der erste Blick kann manchmal trügen. Vielleicht wird sie ihre Boots- und Schwimmkenntnisse noch brauchen können, und nicht zuletzt die Schwimmkenntnisse – sie hätte jetzt wirklich Lust auf eine Runde im Trondheimsfjord. Tiefstehende Frühlingssonne und goldenes Glitzern im Fjord. Eiskalte Abreibung. Und danach Blues. Bis zur Schmerzgrenze aufgedreht.

Pierre Magnan

Bitte beachten Sie auch die weiteren lieferbaren
Titel im Scherz Verlag

Tod in Bronze
Aus dem Französischen
von Irène Kuhn
Hardcover
Band 10431

Laviolette auf Trüffelsuche
Aus dem Französischen
von Irène Kuhn
Hardcover
Band 10434

Tod unter der Glyzinie
Aus dem Französischen
von Ute Bechberger
und Cornelia Weinkauf in
Zusammenarbeit mit
Irène Kuhn
Hardcover
Band 10433

Das Zimmer hinter dem Spiegel
Aus dem Französischen
von Iréne Kuhn
Hardcover
Band 10432

Das ermordete Haus
Aus dem Französischen
von Jörn Albrecht u.a.
Hardcover
Band 11922

Tod unter der Glyzinie
Taschenbuch
Band 51872

Das ermordete Haus
Taschenbuch
Band 51762

Das Zimmer hinter dem Spiegel
Taschenbuch
Band 51831

Laviolette Geheimnis
Taschenbuch
Band 51811

fi 555 062 / 1

Pierre Magnan

Tod in Bronze

Aus dem Französischen von Irène Kuhn

Band 16320

Einer nach dem anderen werden die Mitglieder der Gourmetvereinigung »Le galet des Aures« umgebracht. Wo der Mörder zuschlägt, riecht es nach Mandelblüte, mitten im Winter ...

»Geschickt legt Magnan falsche Fährten
und fasziniert vor allem durch die Schilderung von
Laviolettes schillerndem Charakter.«
Der Spiegel

Fischer Taschenbuch Verlag

fi 16320 / 1

Maria Benedickt

Die Fährte der Füchsin

Roman

Band 15990

Die verwitwete Anwältin Silvie wird mit raffinierten Manipulationen beinahe in den Wahnsinn getrieben: Irgendjemand will ich weismachen, dass ihr verstorbener Mann noch lebt. Auf der Suche nach dem Urheber stößt sie auf einen verrückten alten Mann, der offenbar mit gezinkten Karten spielt.

Ein rasanter Thriller um eine nicht enden wollende Liebe.

Fischer Taschenbuch Verlag

fi 15990 / 1

Kristín Marja Baldursdóttir
Kühl graut der Morgen
Roman
Aus dem Isländischen von Dr. Coletta Bürling
Band 15586

Thórsteina Thórsdóttir ist eine äußerst attraktive Lehrerin an einer isländischen Schule. Bei ihren Schülern ist sie wegen ihrer Strenge und Scharfzüngigkeit gefürchtet. Ihre Kolleginnen schwanken zwischen Faszination und Neid – Thorstéina hat einen rassigen Liebhaber in Frankreich, glänzt in ausgefallener Garderobe und man munkelt, sie sei unglaublich reich. Doch als ein junger Mathematiklehrer an ihre Schule versetzt wird, ist sie gezwungen, noch einmal ganz andere Saiten aufzuziehen ...

Fischer Taschenbuch Verlag

fi 15586 / 1

Alexandra Marinina

Die Reihenfolge
entspricht der Chronologie der Serie

Auf fremdem Terrain
Anastasijas erster Fall
Aus dem Russischen von Felix Eder und Thomas Wiedling
Band 14313

Der Rest war Schweigen
Anastasijas zweiter Fall
Aus dem Russischen von Natascha Wodin
Band 14311

Mit verdeckten Karten
Anastasijas dritter Fall
Aus dem Russischen von Natascha Wodin
Band 14312

Tod und ein bißchen Liebe
Anastasijas vierter Fall
Aus dem Russischen von Natascha Wodin
Band 14314

Die Stunde des Henkers
Anastasijas fünfter Fall
Aus dem Russischen von Natascha Wodin
Band 13415

Fischer Taschenbuch Verlag

fi 555 041 / 2 / a

Alexandra Marinina

Die Reihenfolge
entspricht der Chronologie der Serie

Widrige Umstände
Anastasijas sechster Fall
Aus dem Russischen von Hanna-Maria Braungardt
Band 15414 – März 2003

Mit tödlichen Folgen
Anastasijas siebter Fall
Aus dem Russischen von Hanna-Maria Braungardt
Band 15415

Im Antlitz des Todes
Anastasijas achter Fall
Aus dem Russischen von Natascha Wodin
Band 15416

Fischer Taschenbuch Verlag

fi 555 041 / 1 / b

Carlene Thompson

Schwarz zur Erinnerung
Roman
Aus dem Amerikanischen von Ann Anders
Band 14227

Sieh mich nicht an
Roman
Aus dem Amerikanischen von Anne Steeb
Band 14538

Heute Nacht oder nie
Roman
Aus dem Amerikanischen von Anne Steeb
Band 14779

Im Falle meines Todes
Roman
Aus dem Amerikanischen von Anne Steeb
Band 14835

Kalt ist die Nacht
Roman
Aus dem Amerikanischen von Irmengard Gabler
Band 14977

Fischer Taschenbuch Verlag

fi 555 002 / 3 / a

Carlene Thompson

Vergiss, wenn du kannst
Roman
Aus dem Amerikanischen von Irmengard Gabler
Band 15235

Glaub nicht, es sei vorbei
Roman
Aus dem Amerikanischen von Irmengard Gabler
Band 15946

Fischer Taschenbuch Verlag

fi 555 002 / 1 / b